只此青蓝

——浙江乡村取经录

蒋文龙　朱海洋　著

中国农业出版社
农村读物出版社
北　京

图书在版编目（CIP）数据

只此青蓝：浙江乡村取经录 / 蒋文龙，朱海洋著
. —北京：中国农业出版社，2022.7（2023.4 重印）
ISBN 978-7-109-29569-8

Ⅰ.①只… Ⅱ.①蒋… ②朱… Ⅲ.①新闻报道—作
品集—中国—当代 Ⅳ.①I253

中国版本图书馆 CIP 数据核字（2022）第 106373 号

只此青蓝：浙江乡村取经录
ZHICI QINGLAN：ZHEJIANG XIANGCUN QUJING LU

中国农业出版社出版
地址：北京市朝阳区麦子店街 18 号楼
邮编：100125
责任编辑：张丽四　　文字编辑：张丽四　卫晋津　陈　瑨　程　燕
版式设计：李文强　　责任校对：周丽芳
印刷：北京中兴印刷有限公司
版次：2022 年 7 月第 1 版
印次：2023 年 4 月北京第 3 次印刷
发行：新华书店北京发行所
开本：700mm×1000mm　1/16
印张：23
字数：420 千字
定价：90.00 元

只此青蓝，如此青蓝

我与文龙相识相交几二十年，是那种相谈于陋室、相忘于江湖的朋友。文龙对"三农"问题、对《农民日报》发展，思之深入，时有独见，每言积弊，则一脱蔼然常态，露出江南士子的温和谔谔。多年前，曾有领导言我："他日若能主持报社，文龙当能助一臂之力。"我今方任事报社，文龙则到了"致仕"之年。造化弄人，可叹如斯。

我与文龙以文论交，开始却是一件私事。时间大概是世纪初年，我在农民日报社评论部主任任上，报社一位老大姐经常向我推许文龙，说是澳门大学的博士，以前在大学任教，现在到了我们的浙江记者站，此人非常有思想，你一定要会会云云。一日，大姐来电话，她去杭州有事，正赶上大雨，从萧山机场进城打车很不方便，能不能请我给文龙打个电话，去机场接她一下，她也想借此机会认识文龙。受大姐之托，我从报社电话本上找出文龙的电话。其实当时我也忐忑，与文龙素不相识，我又僻处评论部，与记者站同志没有什么业务交往，今为私事麻烦人家，多少有些唐突。然而电话一通，什么忐忑都没了，就像是多年的朋友一样，颇有惺惺相惜之感。文龙亲自去机场接了大姐，一路安排很周到。大姐回来更是向我讲了许多文龙的独到思考，言语之间，流露出深深的相见恨晚之意。

等我在期待中见到文龙，时光又过了几年，我已在报社总编室主任任上。这时候跟他打交道更多的是围绕他的调研报道，尤其是关于农业品牌建设。记得是有一年的某个月，编辑们着急没有头条，作为主任，我也抱着一堆稿件企求沙里淘金。突然就看到了一篇分析两个地方品牌的稿件，写法与时文不同，言论不是言论，通讯不是通讯，连调研报告也不像，编辑们都觉得不适合上新闻版。我向来相信文无定则，不像吗？改改可能就像了。我将标题改为"一盛一衰看品牌",算是把作者的报道初衷突出出来了。前些日子,看见有学者专门研究蒋文龙的"对比新闻",想起十多年前的编辑经历,我或许那时候就已经发现了文龙模式的价值。回想我在农民日报社三十多年,编过的稿件不计其数,很多自己的稿子都记不得标题了,但我对文龙这篇稿件的编辑过程还记忆如昨:那个意气风发的年华,我伏身农民日报社总编室大平面的编辑台,用力书下"一盛一衰看品牌"的大标题,交给站在旁边的年轻编辑:"这个可以当头条。"既有解决了当天稿荒的轻松,又有淘出真金的自得。时光荏苒,岁月淹留,一个编辑的成就感就这样定格在个人小确幸的记忆之中。这一点,我从未与文龙分享。

时间又过去了十余年,我与文龙的君子之交还是保持在说文论道层面。这些年他在农业品牌建设方面的思考与实践,成果不菲,在研究性报道方面也颇有建树,成为农民日报社一批专家型记者中的佼佼者,他也多次在报社多个层面交流他的经验与思考,对年轻同志的业务成长起了很好的示范效应。

文龙的新闻实践的价值,我作为一路过来的见证人,无论从个人视角、报社层面,还是从整个"三农"新闻工作方面来说,都觉得有深入总结的必要。他的研究性报道可以用"三有"来概括:有用、有趣、有情。

所谓有用。文龙的报道总是直面"三农"实际中的问题,但不停留在揭示问题,甚至主要在提供解决问题的思路和路径。这是非常难得的。我们很多记者的问题性报道突出的是监督和揭示,这当然重要,只有发现并指出问题,才能为解决问题创造条件,但指出问题只是第一步,重点归根结底是解决问题。当然,这里还是要说一句"当然",能够指出问题,记者的任务已经完成了,但蒋文龙这个记者,他不在"当然"这里面,他的目标始终是指向解决问题,不仅要解决问题,还要在解决问题中实现理想的目标。所以,他的研究性报道,总是在深入剖析问题的逻辑中,顺着其逻辑线,把事情朝建设性的路径和结果导引。我想文龙已经在记者之外,向理论和实践方面实现了拓展。

　　而有趣呢？ 文龙的诸多作品，还有他的徒弟朱海洋的稿件，都有一个鲜明的特点，就是重视话题性。他们的作品，文本很丰满，框架上有张力，富有联想的空间；细节上很场景，让人身临其境；而立意上，既符合主流价值，而又每每令人豁然开朗、予人以思维被打开的顿悟。我想，这就是主流报道该有的样子，也给我们提出了一个思考的切入口。那就是，主流报道，包括主流媒体的报道，如何做到打动人、让主流价值入脑入心，达到春风化雨的效果？而不是一味地用大词、浓词、长词来疲劳人们的眼球，轰炸人们的大脑。我想，古人创造"春风化雨"这个词，真的是得了自然和人心的真趣。春风化雨，讲究的是像春风一样和煦，像细雨一样绵密，像春风带着细雨一样与大地、植物亲密接触，没有大张旗鼓，没有狂轰滥炸，真正是随风潜入、润物无声。这是暴风雨达不到的效果。其实，空洞的、轰炸式报道是思维、语言和情感贫乏的表现。文龙的作品力避窠臼，在个性化、清新化方面做了很好的尝试，值得借鉴。

　　有情是文龙作品的底色。 文龙是一个温文尔雅、情感内敛的人，典型的江南读书人，就是争执与辩论，也不改风雅气度，最多是语速稍微加快、关键词更加咬定，很少激情外溢。但这掩盖不了他内在的情怀。他对农业、农村、农民的情怀，从他走出书斋投身"三农"新闻那一天就注定了，从他 2003 年即开始跟随式报道浙江"千万工程"这段历程就写就了，也从他二十年沉浸研究农业品牌、乡村经营、农民富裕就标注了。文龙的新闻实践，是一个新闻学的难得案例，他的业务成就固然值得深刻总结，但他的情怀更值得后来者学习。这是之江这片热土给他上了心灵的底色，是越地浓浓的家国情怀熏染而来的中国风，这也是他个人人格修炼的君子操。

　　文龙作品的"三有"，在他与朱海洋合著的《只此青蓝》中有深入而细腻的呈现。文龙和海洋把师徒合璧冠名为"只此青蓝"，寓意和情感忍不住透纸而出、扑面而来。天青色，水如蓝，正是江南好风月。青蓝是中国红之外的古老经典，青出于蓝，蓝让青更厚，青为蓝而秀。海洋得文龙之教，颇有其师之风，这些年在研究性报道上渐露头角。这本《只此青蓝》便是见证。

只此青蓝，如此青蓝。行文至此，想起清代北京桐城会馆的一副楹联"前辈声名满天下，后来兴起望吾曹"，相传这是六尺巷主人公张英张文端公所撰。薪火相传，文风赓续，先贤之望犹在，士君子其勉乎！

赞只此青蓝，愿青蓝不只此。

是为序。

何兰生

2022 年 5 月 4 日于北京凉水河畔

（作者系农民日报社党委书记、社长、总编辑）

为有青蓝多绚烂

学兄蒋文龙与徒弟朱海洋合作的新闻作品集即将付梓，嘱我作序。我何德何能，敢给学兄作序？学兄说："平时口口声声称'学兄'，这会儿怎么就不听'学兄'的？"

师徒出版作品合集，新闻界并不多见。学兄是农民日报社浙江记者站站长，海洋是站里的记者，领导与被领导的关系却被他们处成师徒关系。书名《只此青蓝》饱含着师父希望徒弟"青出于蓝而胜于蓝"的愿望，这在师生关系讳莫如深的今天，实在难得。

蒋文龙是我杭州大学中文系的学兄，但在大学时我们并不熟悉。毕业后，他在大学讲坛传道授业解惑，成了"阳光下最神圣的职业"中的一员。20世纪80年代末我到浙江农业大学采访，双方才开始频繁接触。学兄温润儒雅，风趣幽默，与我意气相投、难分难舍。最终，他调到农民日报社，成了我的同行。

学兄戏言自己的人生宝典是"三随"：随波逐流、随遇而安、随心所欲。还煞有介事，专门请同学叶明（曾任杭州市委副书记、市政协主席）题写"三随堂"，制成匾额，高悬于书斋，日日警示自己。

对学兄的人生选择，我很有些不解。年届不惑还半路出家做记者，"钞票越来越少，奖状越来越多"，难道真如学兄所言，是随心所欲？对此，学兄要不是戏言就是搪塞：一会儿说是受我影响，向我学习；一会儿又说"这辈子不能换老婆，也就只能换工作了"。

无论如何，到农民日报社后，学兄很快就找到了自己的定位。发稿量、头条量、得奖量尤其是领导批示量，都让我们这些同行咋舌。从

2008 年到 2022 年的 15 年中，他的稿件得到中央和省部级领导的批示竟达 137 件。当我翻开他的《回响》，那些时光的印记给我莫大的震撼。难怪时任人民日报社浙江分社社长王慧敏感慨："文龙兄如果到人民日报社，一定干得比我好！"

2013 年，农民日报社出台"专家型编辑记者培养计划"，学兄荣膺其中。他的作品不仅有调查报道的深度，还有对农业财经的敏锐发现和捕捉。尤其在农业品牌方面，学兄不仅采写了大量报道，解剖了一个又一个深层次问题，而且组织策划了大量专题活动。如全国第一个"农产品区域公用品牌高峰论坛"、全国第一个"农产品品牌大会"、全国第一个"农产品包装设计大赛"……极大地推进了中国农业品牌化进程。此时，他摇身一变，似乎成了"策划大师"。我想，也正是这种报道、研究、活动之间环环相扣的紧密结合，加深了学兄对问题的理解吧！

2017 年，中央新闻单位驻浙记者联合会专门组织召开了"蒋文龙'三农'新闻作品研讨会"，浙江省委宣传部、省农业厅相关领导亲自出面站台。可见有关部门对学兄"三农"报道的认可。

学兄一直致力于"农业财经"的开掘，在体例上，则尤为钟情于对比性报道。对比只是写作上的一种技巧，他却将之演化成一种独特的新闻文体，把具有一定内在联系的相对或相反的新闻事实放在一起进行比较，或把一个事物的两个方面展示出来进行 PK，以达到对事物更深入的了解。我不敢说这一新闻文体是他首创，但至少没看到别的记者如此大量地运用。他用这一文体采写了几十篇报道，曾一次次引起轰动，以至于《中国记者》杂志专门辟出近万字的版面进行专题研究。

海洋在浙江大学学的是环境资源，所钟爱的却是新闻。他原在我单位实习，是我将他推荐给了学兄。一般记者站只要有两个人，总会有大大小小的矛盾，所以很多人为了避免被动，情愿做"光杆司令"。因此海洋去农民日报社浙江记者站工作，开头我是有些担心的。但很快我就释然了，两人相处得十分和谐，甚至有点"相敬如宾"的感觉。海洋聪明，勤快，敬业，善解人意，学兄很看好他，觉得"孺子可教"，处处手把手教他，从选题、采访到写作，将自己的经验毫无保留地传授给他。

尤使我感动的是，学兄在名利上的淡泊、谦让。

在奖金分配、荣誉获得等方面，学兄总是为海洋考虑，甚至把自己的成绩也记到海洋头上。浙江实施"千万工程"15 周年，要颁发"突出贡献个人奖"。《农民日报》因为长期持续关注、报道该项工程，贡献卓著，省里决定给予一个表彰名额，学兄毫不犹疑让给了海洋。论贡献，海洋自然不能跟站长同日而语。

在发稿方面，海洋一进站，学兄就向他明确表示：自己参与采写的稿子才能共同署名；自己没有参与的，坚决不署名。记者写稿与站长共同署名，这是记者站的通例，站长无论是否参与，一般都要共同署名，以表示"文责共负"。海洋眼看着自己的发稿量和奖金每月都比站长高，不免心中惴惴，于是自作主张，发稿时悄悄把师父名字署上。学兄发现后，立即予以制止，他不想占有别人的劳动成果。

在学兄口中，听到的，都是对海洋的夸奖。我曾试探：海洋真有这么优秀？岂料他一脸真诚：海洋确实十分优秀！

其实海洋也有缺陷。因为是"理工男"，逻辑思维、理性思维有余，而形象思维明显不足。对此，学兄这个中文科班出身的师长作了很好的弥补。许多工作性的通讯报道，因为有了人文视角的思考和描写，开始散发出柔性的光芒，读来引人入胜、耐人寻味。两人配合起来，可谓相辅相成、心意相通。

在学兄的关心指导下，海洋茁壮健康地成长，很快出类拔萃成为农民日报社的优秀青年记者，被评为报社十大杰出员工。曾有名企来挖他，许以百万年薪，结果被海洋坚拒。海洋说：我不能忘恩负义，我要对得起师父！要对得起农民日报！

呜呼！"天地君亲师"，"一日为师，终身为父"，师的地位如君如父，尊师重教之风绵延千年。

文化需要传承，徒弟需要帮带。传统的师徒关系、师生关系也需要重构。我觉得，这正是《只此青蓝》这本师徒合集出版的意义和价值所在。

是为序。

叶辉

2022 年 5 月 20 日

（作者系原光明日报社浙江记者站站长，高级记者）

只此青蓝，如此青蓝

为有青蓝多绚烂

01/ 机制建设观察

81／产业培育见微

309/那些人　那些事

——浙江乡村取经录

机制建设观察

JIZHI JIANSHE GUANCHA

政府搭台　百姓唱戏

——浙江"三农"70年巨变的密码解析

（2019 年 8 月 29 日《农民日报》头版）

人多、山多、地少，却走出了高效生态的新型农业现代化道路；连续 16 年，聚焦环境提升，万千美丽乡村脱颖而出，城乡之间日益交融；农民人均可支配收入连续 34 年冠居全国各省份，率先消除绝对贫困；以占全国近 1％ 的土地和 4％ 的人口，创造了全国 7.5％ 的生产总值，数百个产业集群从无到有……这些都是浙江！

这些年，许多人赴浙取经，将原因归功于"有钱好办事"。然而，当真正走近浙江、剖析浙江，你会发现，这些现象的背后，真正的基因密码其实是政府一直牢牢守住的独特定位：以人民的名义，为大众创业创富提供服务、创造环境。

在著名"三农"专家顾益康看来，浙江的经济动脉，就是大众市场经济，浙江的改革开放，就是顺应民心、顺应市场的改革大戏。幸福不会从天而降，浙江每一步发展的背后，都是在不断解放和引领农民——让他们成为时代的下棋者，成为创造美好生活的奋斗者。

■ 农业：从放开搞活到品牌强农

新中国成立后的很长一段时间里，因为缺地缺粮，浙江百姓常食不果腹。因此，浙江 1978 年后推行家庭联产承包责任制，最早就是在最穷的西南山区。后续一系列的改革，让农民从土地上得以解放，也让浙江农业迎来了

"黄金期"。

1985年，浙江正式取消统派购制度，农产品市场化由此迈出历史性一步，农民积极性得到空前提高。然而，当供给短缺问题逐渐得到破解，"农业增产不增收"的问题却日益突出。对此，在21世纪到来前，浙江提出"效益农业"，引导农民"什么来钱种什么"，大力发展高附加值产业。

可没过几年，新的问题又出现了：市场竞争力不强、质量安全水平不高、农业资源环境压力加大等。2003年，浙江重新做出调整，确立"高效生态农业"的新战略，在追求效益的同时，更强调绿色发展，再次体现了超前的市场理念和创新意识。

记者发现，围绕服务，浙江各级政府主抓"人、钱、地"三个核心环节：对地，建立土地流转服务体系，由村集体统一流转和发包，解决双方的后顾之忧；对人，大力培育合作社、家庭农场、龙头企业等新型经营主体，建立专业化的分工体系；对钱，整合各类生产要素，补齐项目落地的基础配套、公共服务等断点。

2010年，为了进一步整合资源，浙江又创新性地推出以粮食生产功能区和现代农业园区为核心的"两区"建设，为工商资本投资农业搭建了绝佳平台，也让不同生产要素、生产环节、生产主体之间在此得到链接和整合，农业全产业链经营日趋完善，成为浙江现代农业的坚实骨骼。

在浙江提供的各类农业服务中，以区域公用品牌作为切入口，并与企业品牌结合的"母子品牌"模式，可谓立下汗马功劳。这些由政府做背书的区域公用品牌，不是简单的名称，而是与规模化、标准化、电商化的推进以及农事节庆的举办等有机融合，让许多小散主体得以"借船出海"，迅速打开市场、站稳脚跟。

因此，浙江农业往往面积不大，经营主体也不刻意追求产量，而是聚焦高质量、强竞争力，向品牌营销和产业延伸要高附加值。政府则抓住市场需求，在各个环节上扶持和推动主体，比如：引入智慧农业，提高劳动效率和精细化程度；力推农旅融合，让生产基地成为观光景区；推动网络营销，从提篮小卖到货通全球等；不一而足。

"浙江政府的服务很到位。平时领导不会来找你，但你如果有事去找领导，马上就能得到帮助。正是因为有了好环境，企业才得以快速发展。"诸暨市蓝美公司董事长杨曙方深有感触道。

■ 农村：从美丽乡村到美丽经济

工业经济的快速崛起，让浙江许多农民"洗脚"上岸，同时也加速了城市化进程。然而，到了21世纪前后，城乡失衡，尤其是环境恶化现象却不容小觑。据当时省里摸排，浙江仅有4 000个村庄环境较好，剩余的3万多个普遍较差。

差到啥程度？像经济最发达的杭州、绍兴等地近郊农村，农民有了钱，纷纷盖起了小别墅，可家里现代化，屋外脏乱差，垃圾靠风吹，污水靠蒸发，河里满是垃圾和黑水，农民连洗拖把都嫌脏。

2003年，浙江启动"千村示范、万村整治"工程（以下简称"千万工程"），时任省委书记习近平亲自谋划、亲自部署，每年召开一次现场会。一时间，以垃圾收集、污水治理、卫生改厕、河沟清理、道路硬化、村庄绿化为重点，浙江农村刮起了环境整治的旋风。

过去，走过十几个垃圾村，才见一个新农村，5年过后，很多村都告别了脏乱差。此时，"千万工程"并未戛然而止，而是不断深化主题和内容，一张蓝图绘到底，从美化环境，到加强公共服务，再到以文化人。

总之，"千万工程"做到哪儿，联网公路、农村电气、商贸服务等就跟到哪儿，在背后，文教卫、工青妇、金融等各个政府部门和团体机构通力合作，基本覆盖百姓生活的方方面面。十多年来，浙江城乡公共服务的鸿沟日渐缩小，趋向均等化。

乡村美了后，怎么样可持续发展，又怎么样让美丽乡村变成美丽经济？对于这个问题，早在建设初期阶段，许多地方就开始思考业态植入，最先出现的，也是最具成效的就是农家乐。

为了扶持这一富民产业，政府在背后可谓花足力气：各级建立协调机构，设立专项资金，用于鼓励和扶持农民主体；再办大赛、搞培训，提高服务质量，引导个性化发展；同时，举办各类农事节庆、营销活动，聚集人气、形成影响。

如今在浙江不少地方，农民不必外出打工，家门口就是梦想中的创业天堂，而农村也成了城市的后花园。数据显示，截至2018年底，浙江已建成1 162个农家乐休闲旅游特色村，床位近40万张，全年接待游客4亿人次，营业总收入超过427亿元，带动就业100余万人，带动农产品等销售90.7亿元。

这两年，浙江在乡村业态上继续深化，2017年推出"万村景区化"战略，2018年又提出大花园建设，归根结底就是要形成全域大美格局，通过业态让绿水青山变成金山银山。2019年，浙江又提出以品牌放大"两山"转化效益，着力改善产品品质、提升主体素质、挖掘乡村特质，推动建设乡村向经营乡村转变。

■ 农民：从物质富裕到精神富有

浙江是资源小省，为谋生路，历史上就有义乌的货郎担、永嘉的弹棉郎、东阳的泥瓦匠等。只不过改革开放前，农民一度被束缚在土地上。因此，一旦放开后，这些能工巧匠和小商小贩，马上开始走南闯北，开拓市场，加上浙江人吃苦耐劳、踏实肯干的品质，迅速形成了一大批专业市场。

可以说，哪里有市场，哪里就有浙商；没有浙江农民发展，也就没有现在的浙商群体；没有浙江农民创业、创富、闯市场，也就不可能有今天浙江的成就。尽管农民属于自发创业，但实际上，政府在背后功不可没。

"政府推动上百万农民创业，搞培训、出政策、建园区等，承担基础性公共服务，促进农民分工、分业、分化，让一部分农民、农村先富起来。直到今日，根植于农村、率先探索工业化路径的浙江民营经济，仍是驱动农民增收致富的强劲动力。"顾益康说。

在物质水平提升的同时，浙江又在思考，怎样解决日益增长的精神文化需求。记者了解到，从最早的"送文化""种文化"行动，到之后的文化信息资源共享工程，从2013年启动的农村文化礼堂建设，再到接下来加速普及乡村数字文化服务，让浙江农民从物质富裕走向精神富有。

至2019年，浙江已累计建成11 059家农村文化礼堂，加上全覆盖的乡镇综合文化站和村级文化活动室，全省已初步建成"农村30分钟文化服务圈"。为了让这些文化阵地为民所用，浙江还在农村文化礼堂内，专门搞了个"服务菜单"，可系统提供文化、教育、科技、卫生、农业等1 325项近3万个"菜品"。

如今的浙江乡村，正彰显着独特价值。散落其间的古村落，似璞玉般被挖掘出来，传统文化、民间习俗重现乡村，生活富了、乡村美了，年轻人回来了、城里人进来了，乡村生活成了新风尚，"物的新农村"正走向"人的新农村"，"千村一面"正迈向"各美其美"。

浙江念好乡村振兴"数字经"

（2021 年 3 月 22 日《农民日报》头版）

当前，全国各地纷纷聚焦"数字农业"。据不久前农业农村部组织的一项专题评估数据显示：浙江县域数字农业农村总体发展水平为 68.8%，远超全国 36% 和东部地区 41.3% 的综合发展水平，县均投入额更是全国平均水平的 11 倍。

浙江投入数字农业何以"不惜血本"？数字农业和产业兴旺之间的逻辑关系如何解释？面对产业发展中存在的生产规模、生产主体"弱小散"的"紧箍咒"，浙江如何念好乡村振兴"数字经"？围绕一系列问题，近日，记者对浙江相关政府部门、生产经营主体、数字化服务商展开调研采访。

■ 应用场景是关键

连日来，浙江省财政厅农业处工作人员赶赴各地，就 35 个省级乡村振兴产业发展试点示范县进行年度考核。该项目于 2019 年底启动，一年多来，16.4 亿元的省级财政奖补资金，已经撬动了超过 80 亿元的总投资。

尽管农业项目历来不少，但论单个体量，该项目一改过去"撒胡椒面"式的补助形态，采取竞争性分配方式，优先支持政府组织保障有力、产业特色优势明显、数字经济基础良好、工作举措创新务实的地区。一时间引发各地高度关注，纷纷聚焦乡村产业数字化转型，以争取先发优势。

浙江省财政厅农业处相关负责人表示，这一轮"中期检查"，除了考核资金使用情况外，尤为关注项目落地实效，避免项目建设沦为"花架子"，后期还将强化节本增效等方面的指标考核。

记者采访发现，最终入围的 35 个试点县，绝大多数都布局了农业农村大数据平台，并根据县域主导产业发展需要，因地制宜建设了一批农业"数字工厂"，有的还围绕产业痛点，开展农机装备的智能化应用，从生产、加工、营销、物流等全链条入手，提升运营效率。

财政扶持的政策"指挥棒"固然举足轻重，具体负责"施工"的农业农村系统，同样十分强调实效理念。浙江省农业农村厅乡村产业与市场信息处处长朱勇军认为，乡村数字化建设进程中，政府不仅要为资本投融资创造良好环境，更要加快推进"三农"数据的标准化，实现数据互通和资源共享。

事实上，浙江农业的"数字基因"由来已久。早在 20 多年前，衢州首创"农技 110"服务体系，用电话提供各类服务信息。2005 年，浙江又在省级层面推出"百万农民信箱"工程，尝试用互联网提高服务效率。近十年，信息进村、农村电商、智慧农业等新业态更是风起云涌。

"随着信息化的演进，确实到了转型升级的新阶段，那就是高效协同、应用赋能。"浙江省农业农村厅数字"三农"专班副组长孙奎法坦言，2020 年成立专班，目的就是要集中资源和力量，加快信息技术与"三农"的深度融合。

为了避免重复建设，浙江先从顶层设计入手，省级层面确立业务应用、应用支撑、数据资源和基础设施四大体系构架，并搭建好全省公共数据平台，统一数据规范标准，开发重要业务应用系统。县市一级需依托省平台建立数据仓，因地制宜开发区域性的服务应用平台。

某种程度上，平湖承担着探寻"市县模板"的角色。"过去一年，团队几乎泡在了农村，一有问题就与政府探讨优化。我们始终认为，技术和数据不是拿来看的，而是要解决实际问题，关键在于应用和服务。"负责技术开发的安厨控股董事长王晓桢对此深有体会。

目前，平湖的数字乡村大脑已雏形初现，形成了"1 个数字驾驶舱 + 1 个数字化绿色发展先行区 + N 个特色业务应用"的构架，并与省里一脉相承，牢牢锁定生产管理、流通营销、行业监管、公共服务和社会治理五大领域。采访中，平湖市农业农村局副局长唐红芳也表示，待平台成熟后，将乐于敞开大门、向外输出。

"我们并不倡导每个地方都花巨资搞平台，也不倡导为了所谓'观感'，盲目建设数字大屏，而是希望各地把更多精力和资源放在特色化应用场景的研发上，尤其是围绕当地农业主导产业，实现农民增收、节本增效。"孙奎法说。

正是在这些理念的指引下，围绕各地的农业主导产业，聚焦全产业链经营中的难点、痛点和堵点，近年来浙江各种应用场景层出不穷。值得一提的是，为了加强共享，省里还分门别类地梳理出 98 个应用场景，供各地借鉴、吸纳和集成，不少应用已初显成效，得到快速推广。

■ 产业生态正形成

数据越少价值越低，只有建立起共建共享机制，形成海量数据后方具效能，因此在设计总体框架时，浙江明确提出，要跨层级、跨地域、跨系统、跨部门和跨业务实现协同协作。这种理念不仅体现在政府内部，还可从外部的产学研用上窥见一斑。

以平湖的数字乡村大脑为例，其众多特色应用的研发，并非由"安厨"一手包办，很多都交由专业第三方来研发。目前，该平台已推出 3 个应用场景，其中之一即浙江农合数字科技股份有限公司（以下简称农合数字）开发的"平湖数字农合联"。

农合数字的创始人名叫黄鹏，过去是华为公司的一名数据师，创业头几年不温不火，直到联姻供销社系统，终于感觉找到了门路。"供销社在探寻如何让各项为农服务加速面向会员，我们则在寻找一条业务铺设的快车道，于是一拍即合，合股成立了新公司。"黄鹏说，平台提供的服务包括生产数字化、流通智慧化、信用在线化、销售新业态和管理新模式等。接下来，省供销社计划利用系统优势，将数字农合联"一朵云"推广至全省。

记者发现，在浙江，像王晓桢、黄鹏这样面向农业农村的创客团队不在少数。他们有的从硬件入手，有的从软件出发；有的从种植端往后延伸，有的从营销端往前反向推动，大家八仙过海，各显神通，很快形成了数字农业的全新生态系统。在他们看来，只要做好浙江"样板间"，业务就很快能够推广到全国。

80 后博士沈杰，是国内知名的物联网专家，5 年前回到老家浙江省湖州市南浔区，创建了庆渔堂农业科技有限公司。其业务核心是，在鱼塘中配备智能化设备，通过数字大脑进行智能分析和反馈控制，同时融入供应链、金融链，为养殖户提供闭环的渔业服务网络。

"一条龙、全链路"是沈杰苦心经营的方向，而成立于 2008 年的浙江托普云农科技股份有限公司（以下简称托普云农）则捷足先登，通过多年的潜心探索，已经从过去的智能装备供应商变身"软硬兼备"的数字农业综合服务商。

在托普云农董事长陈渝阳看来，随着农业集约化、规模化、标准化水平的提升，未来基于特色优势产业的产销一体化，提供一站式的数字化解决方案将是大势所趋，而农业本身环节众多、体系复杂，更倒逼着政产学研用之间的合作共建，形成一个生态联盟。

尽管目前农业生产的数字化服务属于全新领域，探索仍为各行其道，但越来越多的有识之士意识到，光凭一己之力，要改变传统农业，不仅代价巨大，而且步履维艰，若想快速站稳脚跟，只能树立独特优势，进行分工合作。因此，群雄争霸之下，竞合态势也愈发明显。

朱勇军则认为，随着这些数字化服务企业的成熟与壮大，不仅可以通过节本增效补齐浙江农业的短板，更会衍生出一个全新的服务业态，它所带来的产值将远超传统农业，这正是浙江农业未来的竞争力所在。

■ 数字与品牌"双化互动"

不久前，一家数字品牌研究所在浙江大学城乡规划研究院挂牌成立。数字归数字，品牌归品牌，将两者合在一起，意欲何为？该研究所所长袁康培道出缘由。

"数字化带来的直接红利是提升生产效率。在劳动力紧缺的发达地区，节本对于老板而言，固然是永恒追求，但无可回避的事实是，数字化基建投入不菲，后期还得持续运维。那么，数字化投入原动力何在，变现、收益来自何方？答案只能是：品牌溢价。"袁康培说。

在袁康培看来，品牌化反过来也需要数字化的强力支撑。"从生产环境、生产管理，一直到市场营销，品牌不仅可以通过大数据进行质量确保，而且还能对市场营销产生积极影响。两者之间相互依赖、相互赋能。"

正是基于这一分析，浙江大学发挥多学科优势，推出"双化互动"的专业研究所。

记者发现，传统的数字化工程，其"结晶"大多会是一块电子大屏，所展示的内容十分理性，更适合向领导汇报工作，而"双化互动"的演绎，则同时面向消费者，采用动漫、视频、直播、AI 等各种数字化技术，形象生动地展示生产管理、品牌营销等各环节，并且实现数据共享，真正做到"品效合一"。

"丽水山耕"是丽水市于 2014 年推出的全国首个覆盖全产业、全品类和全产业链的农产品区域公用品牌。如何抓住"后疫情时代"与"数字经济"的双重机遇？该市莲都区将路径牢牢锁定数字化与品牌化的"双轮驱动"。

与许多地方热衷于大屏不同，莲都搭建的是"丽水山耕"品牌农产品线上展示平台的"H5 界面"，让消费者通过手机小屏的"看、听、触、买"，充分调动感官以实现沉浸式体验，并借助后台数字化系统，为农业和农户沉淀产品的展、销、用等数据，以此来反作用于供应链的改造升级。

尽管该线上品牌馆仍在搭建中，但袁康培十分看好这一理念和探索。"这种小屏化模式，其实就是站在消费者立场，进行品牌的具象化展示，既让产品变得更加立体化，也让购物变得更加具有互动感。'双化'并非简单的物理叠加，而是相互渗透、互相赋能，两者共同围绕的始终都是消费者。"

记者发现，像"丽水山耕"这样"双轮驱动"的探索正不断往前推进，而如新昌大佛龙井、临安山核桃、仙居杨梅、嘉兴葡萄等也都纷纷"抢跑"，以谋求抢得先机和"快速撞线"。在功能设计上，除了通过各项数据的汇总，为政府决策提供科学依据之外，大家纷纷着眼于市场端和消费者端，借助消费者画像，为生产加工企业提供市场参考。

朱勇军认为，在劳动力成本日益提升的今天，运用数字技术提高劳动效率固然重要，但随着消费升级，在产销一体化的大背景下，如何确保生长环境、生产过程、产品品质的可控，并通过数据传递给消费者，构建起优质优价机制，需要进一步加以重视。

如今在浙江，农业农村领域的数字化发展风生水起，各种探索与实践百花齐放。不过，尽管全省总体水平较高，但南北之间的空间不平衡特征明显，不同行业之间差异也较大，农产品质量安全溯源行业应用有待加强，县域农产品网络销售呈两极分化。

浙江省农业农村厅乡村产业与市场信息处二级调研员程兵建议，政府相关部门要瞄准契机，适当加大对乡村信息基础设施建设、数字化系统开发与数据治理、数字农业工厂建设等的财政投入力度，切实吸引社会资本进入，做大做强农业数字经济，协同推进数字乡村建设。

"除了资金，还有人才，今后要不断加快培育乡村数字技术人才，提高基层工作人员、新型农业经营主体、农村实用人才、农创客、新型农民的数字化应用能力和知识素养，以适应数字农业快速发展。"程兵说。

浙江乡村，数字变革风正劲

（2022 年 2 月 22 日《农民日报》头版头条）

浙江省杭州市凤起东路 29 号。夜已深，会议室却依旧灯火通明，每个人都全神贯注、目不转睛，盯着大屏幕上滚动的数字"驾驶舱"。主讲者用激光笔对着思维导图，专业术语连续不断。恍惚间，让人怀疑，这究竟是机关大院，还是互联网企业？

身处"互联网之都"杭州，加班加点是常态。过去一年，浙江省农业农村厅围绕数字化改革，"一把手"召集的会议就超过 50 场，其余大大小小的讨论、座谈更是难以计数。8 小时之外，大家所切磋的话题、案头所研读的专著、调研所涉及的主题，仍然聚焦数字化改革。

据统计，"浙江乡村大脑"归集数据超 13 亿条，集成 53 个多跨场景应用，覆盖 1 790 多万亩＊农业生产用地；"14 ＋ 2"个"浙农"系列场景应用，累计超 1 700 万次的赋码用码量，日均用码量超 10 万次……每条数据背后，都是海量的重构。

从雾里看花到洞若观火，从手足无措到成竹在胸，从亦步亦趋到踏浪前行，面对这场数字化改革，尽管每个人的心路历程各有不同，但都日益感觉到，其意义之重大、任务之繁重、挑战之艰巨。没有人能置身事外，全部畅想着、设计着、创构着、优化着自己的"数字版图"。

作为时下先进生产力的代表，数字化一度被视作城市化、工业化的"专利"。但一向以务实、创新著称的浙江人，跳出"三农"抓"三农"，用数字

＊ 亩为非法定计量单位，1 亩＝1/15 公顷。——编者注

化改革引领乡村振兴、共同富裕，以开弓没有回头箭的勇气，不遗余力聚焦推动。

数字化与传统种养业看似相隔甚远，美丽乡村的宁静与数字化的快节奏，仿佛也不在同一频道，浙江何以勇往直前？数字化改革到底给浙江"三农"带来了哪些改变？

■ 迭代：从信息化到数字化

提到浙江农业，不可避免的标签就是：人多地少、山多田少，资源小省。尽管经济发达，尽管工业化、城市化高歌猛进，尽管农业占 GDP 比重不断走低，但浙江反向思维，转而更加重视农业，更加重视乡村，希望全力以赴、另辟蹊径，让有限的土地产出更多的财富。

信息化就是浙江的重要选择之一。早在 1998 年，浙江就建立了全省农业农村信息平台——"农技 110"，随后几年又启动"农民信箱"工程。200 多万名用户不仅可以收发邮件，还能网上销售产品。

2003 年，时任浙江省委书记的习近平同志提出"数字浙江"建设，并将其上升为"八八战略"重要组成部分。由此，信息进村入户作为"千万工程"的重要内容得以迅速落地。到 2020 年底，浙江基本实现重点乡镇 5G 全覆盖、农村 100 兆以上接入速率，两万余个益农信息社覆盖全省所有行政村。

"数字化基建"一定程度上消弭了城乡沟壑，"最多跑一次"改革则加速了城乡公共服务的均等化。那几年，通过服务型政府的打造，从省里到地方，从城市到乡村，很多事项实现了"最多跑一次"，甚至网上办、掌上办，一次都不用跑。

数字化既展示着另一面浙江，也书写着又一个浙江。2020 年，习近平总书记视察浙江，对数字化发展做出重要指示，要求抓住产业数字化、数字产业化赋予的机遇，着力壮大新增长点、形成发展新动能，并嘱托浙江"努力成为新时代全面展示中国特色社会主义制度优越性的重要窗口"。

重要窗口，到底展示什么？2020 年 11 月 19 日，党的十九届五中全会闭幕后不久，浙江省委十四届八次全体（扩大）会议就提出"数字化改革"，希望以此为总抓手，撬动各领域各方面改革。一时间，引发社会广泛热议。

如果说，此前浙江谈数字化，更多停留在信息化与电子政务转型方面。

这一回，落脚点则在改革，层次更高、意义更深、范畴更广：用数字化的技术、思维、认知，贯穿党的领导和经济、政治、文化、社会、生态文明建设全过程各方面，对省域治理的体制机制、组织架构、方式流程、手段工具进行全方位、系统性重塑。

浙江省委书记袁家军认为，现代化光有理念还不行，还必须得有现代化的制度、机制、方法和手段，缺一不可。数字化不仅仅是工具层面的"器"，更是智慧层面的"道"；是理念、制度、底层逻辑的深层次改革，更是方法、手段的颠覆性创新与系统性重塑；是这个时代的内在要求和鲜明特征，更是新发展阶段的必答题。

工学博士出身的袁家军，曾任神舟飞船系统总指挥。也许在他看来，社会就如同一艘飞船，由数以万计的零部件组成，必须用系统集成方法，形成完整闭环。尤其是高质量发展建设共同富裕示范区，更需要数字赋能推动政策集成化、精准化，探索构建数字化时代下的新规则、新政策和新机制。

2021年春节假期后首个工作日，一场视频连线省、市、县三级的大会，正式打响了浙江数字化改革的发令枪。袁家军的讲话旁征博引，点燃了与会者内心的火焰。尽管很多人听得似懂非懂、云里雾里，但大家愿意相信这就是未来，自己必须跟上这个时代的步伐。

从省府路回到凤起东路，作为浙江省农业农村厅厅长的王通林既倍感压力，又兴奋莫名：

与其他部门单纯的行业管理职能大有不同，农业农村不仅条线多，而且涉及面广，不光要强监管，还得优服务、促发展。这些年，乡村网络虽通了，可农业比较效益相对低下，农民文化教育相对欠缺，农村要素激活相对困难，这些都是不争的事实，都给数字化改革带来重重压力。

但前景的确令人鼓舞。这场改革完全有可能形成新动能，让浙江摆脱长期以来资源束缚所造成的桎梏。经济发展、社会治理、法治建设……这些都可能因为数字化发生前所未有的变革。想到种种美好场景，所有疲惫和忧虑仿佛一扫而光。

王通林很快召开部署大会，成立领导小组，自己亲任组长，每位副厅长各领任务，并组建了数字"三农"改革专班，与各个业务处室、技术开发公司一道，展开了声势浩大的数字化改革。全省层面，每两月召开一次例会；而在省厅，则是日碰头、周例会、旬督查、月总结。每天恶补数字化专业知识，一听到哪个兄弟厅局有经验、哪个县市有创新，王通林就带队亲往调研学习。

这场全面升级后的改革，无疑堪称前所未有、迄今最为复杂的系统工程，既是蓝海，又是"无人区"。

■ 重塑：应用场景是关键

围绕数字化改革，浙江确立了"152"工作体系："1"即1个一体化智能化公共数据平台，"5"即党政机关整体智治系统、数字政府系统、数字经济系统、数字社会系统、数字法治系统五大综合应用系统跑道，"2"则指的是理论和制度法规两大体系。

对标这一体系，浙江省农业农村厅确立了农业高质高效、农村宜居宜业、农民富裕富足3条跑道，重点打造"浙江乡村大脑"，同样用一串"11151"数字清晰勾勒出整个系统构架，即1个农业农村数据仓、1张乡村重要资源天空地一体化全域地理信息图、1个全省农业农村数字化工具箱以及对应5大领域的核心业务应用系统和1个浙农码。

浙江省农业农村厅党组成员、数字"三农"改革专班组长陈良伟是省畜牧农机发展中心主任，他领受的任务是"浙江畜牧产业大脑"的开发，也叫"浙农牧"，最近，获评全省数字化改革第二批最佳应用，它的诞生就浓缩着数字化改革的精髓。

相比种植业，浙江的畜牧业经过多年转型升级后，规模化、标准化有了大幅提升。对于利用数字技术提高生产效率和精密智控，经营主体本身就有着强烈需求。可与猪场内的一众物联网设备不同，"浙农牧"意在基础再造、链条重塑，显然不在同一层级。

经历无数次的讨论与碰撞后，改革思路日渐清晰，归结为一个词，即"全生命周期管理服务"。具体落脚在"六个全"，即业务全穿透、主体全上线、地图全覆盖、风险全管控、服务全集成、一码全贯通。

方向既定，如何开发？浙江有"三部曲"之论：首先，从用户的高频与共性需求出发，建立需求清单；其次，在此基础上，再按照"大场景、小切口"理念，构建系统方案，谋划多跨场景清单；最后，从法律法规突破、体制机制创新、业务流程重塑等角度，形成重大改革事项清单。此谓"三张清单"。

因此，切口很关键，不仅要小，更要直击痛点。"浙农牧"就抓住了肉品上市前的动物检疫合格证与肉品品质检验合格证。过去线下开证，既难管，效率又低。浙江获批"双证"无纸化改革试点，正好让数字化有了用武之地，检疫申报"零次跑"，与市场监管系统的"浙食链"打通后，屠宰准出与市场准入无缝对接。

一个支点，撬动一个系统。围绕生猪产业链全环节，浙江梳理出 22 项需求，形成养殖、防疫、检疫、调运、屠宰等 8 大应用场景，再细化为监测预警、疫苗管理、检疫追溯等 29 项子场景。背后逻辑很繁杂，主体使用却很简单：一场一个"浙农码"，红黄绿三色，代表评估结果。

"整个'浙农牧'中，像这样的改革事项就有 25 项之多，每个环节背后都进行了流程重塑。比如：防疫环节，突出'一支苗'全程管理；检疫、流通环节，突出'一张证'全程追溯等，及时发现风险，高效闭环处置。最终，一环套一环，形成闭环。"陈良伟说。

2021 年 6 月后，"浙农牧"的管理端和用户端相继上线。短短半年多，注册用户就超 3.2 万户，实现畜禽养殖、调运、屠宰、疫苗企业等 12 类主体全上线，在线开具动物检疫证 613 万单。

此外，浙江还制定了 7 项数字化相关制度，把畜牧业数字化改革的实践固化为制度规范，推动"实践—理论—实践"螺旋式上升。虽然过程很煎熬，几度推倒重来，每个人都"抓破了脑袋"，但学中干、干中学，大家对数字化改革的认知得到不断升华。

作为渔业大省，浙江渔船数量多、作业区域广、通航环境复杂，商渔船碰撞事故时有发生。如今，记者登录浙江省渔船安全精密智控系统（简称"浙渔安"）看到，通过自动监控系统，所有渔船身在何处一目了然，连驾驶舱内船员的行为都一览无余，可智能识别、报警提醒。此外，借鉴陆地交通规则，该应用还引入海上"斑马线"概念，减少了商渔船的碰撞事故。

最有价值的是，通过"救援在线"功能模块，综合利用参与搜救渔船的实时位置、落水人员的漂流路线、船舶的最大航速、现场实时风浪等数据，"浙渔安"可计算出不同船舶到达不同位置的最短时间。2021 年 10 月 16 日，"浙岱渔 06609"事故就是靠此功能，在事发后 15 小时成功救起两位渔民。

"浙渔安"背后即是海洋渔业综合管理试点改革，涉及 26 项改革，成为全国唯一的渔船渔港精密智控建设试点。纵观每个应用，都与改革密不可分，浙江将应用场景开发与流程再造、制度变革、机制完善相协同，从而构建起与数字化时代相适应的生产方式、生活方式和治理方式。

■ 集成：数据壁垒正在消弭

75 岁的余湾发是衢州市衢江区莲花镇东湖畈村的村民，4 年前患上尿毒症。起初，血透次数没那么多，日子还算景气些，2020 年，他顺利"脱低"。不曾想，没多久，他的病情加重，才几个月，医疗自付支出就达 2.7 万元。

余湾发才刚出院，镇里的联村干部余民峰就赶到他家中。原来，就在前一天，余民峰手机收到预警提醒"余湾发有可能返贫"，数据是自动推送的，于是他立即上门核实。了解情况后，余民峰马上将情况反馈给民政部门。很快，余湾发被重新纳入低保保障，预警顺利解除。

余民峰手机里装的软件叫"防贫监测预警系统"。衢江在册的 10 120 户低收入农户，以及已脱贫的 2 075 户农户，都被纳入重点监测范围，一旦农户有返贫风险，系统马上会预警提示。自从推出该系统，全区 2021 年总共收到预警提示 121 件，全部及时处置、限时办结。

衢江的切口很小，就关注"防贫"二字，可里头文章却不小，贯穿着 19 个部门的 58 项涉贫补助到户事项。但如果放大视角，聚焦省级层面的"浙农富裕"应用，衢江只是其中一个特色子场景，说它小其实也不为过。

据介绍，"浙农富裕"以强村富民为突破口，系统谋划了产业、就业、活权、强村、赋能、帮扶 6 个促富"一件事"，像返贫动态监测这样的机制创新有 7 项之多。目前，通过"帮扶促富一件事"，全省已实现低收入农户帮扶对象全覆盖、帮扶流程全链条、帮扶服务全方位、帮扶监测全闭环。

对于"大"与"小"的关系，浙江有着独到拿捏，这也是系统观念与系统方法的精妙所在：大，即打破条块分割、条线孤立的碎片化模式，强调系统性、整体性、协同性；小，即化大为小，将复杂的庞大系统分解为若干简单可执行的实施系统；最后，又化零为整，集成为一体化的综合应用。

因此，尽管部门、地区之间有"行政篱笆"，数字化系统却无"门户之别"。只要涉及业务交叉，彼此留好接口，纵横贯通就能形成全景画像。比如，"浙农田""浙农宅地"这两个应用，背后是农业农村厅与自然资源厅的高度协同；"浙农经管"里的农村"三资"管理数据，对接给省纪委后，便于开展小微权力监管；浙江省经济与信息化厅所打造的"产业大脑"，也专门把农业板块纳入其中。

如何确保"大"与"小"的精准匹配？浙江同样有道：一方面，自上而下，强调顶层设计，避免各搞烟囱、重复建设，确保高效协同；另一方面，自下而上，鼓励基层探索，细化跑道，一地创新、全省共享。由于最终要综合集成，源头上得保证数据格式、语言体系等统一。

"浙农富裕"就打通了 20 多个省级部门的 208 项数据。在浙江省农业农村厅党组副书记、副厅长陈利江看来，这种统分结合的好处在于：通过顶层设计，可实现规划、支撑、构架、标准、运维等统一；而分的价值在于能激发基层能动性，体现开放协同、共建共享。

短短时间，一大批特色场景应运而生。黄岩的"瓜农天下"就因为小切口解决大问题，得到副省长徐文光的热情点赞。原来，当地农民追着太阳种西瓜，外出瓜农近 4.3 万人，身影遍布全国各地，年产值达 50 亿元。

如今，天南海北的瓜农可获取智能选址、农资供应、销售对接等一众服务。尤其借助改革之手，竟实现了跨地区的政策性保险办理。种植面积、农资采购、还款记录等数据还成了授信依据，与金融机构打通后，瓜农可享受低息贷款，不少信用良好的还被提高了授信额度。

还有象山县的"闲置农房盘活"应用，其巧妙之处在于通过用水用电数据分析，即可梳理出资源库，与之配套的发布招商、审批服务、过程监管、办证贷款等服务一应俱全。系统上线仅一个月，就完成 46 宗交易。目前，浙江已摸底出 22.7 万宗闲置农房，潜在盘活收益预计超过 200 亿元。此应用将在象山试点基础上加快推广。

■ 赋能：产销鸿沟亟待打破

纵观浙江数字化改革的"5 条跑道"，其中 4 条更多体现在党政决策的科学化、社会治理的精准化、公共服务的高效化，带有浓厚的公益性。那么，除了为政府管理提供便利外，数字化改革能否为农村发展创造新动能？说一千道一万，其成功与否，最终取决于"农民的腰包是否鼓起来"。

数字化尽管可以倒逼流程再造、制度重塑，但说到底仍是方法和手段，绝不可能成为目的。数字化改革的方向，更不是为了获得海量数据，而一定是利用大数据、云计算，帮助农民实现优质优价。这其中，品牌必定是不可或缺的抓手。因此，一众应用场景中，"浙农优品"赫然在列。

问题是：这个应用场景究竟应该怎样设计，除了农药化肥的实名购买、定额施用以及农产品质量安全的监管与追溯外，如何实现与消费者之间的链接？

长期以来，农业农村部门习惯的语言体系是"我有什么"，而非"你要什么"。因此，在消费升级的时代，如何与市场进行有效沟通，就成为难以逾越的鸿沟。

这天，省农业农村厅来了两位客人，一位是浙江大学城乡规划设计研究院数字品牌研究所副所长朱振昱，另一位是浙江永续农业品牌研究院副院长杨巧佳。他们带来的方案和构想正是：利用海量数据生成品牌综合指数，犹如豆瓣评分和大众点评，让生产管理部门一眼就能明白短板所在，让消费者一键就能选择心仪品牌，最后实现对生产的倒逼。

数字化投入需要品牌溢价得以变现，而品牌要打响，同样需要数字进行品质背书，两者相辅相成，方能相得益彰。对于该观点，大家趋于一致，因此科教处、质监处和产业处等相关处室的人马几乎每天都会碰头谋划如何通过"浙农优品"重塑产销关系。

目前，品牌综合指数的构架正逐渐清晰，包括品质指数、管理指数、态度指数和行为指数，其核心就是真正打通生产管理与市场消费之间的链接。而这不仅是"浙农优品"的痛点所在，也是不少"一县一品"产业发展遇到的最大阻梗。

近年来，浙江不少地方农业主导产业纷纷布局了大数据平台。但稍加研究后就能发现，这些平台虽然沉淀了海量数据，却都停留在生产管理环节。至于产品卖到哪里，谁在消费，是否适销对路，消费评价如何，复购率又有多少，等等，都是"瞎子摸象"。

这些数据不可能掌握在行政部门手里，而全在阿里巴巴等终端销售平台上。因此接下来，在打破行政壁垒的同时，如何与市场化平台实现数据共享，让品牌综合指数更具科学性和指导价值，成了关键所在。

不管如何，"数字化与品牌化的螺旋互动"这一概念的提出，已让数字化找到了下一步迭代升级的方向。考虑到农业产业集群中各个产业之间需求不同、切口不同，浙江省农业农村厅正积极探索"农业产业大脑＋未来农场"发展模式，启动种植业、畜牧业、水产养殖业各 100 个数字农业工厂试点建设，尤其要强化生产与消费的双向打通，以数字化变革催生新动能。

王通林判断，从数字农场、数字牧场、数字渔场，到加工、营销、康养、文旅等二三产业的深度融合，再到乡村资源的全面盘活、青年乡贤的下乡创业，这些都有着无限的发展空间，通过数字化改革来重构新型生产关系，无疑将赋予浙江"三农"全新的意义与价值。

数字大潮，浩浩荡荡。尽管数字化改革大幕掀起才一年，尽管很多应用仍待升级优化，尽管老问题还未解决，新问题又随之而来，但在浙江的乡村大地上，这股大潮已势不可挡，到处迸发着新活力、新理念、新模式。每个人都在用数字将未来变为当下，让乡村更安全、更智能、更美好、更有活力，也用数字改变着治理结构。一幅共同富裕的"富春山居图"正呼之欲出。

农业服务从"小合作"走向"大联合"

追踪浙江"农合联"

（2017 年 7 月 26 日刊发于《浙江日报》）

在中国农村的广袤田野上，"合作"一直是一个令人魂牵梦萦的词汇，她像一朵花，也似一个梦，更是一粒可以带来唤起大众、燎原大地的火种。

作为农民专业合作社的最早探路者，浙江在农业规模化经营、市场化发展的同时，农业服务也逐渐从低层次的"小合作"走向高层次的"大联合"，构建起了专业合作、供销合作、信用合作"三位一体"新型合作体系，即"三位一体"改革。

从 2006 年最初的瑞安现场会，到之后 18 县试点，再到 2015 年省委、省政府出台深化改革顶层设计以及 20 县推开深化改革，最后到 2016 年所有市、县铺开深化改革，浙江推进"三位一体"改革已历经 10 年，组建了省、市、县、乡四级"农合联"组织。

■ "农合联"是什么

温州瑞安，一个与"三位一体"改革最紧密相连的地方。

改革开放之后，大批瑞安农民离土离乡、办厂经商。他们流转了承包地，农业适度规模经营由此发展，新型农业经营主体兴起。而这些主体又面临着缺信息、缺技术、缺销路等问题，"统分结合"的农业双层家庭经营体制一次次地暴露出了"统"上的短板，倒逼着农业社会化服务的发展。

2001 年，农民专业合作社在瑞安面世。这种专业合作社虽然一定程度上缓解了"统""分"之间的矛盾，但因其规模不大、功能不多、实力不强，很难完全满足新型农业经营主体对服务的需求。

怎么办？瑞安人想到了，在"专业合作"的基础上，再进行一次更高层次的"综合合作"，成立农村合作协会，将农民合作社和各类为农服务组织联合起来。2005 年 6 月，瑞安开始筹划这一改革。

瑞安的萌动并非个别现象。21 世纪初，浙江农业生产力发展与农业生产关系相对滞后的矛盾日渐突出。对此，2006 年 1 月，在全省农村工作会议上，时任浙江省委书记习近平首次提出：积极探索建立农民专业合作、供销合作、信用合作"三位一体"的农村新型合作体系。

两个月后，瑞安农村合作协会宣告成立。当地农业局作为主管部门，对其进行了审批登记。农民专业合作社、村经济合作社加入了农村合作协会（简称"农协"），供销合作社、信用合作社及其基层组织自动转为"农协"会员，各方合力为农服务的格局在瑞安率先形成。

2006 年 12 月，浙江省委、省政府在瑞安召开全省发展新型农村合作经济工作现场会，习近平出席会议并讲话，肯定了瑞安的探索实践，部署了在更大范围开展"三位一体"改革试点工作。

随即，"三位一体"改革在浙江 18 个县（市、区）展开试点。

浙江省农办副主任蒋伟峰认为，尽管之后数年，浙江省并没有新的重大部署，但各地都在探索"提升合作组织层次、拓展为农服务领域、创新合作经济方式"的多种形式。

2015 年，浙江省委、省政府发出"17 号文件"，决定将深化供销合作社改革与深化农业生产经营管理体制改革结合起来，统一组建农民合作经济组织联合会，人们简称其为农合联。农合联由此正式亮相，成为"三位一体"的"体"。

蒋伟峰进一步分析，农合联是由农民合作经济组织和各类为农服务组织（企业）组成的农民合作经济组织联合组织，具有四个特征：一是属于非营利性社会组织；二是以农民合作经济组织为主体开展合作；三是成员多样化，综合性、专业性服务能力强；四是 2/3 以上代表大会、理事会、监事会的成员来自农民合作经济组织，保障了民主化治理。

■ 供销社与农合联是啥关系

"我是从农办出来的，比较了解供销社的体制弊端。"在 2016 年 3 月出任省供销社理事会主任之前，邵峰曾多年担任省农办副主任，并且参与了 2015 年省委、省政府"17 号文件"的研究起草。

事实上，改革开放以来中央印发的"三农"文件，但凡提到供销社改革的，都会明确提出"将供销社真正办成农民的合作经济组织"的目标导向。然而，几十年过去了，供销社似乎并未"回家"。

问题出在供销社"回家"的路没有找到。半个多世纪以来体制的几经变化，使供销社在自身组织体制内部已很难恢复和重建与农民的合作关系。在不少地方领导心目中，供销社已经被当作一个企业或企业集团来对待，有的在改制后甚至只剩下了一块牌子。

供销社到底如何回归合作？浙江的办法是"借船回家"，而这艘船就是农合联。也就是，将深化供销社改革与构建农合联组织融合起来，让供销社在崇尚合作的农合联这个大平台上，发展与农民合作经济组织的新型合作关系，使供销社与农民群众坐到同一条板凳上。这也是浙江 2015 年"17 号文件"的深层用意所在，也是浙江深化供销社改革顶层设计的精妙之处。

供销社在农合联这艘"船"上扮演什么角色，又承担什么职责？

最主要的角色是以自身为依托，组建农合联理事会执行委员会，承担农合联理事会日常运行工作。省委副秘书长、省农办主任章文彪认为，尽管从理论上讲，由谁来运行农合联这个"体"有多个答案，但从浙江实际来看，由供销社来运作农合联这个"体"是最优解。

章文彪认为，由供销社这一实行"参公"管理的为农服务单位来运行农合联这个"体"，有利于农合联"有人干事、有钱付薪"，不为"三斗米折腰"，保持正确的改革方向。"我们可以将其理解为政府为了开展为农服务工作而向供销社购买的公共产品。"他说，这同时也有利于供销社在农合联这一合作经济平台上，参与为农服务、发展合作经济，在"离农化"轨道上调转头来，重新回归农民怀抱，实现"借船回家"。

"此外，供销社还有两个重要角色：一个是参与农合联为农服务工作，特别是要充分发挥自身优势，激励社有企业融入农合联，利用农合联庞大的组织网络体系，参与为农服务，充当服务龙头；另一个是参与合作经济发展，以'与农民合作、让农民共享'为价值取向，与农民合作社、企业等农合联会员合股共建服务体系和涉农产业，为农民合作经济组织及农民群众实现共建共享提供服务。"他补充道。

■ "三位"功能如何成"一体"

农合联的"三位一体"，指的是将生产、供销、信用三种服务功能置于一个组织体内，为"三农"发展提供综合性服务。随着经济发展、社会进步，为农服务领域还会进一步拓展，"三位"有可能变成"四位"甚至更多"位"，如以乡村垃圾分类与资源化利用为重点的环境服务，将成为第四位基本为农服务功能。然而，这么多的服务功能和服务资源，有的分散在农合联各类会员之中，有的分布在相关部门职能之中，有的则是现实中尚不存在、需要新生的。

"三位"功能如何成"一体"？浙江通过联动推进供销社改革与农业经营、农村金融、涉农管理等体制改革，聚合服务资源，培育服务功能、转变服务方式，逐步建立健全现代农业、城乡商贸、农村金融、乡村环境四大为农服务体系。邵峰认为，多种服务资源和服务功能的聚合、整合、融合，要通过会员服务功能集成、部门服务职能转移、供销系统服务融入、农信机构服务嫁接、会员企业服务发展等多种途径来实现。

邵峰说，部门服务职能转移要区分行政管理、公共服务、经营性服务三类职能，按照"先易后难、水到渠成"的要求和农合联承接能力来逐步推进。要逐步剥离涉农部门事业单位的配方施肥、农机作业、统防统治、收储加工、产品促销、信用担保等经营性服务事项并优先交由农合联承担，逐步将农产品展示促销、农业废弃物综合利用、农民技能培训等公共服务事项以委托或购买方式转由农合联承担。要同步推进服务方式转换，避免使农合联行政化、成为"二农业局"。

"摆正'服务'与'赢利'关系至关重要。"邵峰说，经过一年多全系统共同工作，越来越多的同事达成了共识，走出了"只要扩地盘增项目、不愿正方向改体制"的认识误区。他认为，深化供销社改革，首要的和根本的问题，并不在于让供销社拓展多少服务领域、增加多少服务功能，而在于让供销社重举合作大旗、重回农民怀抱，真正走上回归农民合作经济组织的道路，让供销社和农民坐到同一条板凳上！只有摆正了"服务"与"赢利"的关系，坚持"服务第一"的原则，大力发展合作经营、合作服务，才能使农合联既成为会员享用各类服务的平台，也成为会员共享服务利益的载体。

■ "合作经济"怎么发展

农合联如何让合作社、企业等不同类型会员走到一起发展合作经济？

浙江设计了两项支撑农合联发展合作经济的制度：一是组建农合联农民合作基金，主要解决"钱从哪里来""钱到哪里去"的问题；二是成立农合联资产经营公司，主要解决"钱由谁来投""钱怎么去投"的问题。

农民合作基金的筹集和使用，体现了合作制精神。记者了解到，该基金主要有三部分来源，分别是农合联会员的入会费、农合联（含供销社）资产经营公司按不少于20%的年度资产收益注入、政府提供的引导资金。而基金的用途也主要分三方面，分别为满足年度常规为农服务事项的支出、支持涉农产业发展和服务功能建设、建立信贷风险补偿资金及损失弥补机制。

数据显示，目前浙江市、县两级农合联均建立了农民合作基金，已确定的总规模近18亿元，其中市级基金平均规模分别为5 550万元，最高的为丽水市2亿元。

资产经营公司的组建和运作，同样体现了合作制精神。供销社牵头并引导参加农合联的农信机构、相关企业和其他会员参股组建农合联资产经营公司，让供销社、农信机构为发展新型合作经济服务。目前，7个市、48个县级农合联单独组建了资产经营公司，其余市、县两级农合联暂由同级供销社资产经营公司承担相应职能。

各地积极发挥农合联资产经营公司的作用，建立面向农合联会员的众筹引领、合作投资的服务体系，引导农合联会员参股投资效益较好较稳的项目，使农合联成为发展新型合作经济、促进农民资产保值增值和农民群众共建共享的有效载体。目前，全省农合联投资在500万元以上的项目67个，总投资120亿元。

发展合作经济，还体现在推进主体合作化和体系合作化上。邵峰解释说，推进主体合作化，重点对综合服务社、庄稼医院等服务链、产业链上的经营服务实体进行合作制改造，同时发展消费、环境等各领域合作社，引导农户、合作社、村集体经济组织等共同参股，打造服务供给者与接受者的利益共同体；推进体系合作化，通过建立"层层向上参股"的利益共享机制、"层层向下参股"的经营指导机制和"按交易额返利"的二次分配机制，打造服务链、产业链各环节上主体的利益共同体。

6月22日，中央农办、全国供销总社在温州瑞安举行深化供销社综合改革、发展"三位一体"合作现场交流会。10年前，在同一会场，时任浙江省委书记习近平提出积极探索建立"三位一体"农村新型合作体系；10年后，浙江在10年实践积累基础上，在新的发展阶段再出发、再动员。

产业农合联：怎么合，联什么

（2022 年 1 月 28 日《农民日报》8 版）

　　浙江是生产、供销、信用"三位一体"改革发祥地。习近平总书记在任浙江省委书记时，曾亲自部署构建"三位一体"农村新型合作体系。此后 16 年，按照"多元化、市场化"的要求，浙江坚持不懈探索。产业农合联正是在这一背景条件下茁壮成长起来的一棵幼苗。

　　截至目前，按照"一业一联"的要求，浙江已在县级层面组建成立了 217 家产业农合联。这种新型合作组织以龙头企业为主导，以涉农行业协会和农民合作社联合社为协调，以加工企业和专业合作社为基础，围绕产业发展提供专业服务，得到相关各方交口称赞。

　　"在欧美等发达国家与地区，在同一产业内，产业链上不同的主体往往相互参股，合作社与合作社也常常联手组建加工企业，共同形成对市场的控制，因此产业发展始终健康稳定。我国的专业合作社还比较初级，作用仍然有限，必须实现更高层次、更大范围的再联合、再合作。浙江产业农合联，正是'三位一体'改革的多元化创新，值得关注与推广。"长期致力于合作经济研究的专家、浙江大学中国农村发展研究院首席专家黄祖辉认为。

■ 产业发展的"二传手"

　　产业农合联的作用在于可以完成政府想做但做不了、不能做，而专业合作社能做却不经济、做不好的工作

　　长兴是浙北农业大县，其芦笋产业赫赫有名，种植面积 1.2 万亩，年产

量达 1.6 万吨。但由于分散经营、规模偏小、各自为战，尽管有诸多专业合作社提供相关专业服务，在市场上却仍难以形成议价权和话语权。收购商往往在田间地头"各个击破"，农户们不仅被压价，还不时遭遇滞销。产业发展时起时落，犹如"过山车"。地方政府看在眼里、急在心里，却无计可施。

2017 年 4 月，长兴将 53 家会员单位组织在一起，成立了芦笋产业农合联，其中包括 27 家专业合作社、9 家家庭农场、6 家种植大户、7 家涉农企事业单位和其他 4 家相关单位，几乎将相关生产主体和服务机构"一网打尽"。产业农合联成立后，设置了销售部、技术部、质检部、专科庄稼医院和信用合作部。许长蔬菜专业合作社"当家人"莫国锋因为为人公道、能力出众，被大家公推为产业农合联的理事长。

"现在产业之间竞争越来越激烈。无论是产销信息、技术研发、品种试验，还是农机迭代、标准推广，看似简单，其实背后的工作十分烦琐，又十分专业。政府虽然有心扶持，但对产业发展毕竟不够了解。"莫国锋说，产业农合联成立后，除了每天发布产品交易价、对外拓展市场，还分别对经销商和农户形成了交易规则的强制约束。会员们只要将芦笋交给产业农合联就万事大吉，每个月定期结账，可以拿到现金。为了对经销商和农户形成约束，产业农合联规定，双方都必须缴纳一定数量的保证金。

联合势必产生费用。那么，产业农合联的办公经费从何而来？据了解，该组织规定，会员每交易 1 斤*芦笋，产业农合联即可从中提取八分钱管理费。按每天交易 2 万斤芦笋计算，每天可有 1 600 元入账。这笔收入，可用来做市场推广、房租水电、人员工资等。到了年底，如有结余，会员们将按入股比例进行二次分配。

区区"八分钱"管理费，看似微不足道，但一方面，其分配体现了合作经济的本质，另一方面，则保证了产业农合联的可持续运营。产业农合联的发展，也因此表现出旺盛而持久的生命力。

市场交易离不开品牌。长兴芦笋打造品牌的短板在于没有对产品进行分级，市场上也找不到现成的分级设备。无奈之下，莫国锋硬着头皮找到专业研发机构，谈妥价格，然后找政府申请项目补助，进行设备的联合研发。"对方看中的是我们有众多会员，一旦成功就可以批量推广。"

＊　斤为非法定计量单位，1 斤＝500 克。——编者注

现在，莫国锋的芦笋产业农合联一呼百应。经过分拣的芦笋，在盒马鲜生电商平台每斤最高卖到近 20 元。长兴芦笋的产业地位日渐巩固，稳居浙江"老大"。近期，莫国锋又忙着组建公司，自己做大股东，再吸收其他合作社参与，共同开发芦笋果汁等深加工产品，一方面提升芦笋附加值，另一方面预防滞销跌价。

"产业农合联的作用，就在于它承担了政府不能做、做不了，专业合作社做不好、不经济的事项，犹如排球运动中的'二传手'，是组织进攻、实施战术的关键。"在长兴县委常委史会方看来，以往产业政策往往是"二八开"，即 80% 的资金被 20% 的主体享有。而产业农合联的出现，改变了这一"潜规则"，让政府的财政扶持资金能够用到刀刃上，不仅公正公平公开，而且代表性十分广泛。

目前，产业农合联已经覆盖到长兴 10 个主导产业，其中有葡萄、茶叶、粮食、湖羊等。每个产业农合联配备一个综合服务中心，里面各种服务应有尽有。该中心建设由政府投入，经营管理则由产业农合联负责。

粮食种植一直是浙江农业发展中的"老大难"，但在地处浙南山区的龙泉市，粮食产业农合联一举扭转了局势，成为"二传手"发挥作用的又一成功案例。

以前，龙泉的种粮大户都是自己购买种子、自己育秧，不仅身心疲累，而且成本居高不下，加上山区地形复杂，农业机械难以施展手脚，以致种粮成为鸡肋，面积逐年下降。面对这一局面，地方政府愁眉不展：无法完成一定的粮食自给率，就无法通过上级部门的考核。

2017 年 5 月 2 日，龙泉粮食产业农合联成立，11 位会员"众筹"500 万元，成立了祥禾粮食产业综合服务有限公司，提供农资供应、育秧机插、粮食烘干、农机维修出租和粮食仓储加工等市场化有偿服务。政府的公益服务组织——龙泉市粮食产业综合服务中心也委托公司展开运营，三块牌子一套人马。

产业农合联成立后，在地方政府支持下，不仅低价租赁了办公用房和加工车间，还得到金融机构的低息贷款。信心满满的理事长雷少伟，注册了"祥禾"品牌，通过精心包装走向市场，实现了理想的产品溢价。今天，其粮食种植面积扩大到了 1 100 亩，无论是规模还是实力，在龙泉都独占鳌头。

据介绍，以前抓粮食生产，政府最为头疼：一是比较效益低，老百姓缺乏积极性；二是缺乏相应抓手，即使政府出台了鼓励政策，种粮面积核定、补贴资金发放等具体工作，也没有专门机构和人员落实，最后导致政策"跑冒滴漏"。现在有了这个"二传手"，三种功能集于其一身，政府政策有了落地者，生产服务有了供给者，做起工作来感觉顺手许多。

龙泉粮食生产逐渐掌握主动，种植面积不减反增。至今，龙泉的产业农合联已经发展到 7 个，而且个个生龙活虎、朝气蓬勃。

■ 市场化经营"主攻手"

产业农合联的活力来自组建利益紧密联结的实体，瞄准产业链建设中的痛点和短板，进行市场化经营

行业协会是市场经济条件下实现资源优化配置不可或缺的重要环节。产业农合联与这些传统的社团组织有何区别？会不会是"新瓶装老酒"？记者调查发现，产业农合联并不仅仅是行业自律和管理组织，而是针对产业发展需求，将服务功能进一步延伸到了市场化运营。但这种运营并非产业农合联出面，而是由协会会员共同组建实体公司加以完成。

温岭是浙江有名的农业大市，近年来西兰花发展很快，其产品除了供应国内，还出口日本等国。但随着生产规模的扩大，产品销售常常遭遇挑战，蔬菜产量大年时，西兰花常被贱卖，还会有不少烂在地里。以前，温岭人为减少损失，常把西兰花运到山东等地进行加工，来回大费周折。

时间长了，大家就想在温岭也搞个加工厂，但资金成了最大的"拦路虎"。温岭红日供销有限公司董事长江福初，有着十多年的西兰花种植经验。2018 年，他与几家生产主体协商，共同投资 2 500 多万元建成了一条深加工流水线。

按照设计规模，这条流水线每小时可加工 5 吨蔬菜成品，仅靠江福初的自有基地，远远不能满足流水线的原料需求。温岭蔬菜产业农合联成立后，凭借这个组织载体，江福初向许多有加工需求的种植大户发出邀约，立即实现了业务饱和。一方面，有了稳定的原料供应，江福初可以安心开拓外贸订单，再根据订单计划向会员提前下单，有效避免了生产盲目性；另一方面，种植大户们可以就地加工，再也无需将西兰花拉到外地售卖，仅此一项每吨即可净赚 1 000 元。

记者调查发现，行业协会、产业协会的会员之间，大多是"相敬如宾"，往往一年只见一面，"喝杯酒握个手就拜拜"。但产业农合联的会员之间，则经常吵得"天昏地暗"，因为大家相互合作、互相参股，形成了利益共同体，一荣俱荣、一损俱损。大伙常挂在嘴边的是"这个事情客气不得"。

至于如何市场化经营，八仙过海各显神通，但百变不离其宗，大家都在寻找产业痛点，进行聚力弥补。有的瞄准市场拓展，有的聚焦产品深加工，有的致力于农资开发供应。总之，通过进一步深度合作，产业农合联的会员们既在市场上有所斩获，也推动了产业进一步健康发展。

龙泉蔬菜近年来发展较快，面积已达 10 万余亩，产值超过 5 亿元。但随着规模扩大，流通压力与日俱增：龙泉本地没有蔬菜批发市场，菜农们只能硬着头皮，拉着蔬菜去外地到处碰运气。

龙泉能否有个自己的蔬菜批发市场？这不仅是菜农们共同的心声，也是整个蔬菜产业发展的迫切需要，但愿望一直得不到政府回应。

2017 年 5 月，龙泉市蔬菜产业农合联成立后，再次提出兴建批发市场的建议。这次，建议很快被政府采纳。

毛月旺既是龙泉市蔬菜瓜果产业协会会长，又是蔬菜产业农合联理事长。为什么以前功亏一篑，这次马到成功？他认为，是因为产业农合联组建了"联源农业"这个实体，"没有实体支撑的社团组织，就没有凝聚力，最终都将沦为自娱自乐。"

今天，龙泉蔬菜批发市场已经建成营业。由展示楼、检测楼、零售区、批发区、特产销售区等组成，面积共计 2 万余平方米。如此庞大的一个市场，从土地划拨到建成运营、招商管理，只用了短短不到两年时间。

据了解，"联源农业"总股本 200 万股，以 20 万股为一股，分成 10 股。其中毛月旺本人持股 30%，其余 70% 由成员单位自愿认缴。因为有政府的各方面支持，解决的又是会员共同的需求，筹资十分顺利，一半左右的成员单位成了公司股东。

对于龙泉蔬菜产业发展而言，批发市场的建设作用非常重要。但假如没有"联源农业"这个"主攻手"，政府既不敢盲目立项，也没有精力主动去实施落地。据记者了解，政府投入开发市场、管理市场，不仅每年需要支出各种费用，管理上也存在诸多困难，缺乏动力和活力，不容易搞好。

■ 专业化服务"扣球手"

由于产业农合联会员之间共性需求的集中释放，让专业化、定制化服务的精准供给成为可能

现代农业发展，越来越离不开各种专业化服务，如金融、资本、品牌、营销等，但因为面向形形色色、不同产业的合作社，每个合作社所需要的服务都有所不同，因此专业化服务很难有效植入。产业农合联则扮演着"扣球手"的角色，让专业化服务得以顺利落地。

浙江青田稻鱼共生系统，是我国首个全球农业文化遗产。然而，获得这一殊荣后，青田刚开始并没有多少实际收益，稻鱼米价格还是一如既往，种植面积由此一路萎缩。

2017年，青田县成立稻鱼产业农合联，县政府斥资2 000万元，组建青田县侨乡农业发展有限公司，主导产业农合联的运营。

以前，稻鱼产业犹如一盘散沙。公司介入后，以产业农合联为平台，以品牌营销为龙头，倒过来抓品种、抓标准、抓质量；在品牌营销上，则定位"稻鱼之恋"，挖掘品牌故事，赋予品牌以内涵。

从举办"稻鱼之恋"的开犁节、开镰节，到亮相各类推介会、展销会，从邀请"网红"进行直播，到9位挂职副县长吆喝卖米，从入驻阿里巴巴盒马鲜生旗舰店，到变身联合国地理信息大会指定用米……专业服务下，青田稻鱼米身价陡增。仅仅一年时间，其售价就由每千克6元猛涨到了20元。

青田曾经的挂职副县长廖峰深有感触：通常情况下，区域公用品牌掌握在行业协会手中，但行业协会往往无法真正触及市场脉搏，这就造成品牌和市场之间的割裂。青田稻鱼米的成功，恰恰在于产业农合联为其提供了品牌营销的专业服务。

日渐凋零的青田稻鱼米品牌开始走向复苏。记者采访后发现，跟青田稻鱼米一样，浙江各地一大批区域公用品牌，通过产业农合联设立专业服务公司，再以政府向专业公司购买服务的模式，来解决品牌运营主体缺失难题。品牌的可持续发展，由此成为可能。

农业产业门类众多，不同门类有不同的服务需求，因此尽管合在一起，也往往"话不投机"，大家说不到一块儿去。有了产业农合联，服务需求就会合并同类项，被集中释放，专业化、定制化的服务就有可能有效地、精准地输送给会员。

比如金融服务，尽管属于通用性服务，任何主体都有需求，可每个产业的需求有所不同，金融机构因为不懂产业，因此既不敢轻易放贷，也设计不出符合市场需求的产品。但通过产业农合联，这一深层问题迎刃而解。

柑橘是衢州市柯城区传统品牌产业、农民增收产业和乡村振兴产业，但是三年一小冻，五年一大冻，给产业发展造成严重影响。2020年遭遇冻害之后，柯城橘农面临着转型发展难题，有的要购买新品种，有的要上马设施大棚，有的要流动资金收购。柯城区有10个产业农合联，原来一起组建成立了资产经营公司，要为会员提供融资担保服务，结果经营公司并不具备担保资质，也不符合监管要求，导致信用服务陷入困境，柑橘转型难以起步。

浙江省农担公司进入后，紧紧依靠柑橘产业农合联熟人熟地的优势，一方面利用反担保方式，解决经营公司担保资质难题，另一方面通过财政政策协同，降低了农户的融资成本。到2021年12月底，农担公司累计在柯城区发放"政银担"贷款2.65亿元，其中仅柑橘一个产业就超过了1亿元。

作为一个"外来和尚"，农担公司对地方本来"两眼一抹黑"，但有了柑橘产业农合联的依托，哪个主体需要扩大生产，哪个家庭农场信用不佳，所有信息一目了然、一清二楚。农担公司的后顾之忧，随之烟消云散。

与现代农业共发展，农担公司的作为是金融以及其他专业服务机构的一个缩影。如今，大量的专业服务通过产业农合联这一平台，进入到企业主体层面。如南浔银行通过产业农合联推出"粮农贷"，农行湖州分行在安吉发放茶农预授信卡，缙云研发茭白专用肥……这些个性化产品的成功开发和推广应用，无不有赖于产业农合联。专业化服务本质上离不开规模效应，而产业农合联正是将服务需求合并同类项、进行集中释放的最佳平台。

小荷才露尖尖角。当前，作为"三位一体"服务现代农业发展的一种新型组织载体，产业农合联正在覆盖浙江全省所有区域特色农业主导产业，如竹笋、茶叶、花卉、葡萄、民宿、水蜜桃、药材、渔业、农家乐、禽业等，并且在经过县市一级尝试后，升级为市级产业农合联，规模和实力都有新的增长。

这种以产业为基础、以市场为导向、以企业化运行为特征的组织形式，是行之有效的，是对原有合作经济模式的再拓展，是乡村产业发展的有效平台，值得关注。

　　浙江省委农办主任、省农业农村厅厅长王通林表示，接下来，浙江将强化省委农办对"三位一体"改革的牵头抓总、统筹协调作用，着力构建区域农合联通用性服务与产业农合联专业性服务经纬衔接的新型农业服务体系，全力打造大平台、大服务、大合作、大产业，加快构建以"三位一体"为内核的立体式复合型现代农业经营体系。

做特色文章　走美丽道路

——浙江畜牧业转型升级纪实

（2016 年 11 月 29 日《农民日报》头版）

谈起畜牧业，大多数人的印象是：污水横流、臭气熏天，避之唯恐不及。但在今天的浙江，再到养殖场走一圈，你常常会恍惚：这究竟是养殖场，还是旅游区？

2013 年，浙江启动畜牧业转型升级，率先对污染猪场予以关停拆转。三年来，整个行业经历了前所未有的震荡：一方面，要壮士断腕，完成目标任务；另一方面，面对的又是百姓的饭碗和生计。就是在这种撕裂和纠结中，浙江畜牧业"浴火重生"，从减量到提质，开始走向"美丽"的彼岸。

记者采访发现，从品种丰富之"美"，到环境和谐之"美"，再到产业融合之"美"，如今，浙江畜牧业的"美丽道路"已经日渐清晰。

■ 产品丰富之"美"

时针拨回三年前。一场突如其来的黄浦江死猪漂浮事件，将浙江畜牧业推至全国舆论的风口浪尖，也引爆了积压已久的产业矛盾。一直以来，浙江是养猪大省，除了量大，区域布局很不平衡。像密度最大的嘉兴市，13 万户农户饲养了 800 万头猪，比常住人口还高出近一倍。

痛定思痛，浙江提出畜牧业转型升级。首先就是做好"加减法"，对嘉兴、衢州等养殖过载区域，予以减量，坚决关停拆除"低小散乱"场户；对宁波、台州、丽水等自给率较低的宜养区域，则予以适当增量。所有县域必须划定禁养、限养与宜养区，并向社会公布。

由于认识有偏差，一些地方对生猪趁机赶尽杀绝，有的甚至脱离实际，提出创建"无猪乡""无猪县"的口号。一时间，浙江畜牧业发展面临严峻考验。对此，浙江省委、省政府及时喊停，并强调"关停拆转"并非全盘否定，"猪要养、猪产业要发展、环境要确保"。

过去，浙江畜牧业"一猪独大"，且都以大路货为主。事实上，比资源、论规模，浙江畜牧都不占优势，但浙江消费能力强。如何转型？浙江抓住"特色精品"做文章，思路就是"提升猪业、拓展兔羊、稳定家禽、扩大蜜蜂、强化种业、六畜兴旺"，大力发展生态环保型的畜牧业。

作为中国四大名猪之一，"两头乌"是金华特有的地方猪种，皮薄骨细、肉质鲜美，堪称制作金华火腿的绝佳原料，但价格也较普通猪肉高出一倍以上。由此，"两头乌"在市场竞争中处于下风，逐渐被边缘化。为了振兴这一特色产业，浙江省政府专门将其列入农业重大专项予以扶持。几年间，"两头乌"猪产值迅速攀升。

在畜牧行业中，蜂业最为环保。浙江是全国重要的蜂业主产区，但近年来蜂业一直在走下坡路。抓住消费升级趋势，浙江启动蜂业振兴计划，三年内投入 2 000 万元，用于提高产品质量、壮大精深加工等。蜂业由此出现转机。

记者看到，2015 年，浙江专门为湖羊、蜜蜂、兔等特色畜牧业转型发展出台了"三年行动计划"，其含金量十足，重点聚焦标准化、产业化、品牌化等薄弱环节。从"一猪独大"到"百花齐放"，如今的浙江畜牧业舞台，由于众多特色产业的壮大，既满足了消费者的个性化消费需求，也实现了产品丰富的华丽转身。

■ 环境和谐之"美"

品种的丰富，解决了"养什么"的问题，也发挥了浙江独特的竞争优势。但现代化的畜牧业发展，不管养什么，都不能污染环境，这是底线。盘点各个环节，核心在于解决养殖环境如何清洁化、畜禽排泄物如何资源化、病死动物处理如何无害化问题。

启动转型升级之初，浙江就明确规定：予以保留的养殖场，对排泄污染物的处理，要么生态化，要么工业化，治理达标验收后，方可生产。2015 年的数据显示，经过整治提升，浙江最终保留的 9 554 家存栏 50 头以上的规模养殖场，全部实现无污染。这其中，年出栏生猪 500 头以上的规模化猪场占了七成以上。

规模化的提升，为污染治理提供了扎实的基础。记者看到，浙江总共推出了农牧结合三级循环资源化利用、狐尾藻等人工湿地处理、沼液牧草消纳利用等 8 种科学养殖模式。由于简单易学，成本可控，"农牧结合法"最受欢迎，其三级循环指的是主体小循环、园区中循环和县域大循环。

位于龙泉市兰巨现代农业园的生态循环养殖小区，很好地诠释了"种养结合、生态循环"的理念。园区内共有 13 个中等规模的养猪场，配套 2 万亩种植园，小区中心还配套建了一家有机肥加工厂。主体内部的"猪—沼—农作物"小循环，加上园区内部的中循环，构成了整个生态格局。

据了解，目前浙江约九成养殖场遵循了这种生态治理模式。在实现了中、小循环后，像龙游、丽水市莲都区等 12 个县区，还采取整县制布局，通过政府购买服务，由市场化配送沼液，再对种植业主体加大有机肥补贴，实现了县域大循环。

针对病死动物，浙江则采取集中无害化处理，不到两年时间，已建成运行 41 家处理厂。具体怎么做？浙江还是以市场化为手段，在全国率先推行生猪保险与无害化处理联动机制，规定农户只有将死猪运至处理厂，方能获得保险赔偿。目前，该机制已在全省 41 个县（市、区）实施。至此，再无死猪漂浮水面。

对畜禽排泄物、死亡动物这两大"软肋"的攻坚，使得畜牧业与大环境之间实现了和谐。不仅如此，浙江还关注养殖场内部的清洁化，改变了过去"脏乱臭"的环境，让养猪也能"高大上"。如今，你来到浙江的养殖场，远远望去，花园式、欧式等建筑风格，配上绿化，根本想不到那里是养猪的、养牛的；走进一看，臭气没有了，污水不见了，再也不会捂着口鼻落荒而逃了。

■ 产业融合之"美"

品种的丰富也好，污染的治理也罢，最终检验畜牧业发展的，还在于产业效益。过去，浙江畜牧业结构呈"橄榄型"，中间养殖环节大，最上游的种业以及精深加工、市场营销与休闲旅游则属于短板。如今，浙江从散养到规模化、生态化养殖，为全产业链经营提供了扎实基础。

强化种业，是浙江畜牧业调结构与延伸产业链的"重头戏"。目前，全省共有畜禽品种 56 个，占全国的 1/10，其中 13 个地方品种被列入国家级畜禽遗传资源保护名录，像浙西长毛兔、绍兴麻鸭和浙江浆蜂的生产性能更是领先世界。未来，随着这些种质资源的开发，养殖产业前景无限。

相比种业，后端的二三产业融合，在浙江更为紧锣密鼓。记者观察到，二三产业融合模式主要有三种："小而美"的养殖场，走休闲观光、农旅融合道路；"大而全"的龙头企业，走全产业链发展道路；新型畜牧合作组织，则通过产销联合和利益共享，多个主体抱团发展。

几十头猪，能搞出啥名堂？但嫁接旅游后，则完全是片新天地。这些猪场的选址，往往是僻静、优美之处，让人仿佛置身世外桃源，再辅以风格别具的建筑，成了许多人向往的游乐园。每年，仅休闲观光就足以解决场内销售问题，并且大大提高了附加值。

金华曾被誉为"南方奶牛之乡"，但在大环境的影响下，同样一蹶不振。不过，最近几年，作为本地奶企"老大哥"的佳乐乳业却另辟蹊径，开始逐渐站稳脚跟。与蒙牛、光明等不同，佳乐不进商超，只做送奶入户业务，同时加工巴氏鲜奶、低温酸奶等，年销售额达 10 亿元，在浙江也算大户。

但农业龙头企业毕竟还是少数。为促进大小规模养殖场、上下游产业之间的合作，浙江提出了构建新型畜牧产业体系的思路。近年来，通过抱团发展，这支新军的力量不容小觑。

具体怎么联合？以最负盛名的龙游县龙珠畜牧专业合作社为例。他们先"连横"，将各规模猪场组成联合体；再"合纵"，由联合体向产业链的上下游拓展，将原来分散的种业、养殖、饲料、兽药、屠宰、加工、有机肥生产等各环节紧密联结，形成利益共享、风险共担的新型主体。

记者了解到，现在，像"龙珠"一样的新型畜牧合作组织，在浙江总共有 150 个。全产业链的构建为畜牧业升级注入强大动力，2015 年，浙江整个畜牧大产业产值超过了 1 800 亿元。浙江还启动了美丽畜牧业建设，以组织实施美丽畜牧生态工程、健康畜牧安全工程、特色畜牧精品工程、智慧畜牧创新工程、新型畜牧创业工程"五大工程"为主抓手，大力推进"千场美丽、万场生态"建设。根据计划，到"十三五"末，"美丽牧场"将达到 1 000 家以上。

金华乡村的"和美"之道

（2019 年 10 月 26 日《农民日报》2 版）

"美丽乡村"发端十多年来，浙江乡村面貌大有改观。接下来，美丽乡村建设该走向何处？许多地方提出要转型升级，打造新时代美丽乡村。但怎么升、如何转，"新时代"的美丽乡村究竟新在哪里？一系列问题仍然值得推敲和探讨。

2018 年，地处浙江中部的金华提出"和美乡村"的概念。市委书记陈龙在《农民日报》撰文提出，"和美乡村"和"美丽乡村"尽管只有一字之差，但内涵不一、标准更高，美丽乡村强调感官上的"美"，和美乡村则更注重生态美、人文美、协调美，不是千篇一律的美，而是个性特色的美，不是单一的、局部的、外在的美，而是各美其美、美美与共。

天人合一，和而不同。"和"文化，既是中国哲学的最高境界，也是传统文化的精髓所在。一年多时间过去了，金华的干部群众究竟如何认识"和美"？又是如何将"和"植入乡村振兴？中秋时节，记者深入当地乡村，寻找答案。

■ 产业之和：农旅融合，扬长避短

在中国哲学中，"和"与"合"相伴相生，既承认不同事物的矛盾和差异，又把彼此统一于相互依存的"和合体"中，取其长、克其短，使之达成最佳组合。金华认为，乡村的发展，必须注重产业的融合。

就农业资源禀赋来看，金华山多地少，土地资源高度稀缺，规模化农业难以施展拳脚；就旅游资源来看，其既无名山大川，也缺名胜古迹，基础相对薄弱。但在旅游消费升级的背景下，农业和旅游业如果相融合，则有可能形成优势，拓展出全新的发展空间。

过去，农旅各行其道，一产仅为种养，旅游则大门一关就收钱。现在，两者越走越近，界限逐渐模糊。在金华市农业农村局副局长郑俊杰看来，对金华而言，农旅融合尤为重要，也更具现实价值：农业因为有了旅游带动，可实现产业延伸和价值提升；旅游因为融入农事体验，变得个性多元，顺应新的消费市场。

张永进是东阳市南马镇瑶仪村的村委会主任，办过企业经过商，头脑活络。别的村想方设法在漂亮上做文章，他却挖空心思搞策划。相传，早在五代、两宋时期，瑶仪村就开窑烧瓷。张永进拿古窑做文章，推出"寻宝瑶仪""考古体验"等活动，还把废弃的碎瓷片，制作成工艺品作为寻宝奖励。

对瑶仪村的做法，东阳市农业农村局局长李爱忠颇为推崇。他告诉记者，东阳一直倡导用经营的理念来指导建设。这次，市里专门拨出 1 亿元，用于扶持 11 个产业植入精品村，入选的前提条件，就是必须具备经营业态。

■ 城乡之和：特色小镇，弥补断点

2019 年 5 月 17 日，在地处磐安新城的"江南药镇"，举办了一场大健康产业前沿交叉学科论坛。同步举行的，还有磐安大健康产业研究院的启用仪式。

2014 年，"江南药镇"启动建设后，各种要素就开始集聚，人才渐旺。研究院成立后，已进驻"国千、杰青、优青"等生物科技领域的专家 13 名，以及科研先兆子痫、CTCC 细胞库、科技出版项目 3 个。

用"三农"专家顾益康的话来形容，城乡关系，就是阴阳两极，属于一体两面，对立统一、相生相克，乡离不开城，城离不开乡。因此，这些年，各地都在解决发展不平衡、不充分的问题，试图推动城市人才、社会资本、公共服务、基础设施向农村延伸。

但在金华市农业农村局局长金艳看来，人才、资本要直接进入乡村，往往难度很大。而解决的办法，就是在城乡之间设立一个中转辐射的节点，在金华，这个节点就是特色小镇。

与行政概念的小镇不同，特色小镇强调产业的"特而强"、功能的"有机合"、形态的"小而美"、机制的"新而活",可为乡村地区匹配外界资源、促进传统产业转型升级、就地城镇化等,发挥着独特的平台功能。

目前,像"江南药镇"这样的特色小镇,金华共有 24 个。这其中,既有产业自发建立的,也有组织集聚建立的;既有装备制造、绿色环保等第二产业,也有信息经济、金融配套、文化旅游等第三产业。这批小镇在集聚要素资源、链接城乡、带动乡村和谐发展上的功能日益凸显。

■ 利益之和:合作共赢方能恒久

几千年来,无论是修身齐家,还是治国邦交,中国人都奉行"和"的价值观。这种"和",除了骨子里的包容之外,更在于准确拿捏"利益之和",而这也是市场经济的核心要义。

义乌市后宅街道的李祖村,自古就有"耕读传家"的优良传统,以及"信义立世"的商业精神。几年前,市里投入 1 000 多万元用于村庄环境改造、基础设施建设。基本建设完成后,村里就谋划组建了旅游开发公司。

创业资金从哪来?村党支部书记方豪龙发起众筹,每股 5 000 元,总共筹得 130 多万元,打造了一个水上乐园和农家乐餐厅,还盖起了 16 幢农房,统一装修后,对外出租给做梨膏糖的、开美术馆的、做服装设计的,以及陶艺吧、铜器店等。为吸引主体落户,前 3 年免租金。

"要把一件事办好,首先必须处理好方方面面的利益。我们搞众筹就是发挥村民的积极性,让大家都有利可图;起初免租 3 年,有些群众不理解,这实际上是把经营户的眼前利益和村集体的长远收益结合起来,达到一种平衡。"方豪龙告诉记者。

目前,水上乐园和农家乐餐厅生意红火,一年就收回了投资,村民们信心满满,催着村里搞二期众筹。而引进的经营户也因免除了房租的压力,加上有政府的活动引流,经营收益超乎预期,整个村的发展呈现出旺盛的生命力。

只有切好蛋糕,做到各方利益平衡,也就是做到了"和",才能确保"游戏"的可持续。武义县履坦镇坛头村是另一个生动的案例。

与其他新旧杂陈的村落不同,坛头村老村的格局和风貌依旧,新村则建在老村边上。长期以来,坛头村集体经济靠挖河砂卖钱,并无其他收入。近年来,各级政府投入 1 000 多万元,希望坛头村通过经营古村来实现集体经济的翻身。

首先，村里按每平方米 20 元的价格从村民手中租来老房子，然后用政府的项目资金进行改造，完工后再以每平方米 100 元的价格交给社会资本来经营。目前，村里已经引进了"钝感力"文创公司，开发了民宿、餐饮、咖啡茶艺、书吧等业态，经营状况良好。

村党支部书记林卫良告诉记者，政府投入重在基础建设，有了社会资本的进入，方能体现出效益；而老房子不仅留住了乡愁，还能有所收益；社会资本则因为免租 3 年，减轻了经营压力，能够从容应对市场；村集体收获更大，不仅找到了用武之地，而且凝聚力也大大增强。由于照顾好了各方利益，坛头村成了市场经济中的一匹"黑马"。

■ 人文之和：让"和美"成为新风尚

敬老爱幼、诚实守信、遵纪守法、睦邻友好……走进金华下辖的 9 个县（市、区），无论在文化礼堂，还是家中厅堂，都可以看到此类家规高悬头顶。

为了让"和"文化凝聚起更多人的共识，2018 年，金华展开了一场大讨论，提炼出新时代的金华精神，即"信义和美、拼搏实干、共建图强"，并将"信义之城，和美金华"作为城市口号。

文化认同，需要根基，也需要载体，需要宏观设计，也需要微观落地。为此，金华倡导"八婺好家风"，全市 40 万个家庭参与家训"挂厅堂、进礼堂"；开展"好婆婆""好媳妇""好儿孙"评议，发挥榜样引领作用，并在小城镇文明行动中，将垃圾分类、移风易俗、道德教育等融入其中。

金东区专门开创了"笑脸墙"，让庭院干净、邻里和谐、乐于奉献、吃苦耐劳的村民上墙，成为全村"明星"；婺城区结合"中国花木之乡"的产业特色，开展"花满婺城·最美庭院"竞赛；金融机构则开展"八婺好家风信用贷"，让具有良好家风的农户优先得到贷款。

在浙江省金华市委书记陈龙的认识中，"和"是最高境界，是人民各得其所、各依其序、各尽其能的社会，是城乡统筹、产业融合，是人与自然、人与社会、历史与现代文化的共融共生。目前，金华正在制定"和美乡村"的标准体系，为各地更好地践行这一目标提供准则，也为"和"文化今后能得到进一步推广铺就路径。

四两如何拨千斤

——浙江省平湖市"飞地抱团"观察记

(2019年2月14日《农民日报》头版)

这两年，在浙江省平湖市，很多村庄都启动了美丽乡村建设，一到年底，工人们都等着发工资。往常，林埭镇共和村的党总支书记李垚为了要钱，经常要跑部门、求拨款，而现在，村里保底95万元的经营性收入，其中有近70万元来自"飞地抱团"项目，这让他减轻了不少压力。

在当地，共和村还算不上"分红"最多的村庄，最多的是独山港镇周家圩村，年底可直接入账232万元。不过，谈起投资效益，李垚连说几个"值当"，以往单纯靠"输血"，现在至少"活了血"，算算投资额，每年稳定收益率可达到10%，关键是有政府做靠山，收入安全又稳定。

李垚的话道出了很多村党支部书记的心声。过去，一些地方搞新农村建设，上头投了大量财力物力，但由于集体经济空壳，最终难以为继，起初的民生工程，最后天天"晒太阳"。全面实施乡村振兴的今天，各地都在致力于如何强村富民，激发内生动力成为集体共识。

但对于大部分资源条件和区位优势都不突出的普通乡村而言，怎样培育"造血功能"是个重大且难解的课题。记者发现，平湖市所探索的"飞地抱团"项目，则恰好解决了这一问题，对许多地方而言颇具借鉴和参考价值。

■ 资源挪位，价值翻倍

平湖市隶属嘉兴市，其城乡统筹发展一直走在全省前列。但纵观市域内部，村庄之间的不平衡现象仍然存在。2005 年的一项统计数字显示，当时有 2/3 的村集体经常性收入不足 15 万元，甚至存在"空壳村"，连日常运作都难以保障。

如何破解"没钱办事"的困局？平湖二三产业发达，看到旺盛的物业租赁市场需求，市里提出"强村计划"工程，主要发展集体物业经济。最初，就是让各村自行选址、建设和管理，政府负责安排土地指标和补助资金。

在平湖市农业农村局副局长金莉看来，发展物业经济，方向没错，但得顺应市场需求，否则建好了也是低效资产。于是，2009 年，平湖市调整政策，改单打独斗为镇域联建，鼓励多个村在工业园内、镇域商业区、城乡一体新社区等区域联建集体物业。

对此，严家门村党支部书记张建根心里门儿清：对分散的土地和资金进行统一规划、建设，放在优质板块，未来肯定不愁租，又有专业公司统一经营打理，当然是件好事。但指标和资金落不落得下来，项目报批会不会中间卡壳，说实话，老张心里还是有些慌。

事实证明，张建根多虑了。3 年里，镇域联建项目上马 34 个，集体年增收 1 750 万元，效果颇为显著。同时，土地要素的极度紧缺、资金筹措不足等制约也日益显现；商铺虽好，但容易饱和，且受地段影响，不是长久之计。

不过，这次转变让平湖市尝到了"资源挪位，价值翻倍"的甜头，那除了店铺门面，能不能造标准厂房？

在当地，厂房需求更为旺盛，尤其是几大工业园区平台。大批企业入驻后，服务设施日渐完善，可存量随之减少，关键问题是有土地，却缺指标。能否将抱团平台上升为市域，在更高层面实现资源的有效配置？

■ 政府统筹，市场运作

平湖市副市长沈志凤对市域层面的统筹集聚感触颇深："许多乡镇论资源禀赋、比区位条件，优势并不突出，如果齐步走，蛋糕谁也做不大。可若把资源放到更好的平台和区域，一起把蛋糕做大，分的自然也就更多。"

于是，真正出现了"飞地"。按照政策，各村先复垦集体存量建设用地，市里统一收储后，每亩可获得 60 万～90 万元的补偿资金，资金需全部用于

"飞地抱团"项目。

如何让"钱生钱",奥秘就在如何让土地"飞"到优质平台。首先,平湖单独编制"强村计划"农村土地综合整治项目,将收储的建设用地指标集聚到经济技术开发区;其次,参建村以腾空复垦小散乱集体建设土地的村为主,同时吸收集体积累资金较多的村,资金不足部分则由项目所在地国资出资,各方按出资比例共同成立股份有限公司进行项目建设。

平湖市农经总站站长林蔚云告诉记者,尽管在土地指标和资金筹措上,市里严格按照政府统筹、封闭运行,以保证资金安全和项目推进,但在具体运作模式上,又处处体现出市场化理念。比如,每个项目成立专门公司,负责审批、建设等日常事务,具体的招商管理则交给开发区,并且由开发区先期租赁 10 年,厂房一旦建成,就得按照各村实际投资额的 10% 给予固定租金。

"这样做的好处就是,一则开发区手握众多招商资源,他们在标准厂房建造前期,就可为入驻企业量身定制;二则有国资作托底,村庄收入稳定,开发区也有相对宽裕的时间选择更加优质的企业。"林蔚云说,目前"飞地抱团"项目已有 6 个,吸引了 87% 的村庄参建,全市关闭了 300 余家承租集体物业的低效、高污染企业,总共盘活了 504 亩"飞地"和近 15 亿元投资。

另一组数据显示,在地块置换前,这些村庄的原集体年收入不到 500 万元,集聚后集体年租赁收入 4 490 万元,参建村均年增收 69 万元,最高的村年增收超过了 232 万元。而通过"飞地抱团",开发区也得以进一步激活,先后成功引进 8 家外资企业。

■ 区域合作,共同发展

在沈志凤看来,"飞地"不仅解决了资源集约利用问题,还解决了经济发展不平衡问题。它更是一种符合市场经济要求的新机制,让原本"天女散花"的帮扶资金,变成了股金,植入了"造血功能",激发了内生动力。

这两年,平湖市已进行了更深度的实践。早在 2003 年,平湖市就与省内的青田县建立了结对帮扶,过去多以"输血"为主。两地有着鲜明的互补之处——平湖市工业经济发达,依靠土地整治,毕竟空间有限;青田县虽为山区,但受区域位置和经济结构所限,直到 2016 年全县仍有 265 个集体经济薄弱村。

"飞地"经验能否联姻山海协作？2017年，两地建立联席会议制度，青田供土地指标、供钱投资、供人管理，平湖则保障落地、招商和收益。双方互派干部和专业技术人员，共同参与推进园区项目建设，并实行项目审批"绿色通道"，确保高效推进。

2018年3月，首个跨县域的"飞地"产业园项目正式启动，其采取包租固定回报和基金扶持的方式。前5年，青田156个经济薄弱村每年获得投资额10%的收益；后5年，收益为厂房实际租金，外加园区企业税收地方所得部分50%的标准奖补给青田。建成后，预计每年可为青田县村集体经济增加收益1 950万元。

就在省内成功"飞地"后的两个月，平湖又与对口支援的四川九寨沟签订协议，在接轨上海"第一站"——张江长三角科技城平湖园共建"飞地"科创园，实现了跨省"飞地"。据介绍，该园规划用地300亩，同样延续"三供三保"模式。

如今，"飞地"不仅有助于集体经济的壮大，还实现了低收入农户增收。平湖市低收入农户中约七成因病因残、缺乏劳动力，过去产业帮扶，给他们免费盖过大棚，可收效甚微。对此，市里提出让这部分家庭入股全省投资额最大的"飞地抱团"平湖智创园项目，每年获取10%的稳定收益。

在具体做法上，家庭拿一些，再由集体出一点、企业帮一点、慈善捐一点、政府补一点，组成"初心帮扶资金"，最后，由银行提供信用贷款。目前，共有3 225户低收入家庭入股，总入股金17 834万元，每年每户能增收5 530元，最高户增收可达1万元。

据介绍，平湖市已制定"准入、动态调整、退出"三项机制，并首次发放了594万多元的分红，户均增收1 840多元。平湖还准备将其拓展到农村土地合作经营、产业项目建设、产乡融合发展等领域。根据计划，到2020年，平湖市有望提前实现低收入农户收入翻番的目标。

目前，平湖市的"飞地抱团"模式引起全省高度关注，已复制推广到多个地方，用于壮大农村集体经济和带动低收入农户增收。

诸暨巧解"老大难"

（2019 年 7 月 19 日《农民日报》头版）

实施乡村振兴过程中，有诸多"老大难"问题，长期以来人们习惯于依靠行政手段干预加以解决，仿佛政府是"万能"的，不管出现何种问题，首先想到的就是动用政府的行政资源，倘若政府没有及时出手，动辄会被扣上"不作为"的帽子。

最近，记者在浙江省诸暨市采访时发现，当地在推进乡村振兴战略时，十分注重运用市场化手段破解"老大难"问题，不仅节省了大量财力物力，还实现了长效运行和多方共赢。诸暨市委书记徐良平说，乡村振兴党委和政府责无旁贷，但同时也必须强化市场意识，市场能够解决的，党委、政府就不要越俎代庖。

■ 垃圾资源化，实用又省心

"城市都搞不定的垃圾分类，在我们诸暨农村得到了彻底解决。"刚到诸暨，市农业农村局局长张国锄就建议记者去看看垃圾分类情况。

多年前，诸暨首倡"户集、村收、乡运、县处理"的垃圾处理模式，记者曾专门做过报道。按照传统观念，相比于城市，无论是设施水平，还是文明习惯，农村都稍逊一筹。农村能把垃圾清除干净，就已经很不错了，诸暨还真做好了分类处理？

记者首先来到暨阳街道安家湖村探秘，村党支部书记楼建仁一听记者的来意，马上领着记者去村口。原来，早在 2010 年，村里就建了全省首个村级沼气集中供气工程，将猪粪发酵产生的沼气接进了200多户农家。

"2017年，我们又投资了100多万元，对沼气站进行了提升改造，每天处理能力达15吨。"楼建仁介绍。扩能后，"吃不饱"怎么办？"周边12个村，每天大约6 000斤的厨余垃圾，全由我们村负责清运和处理。"

对厨余垃圾就地资源化，在浙江司空见惯，有的盖阳光房用于堆肥发酵，有的买机器进行机械化快速成肥。但前者的日常运维有些难，处理效果不一；后者前期投入、电费成本很高。楼建仁说，处理成沼气这法子就很好，成本低、讲环保，关键还有钱挣。

楼建仁给记者算了一笔账：自从接了这业务，街道每月给村里近6万元的补贴，一年大概能挣70万元，刨去开支，进账可观；另外，家家户户用沼气，尽管村里没钱赚，但让老百姓省了近八成的燃料费；最后，沼渣又是绝佳的有机肥，卖给周边种植户，一年也有15万元收入。

诸暨市农业农村局社会事业科科长寿程虹告诉记者，安家湖的沼气站对外提供第三方服务，并非政府刻意引导，而是市场化的产物。而将"可烂垃圾"发酵变沼气的做法，起初就来自于基层创造，政府只是因势利导，在基础设施上予以支持。具体建设过程中，诸暨不搞"一刀切"，宜大则大，宜小则小，有的单村独建，有的联村共建，全市共有183个处理站。

"单个村级处理站建造成本约20万元，关键占地少，也不影响村容，能有效将垃圾就地资源化。"寿程虹介绍，在后期运维上，每个处理站由所辖村庄负责，年底政府再以奖代补，形成倒逼机制，"这里，政府的职能很清晰，一个是保证有序运转，尤其是安全管理，另一个就是定期督查分类情况。"

厨余垃圾变沼气，看起来或许不那么"高大上"，但有个很大的特点，那就是实在、省心，这种理念同样根植于对可回收垃圾的处置上。2018年，诸暨专门引入了一家名为"中义环境"的专业化服务机构，负责全市465个行政村，包括纸制品、金属制品、塑料制品、布料、玻璃等再生资源的回收。

王师傅是东和乡十里坪村的垃圾收集员。他告诉记者，每天，不可回收的垃圾运往镇里，可回收的垃圾待积累到一定量后，只需通过手机预约便可上门收集。一般小贩不收的东西，在这里都可以得到解决，十分方便。

张国锄说，有了"中义环境"这个主体后，政府每年只要拨付48万元购买第三方服务，便可实现整个可回收系统的高效运转。由于对可腐烂垃圾分类得当、就地资源化，2018 年，全市农村垃圾减量达到 3.6 万吨，与传统做法相比，清运处置费用节省了 2 296 万元。

■ 一举多得的"红心租"

自从 2018 年镇里推出"红心租"后，吴国校的电话常有陌生号码打进来，有求租的，也有招租的。吴国校的职业可不是中介，他是姚江镇紫草坞村的党总支书记。

姚江镇是鞋业之乡，光紫草坞一个村，大小鞋企就有几十家，外来人口达 700 多人。外来人口多了，避免不了的是大量管理问题。就拿电瓶车充电来说，稍有不慎，就会酿成大祸。因此，从市里到村级基层，大家每天提心吊胆，生活在压力之中。

有没有一种办法，既能激活闲置农房，增加村集体和农民收入，又能避免出租房在管理上出现问题，同时还能让务工人员的住房水平有所提升？姚江镇开始在紫草坞村试点"红心租"。

紫草坞村的做法是，由村集体将村民闲置住房统一租赁过来，进行统一装修、统一出租、统一管理。记者看到，原来杂乱无序的出租房，采取统一经营的市场化模式后，不仅形象大有改观，设施水平也大有提升。出租房每层配备了消防"四件套"，安装了烟感器、消火栓，并单独设立厨房、公共卫浴，还统一设置了电瓶车公共停放和充电区域。10 人以上的出租房，还同时装上了人脸识别系统和指纹锁，实现信息化管理。

吴国校跟记者算起了账：村里以每年 1.2 万元的价格向村民租一幢房，改造花了 11.8 万元，共 14 个房间，平均每间每月按 400 元租金计算，再扣除一些其他费用，5 年可进账 10 多万元。5 年后另签合同，村里不再向村民付房租，但收益与村民平分，户均增收 1 万多元不在话下。

吴国校还说，他更在意的是"综合账"：就管理服务来说，高效了、安全了；就村民和村集体来说，增收了、安心了；就租户来说，居住条件大为改善，归属感也更强了。

紫草坞村是由村里进行市场化经营，另有些地方则由个人扮演"二房东"，来自江西上饶的"新店口人"黄有志就是其中之一。

记者走进店口镇牛皋社区六村 991 号一幢 72 间的出租楼看到：入口处就是一个电瓶车公共停放充电区，还配备了摄像头、人脸识别系统、电子锁等智能设备；走进房间，厨房、卫生间、消防设施同样一应俱全。更重要的是，这幢楼实行旅店式管理，人来登记、人走注销，信息同步发给派出所专管员。

现在，像黄有志这样的"二房东"越来越多。据了解，目前黄有志租下的楼房有 3 幢，共计 150 多个房间，每幢房子的净利润就有 10 多万元。

■ 产业扶贫中的市场化思维

在许多人的理解中，扶贫是一项政治任务，就是直接给钱给物。这方面，浙江蓝美技术股份有限公司（以下简称蓝美公司）有着自己的理解和实践。

蓝美公司董事长叫杨曙方。几年前，他看中蓝莓的巨大商机，回乡创办蓝美公司，不仅研发出具有自主知识产权的"蓝美 1 号"，其产量、品质都大大超过国外品种，同时还开展精深加工技术研究，构建起"全果利用"的一整套解决方案。

能否让蓝莓在产业扶贫中发挥重要作用？杨曙方认为，那种直接给钱给物的做法，尽管能除却近忧，但却无法消除远虑。只有通过市场解决其产业发展问题，才有可能"一劳永逸"。

杨曙方构建起高度市场化的产业扶贫模式：农户土地入股保底分红、帮扶资金折股量化扶贫对象、平台公司全程技术服务、蓝莓果子保证收购。

这一模式不仅解决了农户种植蓝莓有可能出现的市场销售难题，让贫困户的收益有了基本保障，也盘活了帮扶资金，让帮扶资金变成了下蛋的"金凤凰"，同时，也让蓝美公司找到了发展壮大的路径和方法。正是由于这一模式，免除了地方政府以及农户发展蓝莓产业的后顾之忧，各地纷纷伸出橄榄枝。

蓝美公司与四川合作成立"蓝之美"，计划用 3 年时间，在四川 40 多个县建设 20 万亩"蓝美 1 号"原料基地，预计可为当地增加年收入 20 亿元以上，可直接解决 4 万～5 万人长期就业问题，帮扶 60 万人脱贫增收。同时，该平台还计划配套建设 10 条蓝莓冻果生产线，可提供约 2 000 个就业岗位，每年为地方财政贡献约 2.5 亿元税收。

目前，蓝美公司已经与四川、贵州等 8 个省 20 多个县政府合作开展产业扶贫。四川巴中通江县的骡子坡基地规划建设 2 000 亩，目前已经完成 800 亩，使村民通过流转土地、园区务工、效益分红获得三大收入，带动 927 户贫困农户实现人均增收 1 380 元，全年可实现人均增收 1 860 元。基地正式投产后，预计可实现贫困户人均增收 3 500 元以上。

解码柯城体育特色小镇之崛起

（2019 年 11 月 05 日《农民日报》头版）

投资百亿元的汽车运动城，投资 30 亿元的高空极限乐园……最近，浙西衢州柯城区的体育特色小镇频频刷爆运动圈，光亿元级的大项目就招来 5 个。通过运动休闲这一新兴产业，柯城 2018 年已经创造旅游收入超 5 亿元，带动农民增收近 2 亿元。

柯城？体育特色小镇？运动休闲产业？在此之前，绝大多数人很难将这 3 个概念相联系，但如今，就在短短两年间，"无中生有"的这一巨变已经发生。

乡村要振兴，产业是核心。近些年，很多地方都寄希望于乡村旅游，投入了大量财力物力，可不免又陷入了新一轮同质化泥淖。相比之下，柯城所聚焦的森林运动产业，个性化突出，令人耳目一新。

小镇何以横空出世？记者多次前往当地探寻答案。

■ 一个项目带出一个产业

在衢州，森林覆盖率超八成的九华乡，是资源保护做得最好的地区之一，但过去由于没有进行产业化开发和利用，只能捧着金饭碗，过着穷日子。

为了让"绿水青山变成金山银山"，九华不是没想过办法，但到底选择何种产业一直困扰着九华。一次偶然的机会，乡里找到原省旅游局规划处处长何思源。这位有着多年旅游策划经验的"老兵"，在通盘考量后，给出了一个良方：森林体育。

带着这一命题，九华重新审视自身资源。乡里有座大荫山，被当地百姓视为"神山"，严禁上山砍伐，因此在核心区块留有数百棵大树。能否在不破坏树木的基础上，引进丛林穿越项目？在全国，此类项目屈指可数。

2016年，九华乡正式牵手法国丛林穿越冒险公司，第二年夏天，就成功开园。因为够新、够奇、够特，果然一炮走红。根据协议，项目所在的新宅和源口两个村，每年不仅能分得10万元租金，还能获得5％的利润分红。

九华的探索立马引起柯城区委书记徐利水的高度关注。"从山水资源来说，浙江各地大同小异，如今都在发展产业，一窝蜂都搞乡村旅游。我们在起步之前，就另辟蹊径，避免雷同，把眼光放在新兴的、朝阳的、个性鲜明的产业上，再站在市场角度，对乡村资源进行评估、审视和深化，森林运动就是抓住了消费升级的风口。"徐利水分析说。

■ 用品牌快速提升影响力

丛林穿越项目的落地，为九华打开了一片新天地，也为其奠定了发展方向。

2017年，国家体育总局启动运动休闲特色小镇建设。柯城能不能趁热打铁，打造出一个森林运动小镇来？特色小镇的建设很快被提上日程，并在不久后，成功入选国家首批96个试点名单，还是浙江境内唯一的森林运动乡村品牌。

为了快速推进小镇建设，柯城抽调精兵强将组建工作专班，整合力量，变体育部门单兵作战为全区上下联合作战。确立规划后，小镇不再局限于九华乡，而是放眼更大地域，涵盖4个乡镇52平方千米，形成5个大型区块和10个项目基地。名字也更加响亮，取名"灵鹫山国家森林运动小镇"。

作为全新产业，如何快速形成影响力？记者发现，柯城的品牌战略可谓得心应手：首先，导入中国极限运动协会资源，在其旗下筹建森林极限运动分会，抢占制高点；其次，将森林极限运动纳入"国字号"赛事体系，由小镇负责制定具体标准，拥有话语权；再次，举办全国森林极限运动高峰论坛，通过高端发声扩大影响力；最后，围绕森林极限运动主题，推出各类特色赛事，统一宣传、统一运营，增强品牌黏性。

■ 国资平台提供前期服务

一个小镇想要崛起，绝非举办几场赛事、论坛，出台几项标准、政策这么简单，归根到底，还是得实体化落地。对此，启动小镇建设之时，柯城就成立了国资背景的绿创森林运动有限公司（以下简称"绿创"），专门负责相关投融资和项目建设运营工作，每年财政安排 5 000 万元专项启动资金。

"'绿创'的职能，就是做政府想做却做不了或者不便于做的事情，解决发展初期的各种问题，为后续引入资本搭建好平台，提供基础配套和公共服务。"柯城区副区长陈雪良说。

首先，由"绿创"来收购和盘活区域内的闲置资源，特别是房屋。如收购小镇内 20 余栋明清古建筑，打造成小镇客厅，提供旅游集散、商业休闲、酒店民宿等功能配套；在宅基地"三权分置"改革中，负责收储农户的"一户多宅"，转换成村集体的合法资产，同时流转一些农户的闲置农房，为发展民宿留足资源。其次，投入资金，用于路、水、电、气、网等基础设施的建设和改造，以符合运动产业的发展需求。最后，代表政府与市场主体进行合作，开展规划设计、智慧景区建设、宣传推广等工作，正好与专班形成有效对接。

■ 赛事和项目互促互进

两年前下派挂任柯城区委常委、副区长的姚礼敏在回顾最艰难的环节时，他认为，还属招商。姚礼敏坦言，前期，看不到市场前景和盈利模式，想要社会资本真金白银投入，那几乎不太可能。因此，一方面，由"绿创"筑巢引凤，形成政府与市场之间的中间平台；另一方面，通过举办各类赛事来驱动，等到有了人气基础后，资本引入就将水到渠成。

据统计，一年多来，小镇相继举办了国际森林汽车穿越大赛、全国森林极限运动会、森林马拉松、江浙沪马帮越野挑战大师赛等赛事，迅速"俘获"了大批户外极限运动爱好者。现在，赛事和项目已形成良性互动。两年内，小镇就与 12 家企业达成协议，三大主题运动区的核心项目已全部落地。

在徐利水设想的蓝图里，他更希望将运动休闲产业转化为农民增收、乡村振兴的"加速器"。现在，柯城已在小镇周边建设改造了 31 家星级民宿，并在九华设立了"一乡千宿"民宿集聚示范区，同时探索创建了以极限运动、乡村休闲为主题的"创新、创业孵化园"，形成了"运动协会＋训练康复＋赛事运营＋体育营销＋教育培训＋设计服务"的全产业链。

建设美丽乡村的"留白"技法

——来自浙江杭州萧山区的实践思考

（2020 年 10 月 12 日《农民日报》6 版）

自 2003 年启动"千万工程"以来，浙江的美丽乡村遍地开花，各有千秋。如今，随着实践的深入，越来越多的地方开始意识到，蝶变"美丽经济"、打通"两山"转化渠道，乡村经营是必解课题。在这条起跑线上，新一轮的比拼拉开了帷幕。

记者发现，近年来，有一现象值得警惕：部分乡村在建设时，由于建得太满，或者缺少通盘思维，导致进入经营阶段后，要么没了发展空间，甚至原有的资源禀赋、文化肌理遭到扼杀；要么缺乏产业配套，想要再申报相关项目往往相对较难。

相比浙江省内不少地区，杭州市萧山区启动美丽乡村建设较晚。最近，记者在该区戴村镇采访时发现，当地"留白"的做法颇具思考和借鉴价值。

■ 磨刀不误砍柴工

"全域整治，真的是让我们村重获新生。"一开口，戴村镇佛山村党总支书记钟望达就引起了记者的浓厚兴趣，"通过垦造耕地和宅基地复垦项目，村里新增 50 余亩耕地、28 亩建设用地，集体经济增收 1 100 余万元，不仅整出了发展空间，也让美丽乡村建设有了启动资金。"

佛山村，典型的"七山两田一水"。过去，由于交通不便，村集体的钱袋子一直捉襟见肘，2017 年底时，年收入还不到 20 万元，光支付村庄保洁费都不够，运维基本靠上级补助，更别谈有啥其他作为。

其实论土地资源，佛山村并不算少，只不过都被浪费了。这话咋说？比如，村里有座废弃矿山，不仅看着像伤疤，还无丁点儿用；又比如，过去农民乱建房，犄角旮旯的空地看着不大，若加起来，用场大哩！转机出现在2018年，全域土地整治项目落户佛山村。

"拆拆整整这事虽不好干，但做好了，真像把金钥匙，打开了一片新天地。"钟望达说，矿山恢复治理，荒地生态修复，旱地改成水田，困扰百姓多年的建房问题得以解决，全村1/3农户从老屋搬进新房。房前屋后的破辅房不见了，取而代之的是庄稼地、停车位和景观小品。

有了钱，好办事。土地资源盘活了，加上上级资金的支持，佛山村集体经济入账1 100多万元。2019年，村里入围区级第二批美丽乡村提升村，一大批民生项目启动实施，环境风貌提升再添马力。

在戴村镇镇长徐汉军看来，对比首批4个美丽乡村提升村，佛山村先通过全域土地整治，再来做项目建设，有着事半功倍之效。"拆整工作牵扯各方利益，相对更难做，将这些硬骨头啃下来，既锻炼了村班子，又统一了思想，还能把空间整出来。"

现在戴村有规定，要建提升村，先预支20％资金搞整治，验收通过才予放行。如今，全域土地整治成为许多村的"必修课"，镇里共有4个省级试点村、12个区级试点村。按照规划，可复垦建设用地772.9亩，垦造耕地421亩，提升耕地质量2 082.2亩，"旱改水"945.4亩。

"磨刀不误砍柴工，全域土地综合整治是振兴乡村产业的先行一招。现如今，用地指标紧缺是制约项目招引的最大瓶颈。通过这招，就可实现自谋出路、自我盘活，用空间置换为产业发展提供保障。"徐汉军说。

■ 先把空间留出来

"我们建设美丽乡村，不求大投入，平均每村投入约1 500万元；没有高大上的灯光秀、千亩花园，不求大而全，但求普惠、舒适，将更多资金用于补短板、建配套，让老百姓有获得感。"戴村镇党委书记俞国燕开门见山道。果真如此？记者进村验证。

方溪是个狭长的山间村，是首批4个美丽乡村建设提升村之一，前后总共投入 1 500 万元。"在修游步道、建停车场以及开展庭院美化、配套亲水平台这些项目中，我们既强调服务百姓，共建共享，又注重空间整理，用于将来项目引入。"村党总支书记鲍文峰如实相告。

在鲍文峰看来，铺草坪、建花园、造门楼，花钱谁都会，但要么投下去变"死钱"，要么日后运维费一大堆，若无收入，反而成了"包袱"。他坦言："产业导入不能一蹴而就，也并非一厢情愿，在没有合适的项目落地之前，宁缺毋滥，先把空间留出来。"

目前，村里除了新建的游客中心外，还各有一处闲置小学和村委楼，前期已经过简单修葺，另外考虑到原有零散的厂房现今不温不火，村里也计划将其统一收回盘活。"这些空间要是单独出租，其实没多大价值。但如果打包，绝对有市场，我们就是想借助美丽乡村，把巢筑好，引来'凤凰'。"鲍文峰说。

相比而言，同样呈狭长形的尖山下村，虽然一方面已具有一定的农家乐和民宿产业基础，但每到节假日，停车总成麻烦事。另一方面，由于用于配套产业发展的管理性用房紧张，村集体想要增收，更是挤破脑袋都没辙。

"因此，在美丽乡村实施过程中，我们留下了不少空间。像在亿年火山遗址入口处专门建设了大型停车场和旅游厕所，为今后运营做好配套工作，同时规划新建管理用房。虽然眼下看着没有多少收入，但今后用场大着呢。"尖山下村党总支书记姜火祥信心十足。

记者走访发现，几个村投入相差无几，且都留下了类似空间。据不完全统计，目前，全镇已清腾、盘活出 30 余间闲置用房，新增物业用房及店面 3 500 平方米，用于今后增强村级造血功能，推动美丽乡村的可持续发展。

■ 瞄准定位方致远

戴村还有个显著特点：当前所引进的村庄项目，基本都与户外运动相关，它们投资体量不大，基本没有大兴土建，主要依托自然资源、地形地貌开展轻资产运营。因此，落地速度和带动人气都很快。

两年前，戴村入围全省首批运动休闲小镇培育名单。在这期间，戴村瞄准运动休闲，举办了山地马拉松、山地越野赛、航海模型公开赛、登高节、帐篷节、水上嘉年华等各类体育赛事和文化活动，"郊野小镇·韵动戴村"的品牌声名鹊起。

"从自然条件而言，戴村并不具名川大山，也非得天独厚，但在相等区位条件下，这里有独到的山地运动资源。定位明确了，差异化竞争优势找到了，产业发展才能有的放矢。"俞国燕认为，休闲运动产业能为乡村带来稳定客流，且占用资源少、随时可退出，"山区引进项目，尤其要避免大开发，更不能一下子把资源全卖光，否则后期很被动。"

还未完全营业，云石国际滑翔伞基地就已走红。该项目起飞场位于海拔380米的大佛山山顶，降落场在沈村三清园的大草坪，全年可飞天数达200天以上。据了解，该项目投入不到1 000万元，每年可增加集体收入20万元。

在沈村党委书记沈勤建看来，滑翔伞基地带来的不只是租金，更是人气与关注。"大草坪边上的地块，荒废了多年，如今也被工商资本相中，打造户外运动拓展基地，预计年可为村集体带来30万元租金。关键是，老百姓在家门口就能就业，光是向游客售卖矿泉水、茶叶蛋等，收入也会很可观。"沈勤建说。

佛山村环境变好后，还真引来了"金凤凰"。一家公司投入2 000万元，在村里建设云山峡谷漂流，借助了临空的玻璃漂以及天然的河道漂，几乎不占任何土地指标，保底租金21万元，项目营业年收入超600万元的部分还能以5%回补村集体，外加停车场等收入，预计每年可为村里带来80万元收入。

眼下，闲置鱼塘变水上运动场，山顶拟建高空秋千……很多村都在谋划和招引运动休闲项目。目前，戴村运动路网已成体系：80千米的国家登山健身步道通过验收；45千米的区级骨干林道全线贯通，今后可作森林骑行道；郊野绿道将各个乡村串珠成链。

记者发现，如今在萧山，"留白"成为众多美丽乡村建设的共识，并已展现出多重效应。进化镇裘家坞村对拆后区块统一规划，以新杭派民居风格安置宅基地，130亩闲置土地引来了农旅文项目；河上镇东山村变身众创园，民宿群、文创群、研学群……美丽经济羽翼渐丰；楼塔镇的大同三村联姻5G，依托特色文化，用研学线路串起了村庄16景，人气日益增加。

在杭州市委副书记、萧山区委书记佟桂莉看来，美丽乡村建设"留白"并非缺位或懒政，而是一种实事求是、因地制宜的辩证观，一种"功成不必在我"的精神境界。"腾笼"为的是"换鸟"，美丽萧山建设不仅要"披新衣"，更要从"环境美"迈向"产业美"，让生态效益更好地转化为经济效益、社会效益，为加快实现赶超跨越、奋力打造"重要窗口"示范样板铺就最美丽的底色。

人本化　品牌化　数字化

——探秘浙江衢州"未来乡村"

（2021年8月9日《农民日报》头版）

　　未来，因为笼罩着神秘的面纱，始终令人向往。尽管一千个人有一千个不同版本，但人们从未放弃追寻，总是试图早一天将未来变成现实。

　　2019年，浙江启动城市未来社区建设试点，同年，浙西衢州率先开展未来乡村建设探索，在下辖的6个县（市、区）分别遴选出一个重点村，进行先行先试。两年后的今天，浙江计划在全省范围内推开未来乡村建设，作为美丽乡村的升级版。

　　未来乡村究竟长成啥样？与美丽乡村相比，其内涵又有哪些不同？盛夏时节，记者走遍衢州的6个试点村，期望穿越时光隧道，一睹未来芳容。

■ 不仅要养眼，更要养心

　　听说家里进了老鼠，邻居赶紧送来一只黑猫。对于这种走心的邻里关系，陈进已经处之泰然。清晨起来，门口不是冒出一筐番茄，就是多出两个南瓜，也没留下任何姓名信息。如今，不管认识与否，只要村民相邀，陈进必定欣然赴会，一起喝酒猜拳。

　　陈进是位小有名气的行为艺术家，过去漂在北京宋庄。一次偶然的机会，被引进到千里之外的下淤村。不曾想落户才一年，便与这里难舍难分。

　　下淤村地处衢州开化，这里绿水青山、环境宜人。与一些地方的大拆大建不同，下淤村有意识地保留了一批闲置老宅，以备日后开发所用。果然，当宋庄艺术家寻找新的落脚点之时，下淤抓住机会，专程登门拜访，一下子就吸引了 11 名艺术家落户。

走进陈进家中，扑面而来的是酒吧式艺术空间，一看就知是铁杆的啤酒爱好者。与之相邻的周相春家，则将雕塑艺术融进每一处角落，再配上他独爱的咖啡，别有洞天。

为何选择下淤村？艺术家们的回答异口同声：这里不仅有田园风光，能够激发创作欲望，还有完备的基础设施，有了网络，跟在城里生活没两样。最重要的是，这里传统的文化氛围、邻里关系，让他们找到了期待已久的心灵慰藉。

对于未来乡村的勾勒，衢州有一个重要指标叫"人本化"。过去建美丽乡村，更多是造桥、修路、建房等，体现在物的现代化；而现在，则是以人为本，关注人的生活圈、需求圈，实现人的现代化，尤其关注当地群众的需求，创造美好幸福生活。

为了打造以人为核心的幸福家园，衢州围绕未来邻里、产业、教育、健康、文化、风貌、交通、治理、精神九大场景，按照居民的全生活链条、全生命周期需求，进行各项功能的有机集成。服务中心、邻里中心、健康之家、创业家园，这些在美丽乡村建设中看似"可有可无"的公共空间，如今，成为衢州未来乡村不可或缺的配置。

在衢州市副市长徐利水看来，未来的乡村不仅要让"原乡人"安居乐业，更要唤回"归乡人"、吸引"新乡人"，他们中很多来自城市，又充满对乡村的热爱。但无论何种人，都要在提升基础设施的同时，更关注他们精神层面的需求，让乡村生活真正成为一种具有内核的新风尚。

■ 从"生产生活"到"乡村经营"

经过紧张的筹备，4 月 2 日，柯城区沟溪乡余东乡村未来社区正式开园。

作为专班主任，乡党委书记陈建锋一感到喜，因为"未来"终于实实在在落地余东，二觉得忧，自己努力刻画的未来，究竟是否符合人们的想象？

余东农民画享有盛名，不仅农民画家多，而且作品还在全国屡屡得奖。如何利用农民画这一得天独厚的资源，创造更加美好的未来，陈建锋尽管心怀忐忑，但有一点十分清楚，那就是：余东一定不再是村民传统的、简单的生产、生活场域，而应该是一个有机的、整体的市场化产品，去满足个性化、多元化消费需求。

因此，陈建锋北上南下，找万事利集团（即万事利集团有限公司）、找驴妈妈集团（即景域驴妈妈集团）、找中国美院（即中国美术学院），试图以农民画为基础，进行文创化逆袭，带动余东进入另一个更高的发展境界。

陈建锋的探索，暗合着衢州未来乡村的另一个指标：融合化。这种融合不是简单的产业叠加，而是基于自身资源禀赋条件，以及消费市场需求，对乡村功能进行重新定位。乡村品牌化经营的理念，由此进入政府视野。

目前，开化下淤锁定众创艺术和山水风光；龙游溪口聚焦乡愁文化，主打"溪口公社，快乐老家"；衢江莲花依托农业园区，突出田园特色；柯城余东致力于农民画开发；江山大陈则紧紧抓住村歌这一文化主题。

"明确定位后，再来开展投资、建设和运营，就有了方向。"衢州市农业农村局局长刘明鹤认为，从"生产生活"到"乡村经营"的转变，其实就是在造场景、造邻里的同时造产业，实现有人来、有活干、有钱赚，"政府、企业、社会三方各有分工，又相互协同，才能真正实现共赢。"

目前，衢州6个试点村都聚焦"融合"，开始研究未来乡村的品牌化经营。尽管对于如何构建主体、如何实施突破等，还没有形成太多成功经验。即使市场化基因相对突出的下淤村，也主要依托村集体，但他们已经大胆"开弓"，如龙游溪口已成立国资公司、引入第三方专业团队，进行招商引资、活动策划、品牌打造等。

让人感到意外的是，2021年端午小长假，6个未来乡村牛刀小试，每个村的游客流量都突破了1万人次，这充分说明融合发展、品牌经营是大势所趋。但接下来，如何在差异化竞争基础上形成乡村品牌资产积累，创新乡村发展模式将成为未来重大命题。

■ 数字化赋能未来乡村

走进溪口未来乡村，时空仿佛出现错乱。这个始建于1959年的黄铁矿工业配套区，当年曾经有舞厅、学校，还有商店、卫生院等，但随着矿业资源的枯竭，小区陷入凋敝。今天，通过数字化赋能，小区生机勃发。

在这里，看书、吃饭、喝咖啡，出入无人超市，刷脸即可畅通无阻。智慧球场设备，会抓拍球员的精彩瞬间，方便转发朋友圈。走进林荫下的 3 座白色盒式建筑，便是社区的"邻里盒子"，有生鲜茶水吧、共享卡拉 OK，还有智慧寄存柜、无人医药柜等。用一台机器，办事足不出村。

除了眼前数字化带来的生活便利，溪口镇党委书记刘洪刚还向记者描绘着不久后的数字化治理中心："马上，我们将联动周边 3 个乡，设立无差别政府服务中心和便民中心，建立治理、产业、民生的共同体，用数字技术应用来打造 30 分钟山区协作圈层。"

记者采访发现，在对未来的追寻中，数字化成为最直接、最突出的标签。各个试点村都不约而同聚焦数字化，根据不同需求，设计出不同的应用场景。有的关注公共服务，有的围绕社会治理，还有的赋能产业发展，让乡村生活变得炫酷、聪明。

在大陈，接下来就准备打造全乡一体化的数字管理平台。届时，"雪亮工程"、文旅场景、康养场景、智慧停车系统、智能化垃圾分类系统等将全部纳入其中，实现"一张网"管理。比如家里有留守老人的，就能通过数字化康养服务平台，为居家养老保驾护航。

衢江莲花是现代农业强镇，因此在构建数字化整体运行体系时，突出了数字治理、数字生活、数字经济三大板块，形成"一个智慧大脑 + 三条服务主线 + N 个应用场景"体系。其中开发防止返贫一件事、企业服务一件事等模块，就是根据当地实际情况设计的，很好地解决了乡村发展的短板。

数字乡村也好，数字农业也罢，都离不开政府的投入。那么，这种投入的变现和产出最终应该表现在哪里？记者采访发现，不管是柯城的余东、龙游的溪口、衢江的莲花，还是其他 3 个试点村，又都瞄准了品牌化。试图通过数字化和品牌化的双轮驱动，实现乡村未来的可持续发展。

数字总是如此奇妙地与未来相链接。站在大屏前，看着实时滚动的数据，那些平时我们难以捉摸的场景，让人如此真实地感到，未来已来。而衢州上上下下，对未来永无止境的追寻，又让人对这里的未来更具信心、更具期待。

正如城市让生活更美好，乡村同样可以让生活更美好；城市有着万花筒般的未来，而乡村的未来也许更加诱人。对衢州而言，未来乡村的这场实验虽然起步不久，但已经充分展现出其迷人的一面；未来虽然如梦如幻，但这里的人们，希望通过各自的解读，让未来加速照进现实。

真正的未来注定不是天马行空。为了让未来乡村接轨国际，衢州专门委托第三方机构编制了指标体系与建设指南，构建起 9 大场景和 33 项二级指标的集成系统与 29 项国际化指标。在这里，未来乡村正成为共同富裕的示范窗口。

衢州市委书记汤飞帆表示，乡村唯有走向未来，乡村振兴才有希望。接下来，衢州将在未来乡村建设方向、主体、路径等方面加快破题，进一步强化数字赋能、技术支撑、人才引领，努力探索形成一批模式、标准、制度、品牌，打造共同富裕现代化基本单元，真正让大家在衢州看见未来美丽乡村，看见乡村美好未来。

品牌化打通"两山"

—— 浙江丽水生态产品价值实现机制探秘

（2019 年 9 月 18 日《农民日报》头版）

绿水青山如何变成金山银山？近年来，许多地方为了生态环保，不惜壮士断腕，该关的关了，该停的停了，绿水青山也已养成，但"两山"之间究竟如何打通，阿里巴巴的大门何时才能洞开？

最近，浙江丽水的探索引起多方关注：这个偏僻落后的浙南山区，通过生态产品价值转换，实现了山区脱贫、乡村振兴、生态保护三赢，农民人均收入增幅连续九年名列浙江第一。

日新月异的变化背后，记者发现，丽水在打通"两山"过程中，品牌化发挥着至关重要的功能，成为生态产品价值实现的一把密钥。市委书记胡海峰近日在接受媒体采访时分析：发展一二三产业融合的第六产业，推动农业方面经济增长点的培育、发展和壮大，做精做优新产业、新业态，让丽水的好山好水都能转化为农民增收致富的一个个聚宝盆，首先就要做强"丽水山耕"这个品牌。

■ 犹记丽水来时路

丽水的经济社会发展水平和生态自然条件在全国具有代表性。境内九山半水半分田，客观上给发展带来诸多不利因素：交通不便、信息不灵、思想不活。农业上，因为立地条件的制约，产业高度分散，仅主导产业就有九大之多；主体十分弱小，各类生产主体总数超过了 7 000 家；而市场化程度又很低，农业生产自给自足，难以与大市场、大流通匹配。因此，在浙江，丽水的经济社会发展一直处于"垫底"水平，几乎可谓贫穷落后的代名词。

2000 年，丽水提出"生态立市"的口号。那时，按照浙江生态省建设的要求，丽水正式开启了绿色发展的探索之路。2006 年 7 月 29 日，时任浙江省委书记的习近平到丽水调研时指出，"绿水青山就是金山银山，对丽水来说尤为如此"。这句话给了大家莫大鼓舞，当然也提出了一个重大命题，那就是：绿水青山如何变成金山银山？十多年过去，梦想中的"金山银山"正照进现实，也让大众改变了对丽水的传统印象。

在长三角地区，丽水可谓唯一一块"绿谷"。这里海拔千米以上的高山就有 3 573 座，森林覆盖率超过 80%。在城市化、工业化的包围中，丽水无疑是"世外桃源"。原来大家习以为常，甚至视作包袱的山水资源，在生态文明时代，竟然炙手可热。来自上海、杭州等地的自驾队伍，不断提示着丽水：丽水的未来，就在于依托山水资源，发展休闲、康养、文创等新业态。

围绕这一目标，丽水农业应该走出传统的提篮小卖，通过一二三产业融合，变生态产品为个性化商品，最大限度地实现其附加值。农业农村局副局长何敏从事农产品营销多年，亲历了丽水农业的转型发展。他坦率地告诉记者：丽水的立地条件决定了我们无法走规模化、机械化、设施化的农业发展之路，而农旅结合，恰恰能将丽水的劣势转换成优势，最大限度地实现增收增效。

■ "丽水山耕"：平均 30% 溢价的背后

丽水农业既然要走向市场，就必须突出个性差异，就必须创建品牌。丽水农发公司董事长徐炳东认为，品牌是现代农业发展的核心标志，只有品牌，才能最大限度地实现生态产品的价值转化。"消费者为什么愿意买单，因为你是品牌，因为品牌的背后是质量、是文化、是信誉。"

正是因为能够站在消费者角度反观政府的工作，丽水在完成了《生态精品现代农业发展规划（2013—2020 年）》后，于 2014 年迅速启动了品牌建设行动。

丽水农业究竟应该做什么样的品牌？这里有几点需要明确：一是生产主体普遍比较弱小，没有能力自建品牌，因此必须由政府创建区域公用品牌，带动生产主体走向市场；二是丽水产业集聚度较低，创建单品类品牌不足以带动全域农业发展，因此，必须创建全区域、全品类、全产业链的综合性品牌；三是将丽水放置在整个华东地区考量，其生态环境和农耕文化具有显著特点，是符合消费需求的。

具有创新意义、体现山区农业特征的"丽水山耕"由此问世。由于有政府的大力支持，采取统一标准、统一运营、统一传播的方式，"丽水山耕"很快在市场上声名鹊起，吸引了越来越多的生产主体加盟其中。这种模式，不仅大大降低了生产主体进入市场的成本和风险，而且大大提升了丽水生态产品的溢价空间。

卜伟绍毕业于水产养殖专业，是地道的科班出身，有十来年的温室甲鱼养殖经验。随着市场竞争的加剧，他开始搞起了生态养殖。但他的"云河"牌甲鱼在农贸市场并没有受到欢迎，人们认为他只不过是用生态养殖的概念在欺骗消费者。

此时，"丽水山耕"刚刚启用，卜伟绍成了第一批会员。政府的背书，加上产品追溯系统的使用，让他的生态甲鱼在网上一炮打响，价格从线下农贸市场的每斤20多元，陡然飙升到线上的100多元。

通过政府提供的品牌服务，大量的丽水小农与大市场实行了成功对接。今天，已经打响了自身品牌的卜伟绍又开始扩大规模、转型发展。他将甲鱼苗供给其他渔民养殖，再由他回收后，以"云河"牌卖给线上消费者，一年产值在300万元以上。"做品牌就要打广告，我们小本经营，哪里有钱投入？现在好了，做活动、搞推介、投广告，都由政府承担，我们只要跟在'丽水山耕'后面跑就行了。"

"丽水山耕"的公共服务还在逐步深入。记者看到，即将投入使用的"丽水山耕"梦工厂，占地29亩，内由农产品分级加工、包装设计、仓储运输、电子商务等车间构成。许多小微生产主体没有能力投入，但在走向市场过程中又难以或缺的服务，在这里基本都可搞定。未来，这里还将每年组织30万人次的游客前来参观、购物、餐饮，真正形成农旅融合，助推小农腾飞的"梦工厂"。

■ "丽水山居"：提供更佳旅游体验

生态产品的价值实现过程，没有品牌万万不行，但仅有品牌也并非万事大吉。作为以发展新业态为重点的山区，除了创建品牌，还必须打开思路，从市场出发，全方位模拟游客的需求，再一个个有针对性地予以解决，方能让生态产品充分变现。

在丽水市农办副主任郑建强看来，游客来到丽水，看什么、住哪里、卖什么，只有系统解决了这些具体问题，才能留得住游客，才能提供更细致、更全面的服务，生态产品的变现路径自然也能更为广阔。为此，丽水提出了农业园区变现代景区、传统民房变特色民宿、土货农产品变旅游商品的系统解决方案。

经过景区化改造，以生产为目的的农业园区，不仅配备了公共设施，还设计了游乐项目，摇身一变，成了旅游热点。游客要想住下来，可以选择民房改造而成的民宿，这里有的是乡愁可供慢慢品味；要想买点丽水土特产带回城里，许多民宿中都有"丽水山耕"专柜，老板娘会做热情推荐。作为旅游商品，"丽水山耕"的包装精致时尚，那是文创比赛的翘楚，绝对登得上大雅之堂。

在新业态培育中，民宿不仅有利于导入城市的资金、人才、管理，而且容易形成焦点，将山水资源进行整合，打包销售。因此，近年来，丽水连续出台政策文件推动民宿发展，吸引了越来越多的业主抛弃大城市的喧嚣，来到绿水青山之间投资创业。

来自杭州的设计师老白，偶遇松阳四都乡西坑村，一见钟情，与朋友投入千万元，开办了"云端觅境"，每个房间都以"觅"命名，房价每晚1 100～1 300元。同村的"过云山居"则由苏州的3位青年创办，其打出"赏云"主题，房间都带"云"，房价每晚卖到880元。这个几乎与世隔绝、常年云雾缭绕的村子，现在成了民宿与农家乐的集聚村，本地村民开办的农家乐有十多家。"为什么能卖出高价，因为客人除了住宿，还能在我们这里享受到无限风光，还有无边乡愁。"老白说。

像西坑村这样民宿、农家乐扎堆发展的村子，在丽水数不胜数：古堰画乡、下南山、平田……华侨文化、黄帝文化、廊桥文化、畲族文化，每一种历史文化后面，都有一个个农旅项目；茶文化、竹文化、香菇文化、梯田文化、剑瓷文化、石雕文化，每一种产业文化都被发掘出来，蝶变成一个个特色小镇。通过农业和旅游的相融、农业和文化的结合，不仅卖出了产品，卖出了风景，更卖出了文化，卖出了附加值。

为了整合力量，共创民宿品牌，丽水还专门创建了"丽水山居"，进行统一的推介传播，与"丽水山耕"形成良性互动和有效互补。

正是通过从生产到加工到旅游的各个环节的相互融合，丽水生态产品的价值得以不断放大。

据了解，截至目前，加盟"丽水山耕"的生产主体已经达到 733 家，2019 年前 6 个月，"丽水山耕"品牌产品销售额即近 37 亿元，平均溢价超过 30%；"丽水山居"农家乐、民宿经营户（点）3 992 家，从业人员 4.6 万人，营业收入每年呈 30% 左右的速度在高速增长，上半年达到近 16 亿元。

丽水市发改委主任饶鸿来报出一系列数据显示：2017 年，丽水人均 GDP 8 838 美元，是 10 年前的 3.6 倍；固定资产投资 900 多亿元，是 10 年前的 3.81 倍；地方财政收入 112.91 亿元，是 10 年前的 3.46 倍；城乡居民收入 38 996 元和 18 072 元，分别是 10 年前的 2.45 倍、4.13 倍；生态产品总价值 4 672.89 亿元，按可比价计算，10 年增幅达到 86.7%。

丽水大书"两山"文章

（2020 年 3 月 20 日《农民日报》头版）

山区经济的发展，素来是一道难解题。交通不便、要素匮乏、土地分散等桎梏，都让致富之路何其难。如何打通"两山"转化渠道，让山区从"潜力股"变身"绩优股"，这是一个巨大课题。

地处浙江西部的丽水市，九成是山，过去是全省最偏最穷的地级市。近年来，当地上演了一部现代版的"愚公移山记"。不过，其并非去铲平山峦，而是秉持"跨山统筹"的新理念，试图通过优化要素配置，移除地区、部门、产业之间那些看不见的山，颇具启发意义。

■ 统筹规划：搬掉心中的山

43 岁的曾志华，原先在外经商，10 年前返乡当村长，5 年前上任村党支部书记。其村名为溪头村，这里地处瓯江、闽江、钱塘江三江源头，距离龙泉市区尚有一个半小时车程，是典型的"山头村、边远村"。

2013 年，一场国际双年展改变了溪头村的命运。来自 8 个国家的 11 位顶级建筑师，用最乡土的材料、最前卫的线条，在这个最偏僻的小山村里，创作了最具世界表达的 15 栋竹建筑。一炮走红后，溪头借势发展乡村旅游，民宿产业踏上了风火轮。

2019 年，溪头村仅"古窑里"一家民宿，营业额就达 265 万元。而"引流神器"就是每月举办的传统龙泉青瓷烧制。回顾发展史，曾志华深有感慨："山还是那座山，关键就看怎么做好山的文章，这得一盘棋来考量。"

曾志华的"棋盘观",背后耐人寻味。连绵的山头、偏僻的区位,自古无从改变,但山区发展之难,更在于那些看不见的山:人们世代依山而居、靠山而作、划山而治,那些日积月累铸就的"心中大山",早已化作一道道坚不可摧的堤坝,阻挡着资源要素的统筹和流动。

2018年,在深入推动长江经济带发展座谈会上,习近平总书记做出的"丽水之赞",让丽水这个默默无闻的山区市,历史性地走到了全国生态文明建设的最前沿。2019年春节刚过,丽水就召开"两山"发展大会。会上,市委书记胡海峰的讲话引发强烈反响。

胡海峰认为,"两山"理念是讲发展的重大理论命题,核心思想是加快高质量发展,打通"两山"通道,关键在于三把"金钥匙":跨山统筹、创新引领、问海借力。在他看来,丽水现代产业集群之所以不具规模,更缺乏对外区域竞争的整体优势,主要在于生产力布局的分散,地区之间统筹不足,各行其道、各成一摊。

"丽水的发展穷在山上、困在路上、弱在散上,必须树立一体化、协同化、差异化的发展思路,在更大的时空范围内,统筹生产力布局、资源开发、设施配套、交通建设等。"胡海峰说。

如何实现全域统筹?丽水提出了"一带三区"的发展新格局:东部3个县(区),突出产业主导、创新驱动,组团打造生态经济示范区,加快形成市域发展核心带;西部6个县(市),则突出文化引领、差异发展,组团打造三个集聚区块,建设凸显山水神韵、人文底蕴的特色发展示范区。

在丽水市农业农村局局长黄力量看来,丽水九成行政区域是农村,七成人口在乡村,用好"跨山统筹"这把"金钥匙",就是实现城乡统筹的必由之路,用统筹观、用配置之手,来搬掉那些看不见的山,真正打通部门、地区、城乡、产业之间要素流动的阻梗,为高质量绿色发展铺平道路。

■ 易地搬迁:绕过搬不走的山

在过去,夏益长每天都骑着摩托车到县城的玩具厂上班,风里来雨里去,家人牵挂不断。2020年,家门口的创业园开园,村民走路就能上下班。为这事,好多村民都乐开了花。他们中的许多人都是从原澄照乡溪下库自然村搬迁而来的。

景宁是典型的畲乡山区县，全县坡度 25°以下的山地占比还不到 9％，绝大多数村庄散落在山间。2012 年，景宁启动农民创业园建设，首批安置的大部分人员就是高山远山和地质灾害隐患区的老百姓。

记者看到，在这个新区内，有学校、养老中心、自来水厂，不久后还会有卫生院、车站、二期项目等。值得一提的是，人口集聚后，创业园内不仅设施一应俱全，还配套建设了 1 000 亩的工业用地。企业入驻后，下山农民在家门口就能上班。

据澄照乡党委书记胡卫林介绍，目前，创业园已引进总投资 6.9 亿元的幼教木玩产业园，3 年内可提供 3 000 个以上岗位。澄照是茶叶种植之乡，茶叶采摘忙在上半年，工厂则下半年用工量大，一头一尾，正好错开，因此这两年，农民增收显著。

景宁的农民创业园，是丽水农民易地搬迁的一个缩影。丽水百姓居住分散，地质灾害频发。2000 年后，各地有序引导农民下山脱贫，出政策、建小区、配产业。截至 2018 年底，已有超过 38 万农民下山，占全市农村总人口的 21％，其中整村搬迁就有 1 902 个。

黄力量认为，高山远山、边远库区等地村庄，本来就资源匮乏，大多又是生态敏感区，经济发展缺乏各种要素支撑，政府与其投入大量资金用于基础设施建设，不如绕过搬不走的山，借助易地搬迁的集聚发展，来实现脱贫、解危、水源保护、生态修复、乡村振兴等的共赢。

丽水一手做"居住文章"，另一手则苦下"产业功夫"，通过要素集聚、改革配套等，让农民搬下山后，稳得住、富得起。2001 年，云和县就提出"小县大城"战略，先后建成了 48 个异地安置小区。如今，全县近 80％的人口在县城居住，93％的学生在县城读书，96％的企业在县城发展，城镇化率近 70％。

记者看到，通过十多年坚持不懈抓易地搬迁工作，一大批传统村落在丽水得到有效保护，为后续整体开发运营守住了资源。现在，工商资本进入后，很多村成了民宿、文创、康养等新型业态的聚焦点。与此同时，住、业、人的统筹集聚，也为山区农民找到了一条致富道路，农民收入增幅连续 10 年位居全省首位。

据了解，目前，丽水已形成了小县大城、众创空间、解危除险、幸福社区 4 种县域的易地搬迁模式。而针对仍有 4.2 万余户农户住在"背山面水"

有潜在威胁区域的情况，2019 年，丽水全面启动"大搬快聚　富民安居"工程，计划在 5 年内完成 15 万山区农民的搬迁任务。

■ 品牌化：打通"两山"转化渠道

85 后姑娘张建芬，身着白色风衣，手持白色手机，驾驶白色奥迪轿车，种植的作物都是"白色系"——白色的黄瓜、茄子、辣椒等，就连基地所在的山头也叫白鹤尖。

张建芬头脑活络，2014 年刚入行时，就将"白鹤尖"注册为商标。此山在云和县小有名气，但推向市场后，却无人问津。在参加完一场品牌培训后，张建芬豁然开朗。

丽水生态农产品众多，却很零散，主体又普遍偏小，单品类品牌不足以带动全域农业发展。于是，丽水在 2014 年推出了全国首个地市级的全品类区域公用品牌"丽水山耕"，由政府进行背书，组建国企农投公司负责运营管理和传播推广。

张建芬看到后，马上申请加入市生态农业协会，成为首批被授权使用"丽水山耕"的会员。还别说，初出茅庐的小姑娘，仿佛一下子找到了门道，产品经营得风生水起。除了网上卖、做定制，近两年，张建芬的产品还打入了民宿市场。

谈及丽水民宿，与当地"业"的统筹密不可分。从 2013 年开始，市里每年投入 1 000 万元，重点用于农家乐和民宿示范项目建设。7 年间，丽水累计发展 4 300 多家农家乐、民宿。在做法上，丽水同样采取品牌化战略，取名"丽水山居"。

吃住自古难分家，"丽水山耕"和"丽水山居"的联姻自然也水到渠成：农产品摇身一变成了旅游地商品，农家乐、民宿里专门设置了货架专柜。对于经营业主而言，通过推销"丽水山耕"产品，也能增加经营内容。

之后，丽水的"山上文章"又添新成员。面对日益火爆的乡村旅游，"丽水山景"品牌应运而生，同样覆盖全市域。3 个品牌气质相投、门当户对，在各种场合经常相互植入、相互代言。

在黄力量看来，品牌绝不是取个名字这么简单，其背后是一种系统化、差异化的战略思维，既能通过这样一个载体，将分散的资源进行紧密整合，又能直接帮助相关主体将产品推向大市场，并实现溢价销售，同时还能借助品牌之间的强强联合，进一步提升综合价值和竞争力。

尽管丽水的"三山"联姻才刚起步，但在丽水，品牌已发挥出重要价值，成为生态产品价值实现的"金钥匙"，也日渐成为一种共识、一种黏合剂。而如今，说到丽水，人们对它不再是"偏僻落后"的刻板印象，取而代之的都是"绿色生态""健康养生"等标签。

据了解，接下来，丽水已准备择日正式推出"花园乡村"品牌，将其作为新时代美丽乡村建设的丽水样板，目前正在构建体系、制定标准，又将开启一段新的征程。

"物理组合"产生"化学反应"

——解析浙江湖州的"组团式未来乡村"

（2022年1月17日《农民日报》头版）

行遍江南清丽地，人生只合住湖州。论浙江湖州的GDP，或许与周围的"万亿俱乐部"城市难以比拟，但比生态、看乡村，这里绝对不负"绿水青山就是金山银山"科学论断发源地的"金字招牌"，到处迸发着新活力。无论走到湖州的哪个县区，都会有独特而又美好的印象。

然而，有心之人发现，近两年，湖州各级政府投入乡村基建的资金量在减少。是准备鸣锣收兵了，还是认为大功告成，开始减少乡村投入？湖州市农业农村局局长杨中校解释道，其实这就是从美丽乡村建设走向美丽经济转化的重要标志。

"政府投入具有普惠性，主要是为了实现生态宜居。而美丽乡村转化为美丽经济，则主要是由政府筑巢引凤，撬动更多社会资本、现代要素流入乡村。因此，表面看似政府的投入在减少，实际上，这几年社会资本投入却大幅增加，乡村产业形态在迭代、在丰富。"杨中校说。

抓住这一特征，湖州2020年提出了"组团式未来乡村"的战略部署，每年建设10个左右新时代美丽乡村样板片区，分两年完成。为何如此谋划？怎样打造片区？又何以体现未来？经过一年多的探索实践，答案正逐渐清晰。

■ 并非简单"物理组合"

2021年，随着湖州市吴兴区上榜"年度浙江新时代美丽乡村示范县"，湖州正式率全省之先，首个实现省级美丽乡村示范县的全覆盖。自 2008 年拉开"中国美丽乡村"建设大幕以来，湖州坚持一张蓝图绘到底，已累计建成862 个浙江省新时代美丽乡村。

"践行'两山'理念关键在于打通生态产品价值转化的渠道。十多年来，湖州依靠先发优势，定标准、制条例、建制度，工作体系的'四梁八柱'已日趋健全。接下来，如何全方位破题转化的文章，将成为决定能否继续引领的新高地。"刚落座，湖州市农业农村局副局长施经便开门见山。

这样的思考，并非湖州所独有。浙江坚持不懈抓"千万工程"，生态文明建设蔚然成风。近些年，不少地方完成前期美丽乡村建设后，你追我赶开始谋划提标和集成：有的推示范带，有的打样板区，也有的组精品线，试图打破单个村庄的界线，通过抱团发展，在实现差异发展的同时，进行资源整合、"两山"转化。

"这两年，我们很努力地尝试盘活闲置农房和空间，但很多时候，由于体量和资源有限，既很难有话语权，也很难引入优质的社会资本和项目。"吴兴高新区杨溇村的党总支副书记顾坤林深有感触，同样是主打"溇港文化"，他就很羡慕临近隶属同区的织里镇义皋村。

2016 年，以义皋为主要节点的太湖溇港水利灌溉工程跻身世界文化遗产，开启了溇港文化与旅游业的融合之路。如今，"太湖溇港第一村"声名鹊起，优质项目纷至沓来，义皋村的集体经济经营性收入也从 2019 年时的 60余万元增至 2020 年的 220 万元。

尽管终于"活"起来了，但在义皋村党总支书记钟良看来，格局还不够。"乡村产业规划得基于一定区域和体量，才能有功能布局，既相互照应，又彼此区隔，同时把优质资源进行集成，也能拉长线路、留住更多游客。"

施经则认为，这种集成并非简单物理组合，既要避免新一轮的重复建设，又得进行一体化规划、项目化运作、集成化示范、片区化共享，而且无论是规划，还是改革，放到更高平台上，才能发挥更大效能。

2020 年，"滨湖六村"新时代美丽乡村样板片区的组建，让顾坤林与钟良双双如愿，横跨两个镇域，囊括 6 个村。记者看到，首批 10 个样板片区中，有优势互补型，也有错位发展型，有强村带弱村的，也有基于一个大项目的，一场轰轰烈烈的"化学反应"由此展开。

■ "四大集成"催化反应

进入 2021 年 11 月，属于八都岕的秋天才真正开始。这里地处长兴县小浦镇，以十里古银杏长廊声名远扬，3 万多棵古银杏遍布其中。记者虽然早有耳闻，但真正身临其境，才知何谓"满城尽披黄金甲"，这气势堪比长安香菊。

自购了 60 元/张的门票入景区，记者很快遇见缓缓移动的小火车。跑一圈 30 元，穿梭于杏林，很多人专门为此前来打卡。找了户农家乐点餐，午后 1 时还在排队等桌。路旁卖土特产的村民，顺便烤起了银杏果，一天收入有 2 000 多元。想要住村里，没想到民宿已满房。

据介绍，过去古村无人养护、古居无人问津，现在通过技术改造，叶黄时间可延长 30 天，把旅游旺季拉长了整整一个月。立足岕里民俗文化，不少老房子化身特色场馆，让游客来了不仅能看银杏，也能逛古村、品美食。

"八都岕的由衰转盛，就是组团集成带来的。"小浦镇相关负责人告诉记者，近年来，下辖的 5 个村一体化提升改造，全线贯通自然风景和建筑风貌，引进项目也都是按大区域统筹布局，"围绕古银杏，一系列相关业态加速落地。银杏山庄、银杏古街、银杏博物馆、银杏民宿群，有近千人从事旅游经营和配套服务。"

值得一提的是，以前，八都岕沿线的 5 个村，土地少、位置偏，而且受生态保护约束，也不允许大开发、大建设，2017 年加起来集体经济收入也就五六十万元。如今，大家组成"八都岕经济联合总社"，投资开发了观光小火车、太湖天泉、玻璃栈道等项目，2020 年，5 村总收入达到 1 193 万元，其中经营性收入达到 710 万元。

湖州市农业农村局农村社会事业促进处处长何新荣认为，样板片区建设是一项系统性工程，八都岕的振兴之路就是"四个集成"的落地落实，即集成推进力量、集成政策措施、集成项目资金、集成实施主体。

据介绍，针对每个样板片区，湖州组建市、区（县）、乡（镇）三级专班，各司其职：市里出政策、立标准、定考核，区（县）里抓统筹、搞规划、促整合，再由乡（镇）里具体抓。资金上，市财政给予每个样板片区最高 1 500 万元的以奖代补资金，加上区（县）配套主要用于产业。主体上，湖州不搞"一刀切",既可以企业做龙头,也可片区多村组公司,或者"平台+创客+农户"等,因地制宜,各显神通。

数据显示,湖州首批 10 个样板片区共实施了 114 个项目,其中,市、区(县)安排财政资金 3.2 亿元,然而却撬动了 16 亿元的社会资本投入。截至 2021 年底,所有项目已全部完成,并通过市级部门联合验收,成效初显。

■ "未来乡村"加速到来

走进安吉县天荒坪镇的横路村,有个"智慧健康站",时尚的装修、齐全的设备常引来不少村里人光顾。为了帮助村民操作体验,站里专门配了名负责人。大伙儿足不出村,就能与名医远程问诊,还能 24 小时自助买药、量血压、测体温。

横路村或许不太出名,可与之临近的余村大名鼎鼎,那里是"两山"科学论断的发源地。从"卖石头"到"卖风景",如今,余村走出了一条康庄大道。一个村富了不算富,一起富才是真的富,几年前,余村与周边四村组成余村"两山"示范区,加速迈向共同富裕。

现在,这个示范区有个定位,名叫"美丽余村·未来原乡",探索未来乡村建设,"智慧健康站"就是其中一个健康子场景。除此之外,还有未来邻里、文化、低碳、产业、风貌等 9 个子场景,共同组成十大场景。

据了解,对标浙江所提出的新时代美丽乡村 100 项指标,湖州还提出了个性化的 20 项高配指标,对应的就是未来乡村的十大场景,并且根据这些高配指标,要求每个片区列出一批具体的建设发展项目。

依托莫干山的名山效应,德清县于 2020 年启动"莫干山国际乡村未来社区"建设,一期包括五四村在内的 5 个村,二期则为仙潭村等 5 个村,形成一条环莫干山异国风情带。此轮改造,除了乡村风貌的提升,更注重文化内涵与以人为本。以庙前村为例,其注重打造书香特色,村内 40 家民宿中都有图书馆,家家户户挂有木质牌匾对联,还不时邀请各地文学作家前来村里创作。

眼下,莫干山脚下,新老村民正水乳交融。推开装修典雅的院门,主人可能是身着茶服的 90 后,可能是醉心陶艺的艺术家,也有可能是纵情山水的网红民宿老板……据不完全统计,这里从事各业态的青年创业者已有

2 000 多人。为此，莫干山镇专门为他们分门别类打造了一系列平台。

　　今天的湖州乡村，不仅有绿水青山，还有触达内心的感动与柔软。根据计划，到 2025 年，湖州将推进 60 个以"组团式未来乡村"为抓手的新时代美丽乡村样板片区建设，届时可覆盖约 300 个行政村，到 2035 年实现宜建村的全覆盖。未来，正在这里加速到来。

产业培育见微

CHANYE PEIYU JIANWEI

浙江农业新动力

——大学生农创客

（2016 年 11 月 14 日《农民日报》头版）

农业，是一个延续数千年的传统产业，今天，这个产业被人誉为"最具潜力"，引得无数大学生投身其中，催生着亘古未有的裂变。

浙江丽水的新农人陈小方感慨："刚开始我做农业，人们看我的眼神是同情；今天，他们对我是羡慕嫉妒恨。"

像陈小方这样的新农人，在浙江难以计数。他们出身不同，有的是"农二代"，有的来自工商企业，有的来自 IT 或者媒体行业；他们所从事的产业方向五花八门，有农业生产、民宿农家乐、农产品电子商务等。但他们有一个共同的"马甲"，这就是"大学生农创客"。

以其活力，以其视野和情怀，他们已然成为一道风景，成为一种新势力，成为浙江农业的新希望。

■ "这里有理想的创业环境"

为什么投身农业产业？面对记者追问，大学生的回答往往是：这里有理想的创业环境，有理想的务农氛围。

这种环境和氛围首先来自政府的政策：

为了鼓励和支持大学毕业生从事现代农业，从 2010 年起，浙江连续三次出台文件。其中 2010 年的文件明确直补政策，吸引了 4 500 多人进入种养业。

为了解决就业信息不对称难题，从 2009 年起，浙江每年举办农业专场招聘会，至今已有 1 000 余家龙头企业、合作社、家庭农场设摊，签订意向招聘协议万余人。

开办"农业 MBA*"，每年招生，到 2015 年底已经安排了 6 个班共 185 人；成立了浙江农民大学，还举办了大学生合作社理事长培训班等。

2015 年推出的"寻找农创客行动"，更是成为媒体"最爱"。浙江计划通过 5 年时间，找到 500 个农业创业初获成功的大学生。进一步的设计思路是，将这帮农创客组织在一起，成立联合会，再建一个农创客小镇，进行资源的集聚。

一系列政策举措的出台，在社会上营造了关心农业、重视农业、务农为荣的氛围，也极大地点燃了大学生投身农业的热情。他们有的相互介绍到农业领域就业，有的瞄准市场需求共同创业，也有的形成产业链各个环节之间的合作。

当然，大学生也十分理智，并不会单纯因为政策感召而投身农业，对市场的考量是他们做出选择的前提。浙江经济发达、消费能力强劲，对农产品消费的个性化需求，以及对生态农业、创意农业、休闲观光农业、互联网农业的多元需求，客观上给大学生"触农"创造了新的机会，提供了新的可能。比如，光围绕农产品营销这一核心，已形成了包括平台搭建、品牌设计、网络直播、视频拍摄、网商服务等整个链条，而其中每一个环节，基本都由大学生担当重任。

正是在政策推动和市场拉动的双向作用下，浙江形成了大学生务农的良好氛围。在这里，不经意间，你就会邂逅农业方面的论坛、沙龙；在咖啡厅，只要你稍加注意，也不难发现，邻座一帮年轻人高谈阔论的主题，可能就是农业。

■ "这里的配套服务好"

记者采访发现，受传统就业观影响，大学生一毕业，选择的往往是城市写字楼。在职场动荡中，他们开始慢慢学会判断，尝试着去寻找属于自己的

---

　　*　MBA，是 Master of Business Administration 的简称，工商管理硕士。

精彩人生。

来到农村后的现实很快让他们明白，农业的门槛看似很低，实则很高。但来自政府的关心和支持，又让他们备感温暖、动力大增。这缘于多年来，浙江对农业综合服务体系的构建。

你要投入农业，政府有粮食生产功能区和现代农业园区，早已将水、电、路等基础设施规划建设好；你要流转土地，政府有覆盖县、乡、村的三级服务体系，不必再一家一户去跟农户打交道；你想提高效率，从育秧、播种、植保，一直到收割、烘干，第三方可提供全程服务；你要充电培训，从高端的"农业 MBA"到"阳光工程"，你可以照着菜单打钩选择……

只有想不到，没有做不到。在城市就业创业，大学生困难重重，竞争异常激烈；来到农村，不仅天地广阔，还能够得到政府保姆式的服务。

今年 33 岁的王美君，大学毕业后在杭州一家公司上班，日子过得波澜不惊。她父亲是个种粮大户，最多时种有 50 多亩水稻。王美君辞职回东阳老家，通过机械化打开规模化的大门，很快将粮食种植面积扩大到了 1 200 亩。在她的影响下，东阳很快形成了一个"粮二代"群体，平均年龄 30 余岁。2015 年，王美君注册了"粮二代"商标，走上了品牌经营的路子。

谈到政府的关心和支持，王美君由衷感谢：我们的种植基地都在园区里，不需要自己投入基础设施建设；土地流转也由政府代办；整个粮食生产过程都有政府补贴。2015 年，政府还给我们合作社上了一条日产 60 吨的精品米加工生产线，"接下去我要搞综合农业，从单纯的种植水稻向休闲观光方向发展。"

记者调查发现，在浙江，搞种养业的大学生大多系"农二代"出身。正是因为具有这一基础，加上政府各方面的大力支持，大学生能够迅速成长，在新型经营主体中发挥着越来越重要的作用。

湖州市吴兴区的费明锋也是个"农二代"，他拿出家人苦心积攒的 30 万元购房款，投资湖羊产业。因缺乏企业管理知识，他就报名上了湖州农民学院的农经管理专业，成为首批农民大学生。如今，费明锋每年为市场提供肉用羊 2 000 头、种羊 2 000 头，还把种羊大批引到新疆。

对政府给予的扶持，费明锋如数家珍：一是帮助流转土地，办理生产设施用房，不必自己花费心思；二是借助湖州市和浙江大学的市校合作平台，优化了湖羊种质资源；三是借助农业园区，实施"生态循环"，将养殖业、种植业、加工业进行结合。"农业创业面临着多重风险,如果没有政府支持,每一重风险都有可能置人于死地。"

■ 催生现代农业裂变

尽管没有一个部门可以准确统计活跃在浙江现代农业领域的大学生究竟有多少,但媒体报道和有关会议透露出的信息,不断强化着一个事实:在现代农业领域,大学生群体已经慢慢形成一股新的力量,并且站稳脚跟,开始获得了社会的认可。他们中间,有的已经成为省人大代表、全国优秀共青团员,有的被评为大学生现代农业"十佳创业典范"、优秀农民专业合作社理事长、农村新闻人物。

2015年,浙江省农业厅对600个样本进行调查发现,大学生农业创业领域非常广,从新品种种养、新技术开发、新模式经营到新兴的电子商务、物流配送,涵盖了种植养殖、产供销整个产业链。其中从事种植业的占76%,农产品销售和配送占23%。530名创业者当中,95%都是80后,甚至不乏90后。

年轻代表着希望,也意味着未来。大学生们所带来的新理念、新方法、新模式,正在深刻地影响着浙江农业的进程。对此,浙江省农业厅厅长林健东认为,浙江作为人才高地,要发展高效生态农业,培育大学生农创客新军,现实有需求,实践有优势,其中4条值得特别关注:

第一是融合发展的模式。新农人们往往在产业链延伸上做文章,将传统的种养业和农家乐餐饮、休闲观光、采摘游等服务业相结合,既解决了产品销售问题,又为消费者提供了个性化服务。

第二是品牌经营的理念。为了占领终端消费市场,绝大多数新农人十分重视品牌创建,注册商标、申报认证,进行个性化、差异化包装,同时利用现代传播工具讲故事,提升品位,获得了较高的产品溢价。

第三是生态循环的理念。传统农人往往只管种或只管养,很少将两者进行结合;而大学生普遍具有较强的环保意识,对生态循环一点就通,并能够自觉实践,既增加了务农收入,又保护了生态环境。

第四是对现代科技等新事物的运用驾轻就熟。大学生有技能、有理念,运用起现代科技手段来游刃有余。现在,通过嫁接电子商务、网络直播等新事物，让大学生群体创意无限、活力无穷。

　　"小荷才露尖尖角，早有蜻蜓立上头"。相对于数量庞大的农民群体，大学生融入各类龙头企业、合作社、家庭农场等新型经营主体，或致力于农业创业创新，现在还处于起始阶段，但我们有理由相信，随着政策环境的日趋向好，随着市场需求的日趋多元，这朵含苞的荷花必将灿烂盛放！

打破学历论文限制，浙江 49 名职业农民获评高级职称

种养有技能　一样评职称

（2019 年 3 月 24 日《农民日报》头版）

　　"农民"不再是身份，而是一种职业，"土专家"也能有大作为。最新公布的浙江省农业高级专业技术职务任职资格获评名单中，首次出现了省、市两级 49 名新型职业农民的身影。据悉，这是浙江首次将面向事业单位技术人员的职称评价体系用于新型职业农民。

　　尽管落地已有一个多月，但在浙江的"农人圈"里，话题依然热度不减。即使放眼全国，这一做法也属大胆创新。那么，浙江是如何突破制约的？需要进行哪些实践？该创新意味着什么，有何价值？对此，记者进行了深度采访。

■ 职称评审通道向农业新型人才敞开

　　浙江农业素来以"高效生态"见长，农业生产经营主体发育充分。统计数据显示，全省现有的种养大户、家庭农场、专业合作社、农业龙头企业中，已通过职业技能鉴定的新型职业农民达到 16 万人。近年来，浙江更是出现了一大批大学生"农创客"以及返乡创业主体。

　　浙江省农业厅人事处处长陈良伟告诉记者，浙江新型职业农民群体不断壮大，但现行的农业高级职称评审主要面向农业事业单位技术人员，事实上，职业农民参与高级职称评审并取得证书的极少，近三年全省只有 1 人通过。

究其原因，主要是过去对职业农民的评价，均以生产类、单项技能评价为主，缺乏综合性考评，与事业单位人才评价体系不衔接，既影响了新型经营主体对人才的吸引、评价和使用，也使国家人才政策在农业领域实施中缺乏针对性、精准性。

在充分调研的基础上，浙江省农业厅会同省人力社保厅在2017年联合发文，提出打破户籍、地域、身份、人事关系等制约，首次将职称评审通道向农业生产经营主体中的技术人员以及返乡创业大学生、"农创客"等拓展，实现评审并轨、一证通用。

"过去，一些地方组织过类似'农技大师'等评选，但并不受人社部门认可，享受不到人才政策和待遇；另一方面，对许多农业科技型企业来说，也亟须确立评价体系，使人才引进、培养、晋升的通道更通畅。而在乡村振兴的大背景下，更需要高层次人才作支撑。"在陈良伟看来，创新背后，最难的也是最首要的，就是转化观念，正视农业新型人才。

■ 为职业农民量身定制评价体系

不同于专业从事农业技术研发和推广的人才，新型职业农民本身总体学历不高，从业时间差异显著，往往实用技能技术突出，在专业论文方面则处于短板。对此，浙江确立申报条件和评审标准之初，就明确了"差异把握、分类评价"的基本原则。

比如在学历上，浙江规定，只要是高中毕业，从事农业生产和技术推广应用5年以上，即可获准申报。在论文要求上，浙江淡化数量要求，在农业领域技术创新和推广活动中撰写的专题调研报告、行业发展规划、技术方案、田间试验报告等，经有关部门认可，均可视同论文。

此外，针对农民中具有中初级技术职称人数较少的客观实际，浙江特别设置了"破格通道"，只要满足科技奖励、发明专利、技术荣誉、表彰奖励4个方面的任一要求，即可破格申报。2016年，评审通过的49人中，破格的占到了八成之多。

值得一提的是，对于新型职业农民的评价体系，浙江量身定制了一整套量化指标体系，特别增设了技术创新、应用新技术成效、乡土人才、技能奖励等指标，以强化能力素质和业绩导向。同时，浙江还十分注重申报对象的带动性和引领性。

不过，陈良伟告诉记者，就目前而言，从省、市、县三级农民职称体系来说，与之对应的评价标准、操作细则、制度体系等，仍有待进一步完善。此外，在人才的作用发挥和配套政策上，未来也还有不少功课要补。

■ 吸引优秀人才投身农业农村

36岁的郭斯统年龄不大，科研成果却不少。本科毕业后，他一直从事农业工作，现在是宁波市鄞州滨海蔬菜专业合作社的技术负责人。此次获评高级职称，郭斯统主要靠的就是通过新型栽培模式创下全省雪菜最高亩产记录。

同样实至名归的还有长兴县的邱汝民。他30多年前辞职养蜂，一直潜心研究，光各类专利就有61项之多。尤其在创业期间，邱汝民刻苦钻研技术，育成了"长兴意蜂"蜂种，增产20多倍，达到国际先进水平。近年来，邱汝民每年培育蜂王1万只以上，改良全国低产劣质蜂种50余万箱。

"浙江职业农民获评高级职称，充分体现了'论文写在大地上'的实践和作为，完全符合习近平总书记对新型职业农民'爱农业、懂技术、善经营'的定位要求。"著名"三农"专家顾益康评价认为，这种创新做法具有很强大的引领作用和推广价值，符合现代农业的发展实际，也有利于职业农民社会地位的提高，为乡村振兴夯实人才支撑。

在遂昌县副县长郭云强看来，浙江的这一创新，大大优化了农业人才环境，特别是对于基层而言，未来可以通过技术项目支持、政府购买服务等方式，进一步激发农民自主创新创业的活力，也能更好地吸引优秀人才投身农业农村。

浙江电大原党委书记方志刚教授则认为，新型职业农民评价体系的改革给高校如何优化农村实用人才培养模式同样提供了很好的借鉴意义。乡村振兴需要强有力的人才和智力支撑，"留得住、用得上"是关键。"从我们的探索和实践来看，对高层次农村实用人才的培养，未来要注重运用职称评定结果，设置一定的政策倾斜，从而对新型职业农民的培育起到导向和引领作用。"

"小农"破浪大市场

——浙江以培育区域公用品牌推进农业供给侧结构性改革

（2017年9月9日《农民日报》头版）

"2018年底前，全省每个地市至少要培育一个市级区域公用品牌"，这是不久前浙江省委、省政府印发的《关于深化农业供给侧结构性改革加快农业农村转型发展的实施意见》中明确提出的目标要求。

农业供给侧结构性改革，是一项庞大的系统工程。在浙江看来，品牌化是推进农业供给侧结构性改革的重要抓手。只有通过品牌，让产品获得消费者认可，建立起产销之间的稳定关系，农业发展才能顺风顺水。

实际上，浙江早早就开始了品牌化探索，并且根据农业"多小散"的特点，率先摸索出了区域公用品牌与企业产品品牌相结合的"母子品牌"模式。30多年来，浙江农业一路凯歌，既没有出现大面积过剩，更没有发生滞销事件，而且优质优价，实现了农业增效、农民增收的目标。可以说，这一独特的品牌化探索起到了十分重要的作用。

■ 政府搭台，企业唱戏，变分为统，一改"多小散弱"现状

浙江的人均耕地面积只有全国平均水平的1/4。在家庭联产承包这一基本经营制度下，农业产业和生产主体过度分散，面对这一客观实际，浙江要实现农业增效、农民增收，不能依靠数量和规模，而必须走优质优价的品牌化道路。

"浙江是资源小省，农业要做大做强，就必须抢占品牌这个制高点，这也

是今后出路所在。"副省长孙景淼不断告诫浙江农口干部。在他看来，浙江消费能力强劲，消费理念先进，为农业品牌化创造了巨大的发展空间。

农业品牌与工业、服务业不同。农产品因为受各种因素影响，标准化、规模化等难以掌控，尤其是生产经营主体数量多、规模小、实力弱，基本没有能力单独打品牌、闯市场。

但政府拥有人才、资金、信息等各种资源，而且具有无可替代的公信力，因此，可以考虑以政府做后盾来打造区域公用品牌。政府背书与企业信用双重结合的模式由此浮出水面。

浙江省农业厅厅长林健东在接受记者采访时，形象地把市场比作海，农产品区域公用品牌就如同船，如何带领农民在汪洋大海里劈波斩浪、一路远航？他概括为 12 个字——造好船、掌好舵、护好航、扬好帆。他直言，打造区域公共品牌，是政府的职责所在，是农业增效的潜力所在，是农民增收的希望所在。

浙江大学中国农村发展研究院（英文简称为 CARD）中国农业品牌研究中心负责人表示，这一模式的施行是由中国农业基本经营制度决定的，是由农业生产基本特点决定的，也是由消费者消费习惯决定的。"家庭联产承包是一种统分结合的制度，但这么多年来，我们实施的是'分'，没有强调'统'，而区域公用品牌就可以理解为政府提供的统一服务。"

■ 从单品类品牌到多品类品牌，区域公用品牌创建模式走向多元

改革开放之后，取消了统购统销，浙江茶农一度陷入"卖茶难"困境。怎么办？山区县新昌率先从西湖龙井得到真传，将每千克只卖 6 元的珠茶转为扁形龙井。加工工艺的改变，让其身价陡增 10 倍。为了让市场和消费者认可，1995 年，新昌打出了"大佛龙井"的品牌。

为了规避"公地灾难"，"大佛龙井"构建了一套"母子商标"的双保险运行模式。具体来说，就是以"证明商标"的形式注册"母商标"，体现其生长环境、加工工艺、历史文脉等公共外部性，而以"企业商标"注册的"子商标"，要突出的则是其个性特征，表明企业主体责任。两者互促共进，相得益彰。

2004 年，浙江举办"十大名茶"评选。最后的结果是，除了一个"绿

剑"外,其他 9 个都属于区域公用品牌。这从一个侧面说明了,区域公用品牌当时已成为茶叶主产县的共同选择。而"十大名茶"的评选,则进一步强化了这种品牌类型的推广和使用。以首届入围的余杭径山茶为例,5 年间,其产值、产量、产品售价均翻了一番;而过去名不见经传的宁海望海茶,价格从每千克 300 元涨到了 500 元。

区域公用品牌在茶产业上的成功,为浙江农业品牌化找到了一条现实道路。此后,果蔬、中药材、畜牧、渔业等其他主导产业纷纷跟进。仙居杨梅、奉化水蜜桃、临海蜜橘、塘栖枇杷、三门青蟹、金华两头乌等均采取了"母子品牌"模式,把区域公用品牌建设搞得风生水起。

"单品类品牌尽管很大程度上带动了产业发展,但站在全国层面,尤其从国际竞争角度看,浙江的品牌仍然偏多、偏小、偏散。"浙江省农业厅产业处处长杨大海说。由此,浙江聚焦品牌整合,开始从单品类品牌走向多品类品牌的创建。

这方面,丽水尽管并非最早的试水者,却最早摘到了成功的硕果。2014年,丽水委托浙江大学 CARD 中国农业品牌研究中心进行品牌战略规划,创建了覆盖全市域、全产业、全链条的区域公用品牌"丽水山耕"。该品牌以丽水一流的生态环境作为核心价值支撑,打通与消费者之间的链接,加上政府强有力的推动,迅速获得了市场认可。仅 2017 年上半年,销售额就超过了27 亿元,产品平均溢价 33%。

■ 以品牌优化生产,对接市场,推进农业供给侧结构性改革走向纵深

"品牌化的理念其实就是要从消费者、从市场的角度出发,来安排生产。"浙江省政府咨询委"三农"发展部部长顾益康形象地解释,农业供给侧结构性改革极其复杂,就像一套组合拳,需要用系统观、统筹观、发展观来看待这一改革。而农业品牌化就是改革的突破口,品牌为纲,纲举目张。

以"安吉白茶"为例,尽管品牌创建不到 20 年,但它的异军突起,成了中国茶界的神话,品牌价值直逼西湖龙井等老牌名茶。在安吉,17 万亩的茶园面积,创造了近 25 亿元的产值,使全县 36 万农民人均年增收 5 600 元。而品牌的壮大,实际上不仅解决了溢价销售的问题,更关键的是,还倒逼着标准化、规模化、组织化的提升,同时对农旅融合也大有裨益。

安吉县副县长杨绍军介绍，现在，安吉白茶标准化生产技术推广率达95％以上，订单茶园占到了全县总面积的三成，茶文化、茶科技、茶旅游这些新业态正蓬勃发展，甚至带动了整个区域知名度的提升，这些都是区域公用品牌所带来的综合效应。

在丽水，"新农人"卜伟绍则深有体会。他在云和养了10多年的温室甲鱼，当初定位生态，就是觉得有市场。然而，理想很丰满，现实却骨感。首批甲鱼上市，一盆冷水泼来，不管怎么跑市场，价格就是上不去。2014年，卜伟绍加盟"丽水山耕"战队，因为有了政府背书，加上线上营销，一炮而红。

"作为'丽水山耕'的子品牌，政府每年会带着我们多次搞推介，还帮助提供供应链服务，解决了许多企业想做又做不了，也做不好的根本性问题。"卜伟绍说，现在他的产品知名度越来越高，当然回过头来，他也更关注品质，不敢轻易砸了招牌。记者了解到，目前，像卜伟绍这样加盟"丽水山耕"的主体已达500多家，他们大多已经不再仅仅关注产量，还开始高度重视产品的质量和品牌。

"在浙江，品牌不是简单的名称，而是各类资源的蓄水池，发展的大引擎、大平台。区域公用品牌已经成为政府指导生产、主体对接市场的自觉行为。"林健东说，2017年，浙江推进品牌化力度更大，目前已明确的是：将组建专项财政资金，用于支持农产品区域公用品牌培育和知名农产品品牌宣传。另外，浙江省农业品牌振兴三年行动计划也将于近日启动实施。

浙江"白茶扶贫"背后故事

（2020 年 9 月 14 日《农民日报》头版）

从浙江省安吉县溪龙乡黄杜村到贵州省普安县地瓜镇屯上村，相距近 2 000 千米，中间不知隔着多少山山水水，坐车、乘机，颠来倒去，光路上就得七八个小时。最近两年，57 岁的黄杜村党支部书记盛阿伟与他的伙伴们一出门就是这样的"万里长路"。

2018 年 4 月 9 日，黄杜村 20 名党员给习近平总书记写信，汇报了村里种白茶致富的情况，并提出捐赠 1 500 万株白茶苗帮助贫困地区群众脱贫。不久后，习近平总书记做出重要批示强调，增强饮水思源、不忘党恩的意识，弘扬为党分忧、先富帮后富的精神，对于打赢脱贫攻坚战很有意义。

浙江虽早已全省脱贫、走上了共同富裕的小康之路，但 20 多年来主动担当，承担着大量跨省对口帮扶的重任。这次习近平总书记批示后，小小白茶苗很快牵动了全省的神经。从育苗、送苗到基地选址，再到种植、管理、加工、营销，相关单位、相关人员齐心协力、全程帮扶，演奏了一首"白茶扶贫"的动人协奏曲。

■ 包送——吃水不忘挖井人

很多人问起为何要捐茶苗，盛阿伟总是情不自禁陷入回忆："因为我们太清楚贫穷的滋味了……"

30 年前的黄杜村，穷得叮当响。溪龙乡好茶叶合作社理事长宋昌美刚刚嫁到村里时，夫家买不起鱼，只好用木头刻了一条放进餐盆，算个大菜，图个彩头。

改变山村命运的，正是白茶。1995 年，溪龙乡决定建设千亩白茶基地。然而应者寥寥，任凭乡干部跑断腿、说破嘴，老百姓仍无动于衷。

"农民没钱买茶苗，乡政府就给补贴；农民不懂技术，便从中国农业科学院茶叶研究所、浙江大学请来专家手把手教。只要来参加培训，农民每人每天还有 10 元钱的补贴。"时任溪龙乡乡长叶海珍回忆。

渐渐地，农民从不愿种到抢着种。到 2002 年底，黄杜村的白茶面积达到5 200 亩，人均收入从 1997 年的不足 1 000 元一下子增加到了 7 000 多元。

如今，走进黄杜村，家家盖起大别墅、户户开上小轿车，很多人还在城里添洋房。全村有 325 户种白茶，只需忙碌一个月，就能换来一年九成的收入。宋昌美抚今追昔、感慨万千："我们能富起来，就是党和政府帮扶的结果。"

吃水不忘挖井人，致富不忘党的恩。于是，便有了 2018 年春茶季后，村里 20 名党员自发给习近平总书记写信的故事。没想到，习近平总书记很快有了回音。盛阿伟立即召集党员干部开会，商量如何落实指示。

"大家一方面高兴，一方面感到压力。有人担心，捐茶苗好是好，但谁来管、谁来卖？这些问题不解决，万一种不活，或者将来茶叶卖不出去，岂不好心办成坏事？"这给盛阿伟敲响了警钟。

每年夏天，是黄杜村人最潇洒的时候。因为种茶赚了钱，很多人会借着农闲机会外出旅游。但这个夏天，许多人都取消了旅游计划，家家户户争抢育苗任务，忙得不亦乐乎。73 岁的盛阿林不顾酷暑，也自告奋勇来插苗；叶兢君夫妻俩天天泡在地里，一双儿女还因此中了暑；村民黄梅蕾恨不得从早到晚盯在田头，比照顾家人还细心。

所有人都挑最壮实的茶苗扦插入土，小心伺候着，丝毫不敢马虎。到 6 月底，1 500 万株白茶苗全部扦插完毕，作为备用，村里又专门多种了 300 万株。

白茶虽好，却也娇贵，对气候、土壤、朝向等均有较高要求。因此，黄杜村一边发动村民育苗，另一边会同有关部门深入贫困地区选点。一组五六个人，通常一个县就得跑好几天。

贫困村大多位于深山老林，从一个点到另一个点，常得经过数百公里的长途跋涉。为了节省时间，大家多在深夜转场，日头刚出，便又马不停蹄上山勘察。几次，盛阿伟都是全程参与，如同"嫁女儿"一般，总是带着挑剔眼光，生怕有半点差池。

杨学其和盛志勇是村里的种茶能手，这次被委以重任，担任基地建设"督工"，要求不达标准不验收、验收不过不发苗。两个多月里，两位师傅忙得不可开交，往往是这村还没验收完，又得赶到那边现场。

旅途奔波倒也作罢，最不习惯的是吃饭。浙江人偏爱甜食，但"婆家"个个喜欢吃辣。没办法，两位老师傅常常只能靠泡面果腹。待所有基地验收完毕，两人又黑又瘦。一称体重，一个瘦了11斤，另一个瘦了17斤。

2018年7月4日，捐赠茶苗签约仪式在北京举行。1 500万株白茶苗终于找齐了"婆家"，决定落户湖南省古丈县，四川省青川县，贵州省普安县、沿河县的34个贫困村。5 217亩白茶全部种上后，预计将带动1 862户5 839名建档立卡贫困人口脱贫。

■ 包活——万般辛苦甘如饴

尽管白茶在安吉基础扎实，但对贫困地区而言，这是个新产业、新品种。如何开垄？怎么修路？苗距多少？管理、加工又怎么弄？一系列问题摆在眼前，绝不是送完茶苗，就能万事大吉。这时，中国农业科学院茶叶研究所（以下简称中茶所）主动站了出来，挑起诸多培训和指导的重担。

中茶所的研究员肖强是安吉人，老家与黄杜一山之隔。11年前，他就带着中茶所种植中心党支部与黄杜村党支部结对共建，联农户、联茶企，提供全方位技术支持。"总书记批示后，盛阿伟马上给我打电话，当时就一拍即合，想共同搞好'白茶扶贫'。"肖强说。

不久后，肖强就被通知外出选点。那几日，恰逢女儿填报高考志愿的关键时刻。是抛下女儿，还是放弃外出？肖强心里犹豫不定。可选点迫在眉睫，他已做好错失女儿填报志愿要紧关头的准备。没想到，临行前，女儿被提前批录取，一块大石头这才落了地。

选点回来后，为了抢时间抓培训，肖强又和盛阿伟一道，把3省4县的"婆家人"请上门。如何保水保肥？如何修剪茶苗？如何防治病虫害？肖强和村里的"土专家"不仅在理论上倾囊相授，而且带着问题钻进地头，进行现场教学。为了便于理解记忆，他还编了个"十字口诀"：打窝、植苗、填土、提苗、压实。

近年来，中茶所在扶贫上颇有建树，积累下许多经验。中茶所党委与溪龙乡党委决定结对共建，在科研力量、科研设备、科研经费上予以保障，共同做好"白茶扶贫"工作，还建了微信群。一旦茶树有个"头疼脑热"，或遇冻害、干旱，只要在群里一问，中茶所的专家就能随时远程会诊。

忙碌小半年后，2018年10月18日，"白茶苗"终于启运。仪式一结束，肖强连家也没回，就赶赴机场，直奔贵州沿河。20日一早，首批茶苗运抵沿河。"当时现场没有准备工具，我随手找了把铁锹，铲了第一抔土。随后大家一起动手，种下首棵白茶苗。"回忆当时的场景，肖强历历在目。

茶苗种下后不久，沿河、古丈就遭遇大雪、冰冻。肖强立即赶到现场，指导当地铺草覆盖，提高抗冻能力，帮助茶苗存活。盛夏到了，为保茶苗度过酷暑，专家们又建议套种大豆、玉米遮阳。时至今日，肖强赶赴3省4县现场指导和调查已超过30次。

荒山披绿，白茶苗壮。但技术帮扶并没有停止，盛阿伟等人仍时不时前往"探亲"。肖强则将更多精力转至科研，把跨越8个纬度、海拔相差1 800米的白茶品种种植适应性作为课题，持续进行观察、记录和分析。

■ 包销——万水千山总是情

正因为茶叶增收致富作用明显，所以近些年，全国种植面积迅速扩大，已到达4 000多万亩。"白叶一号"送至贫困山区后，销售会不会遭遇"滑铁卢"？此时，浙江省茶叶集团股份有限公司（以下简称浙茶集团）主动站了出来，承担起后续销售任务。

2018年7月，在国务院召开的全国东西部扶贫协作工作推进会上，签订了一份四方协议。除了安吉县黄杜村、3省4县人民政府及各县受捐方，还有一方就是浙茶集团。

浙茶集团是浙江省供销社旗下的老牌企业，销售网络遍布全球60余个国家和地区。其中，茶叶出口20余年名列全国第一，绿茶出口名列世界第一，销售上可谓实力强劲。当时这家企业的总经理吴骁恰好也是安吉人，对安吉白茶的特性了如指掌。

"白叶一号"项目的销售任务，具体由浙茶集团旗下的狮峰茶业公司承担。"我们的职能就是帮助这些扶贫茶园种得活、加工好、销路广。茶苗捐到哪里，茶叶加工、品牌推广、产品销售就跟进到哪里，解决受捐茶农的后顾之忧，真正让'扶贫苗'变成'致富叶'。"狮峰茶业公司总经理陆耿林说。

这么多分散茶园，质量安全谁来管？标准生产怎么抓？记者了解到，在参与选点时，浙茶集团就与各个受捐村确定了"龙头企业＋专业合作社＋贫困户"的利益联结机制。一方面，通过提高组织化，保证统一标准、统一管理；另一方面，贫困户有了"五金"，即土地流转收租金、务工就业挣薪金、入股分红得股金、委托经营拿酬金、村集体分红得现金。

陆耿林说，尽管是扶贫苗，但其所有建设和管理要求都严格采取产业化逻辑。2020 年，种下去的白茶已有少量开采。为提前落实采摘和加工的质量要求，浙茶集团和黄杜村又派出了不少专家能手，前往各个加工厂进行指导，为进入盛产做准备。

2020 年，在普安县，一条名优白茶加工生产线在"白叶一号"产业园投入使用。该园由县里出地、出资建成，浙茶集团出设备、出人员，进行茶叶收购和精深加工，待满负荷后，将有三四条生产线。目前，在扶贫茶园的示范带动下，普安当地的白茶面积已超 1 万亩。

2020 年 4 月 2 日，浙茶集团正式对外发布了"携茶"品牌，将 3 省 4 县 5 000 余亩"白叶一号"茶园所产茶叶均作为该品牌销售。"携茶"寓意携手帮扶，定位大爱之茶、品质之茶、感恩之茶。前期为了快速拓宽销路，集团旗下著名品牌"狮峰"的销售网络，将全部向"携茶"开放。据悉，待所有茶园盛产后，每年预计会有 10 万余斤的干茶产量，将定位高性价比，主打会务、办公，以及大众消费得起的"口粮茶"。

茶树长起来了，发展思路也跟着活了起来。古丈县翁草村过去没有一个产业，有了"白叶一号"后，开始吃上旅游饭。2019 年，全村接待游客 4 000 余人次，老百姓种的蔬菜、养的鸡鸭、做的腊肉都成了热销品。看到"钱"景后，不少人还将自家农房改造成民宿。在青川县，大伙儿同样也在谋划着茶旅联姻，走出一条新路来。

在浙茶集团董事长毛立民看来，通过发展旅游业，将茶叶作为伴手礼，不失为一条好路子。"包销不等于包揽，而是兜底儿。我们更大的愿望是，让这些村都有自主闯市场的本领，可以各显神通。因此在兜底销售之余，我们会更注重培养他们的营销能力、品牌意识。这样，一粒种子才能变成一棵参天大树，甚至一片茂密森林。"毛立民说。

畜禽场里看绿色

（2019 年 11 月 10 日《农民日报》头版）

浙江地处东南沿海发达地区，如何协调环境保护与经济发展，总是最先遇到挑战，也是最先突破生产关系的束缚。作为曾经的养猪大省，这几年，从散养到规模化、生态化养殖，再到建设新型畜牧体系，浙江由此捧得全国首个畜牧业绿色发展示范省的荣誉称号。

随着生态文明理念渐入人心，畜牧业的绿色发展已成共识。但到底什么是绿色？又体现在哪些环节？具体该怎样推进？在浙江即将召开全省畜牧业绿色发展现场会前夕，带着这些问题，记者专门前往会议举办地衢州市衢江区，走进 3 个畜禽场寻找答案。

■ 生态循环："鸭老板"升级换代

43 岁的林柳伟，年龄不大，养鸭却有 24 个年头。因养鸭这事，高家镇林家村的百姓没少跟他闹，有些人碍于是同村人，抹不开面子，没有当面说，可背后怨声一片。为啥？几万只鸭放养在塘里，粪污直排，难免有臭味。

前几年，村里搞"五水共治"，鸭场关停。论技术，林柳伟绝对是把好手，自己还有孵化场，远近闻名，效益颇佳。如不再养鸭，孵化场也恐将倒闭，林柳伟心有不甘。所幸，没过多久，在临近的全旺镇贺辂亭村，他找到了一处低丘缓坡，这里允许建养鸭基地。

如此一来，水养需转为旱养。林柳伟很清楚，污染问题不解决，老百姓一举报，政府一督查，场子迟早还得关。于是，为了减少治污成本，林柳伟可谓挖空心思。

　　记者看到，一个现代化的笼养场有 1 000 平方米，可养 2.7 万只鸭，喂料、捡蛋、清粪全部实现自动化，但建设成本可不低，单个投资近 200 万元。由于资金有限，林柳伟不敢多建，自己琢磨出了一套旱养模式：蛋鸭场一分为三，前头是产房，中间稍高是休闲区，由于铺的是镂空网格，可使鸭粪掉落，既免去了每日冲洗，还能确保清洁、减少病害，后头则是浅浅的"澡堂"，2 000 只鸭仅用水 8 立方米。

　　污水量确实大大减少，那如何资源化利用？林柳伟说，他的内部有个"小循环"：300 多亩的基地，鸭场 80 亩，橘园 200 多亩，再加上水塘 40 亩，鸭子的冲栏水、洗澡水先贮于水塘，待沉淀和发酵后用作橘园的液体肥，另外，鸭粪和砻糠的混合物也是绝佳的有机肥。

　　笼养和旱养各有长处，前者土地高度集约化，后者成本更低。目前，林柳伟养了 9 万多只鸭，每年只需花费 20 多万元，便可解决污染问题，刚好抵去了橘园的用肥成本。接下来，他还准备扩建 4 栋笼养场，再建一个皮蛋加工厂。

　　以前，大伙都叫林柳伟"鸭老板"，升级换代后，多了"橘老板""蛋老板"的头衔。他说，不管咋变，环保永远是条高压线，生态循环则是生命线。

■ 高效集约：一人最多可养 5 000 头猪

　　衢州市的三易易美丽生态农牧公司 2018 年才建成投产，便已声名远播，参观者络绎不绝，原因是这里堪称全市规模化、智能化、生态化养殖的典型。按照设计规模，满负荷运行后，该场可养殖 6 000 头母猪，年出栏 12 万头生猪。

　　秦玉善是猪场的一名饲养员。他每天清晨 7 点，巡栏后打开料线，只需到处转转，一天两次自动喂料，下午 5 点准时下班。要搁往常，秦玉善可没这么轻松，拉饲料、清猪粪、冲猪栏，一天下来，疲惫不堪。可如今，最繁重的体力活全由机器代劳，一个人最多可管 5 000 头猪。

　　"以前，这样一栋猪舍至少需要十几个人。现在，只需要老秦和搭档两人即可。"公司总经理陈晓峰介绍说，除了自动给料，每栋猪舍的温湿度、氨气浓度也是实时监控，智能化元素无处不在。比如像节水设备，洗一个猪栏，只需几百升水；改变猪喝水的装置，能减少四成浪费。

猪场的布局上，同样门道不少：自繁自养，全进全出，将母猪区与生产区分离。尽管这些对土地和猪舍的要求提升不少，但能大大提高疫病防控等级，猪群少生病，自然少用药，产品质量有了保障。

养殖废弃物如何处置？这里面"科技范"十足。猪场占地480亩，但配套了5 000多亩种植基地，场内配备的污水处理设施、生物肥发酵塔、废气收集净化设备等均是国外进口，将猪粪制成固体有机肥，猪尿发酵后生产的沼气用于发电、沼液用于浇灌，实现内部循环。

衢江本是生猪大区，养殖量位列全省第三。过去，生猪养殖密度过高，导致污染严重，环保整治后，当地淘汰了散养，鼓励规模化的工厂养殖。在衢江区农业局局长王立宏看来，只有通过标准化、规模化的生态养殖，才更容易实现污染治理和疫病防控，同时又能保障地区生猪供应，真正实现农牧结合。

■ 三产融合：主收入将来自后端

眼前的这个牧场，与其说是个养牛场，不如说像个游乐园，规划的酒店和民宿建成后，则更接近于风情小镇。阮国宏一边带着记者参观，一边神采奕奕地描绘着不久后的版图。

阮国宏科班出身，畜牧专业毕业后，一直供职于宁波一家国有奶企，直至总经理岗位。另外，他自己还有个奶牛场，规模不算大，但利润每年也有100多万元。本可静待退休时光，可阮国宏心里有个梦，想要打造自己的"奶牛王国"。

2015年，带着浓重的家乡情结，阮国宏来到了衢江区高家镇的划船塘村。既然是二次创业，阮国宏自是出手不凡，他一下流转了1 200多亩土地。按理说，2 000头荷兰奶牛的养殖量，根本无须如此大面积。但一开始，阮国宏就没想过只养牛，而是把眼光盯在了三产融合上。

"只是产奶，只有农副产品，利润十分有限。我要打造的是，将后端的加工、奶吧、销售、休闲旅游、度假养生、文化艺术、教育培训等结合起来的综合体。"阮国宏告诉记者，他把六成的投资都花在了二三产业上。

2019年4月18日，荷鹭牧场开始试营业。在观光区，游客可参观现代化牛舍，尽览挤奶流程；在体验区，则可亲自饲喂奶牛、挤奶，还可现场制作酸奶、蛋糕等；在采摘区，游客可以体验农事乐趣，若一番休闲后仍不过瘾，还能亲自上阵土灶，掌勺摆宴。

一家三口到牧场来，门票就要两三百元，可每到节假日，游客依然络绎不绝。"十一"黄金周，4万多人涌入牧场。在阮国宏看来，通过三产融合拉长产业链后，可以大大提升产业附加值。与此同时，消费者有了亲身体验后，对奶制品也有了更深感知。

这半年来，牛奶到户的订单接踵而至。牧场为此推出了全年套餐，客户不仅每天可以喝到新鲜牛奶，还可无限次免费游园。目前，阮国宏正大力拓展营销渠道，在各地布局奶吧。他预计，当心中的蓝图化为现实后，未来80％的收入将来自于二三产业。

一砍一种为哪般

——从衢州、象山柑橘产业发展看供给侧改革

（2019 年 5 月 18 日《农民日报》头版）

  清明前后本是橘农最开心的时候，但在浙江省衢州市南郊的塘湖村，几乎家家都是愁云密布。随着一则"衢州柑橘滞销"的新闻在微信疯转，社会关注点再一次聚焦衢州。

  衢州柑橘曾经在浙江名声很响，但这几年，低价、卖难几乎如影随形。由于效益不断走低，橘农心灰意冷，种植面积自然不断萎缩：从 2008 年最高峰时近 66 万亩，一路下滑至 2015 年的 51 万亩，2016 年的一场极寒，更是让七成橘园受到严重冻害。尽管产量锐减，可衢州柑橘销售依然举步维艰。

  然而，同样作为"柑橘之乡"的宁波市象山县，却完全是另一番景象：最近 5 年，以"红美人"为代表的精品柑橘，在市场上"红得发紫"，价格高出同类产品几倍不说，还供不应求，种植面积成倍增长。在全国柑橘产业持续走低的大背景下，象山柑橘"风景这边独好"，橘农们个个乐得合不拢嘴。

  几家欢乐几家愁。衢州和象山地处浙江一西一东，都是远近闻名的"柑橘之乡"，为何两地柑橘产业的发展判若云泥？一俏一滞、一砍一种的背后，又给农业供给侧结构性改革提供了哪些教训和思考？带着这些问题，近日记者深入两地调查。

■ 衢州：亦步亦趋被动应战

  椪柑是衢州原生的柑橘品种，有上千年栽培历史。在 20 世纪 80 年代，

衢州椪柑供不应求，每斤一两元的价格，让橘农赚得盆满钵满。

"金贵"到啥程度？柯城区华墅乡园林村的党支部书记秦宇发记忆犹新：那时，家里来客人，宁可上盘鸡蛋，也不肯拿出几只椪柑招待。

因为效益好，衢州柑橘走上了发展的"快车道"。房前屋后、荒山废坡、承包田、自留地，漫山遍野都种椪柑。最辉煌时，衢州柑橘面积多达66万亩，像面积最大的柯城区，柑橘占了当地农民收入的七成多。

衢州市柑橘产业协会会长叶先明，是衢州最早的一批柑橘贩销户，见证了柑橘从平凡到辉煌，再到落寞。最初时，他用担挑、用车推；到后来，开一辆敞篷货车，拉到杭州卖；再之后，直接用火车皮拉货外销。他回忆说："生意好到啥程度？一到收橘季，村口的车队就会排起几公里长队。"

然而好景不长，2008年，危机不期而至。当年，全国柑橘大丰收，衢州的产量亦达到顶峰，再加上四川橘子闹虫害，春节后，收购价一路跳水，从最初的每斤0.3元，最终跌到0.05元，许多橘农含泪把大量烂掉的橘子倒进沟里。

为了缓解滞销，衢州四套班子领导紧急分赴北京、杭州等地叫卖。尽管许多部门和单位纷纷认购"爱心橘"，但杯水车薪。当年，衢州共烂掉了10多万吨椪柑。让人意想不到的是，柑橘行情就此一蹶不振，竟持续低迷达10年之久。

10年来，柑橘的低价或者滞销，几乎成为常态，人们对此司空见惯：行情好时，每斤1元；行情差时，橘农宁可让橘子烂在枝头，因为售价还抵不过采摘的人工费。从"摇钱树"到"伤心树"，不少农户放弃了橘园管理，任其自生自灭。

衢州柑橘怎么了？

"一方面，长期以来形成的以贮藏用果为目标的生产体系，导致整个衢州柑橘品质下降；另一方面，整个水果产业规模日趋扩大，可供人们挑选的品种日益丰富。"柯城区农业局副局长方培林告诉记者。

方培林认为，导致衢州柑橘口感差的主要原因，实际上是个"导向性错误"。为了长期储存，衢州橘农往往提早采收，从前是"小雪"后，如今到"立冬"前，有的甚至10月底就动手抢采，结果品质大打折扣。

"橘农的目标不是为了好吃、好看，而是为了便于存储。本身积温就不够，再加上早收，柑橘品质自然越变越差。"方培林说，这几年，随着四川、重庆等优质晚熟品种的大量投产，衢州柑橘与其正面撞车后，原来依靠存储模式带来的优势，更是消失殆尽，"品质不好，纵使包装、营销再厉害，也是无济于事。"

为了挽回颓势，衢州也动过不少脑筋，比如在 20 世纪末、21 世纪初，就推行"三疏一改"，以期从根本上解决品质问题，但结果收效甚微。为何如此？叶先明分析认为，一是"小农困境"：户均种植面积不足 5 亩，而且高度碎片化，加上比较效益低下，让柑橘从主业变成了副业，弃之可惜，食之无味，自然经营粗放；二是"生产者—贩销户—水果批发市场—批发部—小贩"的营销模式，导致整个链条的追求目标是好储放和耐运输，结果忽略了鲜果市场"以口味论英雄"的根本导向。

方培林认为，衢州柑橘之所以转型难，最主要的症结还在于"人""地"，这种落后的生产观念和组织模式，带来的直接结果就是与市场的脱节。他说："在如此小规模、分散式经营的大背景下，新品种、新技术、品牌化如何落地，这本身就是对巨大的矛盾。"

因此，衢州柑橘似乎进入了"恶性循环"：效益越是走低，市场越是低迷，主体和资本自然越没积极性。不过，也有人尖锐地指出：主体也好，规模也罢，归根到底还在于市场效益，只要有钱赚，农民自会主动更新品种、引进技术、扩大规模。

屋漏偏逢连夜雨。2016 年初，一场"霸王级"寒潮袭来，终于将整个衢州柑橘推向"全军覆灭"的境地，全域 70% 的橘园严重受损。原来，在柑橘产业优势区域布局中，因为纬度较高，衢州属于次适宜生长区域。遭受冻害的侵袭，自然在所难免。

浙江省工商联副主席郑宪宏认为，由于树龄老化、品种退化、偏施化肥等，衢州柑橘的品质确实明显下降，但归根到底，还在于橘农用守株待兔、刻舟求剑的"老套路"，应对千变万化的市场，且政府引导和政策扶持滞后且低效，往往要等到问题出来后被动地应付，而不是设身处地地为农民谋划、进行超前引导。

衢州人痛定思痛，决心借此机会"咸鱼翻身"。2016 年 4 月，衢州重磅推出"柑橘产业转型发展计划"，柯城首当其冲，提出连续 5 年，每年安排 2 000 万元专项资金，用于橘园规模流转、设施栽培、新品种引进、金融扶持等，论力度和全面性，均前所未有。为了培育经营主体和推动橘园流转，衢江区还专门设立了 5 000 万元规模的财政资金。

　　"我们打出了引进新品种、建设精品园、培育大品牌的一套组合拳，为橘农转型提供公共服务和科技支撑。"柯城区委书记徐利水在接受记者采访时表示，在不到两年的时间里，区里已引进了像龙潭柑橘大世界、中澳柑橘风情园、农法自然柑橘生态园等主体，投资额均过亿元，涌现出 30 多个 50 亩以上的种植大户，开始有了一些新景象和新气象。

　　秦宇发在村里率先带头，流转 130 多亩土地，盖了 16 栋标准化柑橘大棚，种的还是传统椪柑，但经过精细化管理后，精品橘也能每斤卖到 10 元。同样，叶先明承包了 200 多亩土地，不过他选的是"春香""葡萄柚""爱媛"等新品种。他说，之所以转型开始自己种橘，纯粹就是为了树立示范，重振橘农信心。

　　因此，这两年，在衢州内部也出现了冰火两重天，已转型的主体初尝甜头，可余下的众多散户则依然苦苦挣扎。可预见的是，衢州柑橘的这场"凤凰涅槃"，注定异常艰辛，若走过黑暗便是黎明。

■ 象山：未雨绸缪先人一步

　　相比于衢州柑橘的一路滑坡，象山县的柑橘面积却稳中有升，一片红火。特别是近五年，当地淘汰落后橘园、改造衰老橘园近 2 万亩。取而代之的是，"红美人""春香"这两大精品柑橘的快速崛起。

　　胡耀之是位年轻企业家。2015 年，他不顾亲友反对，毅然从年产值超亿元的汽车零配件行业，一脚跨入农业，流转 500 多亩土地、投入 1 500 万元，开始种植"红美人"。据了解，在象山，像胡耀之这样，由工商资本投入种植柑橘且面积在 100 亩以上的，至少还有 20 多家。

　　农业虽好，进入须谨慎。那么，象山的工商资本何以如此青睐柑橘产业？

　　胡耀之在电话里告诉记者，最重要的，也是最直接的原因，就是种植柑橘新品种效益好。在象山种植大棚"红美人"，盛产园亩效益至少在 10 万元以上，部分甚至可超过 25 万元，资金回报率远超传统工业企业。

　　浙江是柑橘大省，大名鼎鼎的柑橘不在少数，如黄岩蜜橘、临海蜜橘、温州蜜橘等早已家喻户晓，但对"红美人"，大家却十分陌生。近两年，"红美人"一夜爆红，报纸电视频频报道，人们也在口口相传。那么，这个新品种究竟来自何方？

象山县农业局副局长徐海荣告诉记者，"红美人"母本为日本品种"南香"，父本为地方良种"象山红"，是象山本土选育的优质早熟杂柑良种。2009 年，其因色泽艳、外观美、肉质细腻、香味浓郁等特性，正式取名"红美人"，第二年后开始大面积推广，上市后更是受到市场热捧。鲜果身价每斤高达 30 元，有着柑橘"爱马仕"的美誉。此后，产量虽每年成倍增长，但"红美人"的价格一直坚挺在每斤 20～30 元。

原来，早在 1991 年起，象山就开始实行赴外研修生制度，每年选派2～10 名技术干部和橘农，前往国外学习柑橘先进栽培技术及市场运作模式。27 年来，象山选派到日本的研修生累计已达到 260 多人次，先后引入一大批新品种，并熟练掌握国外先进的栽培新技术，由此为当地柑橘育种与技术创新打下了坚实基础。

晓塘乡柑橘贩销大户出身的顾明祥，是全县最早把"红美人"带进大棚的带头人之一。其儿子顾品在 2012 年时，作为柑橘研修生被派往日本，回来后，子承父业，投资 100 万元建起了 32 亩标准化大棚，用于发展"红美人"，两年后就收回全部投资，利润十分可观。

2009 年后，象山又设置专项资金，用于衰老橘园改造项目，引导农户种植优质新品种，同时启动柑橘设施补贴政策，带动全县设施精品柑橘产业的发展。短短几年间，精品柑橘面积增长近 10 倍，超过 3 万亩，其中"红美人"面积从起初不足几亩发展到如今的 1.3 万亩。以晓塘乡为例，七成土地都种上了柑橘，其中仅"红美人"等特色杂柑就有 2 000 多亩，最近，乡里正借机积极筹划"柑橘特色小镇"，进一步促进农旅融合。

新品种效益惊人，象山就不怕其他地方大面积引种后，反过来影响本地产业发展吗？徐海荣胸有成竹告诉记者，象山还有"杀手锏"，应该可以应付。

近 10 年来，象山与多个高校科研机构建立了产学研合作关系，并成功入选国家现代柑橘产业体系试验基地，目前建有柑橘种质资源保存选育圃 3 处、杂交育种筛选圃 2 处、新品种区域试验点 10 处，存有国外引进的柑橘新品种资源 150 余个，并建成了全国领先的柑橘良种选育体系。除了异军突起的"红美人"，当地还有"晴姬""媛小春""甘平""明日见""濑户见"等几十个平日不易见到的优质柑橘储备品种资源。

"万一'红美人'推广过多，效益下降，我们就启动新品种，可以立于不败之地。"徐海荣信心满满。

除了品种研发，象山又专门启动了"象山柑橘"品牌营销工程。

为了打响品牌知名度，象山还成立了柑橘产业联盟，在智能化、标准化、信息化上形成更紧密的联系，实行质量、价格、包装、品牌、销售的几大统一，抱团打入长三角、山东等地区。政府则组团亮相各大农业展会，并前往上海、杭州等消费市场举办推介会。

精品柑橘的品牌营销自是热闹非常，但在象山柑橘中，精品毕竟只占了其中一部分，那么，其他的大路货在销售上有无问题？徐海荣告诉记者，象山建有3家罐头加工企业，年生产能力达8万吨，基本可以"吃"掉除鲜销柑橘外的全部产能。与此同时，象山县还通过特早熟、早熟、迟熟、超迟熟柑橘品种配置，利用设施加温、设施越冬等核心技术，以实现全县柑橘鲜果的周年上市供应，从而捷足先登占领市场，通过延长销售期避免滞销。

■ 专家：插上科技和品牌这对翅膀

菠萝滞销拿来喂猪、砂糖橘价格一落千丈、西红柿堆积如山……年复一年的滞销，不能不让人叩问：到底是什么，让农产品营销噩梦不断？怎么办，才能根治顽症，让农业产业发展立于不败之地？

《品牌农业与市场》主编梁剑认为，农产品不同于工业产品，因为有其特殊的产品属性和生产经营模式，很难排解销售压力和市场风险，因此更应当总结规律，有针对性地提出解决方案。比如，根据农产品容易腐烂的特性，加大产地加工存储运输能力的建设；根据农民分散的经营模式特点，提高其组织化程度；根据信息不通和跟风种植出现的问题，不断提高信息的对称性。

尽管衢州椪柑和象山"红美人"分属两个品种，因为管理、设施、技术等方面的成本不同，前者每斤六七角就能让橘农有钱赚，而后者售价至少在5元以上才能回本，表面上售价天差地别，似乎毫无可比性，但浙江省农业厅农产品营销专家王慧智认为，两者一砍一种背后的思考，对指导农业供给侧结构性改革具有重要意义。

农业供给侧结构性改革的要义，就是农业的转型升级。梁剑认为，衢州和象山两地尽管都在努力转型升级，但对比两者：前者是"卖难"后的被动转型，由于前期缺乏有效引导和规划所造成的严重包袱，导致"船大难掉头"，再加上缺乏转型的平台和手段，自然充满了无奈与无力；而后者，政府在科技研发、人才培养、品牌营销上未雨绸缪，掌握了差异化发展的优势资源，再通过市场效益来吸引经营主体，为转型找到了内生动力，因此不管市场怎么变，总能勇立潮头、引领创新。

"按理说，衢州柑橘经历极寒后，产量大幅下降，不该出现滞销。为何重蹈覆辙？我认为，最主要的原因还是缺乏营销。"王慧智告诉记者，过去，衢州柑橘依靠存储模式把销售期延至春节后，这似乎成了当地橘农的"老黄历"，不管行情怎么变，都一直盯着节后市场，越捂越被动，处于被动境地。

在梁剑看来，衢州地处柑橘生产次适宜地带，容易受寒流侵袭，遭遇"滑铁卢"自是在预料之中，也给未来的产业发展带来深刻教训。他说："围绕'产业兴旺'，各地势必会引进一些新兴产业。一定不能贪大求全、一哄而上，也不能拿来主义、盲目跟风，必须因地制宜，根据市场需求和自身禀赋特点，对产业规模、产品结构进行科学规划，否则将会付出惨痛的代价。"

梁剑还认为，衢州和象山两地柑橘产业发展出现的一衰一盛，根本原因则在于科技与品牌。消费升级时代，谁能抓住个性化、多元化、品质化的需求，谁拥有"人无我有、人有我优"的竞争优势，谁就能占领市场高地和掌握话语权。"因此，这种科技化不仅体现在提高生产效率和标准化程度等，更体现在通过品种选育，掌握独特的种质资源。"

对于品牌化的独特价值，梁剑则认为，过去许多地方存在误解，有的认为品牌只是喊喊口号、打打广告，有的认为这是产业发展后期的事务，"品牌化实际上是一项系统工程，一种顶层设计，涵盖品种、结构、管理、营销、传播等整个生产过程。就营销而言，现阶段重点要提供的是产业发展的公共服务，以解决小农如何现代化的关键问题。"

山区产业发展的"杭州方案"

（2019 年 12 月 12 日《农民日报》头版）

最近，浙江省杭州市农业农村局公布了一个名单，6 个乡镇首批入围全市整乡制推进山区农业产业发展项目。根据计划，到 2022 年底，杭州将通过"整乡制推进"的方式，建成 20 个左右山区现代农业示范乡镇。

当前，许多地方都在大力投入乡村基础设施建设，杭州为何聚焦山区农业产业？又为何采取整乡制推进的方式？这项政策会给山区农业发展带来哪些变化？

■ 从重建设到重产业

地处桐庐县西北山区的合村乡，九成是山，过去又偏又穷，距离县城尚有百余里*路，发展一度举步维艰。近几年，在完成基本的设施建设后，依托生态优势，合村乡走出靠山吃山新路子——发展乡村旅游，还成了杭州首个全域国家 3A 级景区，目前正在争创 4A 级。

几年间，房车基地、滑翔基地、竹筏漂流、滑雪场等一个个大项目接踵而至。2019 年前 10 个月，全乡游客量就超过了 75 万人次，旅游收入达到 4 800 多万元，远超上年的同期数据。不久前，杭州商旅集团正式牵手合村乡，将全面介入全域旅游项目的运营管理、投资开发等。

合村的思考与抉择，体现的正是杭州市委、市政府对山区产业发展的战

---

* 里为非法定计量单位，1 里＝500 米。——编者注

略考量。杭州市委副书记张仲灿告诉记者："一说到杭州美丽乡村，大家异口同声，都是赞美。但事实上，杭州村级集体经济薄弱、乡村产业发展滞后，我们是依靠发达的经济，通过转移支付掩盖了这一缺陷。"

杭州东部是平原，西部是山区，地区差异素来十分显著。为了弥补东西部之间的发展差异，早在 2010 年，杭州就通过区县合作、联乡结村等制度设计，每年拿出 10 亿元，用于加快西部山区发展。如今，这笔资金已达 30 多亿元。在实行省直管县财政制度的浙江，杭州的这一做法既突破了财政体制，又发挥了重要作用。但这笔资金的用途，基本都集中在基础设施建设上，很少用于产业发展。

那么，山区发展何种产业？杭州市农业农村局局长赵国钦认为，山区发展的根本路径还在于以农业为基础的三产融合，但又普遍面临"三难"：产业众多难以形成产品优势，土地规模偏小难以吸引投资，组织化程度偏低难以形成合力，因此必须找到合适的切入口，方能纲举目张。"这个载体就是整乡制推进。"他说。

为何以乡为单位，而不是以村为建制来推进？张仲灿分析：在以建设为主的阶段，由各个村完成建设项目问题不大；但到了以产业发展为主的新阶段，各个村单兵作战，往往力量不够、能力不足，而如果让乡镇牵头抓总，思路更先进，理念更超前，也更容易协同各种资源，不仅可以实现财政资金的精准落地，还能充分激发乡镇的积极性、能动性，可谓一举多得。

由此，杭州决定，在 30 亿元区县协作资金中，切出 10 亿元，专门用于产业发展。而合村乡作为首批入选的乡镇，计划选择水果、粮食、中药材作为三大主导产业，构建两大农业产业服务中心，提供产品展销、技术指导、金融支持、企业孵化等服务，再建成一条农旅融合的水果驿道，作为全域旅游和休闲观光农业的融合带。

■ 围绕主导产业抓融合

10 月 25 日，一场别开生面的答辩会在杭州市农业农村局举行。端坐评审席的，是局领导和相关部门负责人，十余人围坐，11 个乡镇的领导则轮流上台。8 分钟的 PPT 展示，15 分钟的口头答辩，最终只有 6 个席位，竞争十分激烈。入围者，可获每年 500 万元、连续 3 年的资金补助。

建德市三都镇属于农业大镇。柑橘、西红花、香榧、高山蔬菜、茶叶等产业，样样有一点，可样样都不精，且规模普遍偏小。前来答辩者，是分管农业的副镇长郭顺洪。他的陈述很清晰："三都谋划山区农业产业，不增面积增效益，政府提供一家一户做不了的公共服务。"

郭顺洪带来的建设方案聚焦三大主导产业：柑橘、西红花和香榧。三都的柑橘七成靠采摘消化，镇里就准备打造精品园、引进新品种，再配备游步道、景观廊道等，满足农旅融合的新需求；针对西红花种植散乱的现状，镇里计划统一流转土地，完成基础设施建设和地力培肥后，再转包给种植户；香榧已有企业在带动，政府则在水利灌溉系统、轨道车运输系统、绿色防控上予以适当补助。

"总之，我们就是围绕产业短板、市场需求做文章。与此同时，也适当引导龙头企业、合作社与散户形成利益联结，通过'保低收益＋按股分红'、订单收购、二次返利、村企对接等形式，一方面帮助小农闯市场，另一方面也带动村集体经济发展，尤其是带动低收入农户增收。"郭顺洪说。

在这方面，三都的西红花产业发展早已尝到甜头。早在 2003 年，当地就成立西红花专业合作社，负责种球供应、技术指导和产品销售，用保护价为农户提供保障，农户则按标准生产，再将收获的球茎和花丝交售给合作社。如今，三都种植西红花 2 000 多亩，成为全国著名产地，很多农户还外拓基地，这里也逐步演变为集散地。

为什么三都能够入选？杭州市农业农村局相关负责人如实相告，主要参考标准有三条：首先，乡镇必须有足够的意愿，并能够协调其他各种资源；其次，必须要有详细的建设规划和实施方案，且因地制宜，能够真正落地；最后，补助资金必须紧紧围绕产业，还得突出农民主体和利益联结。

按照要求，乡镇重点扶持的产业不能过于分散，最多不能超过 3 个，建成山区现代农业示范乡镇，其主导产业的产值必须达到 1 亿元，或者占到当地农业总产值的 75％以上，覆盖涉农土地面积 60％以上、覆盖从事农业生产农户 60％以上，并推进质量标准、品牌包装、宣传推广、市场营销、社会服务"五统一"。

■ 资金使用乡里说了算

初冬时节，正是界首柑橘的上市期。这个地处淳安的山区乡镇，柑橘占到了全乡农业总产值的六成多。但是，看着成片橘山，周洪平却面带愁容：连续两个多月的干旱，有些橘树已经枯死；有些虽然果实累累，但品相受损，等级下降。

因为临水向阳，独特的小气候造就了独特品质，因此界首柑橘远近闻名。但由于土壤蓄水能力差，每逢干旱就缺水，一定程度上也影响着界首柑橘的品质。周洪平种柑橘已有20多年，同时也是贩销大户，多年来梦想着在橘山上安装喷灌滴灌，但限于财力，始终未能如愿。

说起这事，界首乡人大主席徐金飞也很无奈：过去，上头千根线，项目是有不少，但资金有限、各管各的，且不一定满足当地需求，就算争取过来，也是杯水车薪。现在不一样了，供水问题2020年就有望得到解决，因为界首拿到了3年1 500万元的补助。

按照计划，2020年，界首橘农引入喷灌滴灌系统，最多可获75%的补助；考虑到橘山运输难问题，对园内铺设轨道也将予以补助。尽管市里的政策刚下、资金也还未到位，但节气不等人，界首的界橘公司已经斥资购进一台价值180万元的分果机。

界橘公司是2018年乡里统筹13个行政村共同入股的国资平台公司，每个村占股3%，主要运营管理区域公用品牌"界橘"。界首乡党委书记张日军告诉记者，一直以来，界首柑橘有品质、有名气，但大多以统货入市，缺乏营销手段和品牌溢价，成立界橘公司的初衷，就是为了打响品牌，实现优质优价。

据了解，2022年亚运会的3个比赛项目将落地界首。目前，界首正在打造自行车运动特色小镇，而围绕这一战略，结合"整乡制推进"项目，界首准备把橘园内部道路改造成骑行道，把配套设施转化为体育设施，按照经营的理念来指导建设，从而实现农文旅高度融合发展。

因地制宜　重塑产业

——浙江省开化县山区产业发展之道

（2019 年 12 月 25 日《农民日报》头版）

从茶产业到蜂产业，从清水鱼到乡村旅游，谈起农村的产业发展，浙江省开化县委书记项瑞良滔滔不绝、如数家珍。

开化县地处浙西山区，一直以来，农业产业"低、小、散"。但随着消费升级以及新零售时代的到来，农产品有可能变身为"奢侈品"；乡村的产业发展，也将展现出诱人的空间。

"这里面的关键，一是要紧盯市场需求不放，二是要充分利用自身优势特色。"为此，项瑞良和有关部门一起，对产业逐个进行调研，逐个制订政策策略，逐个召开专题会议推进。

■ 支柱产业"品质化"

"龙顶兴，则开化农业兴"，项瑞良调研开化茶产业后深深感慨。

茶叶是开化举足轻重的特色支柱产业，年产值超 8 亿元，在农业总产值中的占比超过 1/3。"开化龙顶"曾经是浙江绿茶的代表性品牌，在市场上享有盛誉。

但遗憾的是，由于"开化龙顶"主打芽茶，片面追求"杯中森林、水中芭蕾"的外形美，以致杀青不够、略有涩味。多年来，消费者一直有所诟病。

茶是用来喝的，不仅仅是用来看的。开化茶产业的发展，必须从品质化上打开缺口。

"2019 年的'茶王'赛，我们提出了新标准，要求进一步优化加工工艺。要用好品质来提高市场美誉度。"开化县农业农村局局长张月桥告诉记者，接下来，在巩固提升传统单芽绿茶的基础上，县里将发展一芽一叶至一芽三叶的优质茶，并以市场为导向，开发红茶、白茶、黑茶、黄茶等系列产品。

"开化龙顶"调整了思路：不再追求规模和产量，而是着重抓品质、抓品牌；不再片面执着于种植环节，而是加大力度进行地推营销；不再因循于"老茶人"，而是致力于培育"茶二代"。在做精做优产品本身的同时，挖掘茶文化、茶民俗，延长产业链条。

山东济南原是浙江绿茶的天下，"开化龙顶"却没有立足之地。2019 年开化举办推介会后，已有 3 家经销商入驻其中，仅济南一地，即可争取到过亿元的市场份额。

"品质化"的理念，同样落实到了清水鱼产业的发展中。开化的清水鱼，营养丰富、味道鲜美，是开化美食的"当家菜"，但对养殖环境和养殖方法要求较高。因为占地少、投入小、见效快、产量高，清水鱼十分适合山区发展。一时间，养殖面积很快从 200 多亩扩张到 2 000 多亩。

但是，产业的可持续发展并不取决于规模，而是受制于个性鲜明的产品品质。

2018 年 5 月 17 日，开化在和田乡召开清水鱼产业发展现场推进会，项瑞良参加会议，号召大家要找准产业发展的方向和定位，挖掘资源优势，更好对接市场，尽快把生态优势变为产业优势。

清水鱼品质化发展的关键是"标准"。为此，开化制定并颁布了全省第一个清水鱼养殖标准，其中包括不准投喂人工饲料、池塘水体做到每天换 8 遍等条款，十分严苛。目前，该标准已经上升为省级标准。

在确定养殖标准基础上，开化把具有带动作用和规模效应的农户送到外面学技术，培养一批"土专家"。同时，引进项目业主，由龙头企业带动销售，对接各大餐饮酒店。政府则积极申报中国重要农业文化遗产，厚植"开化清水鱼"品牌内涵。

"品质化"让开化清水鱼从不愁卖到高价卖。一般草鱼售价每斤 6 元多，而开化的塘口收购价就要每斤 25 元，杭州市场上的售价更是高达每斤 68 元，较同类草鱼高出 5～8 倍。像何田乡柴家村的农民余明贵，夫妻俩在村里开了个农家乐，就靠清水鱼做招牌，有 3 口小鱼塘，年收入至少 20 多万元。

■ 新兴产业"特色化"

驱车在开化乡间，不时能看到房前屋后一群群的土蜂桶。了解内情的人告知，当下，其他地方养殖的多是意蜂，而开化养殖的是传统的中蜂。

2019年上半年最新统计数据显示，开化全县中蜂养殖场（户）有3 000余户，养殖量3.8万群，同比增长36％，预计全年可产土蜂蜜120余吨，年产值达4 000万元。

小小土蜂虽不起眼，但投资少、见效快，既不占用土地，技术需求也不高。农户利用空闲时间，只要在房前屋后、山间空地摆上蜂箱就能养。

2016年，开化推出"户养十桶蜂，增收万元钱"项目，中蜂产量3年翻了3倍多。

开化的做法是"花小钱办大事"：通过"合作社＋农户""基地＋农户"的形式，把项目交给有责任心的主体，迅速带动周边一批养蜂能手。有主体带着农户干，还提供包销服务，蜂蜜销路自然畅通，每斤100多元的售价仍供不应求。

过去对于农业产业，很多地方热衷于招"大商"、不愿招"小商"。但项瑞良认为，山区土地、人才各种资源都很有限，扶持新兴产业，既要重视招"大商"，更要关注小资本，只要做到新奇特、小而美，再吸引在外乡贤、务工人员、有志青年等返乡创业，产业发展必将大有可为。

大溪边乡是开化最为偏僻的乡镇，因为缺水一直找不到特色产业。1.38万人口中，就有5 000人外出打工谋生，土地抛荒严重。

大溪边乡将目光瞄准了高粱。这种作物不仅具有观赏价值，而且可以食用，也可以用作加工。最关键的是产业够"特"，全省上下找不到高粱的影子。

3年前，乡里开始流转土地，打造红高粱小镇。

青翠的叶子、沉甸甸的高粱穗，与青山、蓝天、白云一道，构成了一幅南方山区难得一见的风景画。不少人抱着好奇前来观光休闲，顺道还会买上几斤高粱酿制的土酒。

现在，全乡高粱种植面积已达2 500多亩，形成了高粱酒、高粱果、高粱饭等系列产品体系。红高粱小镇名声大震，成了"网红小镇"。前不久，乡里领导还专门组织乡、村两级干部去山东省高密市考察莫言笔下的红高粱小镇，希望南北两个小镇结成"姐妹"。

从整个县域经济账面看，无论是中蜂产业，还是红高粱产业，产值都不高，但记者发现，它们以市场为导向，以特色求生存，已经成为乡村振兴中不容小觑的"黑马"。

■ 乡村经营，再造产业

3月15日，一场别开生面的"擂台赛"在开化举行。

端坐评审席的，是高校教授和开化有关部门领导。而前来答辩汇报的，则是15个村的一把手。通过比拼，15个村最后只能留下10个获得"典范村"荣誉。进入"典范村"行列的，就有可能获得县里高达千万元的资金投入。

那么，谁能进入"典范村"，标准是什么，开化此举目的何在？

原来，政府投入乡村建设的资金，很难变现为市场效益。为了推动乡村产业发展，开化推出"'钱江源大花园'十大'典范村'建设工程"，将产业引进、业态培育和政府的资金投入结合在一起。没有产业发展计划就不能获得该轮投入。

村里的区位特点、产业优势、人文胜景如何，计划搞康养旅游还是发展中高档民宿，怎么让计划的产业吸引人、留住人？村干部们又是演示又是解说，使尽浑身解数，最终角逐出十大"典范村"。

说得好还要做得好，答辩汇报再出彩，那也仅仅是"设想"。要拿到"千万元"级的真金白银，还必须产业项目落地、社会资本到位。

为了帮助村里招商，开化将十大"典范村"的基本情况编印成宣传品，到杭州召开招商推介会，邀请了87家文旅企业到场，现场有7个项目签约，协议投资6.8亿元。目前，金星、龙门、下淤3个村已经率先启动典范村创建工作。

下淤村山清水秀，离开化县城仅20分钟车程，区位优势明显。这几年村里配套建起了游步道、停车场、文化广场等设施后，吸引了诸多社会资本前来投资。光民宿、农家乐就有42家，村民人均纯收入2.7万元，村集体经济收入180万元。

那么，争取到该笔千万元投入后，下淤村可以派做哪些用场？张月桥解释，其中30％可以用作基础设施建设，另外70％必须用于业态的配套。

比如"汉唐香府"民宿，其业主希望在下淤村经营发展，但又不愿意重资产投入。那么，村里就可以利用该资金，按照业主要求，建设乃至装修好民宿，出租给业主，这就大大减轻了业主前期投入的压力。当然也可以将资金作价直接入股，和社会资本共同组建公司，进行利益捆绑，共建共享。

由于因"业"制宜，目前，开化农业农村发展已经呈现出勃勃生机。据统计，开化年度游客量接近1 300万人次，其中八成在乡村；全县农家乐、民宿的床位超过了1.2万张；2018年，人才首次实现了净流入；2019年前5个月，工商登记在册主体同比增长3倍，投资主要集中在服务业。

龙头兴　园区活

——走进浙江诸暨现代农业产业园

（2019 年 9 月 24 日《农民日报》8 版）

一个县级农业产业园的产值超过千亿元，园区内的农民人均可支配收入高达 4.7 万元。这样的统计数据，是否让你觉得难以置信？

这个园区就位于浙江省诸暨市，总面积近 34 万亩，系 2017 年首批获准创建的国家级现代农业产业园。园区内有珍珠和精品果业（香榧、蓝莓）两大主导产业；每个主导产业都有龙头企业引领，构建起完整的产业链；同时，每条产业链都具有强大的带动和辐射能力。记者采访发现，整个园区生机勃勃，活力四射。

因为投入大、见效慢、效益低，农业园区的运行效果普遍不如人意。那么，诸暨现代农业产业园何以独树一帜，在经济效益、社会效益、生态效益上实现"三丰收"？

■ 特色产业是基础

"许多园区的主导产业都只有一到两个，有的整县就是一个玉米产业，或者就是马铃薯、水稻、小麦等，单个产业的规模动辄数百万亩。但诸暨的实情是七山一水二分田，产业分散，这就决定了我们必须走个性化、特色化的路子。"诸暨市农业农村局局长张国锄说。

诸暨园区内的产业，个个地域特色鲜明，在全国属于"单打冠军"。

诸暨香榧不仅种植历史悠久，而且面积全国最大，品牌全国最响。其年产量 2 500 吨，占全国香榧总产量的 60％，目前已建成约 40 平方千米的国家级香榧森林公园。

诸暨珍珠不仅产量最高，加工技术最先进，同时还有全球最大的市场，辐射 50 多个国家和地区，年交易量占全球的 75％、全国的 85％以上，这里还是全球珠宝市场的"晴雨表"。

蓝莓虽是产业新秀，但近年来，其市场价值被不断发掘。诸暨企业"蓝美公司"一马当先，研发新品种，提取花青素，已经在全国各地布局生产基地数十万亩，其全球蓝莓"霸主"地位也已指日可待。

园区规划之初，诸暨的方向就很清晰，就是根据自身优势和特色，针对龙头企业发展中的潜在需求，进行再完善、再强化、再提升。记者发现，15 个重点项目中，无论是基础设施建设还是公共服务、产业融合，无一例外，都是在为夯实产业打好基础。

■ 龙头打造产业链

2016 年 12 月，一场跨国联姻正式结缔。联姻的一方是诸暨香榧领军企业冠军香榧股份有限公司（以下简称"冠军"），另一方是韩国 SK 集团旗下韩国百朗德公司（以下简称百朗德）。双方决定共同投资 2.5 亿元，成立"冠立德"，专门利用香榧假种皮原料，提炼精油，生产香榧精油皂、香榧面膜等产品。

千年以来，香榧只是一个地方特产，其假种皮更是废弃物，不仅一文不值，而且会污染环境。"冠军"的这一跨国联姻，不仅解决了当地政府和百姓的"心头之患"，还让香榧产业向精深加工和高附加值又迈进了一大步。

记者采访发现，在大多数的农业园区内，只有中小型的生产经营主体，他们的带动能力、研发能力、市场拓展能力都很有限。但在诸暨，每个产业都有一个乃至多个实力强健的龙头企业作为中流砥柱，推动着产业往更高层次发展。

"世界珍珠看中国，中国珍珠在诸暨"。作为产业高地，诸暨不仅具有山下湖珍珠集团这样行业内唯一的国家级农业龙头、上市企业，并具有华东国际珠宝城这样影响全球珍珠价格的交易市场，还有诸多专注于细分市场的企业。

浙江清湖控股集团有限公司是专门研究珍珠养殖模式的企业。在其基地，记者看到，珠蚌所需的养分，全部通过插管投喂，并进行数字化精准控制。企业负责人介绍说，采用传统方式养殖100亩10万只珍珠蚌，一年需要投200吨有机肥，而插管投喂后，100亩可养80万只珍珠蚌且只需20吨左右特制营养液，不仅节约和高效利用了资源，还减少了水质污染。

浙江蓝美科技股份有限公司（以下简称浙江蓝美）是全国蓝莓产业内唯一的国家级龙头企业，集品种研发、规模种植、产品深加工、休闲旅游采摘于一体，目前已启动上市计划，直奔百亿级的上市企业目标而去。

值得一提的是，诸暨的这批农业龙头企业，清一色都是工商资本投入，在市场搏击中，他们深谙农业盈利之道：几乎无一例外，都瞄准加工环节，以谋求利益的最大化；在此基础上，向产业的前后端延伸，形成稳定的生产基地和良好的消费体验，最终坐收三产叠加后的巨大效益。

龙头兴则产业兴，产业兴则园区活。据统计，围绕珍珠、香榧、蓝莓三条链条，目前，诸暨已开发出涵盖六大行业60余类的上千种衍生产品。

■ 企业与农民结成利益共同体

众所周知，产品的设计、市场的开拓决定着龙头的兴衰。而值得关注的另一个现象是，发展到一定阶段后，诸暨的龙头企业往往认识到，必须与农民结成利益共同体。

浙江米果果生态农业集团有限公司（以下简称米果果）是园区内一家休闲农业企业，集果蔬种植、产品深加工、休闲旅游、教育培训、文化创意于一体。如何通过利益联结，将周边农民的命运与自身发展结合在一起？企业创始人陈照米摸索出"土地入股＋保底收益＋利润分红"的利益联结机制。

村民将土地经营权入股村股份经济合作社，由村股份经济合作社统一签订土地流转协议，将土地统一租赁给米果果搞休闲农业开发，村民们因此每亩享有800～1 000元的租金收益。

村集体如果争取到财政项目资金，可做进一步的利益联结，即将资金折股量化给村经济合作社，变为村民的股本，再参与米果果的企业经营，获得投资收益保底回报，让村民享受利润分红。

目前，解放村2 000多户农户将土地集体流转给了米果果。根据承诺，

2025 年后，米果果将赠送 10％股份给解放村，村里每年能够获得 50 万元的保底分红。

如果说米果果的联结对象是当地农民，那么，浙江蓝美的利益共同体则直接联结到了外省。

浙江蓝美创办至今，虽只有短短十年，但它用全部的时间潜心研究产业，实现了两大突破：一是育成了我国唯一具有自主知识产权的蓝莓良种"蓝美一号"，二是从蓝莓中成功提取出有着"抗氧化之王"美誉的花青素。

这就让企业的发展构成了一个闭环：浙江蓝美将基地建设和产业扶贫结合在一起，构建起"农户土地入股保底分红、帮扶资金折股量化扶贫对象、平台公司全程技术服务、蓝莓果保证保底收购"的模式。农民种植蓝莓，亩均利润可达 5 000～20 000 元。

"蓝莓扶贫"受到贫困地区的热烈欢迎。仅仅一年时间，浙江蓝美就在四川、贵州等地推广种植了 4.5 万余亩蓝莓，带动 5 万人次脱贫。

■ 政府"穿针引线"

有人也许会提出疑问，既然龙头如此强健、要素如此集聚、产业链如此强大，又有稳定的联农带农机制，那还有政府什么事？政府是否就可以高枕无忧？

张国锄带着记者来到即将启用的园区综合公共服务中心。"市场经济条件下，政府的定位应该是公共服务的供给者，如展览展示、质量检测、专业培训等。同时，还要为广大企业搭建公益性平台，如创业创新、电商物流、智慧物联等，这是每个企业都需要，但单个企业无法完成，或者完成成本较高的。"

比如近年来，网络直播非常流行，但因为是新玩意，无论是企业还是个人，掌握起来都有些难度。园区发现这一需求后，立即牵线打造淘宝直播基地，开展校企合作，在诸暨技师学院电商专业里开设淘宝直播等课程，开展一系列专业化培训、实践。

成百上千的人由此快速掌握了直播技能，"珍珠哥""珍珠弟""海爸""小海"等百余名本土主播脱颖而出，他们在淘宝、抖音等各类平台上，直播开蚌卖珠。2018 年，仅山下湖一镇，线上珍珠交易额即达 300 亿元。其中，有着"珍珠第一村"美誉的新长乐村,线上交易额就达到 20 亿元。

如今,网络直播已经成为诸暨园区内的一道风景。不管你走到企业、合作社,还是生产基地,或者农户家里,一不小心,就会遇到人们在直播。一个支架、一部手机,就能让产品走向全国各地。2018 年,赵家香榧 750 吨的总产量中,就有一半是在网上成交的。

缙云烧饼翻身记

（2016 年 3 月 2 日《农民日报》头版）

缙云烧饼是一种小吃，在浙江丽水地区小有名气，但长期以来小打小闹，既形不成产业，更难登"大雅之堂"。作为一种地方特产、一种文化现象，缙云烧饼一直挣扎在街头巷尾。

2014 年，缙云县开始发力，将发展烧饼产业列入地方党委、政府的重点工作，成立烧饼办、培训烧饼师傅、举办烧饼节。短短两年时间就风生水起，在全国各地一下子开出了 230 多家专卖店，2015 年营业额 7 亿元。

从一个名不见经传的地方小吃，到引以为豪的"富民产业"，缙云烧饼的翻身，引人深思：在全民创业、万众创新的时代，地方党委、政府应该如何选择突破口，引领创业、创新的热潮；政府应该如何通过创建区域品牌，实现产业发展、农民增收；在消费日趋多元的今天，又应该如何针对消费需求，让地方名点、名小吃重续辉煌？

■ 饼香五千年却难成气候

缙云烧饼有着悠久的历史文化内涵。相传轩辕黄帝在缙云仙都的石笋上用仙鼎炼丹，常常以山泉和面、在炼丹炉内烤饼，所烤出的饼色泽金黄、香气扑鼻。当地百姓就仿效轩辕黄帝的仙鼎，以竹木为外桶，以窑土为内壁，制成烧桶，专用于烤饼。

在缙云，卖烧饼是千百年来人们赖以谋生的手段。父携子、夫携妻，人们挑着烤桶远赴他乡，以烤饼为生。但正与人们司空见惯、屡见不鲜的其他众多土特产一样，缙云烧饼尽管在周边地区有一些影响，却一直小打小闹，难成气候。

但在丽水市委常委、缙云县委书记朱继坤看来，"小烧饼"却有可能培育成"大产业"。在接受记者采访时，朱继坤分析说，作为一个资源匮乏的山区县，引进大项目固然重要，但抓大也不能放小。大众创业、万众创新时代，"小烧饼"有千家万户的群众基础，是老百姓增收致富最直接、有效的产业，因此也最适合大众创业。"对自己的优势视而不见，一味追求'高精尖'，无疑是一种盲目，是不切实际的。"

缙云烧饼究竟如何发展？缙云县人大常委会副主任陈庆源受命前往把小吃店开遍全国、年营业额超 60 亿元的福建沙县考察。考察的结果是，要做大缙云烧饼产业，必须走品牌化、标准化、特色化发展的路子。陈庆源后来出任缙云烧饼品牌建设领导小组组长。"县内的没做大，出去的走不远，店面简单如摊铺，一直是烧饼加馄饨。要把小烧饼做成大产业，一定要发挥政府的作用。"

由此，缙云县出台了《关于促进农民增收的实施意见》。该意见提出，要把烧饼产业作为富民工程，每年安排 500 万元专项资金予以扶持。县里还专门成立了缙云烧饼品牌办公室，设在缙云县农村工作办公室（以下简称县农办）内，给予专职编制，负责缙云烧饼产业的整体推进。据了解，这可能是全国唯一一个为烧饼设立的品牌办公室。

■ 品牌化、标准化、特色化

作为地方特色小吃，缙云烧饼要转型升级、走向市场，就必须打响品牌。而作为品牌，缙云烧饼必须具有统一的生产标准。

县农办副主任、缙云烧饼品牌办公室主任朱民告诉记者，为了解决标准化难题，缙云制定了推进品牌建设的 8 条意见，实行"六统一""两集中"，即统一注册商标、门店标准、制作工艺、原料标准、经营标准、培训内容，集中宣传营销和挖掘文化。

以前，烧饼师傅们在各地单打独斗、各行其是，就缙云烧饼品牌而言，形不成强大的影响力。现在由政府出面注册统一的商标，设计统一的门店形象，还整合各方资源，举办"缙云烧饼文化节"、参加浙江农业博览会等，进行统一的宣传推介，其声势自然今非昔比。而一些已经自己注册商标的门店，政府则引导他们采取"双商标"形式，将企业品牌和区域公用品牌相结合，相得益彰。

为了鼓励农民走出去开店创业，缙云出台政策规定：门店面积 30 平方米以下、经营缙云烧饼等传统小吃品种不少于 2 个的给予补助 1 万元；门店面积 30~60 平方米、经营缙云烧饼等传统小吃品种不少于 4 个的给予补助 1.5 万元；门店面积 60 平方米以上、经营缙云烧饼等传统小吃品种不少于 8 个的给予补助 3 万元。

针对烧饼制作工艺要求较高，而从业者素质又良莠不齐的现状，缙云专门建立了两个培训基地，对烧饼师傅进行免费培训，还在缙云职业中专开设了专业班。"现在，缙云电大培训班后两年的培训名额基本上排满了。按每年培训 2 600 名烧饼师傅来计算，三年就可以培训 7 000 多名。"朱民介绍，截至目前，全县已累计培训烧饼师傅 5 000 余人，还有 5 000 余人在排队等待培训。

培训工作的强力推进，不仅确保了缙云烧饼的质量标准，为其品牌的提升奠定了基础，而且营造了氛围、扩大了影响，在全县范围内掀起了轰轰烈烈的烧饼创业热潮。

■ 烧饼成就"大产业"

2015 年 10 月底，记者参观了"缙云烧饼文化节"。只见两里长的街道上，各种缙云小吃琳琅满目，人们摩肩接踵、喜气洋洋。缙云烧饼的摊位十分抢眼，一律统一门头装饰、统一人员服饰、统一标志，高端整齐的气息扑面而来。

"缙云烧饼以前谁看得上眼？没想到两年时间，就搞得这么红红火火！"杭州"绿谷大通"老板周伟飞感慨万千。他先在杭州的"西溪天堂"综合体尝试着开了个烧饼店，发现生意不错后迅速扩大面积，此后又在西城广场开设旗舰店，最后，索性将烧饼店开进了省政府食堂。缙云烧饼的受欢迎程度，大大出乎他的意料。

跟周伟飞一样在杭州创业开烧饼店的大有人在。位于杭州文三路的胖子烧饼店店主应显光说，他的缙云烧饼每天要排队购买，每天的营业额都在

6 000元左右。2015年，他在杭州买了一套220万元的房子和两辆奥迪车。

　　不仅卖烧饼的人赚了钱，缙云烧饼还带动了诸多相关产业。缙云东山村的陶炉膛属缙云烧饼的私人定制版，饼桶内胆做工精细、传热均匀，烤制出的烧饼特别香脆。随着缙云烧饼热销，东山村的陶炉膛也越来越抢手，有的村民一年能卖出六七千个炉膛。

　　菜干是制作烧饼的原料之一。为保证缙云烧饼的独特口感，缙云建立了菜干生产、加工基地，仅源发蔬菜专业合作社一年销售的缙云菜干就达到200多吨。九头芥是传统的地方蔬菜品种，也是缙云菜干的首选品种，村民采用套种的方式，亩产值可达7 000元。

　　目前，缙云还在规划建立无公害生猪养殖基地、原木炭基地。一条以缙云烧饼为龙头的产业链，已经清晰可见。根据规划，到2020年，缙云烧饼的从业人数将达到2万人，营业收入将超过20亿元。

育得仙草济人间

——浙江乐清发展铁皮石斛产业纪实

（2016 年 7 月 18 日《农民日报》头版）

以山水奇秀闻名的浙江乐清雁荡山，是国家 5A 级景区，景区内有一项游客必看的"雁荡飞渡"惊险表演。只见当地山民赤着脚，在几十米高的空中踩着铁索前行，滑行、安卧、翻跟斗……惊险无比，引来观众声声惊叹。据悉，这个节目的渊源，就在于当地村民冒着生命危险，到悬崖峭壁上采撷铁皮石斛。

"盗"得仙草到人间。从最初的野生资源濒临灭绝，到依靠科技突破，成功实现人工栽培和规模种植，仅用了十几年时间，铁皮石斛就成了乐清农业支柱产业。枫斗加工占到全国八成，直接带动 5 万人就业，2015 年产值超过 15 亿元。

农业供给侧结构性改革的内涵，就在于根据消费需求发展生产。那么，在产业发展的每一个节点上，政府应当扮演何种角色，着重解决哪些问题？乐清铁皮石斛产业的发展，可以给我们哪些借鉴与启示？

■ 尊重市场需求

铁皮石斛是我国传统名贵中药材，雁荡山气候环境独特，在此生长的铁皮石斛一直被尊为上品。由此，乐清民间自古便流传着枫斗加工技艺，当地农民除了上山自采，还远赴云南、贵州等地收购鲜条，加工成枫斗等初级产品后，再销往外地。鼎盛时期，这支"采销大军"多达 3 万人。

然而由于自然产量稀少，再加上过度采挖，野生铁皮石斛很快走向"穷途末路"，一度被列为世界濒危物种。

作为温州人的代表，乐清人向来不缺乏市场敏感度。

由于长期与市场打交道，十分了解消费者的需求，因此，乐清人对铁皮石斛的前景充满信心。他们认为，越是短缺的，就越是市场需要的。但要把控需求，就必须实现人工栽培，走规模化种植的道路。

1986 年，大荆镇西门村村民章近亮组建了全市首家植物组织培育研究所；2001 年，工厂化组培育苗宣告成功；2006 年，正式攻克大棚种植技术难题。这就为铁皮石斛的规模化发展奠定了基础。

乐清人均耕地只有三分*，异常宝贵。在粮食生产任务"一边倒"的年代，许多地方"忍痛割爱"，最后以牺牲经济作物为代价，保证完成上级下达的粮食生产任务；也有的地方不顾市场需求，一味大包大揽，为了追求产业规模效应，盲目贪大求全，最后进退两难。

但乐清并没有在铁皮石斛起步阶段，就将其一棒子打死，而是在尊重市场需求的基础上，创造宽松的发展环境。

傅久红曾任乐清市农业局局长，对乐清铁皮石斛的发展了如指掌："对市场的需求变化，生产主体最有发言权，而政府总是后知后觉。因此，政府要做的，是从消费导向出发，进行观察分析，而千万不要自以为是，滥用行政权力横加干涉。"

对市场的尊重意味着对产业选择的宽容。正是在消费导向保障下，铁皮石斛这棵幼小的"仙草"，得以在乐清大地上破土成长。金传高是最早从事铁皮石斛人工栽培的主体之一，他坦言："在产业启蒙阶段，我们不指望政府太多的政策扶持，只盼望有一个宽松的发展环境。"

■ 遵循产业规律

宋仙水的父亲，曾是乐清浩荡的石斛采销大军中的一员，全年忙碌又危险，可在整条产业链中，仅能分得两成利润。宋仙水不愿接受这种现实，选择投资创办药房，几年时间就开了几十家连锁店，事业干得风生水起。

---

* 1分≈66.7平方米。——编者注

2009年，缘于一份文件，他仅用几天时间便决定投资铁皮石斛产业。不过，这一次，他不是步父亲后尘，而是斥资2 000万元，组建了生物科技有限公司，主攻繁育、研究和种植。

乐清市农业局局长章显岳说："像铁皮石斛这类科技含量较高的产业，一旦打开市场，就要迅速形成规模，抢占市场话语权。我们正是从产业规律出发，对形成产业链的几个关键环节，如种子种苗、标准化种植、深加工等，加以重点关注。"

记者看到这份乐清市政府出台的《关于加快铁皮石斛产业发展的若干意见》，其中规定：组建优质种苗组培室的，财政最高补助50万元；从事连片种植的，则按规模大小，给予每亩8 000元到1.5万元不等补助；另外，对以铁皮石斛为原料，生产中药材和保健品的加工企业，乐清也一律补助。

除了政策补助，乐清市还帮助生产主体解决诸多实际困难：如用地问题，乐清提出建立种植园区，由政府出资完善配套设施，所需种苗组培室，全部按农业用地管理；如资金问题，乐清鼓励金融机构开展互相担保业务，为农户提供便捷的融资渠道。

另外，乐清市级层面成立铁皮石斛产业发展领导小组，成员由十余个相关部门机构组成，实行统一协调，提供配套支撑与服务；同时组建铁皮石斛产业协会，负责协调种植、加工、销售、科研等环节。

"市场在资源配置中的决定性作用并非无边界，或者政府就此可以撒手不管，一些产业链中的'断点'，仍需要政府提供公共服务来弥补，尤其是科研。因为投入大，见效慢，对产业发展又有决定性作用，政府必须给予鼓励和支持。"章显岳说。

记者采访发现，这些年来，乐清市财政先后投入665万元，用于支持100多个科研项目；2010年，还与浙江省农业科学院全面合作，从遗传育种、病虫害防治、食品加工等8个方面，为铁皮石斛产业发展提供一揽子、系统性的科研方案。

由于遵循产业发展规律，抓住了产业发展的关键环节，乐清铁皮石斛迅速在市场上形成了影响力。数据显示，2015年，乐清出产的铁皮石斛鲜条和枫斗产量，已分别占全国总产量的三成和八成，产业链综合产值达15亿多元。

■ 培育竞争优势

乐清工商资本十分发达，在政策推动下，投资铁皮石斛产业的积极性得到充分发挥。2009年后，市内相继成立了33家工厂化组培室，先后创立铁皮石斛加工企业达220多家，加上不断涌现的家庭农场，短短几年间，乐清的铁皮石斛产业纵横捭阖，声名鹊起。

乐清在快速发展，其他地方也在积极跟进。很快，整个铁皮石斛市场陷入激烈竞争之中，价格出现跳水，企业胆战心惊，茫然不知所措。面对新情况，乐清市政府及时调整角色定位，将工作重心从发展规模，转为培植产业竞争优势。

要甩掉竞争对手，就要有自己独特的优势。而在当前产品高度同质化，各地都在追求规模和产量的时候，乐清只有在产品开发的独特性和产业业态构建等方面下功夫，方能创造新的优势。

截至当前，乐清市内种植面积近8 000亩，而广西、云南等地种植的面积却有3万多亩。这一规模虽然在全国名列前茅，但无论是产品还是加工品，与其他地方都大同小异，无法形成差别。

规模大并不等于强，市场竞争的结果必然走向市场细分。在消费者对石斛品质的要求越来越高的今天，乐清市提出重点发展仿野生栽培，将铁皮石斛苗绑到树上、岩壁等，仿照原生环境让其自行生长，以培育新的发展优势。在扶持政策上，乐清降低了对大棚种植石斛的补助力度，对新增的原生态规模种植，则给予每亩5 000元补助。

记者了解到，2014年之后，乐清境内增长的2 000多亩铁皮石斛种植面积中，仿野生栽培比例占据大头。珀莱雅是国内化妆品行业的巨擘，尽管石斛行情有走低迹象，但在2013年底，其还是选择到大荆镇建立了500多亩果园，用于附生栽培仿野生铁皮石斛。

在追求个性化产品开发的同时，乐清将产业融合发展提升到了新高度。过去，乐清的优势过于集中在产业链上游，即规模化种植环节，而在直面消费者的终端产品方面缺乏影响力，不仅深加工产品单一，一直以鲜条和枫斗为主，而且没有大企业、大品牌带动。这一格局不利于整个产业链优势的形成。

2016 年，乐清调整扶持政策，对建设铁皮石斛专用冷藏库、加工设备设施的企业，最高补助 100 万元。当地"十三五"产业规划也明确，未来乐清将主攻目前市场上颗粒、胶囊等成熟产品，培育一至两家产值超亿元的加工企业。

除了发展第二产业，乐清还瞄准雁荡山旅游，提出建设"铁皮石斛特色小镇"，构建"健康养生文化旅游"新业态，形成旅游带动产业、产业推动旅游的新格局，通过三产融合，构建产业发展新优势，让乐清铁皮石斛长盛不衰。

记者也注意到，乐清铁皮石斛尽管在种植和加工规模上领先全国，但加工企业有几百家之多，产值最高的也仅有一两千万元。"低小散"的产业发展现状，呼唤着统一的区域公用品牌，以期通过"母子品牌"，让分散经营的加工企业借船出海。据了解，乐清已将该项工作提上议事日程。

品牌路上一个产业都不要掉队

——浙江新昌构建农业品牌全覆盖体系

（2019 年 11 月 27 日《农民日报》5 版）

茶产业是农业领域较早涉足品牌化的。浙江新昌的大佛龙井，是业界公认的茶叶区域公用品牌先驱之一。随着市场竞争的加剧，作为"多小散"特征显著的山区，如何"得陇望蜀"，让更多的产业分享品牌化红利？新昌就此踏上了品牌化新征程，逐步构建起新老品牌互动、单品类品牌和多品类品牌共进的全覆盖体系。

■ 传统品牌：进一步挖掘个性

大佛龙井是新昌茶叶区域公用品牌，也是新昌农业的金名片。自 20 世纪 90 年代注册商标、开启"名茶"之路以来，通过各种创新性的营销，大佛龙井在茶界声名鹊起，已成为中国茶叶品牌的佼佼者。

新昌茶叶面积只有 12.5 万亩，但茶产业链总产值超 76.4 亿元；全县 40 万人口中，有 18 万人涉茶；农业总收入中，茶业占了 1/3。大佛龙井已经摘取"中国驰名商标"，品牌价值 43 亿多元，连续十年名列全国十强榜。

人无远虑必有近忧。大佛龙井尽管如日中天，品牌价值的释放度却低于预期，众多的生产经营主体尚未得到理想的品牌溢价。

知名度不等于美誉度。在茶叶品牌化汹涌澎湃的今天，各地政府都在发力，特别是浙江各地，生产的多是扁形龙井，产地环境和产品品质大同小异，很难将大佛龙井与其他品牌区隔开来。

新昌分析认为，只有充分挖掘品牌的个性内涵，彰显自身的品牌特征，才能在群雄割据的格局中站住脚。而政府举办的各种活动也只有围绕这一核心，才能将知名度更多地转化为美誉度，从而带动产品溢价。

基于这一认识，新昌提出了大佛龙井品牌提升"11358"工程，同时请来专业机构操刀，对大佛龙井进行品牌重塑，就品牌的核心价值、定位驱动以及传播方式、营销渠道等进行继承创新，期望大佛龙井能够焕发出新的青春。

■ "土"特产：品牌营销统一发力

"小京生的收购价差不多翻了一番，2018 年每斤 12 元，2019 年是 20元。"新昌小京生协会会长石渭明兴奋地告诉记者。他自己家种着 200 亩小京生，按每亩 200 斤测算，收入将增加 32 万元。

新昌小京生俗称"小红毛花生"，有着 400 多年的种植历史，曾经一度是朝廷贡品。从产品外形看，果小壳薄、色泽金黄、表皮光滑；口感则香中带甜、油而不腻、松脆爽口，可谓色香味形俱佳。

凭借特殊的风味，小京生在江浙一带享有盛誉。2000 年，小京生成功注册地理标志证明商标，并陆续获得各种荣誉。经过多年努力，新昌形成了以小京生花生协会为依托、"小京生一条街"为中心，50 多家企业组成的产业化经营体系。

但小京生一直是农户小规模生产，销售以馈赠亲友的礼品消费为主，没有统一的品牌形象，更缺强大的传播效应。随着水果、蔬菜等新兴产业的兴起，小京生面临着衰退的压力：历史最高时期，其种植面积 2.5 万亩，到前些年已经跌至 1.7 万亩、产值 9 000 万元，仅为高峰期的七成左右。

2016 年，新昌编制了小京生产业发展规划：一方面，准备通过品种的提纯复壮，确保产品品质；另一方面，统一形象、统一传播，在品牌营销上统一发力，给市场输入消费信心。

2019 年 9 月 19 日，新昌县"农民丰收节"活动开幕式上，统一设计、统一摄制的小京生包装和广告形象片揭开盖头。

"源自山水诗田的花生佳作"，这一富含地域文脉内涵的品牌定位，加上个性鲜明的新包装，完全摆脱了多年来"土老帽"形象。加上其他因素影响，小京生的收购价格很快冲到了每斤 20 元，比 2015 年差不多翻了一番。

一个传统的地方土特产由此绝处逢生。

■ "小"产业：量身定制多品类品牌

除了大佛龙井、小京生这两大传统特色支柱产业外，新昌农业还有许多产业，产品品质独具特色。在消费越来越注重品牌的背景下，新昌不希望任何一个产业掉队。

新昌水果品类十分丰富，水蜜桃、蓝莓、猕猴桃等应有尽有。当地还有一个传统，不管哪儿种水果，都可以加工成蒸馏酒，俗称"果子烧"。据不完全统计，领取生产许可证的小酒厂，在新昌就有 18 家之多。这些加工企业尽管生产规模不大，有许多甚至形同小作坊，但因为产品不含任何添加剂，在"小而美"大行其道的今天，反而深得消费者喜爱。

"果子烧是个产业，不可小看。一方面，可以大幅度提高水果附加值；另一方面，还可以解决水果滞销难题。"新昌分管副县长吕田调研后认为。

"剡东果子烧"应运而生，政府为诸多小酒厂进入市场进行品牌背书，目前部分果子烧价格达到了 800 元/斤。

除果子烧之外，新昌还为广谱的农产品量身定制，打造了"天姥乡味"。这是一个多品类品牌，除了享有专用品牌的茶叶、花生、果酒外，其他新昌农产品都可应用这一品牌。

为持续增强"天姥乡味"品牌的组织影响力，新昌县农民合作经济组织联合会正在考虑生态果蔬、特种养殖等专业农民合作经济组织联合会建设，目前《"天姥乡味""剡东果子烧"农产品区域公用品牌使用管理办法（试行）》已进入征求意见阶段。

浙江永续农业品牌研究院执行院长李闯认为，当前，县域农业品牌化是大势所趋，但其实现路径尚在不断探索之中。新昌县科学规划、量身定制，为不同产业制定不同的品牌化路径，该提升的提升，该重塑的重塑，该新建的新建，通过精准施策，实现县域农业品牌化的全覆盖。这种新老品牌互动、单品类和多品类品牌共进的做法，进退自如、左右逢源，不失为一种科学的县域农业品牌化架构，值得各地思考和借鉴。

解析浙茶

（2017 年 5 月 18 日《农民日报》头版）

上千年来，在与西方世界的对话中，茶叶始终是"东方文明"的代表。今天，中国茶业如何顺应变化，走出规模和产量论英雄的历史，进而创造新供给、新增长，探索新的发展模式？

在中国茶产业版图上，浙江的规模和产量无法与许多省份相提并论，但论质量和效益却名列前茅。以"十二五"以来的 6 年为例，浙江茶园总面积增长不到 30 万亩，但第一产业产值却增长了整整七成。

专家预判，由于信息技术的广泛应用，后工业化社会中，生产方式和生活方式将出现巨大变化：服务业快速发展，人口流动出现"逆城市化"现象，一切传统的价值评判、标准设定都将被重构，人们的需求更加多元，更加个性，也更注重符号世界的创建。

到了后工业化时代，我们如何构建茶叶生产与消费的引领能力？在这方面，浙江又能给予哪些启迪？

■ 向结构要效益，而不是向规模要增长

浙江是茶产业发展的风向标，尤其在茶业综合竞争力方面，一直为人称道。但浙江茶叶种植面积其实并不大，而且多年来一直保持稳定，6 年时间只增加了 30 万亩。

浙江土地资源比较匮乏，对扩大面积一直比较谨慎。改革开放后，取消统购统销，茶叶发展歧路彷徨。由于比较效益下降，生产规模一度下滑，出

现抛荒、弃采，甚至改种。不断萎缩的茶产业，以及屡屡发生的卖茶难现象，让浙江陷入思考：依靠数量解决不了问题，只有依靠产品的适销对路，才能真正提高效益。

浙江省农业厅茶叶首席专家罗列万告诉记者，20 世纪 90 年代以前，浙江提出"稳定面积，提高单产，提高品质，提高效益"；此后变更为"稳定面积，提高品质，提高效益"，不仅没有扩大规模，而且连"提高单产"也不再提起。"外延式的规模化高增长，不仅要付出环境资源成本，而且潜藏着'卖茶难'的社会风险！"

这些年来，浙江从未在规模扩张上推波助澜，而一些宜茶地区，如丽水出台鼓励性政策，也仅仅是区域性的作为，从全省层面来看，恰恰弥补了茶叶恢复性增长的需要，达到了总体上的供需平衡。更多地方则鼓励坡度高于 25 度，或者产能过低的茶园"退茶还林"。这也是全国性产大于销、价格下降、甚至出现滞销，但浙江茶叶"风景这边独好"、一路平稳健康发展的奥秘所在。

后工业化时代强调经济、环境、自然协调发展，浙江茶叶的成长与注重经济、社会、政治同步前进的要求不谋而合。那么，浙江如何做到让茶叶适销对路呢？记者调查发现，主要做法是进行各种结构的调整。

首先是调整季节结构，提高春茶比重。浙江茶叶一年产三季，如果正常采摘，夏秋茶比重在六成以上。但因为春茶效益明显高于夏秋茶，浙江从理念、技术配套等方面主动引导，调整季节结构，加大春茶比例。现在在浙江，春茶占 60％，夏秋茶占 40％，在控制总产量、缓和产销矛盾的同时，也提高了经济效益。

其次是调整良种结构。无性系茶树品质优、产量高、发芽整齐，非有性系品种可比。确立名优茶战略后，浙江将龙井 43、迎霜等 11 个品种列为重点推广良种。

2001 年，省政府再次出台专项文件，加快茶树良种改良。此后 10 年，浙江茶园良种率从 12％直接提升到了 62％。在全国的良种率排名，浙江也从倒数，一下子蹿到了前三。

为了适应求新、求变、求个性、求特色的时代特征，在提高良种化的同时，浙江潜心研发特色珍稀品种。最为典型的有白叶一号、天台黄茶、黄金芽等，个个风味独特，个性十足。像口味鲜爽的安吉白茶，其主打品种白叶一号占到安吉茶园总面积的八成以上，每年当地还繁育近亿株无性系良种茶苗，光白茶产业，就可为全县农民人均增收 6 000 元。

最后是调整机炒与手工的结构。现阶段，无论从商品流通的要求来看，还是从人工成本日益抬升的困扰来说，机械化都是必由之路。浙江自 2013 年启动标准化茶厂建设以来，已升级投产 194 条生产线，覆盖全省 48 个县，产值近 15 亿元。由于实施"机器换人"，很好地保障了浙江茶产品的质量安全、标准化水平。但与此同时，浙江并不排斥手工炒制，那些有意为之的"非标"茶叶，往往个性鲜明，成为"皇冠上的明珠"。

■ 大品牌固然诱人，"小而美"更加可行

后工业化时代，需求的重要变化就是从物质需求转向非物质需求，对商品服务的文化要求与精神要求也越来越强。因此，企业所供给的商品或服务，不仅要满足人们的生理需求，更要满足人们的心理需求。

所有的农产品中，茶叶是最具文化性的产品。那么现阶段，茶产业应该如何满足消费者的精神文化需求？浙江的做法是通过创建品牌，增强茶叶的文化内涵。"在产品和市场的沟通中，品牌是唯一的桥梁和纽带。消费者只有通过品牌，才能感知产品质量和信誉。"浙江省种植业管理局局长成灿土认为。

在品牌建设上，浙江可谓领风气之先。早在 2000 年，浙江就提出了"一县一品"，倡导在县域层面进行茶叶品牌的整合；最早创建区域公用品牌加企业品牌的"母子品牌"结构模式；最早开展"十大名茶"评定，并举办各类茶事节庆活动，进行品牌推广。

比照"立顿"，浙江能否创建出此类驰名世界的大品牌？浙江人普遍认为，"立顿"固然值得学习和效仿，但这种工厂化、标准化统一生产的产品，属于工业化时代的需求，适应的是快速消费需求。而中国茶叶存在地理、气候、品种、工艺、文化等方面的差异，仅浙江全省就有 48 个茶叶主产区，每个地方的茶叶都各具特色，这正是品牌个性化、差异化定位所不可或缺的优势。后工业化时代的消费一定是去中心化和多元化的，"立顿"的价值，只是诸多品牌形态中的一种。

中国农业科学院茶叶研究所副所长鲁成银、资深茶人阮浩耕等专家在接

受记者采访时，普遍持此观点。他们认为："我们固然要有自己的'立顿'，但也没有必要削足适履。我们要研究学习的，应该是个性化特征的世界表达。"

2015 年时，"千岛湖茶"品牌创建中的争议最能说明问题。突出"龙井"，还是主推"鸠坑"？行内人都知道，"龙井"的市场认可度较高，但"鸠坑"属于新中国首批公布的"十大茶树良种"，原产地就在淳安县鸠坑乡。在龙井 43、乌牛早等早采品种的冲击下，鸠坑茶种植面积日趋萎缩，但作为传统老品种，其味浓香高，在种质资源上具有唯一性优势。经过多次争论，最终各方达成共识：多元消费时代，谁最具特色，谁就能够占领细分市场。"鸠坑"终得上位。

如今，浙江茶叶品牌百花齐放、百舸争流，显现出强大的生命力。全省75 个茶文化研究组织，长年专注茶品牌文化的挖掘。开化龙顶、大佛龙井、径山茶、长兴紫笋、莫干黄芽……几乎每个品牌背后，都有独特的历史文脉和典故，以及各具风味的鲜明特色。许多茶品牌尽管规模不大、产量不高，但在消费者心中印象深刻，茶客也很愿意为自己认同的文化买单。

记者采访发现，创建品牌过程中，浙江十分注重搭建"舞台"。从 2006年起，浙江到各大城市举办浙江绿茶博览会，前年郑州，去年西宁，每年忙得不亦乐乎。还有实施"走出去"战略，到全球主要茶叶消费城市搞推介，帮助企业拓宽销售渠道。各县级层面，几乎每个主产地都有茶事节庆，有的是茶叶节，有的是斗茶节、开茶节，还有的举办茶商大会。通过各种文化活动，建立起品牌与消费者之间的深层联结。

■ 茶旅融合"新业态"，挖掘浙茶发展新动能

在后工业社会理论创立者贝尔看来，由于现代社会信息技术的发展，大量市区人口和企业将向郊区迁移，出现"逆城市化"现象。一二三产业的结构将发生重大变化，服务业比重得到大幅度提高，甚至，商品生产经济将变成服务经济。贝尔的预测，在浙江茶产业发展中得到了印证。

在传统观念中，农业就是农业，好像跟工业、服务业并无多大关联，即使是茶，从鲜叶到干茶，也只不过是简单加工而已。但纵观今天的浙江茶产业，以精深加工、休闲观光为代表的三产融合新业态，正成为新的动能和增

长点。

茶旅融合需要完备的基础设施，而浙江在标准茶园建设上的持续投入，恰好为这一业态创造了良好条件。如今走进许多连片茶园，主干道、游步道、机耕道，一应俱全，一些茶山甚至还用上了喷灌滴灌和高效节水系统。数据显示，到2016年底，浙江八成茶园已覆盖标准化技术，创建成功的标准茶园也超过了50万亩。

松阳县12万多亩的茶园面积，尽管仅占全省的4%，但产值所占比例达到8%，亩均效益领跑浙江。近年来，该县在主抓加工园区上，除了传统的初制环节外，用更多精力关注精深加工。目前，当地3家规模深加工企业和2家茶叶食品企业，已开发出像茶提取物、含茶食品、茶保健品等产品达20余个，年产值超4.6亿元。

罗列万告诉记者，尽管浙江在2010年才提出茶叶的精深加工，市场消费接受程度也有待提高，但总体来说，最近几年，饮料用茶、提取用茶、绿茶粉及其他原料用茶等精深加工用茶生产显著增加。到2016年底，全省精深加工茶叶消耗量已达11.7万吨，52家茶深加工企业创造了将近20亿元的产值。

如果说茶叶的精深加工方兴未艾，那么，茶休闲、茶旅游、茶养生，以及茶体验功能的拓展，在浙江则可谓轰轰烈烈。许多环境优美的茶园，一到周末或采茶季，就成了市民休闲的好去处；农家乐、特色民宿等业态的崛起，也让过去茶叶"论斤卖"转变为"论杯卖"。

羊岩山，古以"山顶石壁有石影如羊"而命名，不过今天世人知晓此地，多缘于"江南第一勾青茶"。现在，整片1.4万亩绵延起伏的茶山，是个综合性茶文化主题乐园，由羊岩茶厂与临海旅游投资开发有限公司合股运营，投入近亿元资金，挖掘出4个景区和数十个景点。2016年，来茶园观光体验的人数就超过了10万人，产生效益达1000多万元。

抓住这一机遇，茶厂接下来还准备创建茶韵特色小镇，融合开发茶产业，打造茶产业中心、茶文化中心、养生休闲中心、科普教育中心，总投资预计达到30亿元。记者了解到，目前在浙江，正处于建设阶段的茶产业特色小镇，就有西湖龙坞茶镇、松阳茶乡小镇、磐安古茶场文化小镇。

位于杭州西南的龙坞镇，四周群山环绕，有1万多亩茶园，是西湖龙井最大产区，未来3~5年，计划通过引入社会资本，努力成为全国"茶产业、茶文化、茶生活"的集聚创新平台。而在松阳县,尽管茶香小镇仍在建设中,但作为核心区域的大木山骑行茶园,已成功创建为 4A 级景区,每年举办多场重磅级骑行赛事,2016 年接待游客 20 多万人。

相比特色小镇,浙江提出的现代特色农业强镇,尽管规模上更小,但发展势头十分乐观。根据 2016 年浙江省政府出台的关于促进茶产业传承发展的指导意见,"十三五"期间,浙江将大力推进茶产业与现代物流、电子商务、总部经济与品牌会展融合发展,在全省茶叶主产区,引导建设一批茶庄园、茶博园和茶主题公园,计划建成 20 个左右茶业特色强镇。

在著名茶文化研究专家、浙江农林大学教授王旭烽看来,除了特色小镇、茶业特色强镇外,更具生命力、复制性的是一个个由茶场、茶企衍化而来的"微茶庄园",它们简单易学,且各具特色,未来前景无限。记者采访发现,实际上,这支"蚂蚁雄兵"正日渐壮大农忙季节之余,许多茶园开始利用基础设施,把客人请进来,融入观光、养生、餐饮、住宿等功能,带动茶叶销售,形成众多"小圈层"。

今天浙江的茶产业,通过土地集约化和生产机械化,尽管种植端的从业人数减少了 50 万人,但延伸到整条产业链,由于精深加工和服务业的拓展,总体从业人数不减反增。另一项非官方的统计数据则显示,浙江茶业的第一产业产值仅为 155 亿元,但加上出口加工、精深加工、包装文创、茶旅游、茶文化等,综合产值超过了 500 亿元。预计,到 2020 年,浙江茶叶全产业链产值有望突破 1 000 亿元。

凸显个性价值　打造品牌区隔

——浙江茶叶品牌升级战观察

（2021 年 5 月 18 日《农民日报》头版）

一直以来，茶产业在浙江农业发展中都有着举足轻重的地位。近年来，浙江各地你追我赶、不甘落后，进入到新一轮茶产业发展升级战。

中国国际茶文化研究会茶叶品牌建设专业委员会顾问陈永昊认为，尽管对质量、效益的追求早已成为浙江茶产业发展的主题，但对品牌建设的探索，从未如此凝心聚力、聚精会神。

在乡村振兴、新发展格局、共同富裕等新的命题下，在中国国际茶叶博览会永久落户浙江的前提下，茶叶品牌建设在浙江被赋予了更为多元的意义。

■ 品牌整合尚需假以时日

在全国茶叶版图上，浙江以"一县一品"战略闻名。2005 年，浙江第一次推选"十大名茶"，其中 9 个是地方政府打造的区域公用品牌。

茶叶品牌化的最初摸索，由于实现了统一品牌、统一标准、统一传播，很快便使品牌崭露头角，也在相当程度上解决了茶叶"卖难"问题。但随着竞争的升级，浙江茶叶面临新的挑战。

纵览国内，云南普洱、福建铁观音分别从西南和华南出发，一路攻城略地，迅速奠定领导地位；湖南大力度整合"潇湘茶"品牌，声名鹊起；江西"四绿一红"（四绿：狗牯脑茶、婺源绿茶、庐山云雾茶、浮梁茶，一红：宁红茶），以集团军方式，虎视全国；贵州绿茶一夜之间，以其规模的迅速扩张让人瞠目结舌。群雄纷争的格局中，浙江以县域为单位打造区域公用品牌，已经很难跟其他省份同台较量。

再审察内部，因为多年来强力推广无性系良种，龙井 43 已经覆盖全省，成为当家品种，加上品种与品名混同，各地龙井的制作方法大同小异，虽然分为西湖、钱塘、越州三大产区，事实上产品高度雷同。18 个龙井茶区域品牌，相互之间并没有形成区隔。

想做大，缺乏规模支撑；想做专，又缺乏辨识度。

面对这一尴尬现状，各地政府开始想方设法，以地市为区域背书，加快品牌整合进程。

宁波希望将宁海望海茶、奉化曲毫、余姚四明龙尖等品牌整合成"明州仙茗"；杭州希望将桐庐雪水云绿、富阳安顶云雾、建德苞茶等整合成"杭州龙井"；绍兴希望将新昌大佛龙井、嵊州越乡龙井、上虞觉农瞬毫、柯桥萍水日铸等捏成拳头，以"绍兴龙井"统一的品牌形象亮相……这些整合有的胎死腹中，有的试探性迈出脚步，在遭遇阻力之后，很快偃旗息鼓。

品牌整合不是简单的"1＋1"，不仅需要研究规律，还得假以时日。在县域管理驱动为主的体制下，产业和文化的发展具有浓重的县域特色，而这正是浙江茶叶品牌升级的客观前提，也是浙江茶文化存在并得以进一步弘扬的基础。离开这一人文基础，势必难以调动县域政府的内在积极性。

■ 彰显个性差异才能立足

"浙江茶叶尽管在全国最早推行'品牌化'，但实际上，多年来一直只有品牌名称，谈不上品牌定位、品牌口号，更缺乏科学的传播。品牌与品牌之间，除了名称上的差别，其他都十分接近、大同小异。"资深茶人孙状云认为。

事实上，对浙江农业系统干部而言，茶叶品牌化确实是个新课题。有人认为，只要是地理标志商标和地理标志农产品，就是品牌；有人认为，只要经过绿色、有机认证，就是品牌；更多人认为，只要投钱做了广告，有了知名度，就一定是品牌。正是在直面竞争中，浙江各地慢慢悟到了，只有凸显自身与众不同的个性，才能获得存在的价值。

大佛龙井每年举办节庆活动，虽然声名显赫，但品牌溢价不足。当地对标西湖龙井，突出远离城市这一生态环境特色；文化上则以"江南第一大佛"作为背书，彰显人生哲学，提炼出"居深山，心自在"的核心价值。

磐安云峰根据高海拔带来的外形偏瘦这一产品特点，以及文化上与道士许逊相关的历史，概括出"道骨仙风"的个性价值特征。是历史、是文化、也是产品，通过这一品牌形象，磐安云峰与其他茶叶品牌实现了区隔。

千岛湖是千万级的世界级旅游风景区，当地聚焦区域特色，提炼出"一叶知千岛"的核心价值，主打伴手礼概念，不仅通过体验来提升品牌溢价，而且将每一个游客开发成了品牌传播媒介。

此外，开化龙顶、武阳春雨、安吉白茶、平水日铸等品牌都争先恐后，分别从文化、产品、产地，挖掘出自身最具价值、最具个性、最具差异的特点，将自身与其他品牌进行充分区隔。

"通过这一轮品牌升级，如今，许多品牌都具有了鲜明的个性特征。品牌与品牌之间，不再形象模糊、似曾相识，而是特立独行、个性十足，充分实现了与消费市场的对接。"孙状云认为。

■ 品效合一的"场景传播"

没有传播就没有品牌的生命。但是长期以来，有关茶叶品牌的传播，人们似乎总是很难展开想象的翅膀。除了司空见惯的文化节和博览会，还有什么新的技术手段和创新理念可加利用，茶界似乎十分陌生。以至于在惯性的轨道上，各地只将节庆的规模、档次作为衡量其成功与否的标准。

随着品牌创建的日趋强化，人们发现，传统节会尽管提高了品牌知名度和影响力，但其局限性也不容忽视：这类活动对行政系统，尤其是茶界人士影响较大，对外地市场、真正的品牌消费者则难以触达。而且传播形式过于传统，缺乏创新，时间一长，更是难免让人产生疲劳。

明明是茶文化主题的表演，但 LED 屏上看到的是桃红柳绿；舞台道具设计，展现的竟然是塑料荷花……如此错位不仅让专业人员焦虑不已，更让地方政府深感无奈。新昌大佛龙井正是基于这一基本背景，率先对农事节庆进行了改造。

大佛龙井茶文化节曾被评为全省最具影响力的十大农事节庆，每年参与祭茶大典的有七八百人，多时达一千多人。新冠肺炎疫情客观上给这个坚持了 13 年的茶事活动以转型机会。

记者看到，该节庆完全颠覆了传统模式，由云直播、云游览、云互动、云发布等"七朵云"构成。只有开幕式在线下举行，而且将举办地点从人们司空见惯的五星级酒店转移到了清新的茶园，大大加深了受众对品牌形象的认知。

开幕当天，新昌利用微信、H5、抖音平台，让观众在线上体验采茶、炒茶、制茶全过程，穿梭在虚拟的大佛龙井品牌馆，在"云上茶园"领略新昌茶园风光，达到了千万级的品牌曝光，同时开通线上品牌茶叶销售，实现了"品效合一"的创新传播。

不少观众感慨：没想到农事节庆能够如此时尚化、国际化。这样的表达，不仅实现了品牌年轻化，而且赢得了未来消费族群。"接下来，我们还要在上海中心大厦设立展示窗口，让浙江的茶叶品牌与国际大都市产生化学反应。"做过多年垂直场景营销的兆丰年公司 CEO 王东升告诉记者。

■ 从"经验炒茶"到"数字制茶"

今天，消费市场的变化，对品牌提升构成了严峻挑战：一方面，消费者对产品的绿色、安全、健康越来越关注；另一方面，由于劳动力紧缺，田间管理、茶叶采摘等问题更加突出。

怎么在冲突中找到路子，在提高管理效率的同时，进一步提升产品质量，实现品牌的增收、溢价，数字化无疑提供了强有力的技术支持。

西湖龙井可谓中国茶界第一品牌，被誉为"国茶"，但因受到"假龙井"侵害，消费者尽管心有所爱，却不敢贸然下单。多年来，当地行业协会绞尽脑汁、想方设法，但收效甚微。

通过数字化管理系统，人们一目了然，不仅能看到所有茶农和茶企的茶地面积，而且能实时了解茶农和茶企的交易情况。如果交易出现异常，系统将自动报警。对外销售西湖龙井时，实现统一编号管理，其证明标编号也可随时掌握查询。

数字化管理体系的应用，通过技术手段在源头上解决了产品真伪问题，为品牌信誉提供了保障，让西湖龙井重新获得了消费者和市场的信任。当年，西湖龙井的售价、产值就出现双双大幅度提升的结果。产业的集中度也显著提升。

浙江省农业农村厅茶叶首席专家罗列万告诉记者，今天，越来越多的茶叶区域公用品牌理解了数字化对品牌提升的价值。大佛龙井、安吉白茶等已申请到数字化项目，还有更多的区域公用品牌正在积极申报之中。

与县域政府打造的区域公用品牌相比，数字化应用对企业品牌提升所发挥的作用可能更为直接、显著，因此，也得到了更多企业的热烈响应。

武义"更香茶业"投入1 500多万元，于2020年初启动"茶叶数字化生产线及智慧茶园项目"建设，计划改造6 000平方米生产车间，并创建200亩"智慧茶园"。通过各种传感设备采集的数据，可以实现茶叶长势检测、采摘预测、虫情测报、土壤及水肥管理和防冻害管理，确保产品质量安全。

在加工环节，数字化管理则通过对烘干、揉捻等各个工序的制茶设备进行5G改造，科学指导茶叶加工。同样加工4万斤鲜叶，以前一天三班倒需要40人，现在只需要五六人即可。

"以前炒茶全凭经验，现在引入数字化技术后，有了大量的数据积累和分析，茶叶品质的稳定性以及制茶效率、茶叶产量等都出现了大幅提升。"罗列万告诉记者。

对浙江茶产业而言，纵然大数据、云计算等，无论对政府部门还是企业而言，都是比较陌生的概念，但随着对数字化和品牌化"双化赋能"的日益深入理解，越来越多的企业开始加速对接数字化。他们相信，随着数字化应用场景在生产、管理、营销等全链条的普遍实现，茶叶企业规模小、主体力量弱、产业集中度低等老大难问题都有可能迎刃而解。

"极白"三问

（2016 年 11 月 22 日《农民日报》头版）

作为品牌农业的探路者，安吉白茶的成功，曾经被认为是一个奇迹。这个从无到有，从小到大，从弱到强，满打满算只有 30 来年历史的茶叶品牌，不仅"一片叶子富了一方百姓"，而且影响着诸多地方的农业品牌化实践。

但最近安吉白茶有点烦。因为政府引导成立了茶产业基金，国企安吉城投实业发展有限公司（以下简称安吉城投）依托基金进行产业整合，推出了"红色"背景的"极白"品牌，结果与诸多民营茶企形成了直接竞争，一时间议论纷纷，引来满城风雨。赞成者有之，认为这是区域品牌发展中具有重要意义的探索；而诸多民营茶企则感受到巨大压力，惊呼"狼来了"，质问"极白"到底是整合者还是搅局者；还有的断言，这是"国进民退""与民争利"。

地方政府有责任扶持农业产业发展，但茶产业作为竞争性领域，政府是否应该介入，应该如何介入？国有投资平台实行改革，进入竞争性市场的边界在哪里？如何实现错位竞争？将"名优茶"定位为"类快消品"进行品牌营销是否违背了农产品的特殊属性？作为地理标志产品，"极白"应该如何为"母品牌"加分？农业企业进行资本运作的目的和意义何在，挂牌上市后是否会"一家独大"、形成垄断，破坏公平竞争的格局？

一石激起千层浪。安吉白茶的遭遇引发人们一系列思考。

■ "一张叶子富了一方百姓"

在全国难以计数的区域公用品牌中，安吉白茶最富传奇色彩。

30 多年前，安吉白茶在海拔 800 米高的大溪村被发现。鉴定证明，这种白化变异的绿茶，氨基酸含量为普通绿茶的 2～3 倍，而且滋味鲜爽。因为品质上的优异表现，20 世纪 90 年代以来，安吉白茶在安吉县全县范围内得到迅速推广。

具有一定规模之后，围绕标准制定、品牌创建，安吉进行了一系列探索。尤其是探索出的"母子品牌"模式，既帮助了千家万户分散经营的茶农进入市场，同时又维持市场秩序，确保了"安吉白茶"牌子越做越响，被认为是现代农业发展中的创新之举。

一直以来，安吉留给人们的印象都是偏僻和贫穷。但如今，"绿水青山变成了金山银山"，安吉经济快速发展，社会和谐稳定，百姓富裕安康，这其中，白茶扮演着不可或缺的重要角色。

由于效益可观，近年来，安吉白茶被不断引种到外地，而后又返销回安吉，严重扰乱了安吉白茶的市场秩序。对此，安吉又有针对性地推出茶园证制度，将茶园的面积和产量进行登记发证，并且凭证还可以抵押贷款。2015年以来，安吉更进一步推出了金溯卡，将白茶生产管理交易的各种功能集于一卡，为白茶产业的规范发展创造了有利条件。

从人工引种到规模化发展，从规模化发展到标准化品牌化发展，在白茶发展过程中，安吉逢山开路，遇水架桥，筚路蓝缕，历尽艰险，难以言表。

2015 年的统计数据显示，安吉白茶种植面积 17 万亩，产量 1 850 吨，产值 21 亿元，涉及种植农户 1.6 万多户，为安吉农民人均年增收 6 000 元。引用习近平总书记当年对安吉白茶的评价，就是"一张叶子富了一方百姓"！

经过 30 余年的发展，安吉和白茶两者之间已经形成了难分难离、互为表里的深层联结。人们看到安吉，就自然想到白茶；看到白茶，也马上会想到安吉。安吉白茶已经成为安吉一张名副其实的"金名片"。谁要是改变安吉白茶的走向，都可能出现"牵一发而动全身"的连锁反应。

■ 一问安吉城投：国资入市边界何在

尽管安吉白茶发展迅速，总体规模较大，但产业集中度仍然较低：300多家加工企业中，年产值 500 万元以上的只有 20 家，1 000 万元以上的只有 5 家，3 000 万元以上的只有 1 家。加上近两年名茶遇冷，生产成本不断提高，利润率日趋下降，安吉白茶的发展似乎遇到了又一个瓶颈。

安吉白茶何去何从？

2015 年 7 月 24 日，经安吉县政府批准，几方合作成立了"安吉白茶产业基金"，规模 2 亿元，其中安吉县政府出资 4 000 万元作为引导、安吉城投认缴 1 000 万元，其余基本由万向信托向社会募集。与此同时，安吉城投组建成立安吉茶产业发展有限公司，并以基金为纽带，向县内民营茶企发出邀约，通过置换股权完成改造，设立了国有控股混合所有制的安吉茶产业集团有限公司（以下简称安茶集团）。

安茶集团总经理吴剑认为，安吉白茶发展已经进入到一个新的时期，需要从诸侯时代向统一时代全面迈进，需要抱团发展，形成有代表性的品牌，让安吉白茶迈上一个新的台阶。

据了解，安茶集团目前已经完成峰禾园、千道湾以及电商品牌"芳羽"三家企业的并购，被并购的茶企老板转型为集团高管。集团创建的"极白"品牌也已经强势亮相，攻城略地。

"并购不是行政命令，而是市场行为。多年来，茶企老板都是全能型的，种茶、炒茶、卖茶样样都要会，这种发展模式已经碰到了天花板。"吴剑告诉记者，"我们的目标是整合发展，3 年后实现年收入 5 亿元，年净利润 4 000 万元，到'新三版'挂牌。"

但安茶集团的横空出世引起了强烈反应，其中包括民营茶企和政府工作人员。

一位政府工作人员激动地发表评论："安吉白茶之所以有今天，是因为创造了'母子品牌'模式。'母品牌'和'子品牌'所承担的职能和发挥的作用各有不同。"他认为，"极白"来了，把这一模式也搞乱了。因为无论是产业基金还是安茶集团的命名，都与安吉政府相连，让消费者一下就联想到是政府所为，但实际上，"极白"属于企业品牌。

"农业产业本身就是富民产业，安吉城投的公司职责应该是城市基础设施建设，跑到茶产业里来可以说是完全外行，还形成了与民营茶企的直接竞争。这不是借政府的力量抢民营企业的饭碗吗？"

一位民营茶企老板尖锐质问：你"极白"自称"整合者"，到底要整合什么？是整合民营茶企还是整合基地，能整合到多大？你能把 17 万亩茶园都收购吗？你现在做的，无非是利用安吉白茶的品牌积累，对产业发展有什么贡献？

　　一位女老板担忧："有了'极白'，政府对我们民营茶企的关心和支持势必减弱。"

　　那么，对国资进入茶产业究竟应该怎么看？

　　财政系统一位相关人士谈了两点看法：一是从公共财政角度看，其收入主要来自税收，其支出主要是满足公共需要，以解决市场"失灵"的问题。对于市场机制能有效调节的经济领域，公共财政就不要进入；已经进入的要逐步退出来，暂时退不出来的也要改变扶持方式，如采取基金、贴息等方式；政府的首要责任是为市场主体建立公平竞争的法治环境。二是从国有资本财政的角度看，其收入主要来自国有企业的分红，其支出主要是支持国有企业的发展；国有企业可以进入竞争性领域，但主要是进入既有竞争性，又有基础性、战略性的领域，着眼于经济的长远发展。

■ 二问策划公司：农产品是不是类快消品

　　为了快速树立安吉白茶"领导品牌"的地位，安茶集团邀请张默闻进行全案策划。

　　张默闻表示：第一，安吉白茶品牌已然遍地开花，日臻成熟，有足够的资本和产业资源脱离传统绿茶而成为独具个性的大品类，并从"氨基酸"角度全面定位"氨基酸白茶"，进行细分品类创新；第二，提出"比一般绿茶氨基酸含量高2～3倍"，充分将茶叶的卖点功能化，进行卖点创新；第三，以艺术大家吴昌硕为白茶主要代言人，以其代表作品《达摩禅定》作为品牌精神诉求，提出"谢天谢地谢谢您"的情感诉求，与茶文化、与安吉白茶高氨基酸的特点高度吻合，进行文化创新。

　　实现品类细分须辅之以强有力的传播，为此，张默闻提出"8341战略"，即全面实施含广告、实景演出、"极白"博物馆、走进联合国等在内的8个品牌行动，启动陆羽、宋徽宗、吴昌硕三大代言人战略，规划含白茶、红茶、滑茶、花茶在内的四大品线，持续传播"比一般绿茶氨基酸含量高2～3倍"的强大卖点。

　　2015年底，安茶集团召开"相信市场的力量——'极白'氨基酸白茶产品见面会"；2016年初，与永达传媒达成协议，在北京、上海等24个城市同时启动高铁站点广告投放；之后，又与浙江卫视达成合作，将"极白"广告植入《一路上有你》和《中国好歌声》栏目；与此同时，召开全国经销商大会暨广告片全球首发仪式；等等。

一时间，"极白"广告铺天盖地。与其他品牌走专卖渠道不同，"极白"采取"类快消"的方式，迅速建立起自己的销售网络。但张默闻的定位和传播策略，同样遭到质疑。茶界专家和传播学者普遍认为：农产品不是工业产品，有其独特的规律需要遵循！

中国农业科学院茶叶研究所一位资深专家得知"氨基酸白茶"品类定位后提出质问：中国茶类分为六大类，每一类都有自己严格的标准，"氨基酸白茶"属于哪类茶，标准在哪里？

"工业产品可以 24 小时加班加点生产，但农产品有季节性生产的特点，不可能短时间内扩大规模。尤其安吉白茶属于地理标志认证产品，更不可能突破地域限制扩大生产。因此，将安吉白茶定位为'类快消品'，是混淆了地标产品和工业产品之间的界限。"

一位传播学专家认为：以"类快消品"定位，降低了安吉白茶整体的价值感。真正意义上的安吉白茶，全球只有 17 万亩，且安吉白茶实施规模控制，不再扩大面积。"类快消品"的定位，没有把握安吉白茶的稀缺性价值，有可能会因为这一定位，导致其价值感下降、价格下降，尽管迎合了今天的"民茶"市场，但对安吉白茶的未来价值发展可能并不利。目前，安吉白茶不是卖不出去的问题，而是如何通过品牌化提升产品价值的问题。与稀缺性、氨基酸含量高等功能性相比较，安吉白茶的"类快消品"定位有待商榷。打造品牌的基本目标，是提高品牌价值，提升品牌溢价。

"极白"的软文广告：安吉白茶领导品牌"极白"引领氨基酸含量最高时代、"极白"氨基酸白茶引领安吉白茶品牌新时代、"极白"如何成为安吉白茶第一品牌等，也引起了民企反感。

"人家打拼二十多年也没敢说自己是'领导品牌'，怎么你还没有取得注册商标许可证就成了'领导品牌'？你领导谁？'领导品牌'是谁封的？市场认可吗？这种随心所欲的自吹自播，不仅伤害了安吉茶人的情感，而且很容易让消费者对整个安吉白茶产生怀疑。"一位多年服务安吉白茶的政府工作人员对此提出批评。记者了解到，当地工商、农业部门此前已经分别发出了行政指导函和行政建议书，要求"极白"在广告传播上予以规范和整改。目前，

"极白·氨基酸白茶"定位几经调整，已从"极白·氨基酸安吉白茶"最后改成"极白·安吉白茶"，将"我们只做氨基酸含量高的茶"作为传播口号推出。

■ 三问万向信托：农企上市目的何在

绑在安吉白茶战车上的，还有一个至关重要的角色，这就是万向信托股份公司（以下简称万向信托）。

一直以来，万向信托致力于创新发展并深耕特色农业产业基金，浙江省土地信托第一单、全国首单公益林受益权信托计划、磐安县农业产业基金等，都是万向信托的创新之作。

不同于"种植—加工—营销—品牌"的传统路径，这次，万向信托联合安吉县政府（县国资公司）、安吉城投集团共同发起"安吉白茶产业基金"，投资成立安茶集团，旨在通过"资本纽带、市场导向、先予后取、共享增值"这种创新的商业模式，更好地实现对白茶产业资源的高效整合，打通"茶农、茶企、茶商、资本"产业链，推动安吉白茶产业进一步升级。

万向信托有关负责人认为：现代农业的发展，金融是血液，但与国外相比，中国农业最大的不足恰恰在于金融供给的严重不足。多年来，大家靠着安吉白茶这块金字招牌赚钱，但却没有投入和维护的义务，长此以往，安吉白茶在与周边其他品牌的竞争中必然会处于下风。因此，通过资本运作的方式进一步增强安吉白茶的竞争力刻不容缓。

从上市要求来看，不论是国有资本还是民营资本，不论是农业还是工业，只要达到指标要求，均可挂牌上市。万向信托通过上市实现基金的退出是最佳选择。在此过程中，一批民营茶企的关门倒闭在所难免，这是市场竞争的必然结果，是商业行为不可避免的走向。但"极白"资本运作的目的和意义也难逃质疑。

前述政府工作人员反问："极白"上市有可能获得成功，但即使成功，意义又在哪里呢？农业产业本身是富民产业，是让大家共同致富的产业，我们总不能牺牲那么多的民营企业，去成就一个国有控股企业吧。上市融资有可能提高产业集中度，整合出一个大品牌，但难道追求规模、形成垄断是我们的目的所在吗？

"市场经济条件下，企业需要的，是公平的竞争环境。'极白'上市必然形成一家独大的垄断，对其他民营茶企的生存空间造成挤压。"

浙江大学一位金融专家则从经营管理的优势上进行比较认为：茶产业属于完全竞争性领域，"极白"作为国有控股企业，与民营茶企相比，经营管理上并不存在优势。"理想并不能代替现实。要不然，国有企业为什么要进行改革？"该专家反问。

另有专家对农企上市表示担忧，认为农产品粗加工企业发展缓慢、盈利能力低、财务不透明、人才匮乏等实际问题短期内难以改变。资本运作的结果很有可能"拔苗助长"，因此农业企业挂牌后出现亏损的比例很高，甚至会折戟沉沙，对产业发展造成重大伤害。

"农业企业上市本身不确定因素很多，风险很大。如果按照资本的意志成功上市，意味着诸多民企可能关门；如果上市不成功或者上市后出现意外，则有可能给整个安吉白茶产业发展带来负面影响。因为'极白'不是普通的安吉白茶'子品牌'，为其背书的，已经是整个县政府和安吉白茶品牌。"

仁者见仁，智者见智。"极白"的问世，让多年来一向平稳发展的安吉白茶陷入了争论的漩涡。所发表的意见中，既有对安吉茶产业长远发展的考量和担忧，也不排除自身利益驱使和推动下的怨言。其中争议的焦点和核心在于：公共财政是否应该介入茶产业发展，安吉城投进入的茶产业属于基础性战略性产业吗？因为此后一系列营销传播和资本运作上的争议，源头均在于此。

作为我国农产品区域公用品牌中的翘楚，安吉白茶今天面临的问题，将是其他区域品牌明天无可回避的考验；而安吉城投在国有投资平台中率先走向市场过程中所进行的扩展，也将是其他国有投资平台迟早需要面临的选择。就此而言，"极白"问世的最大的价值在于，带给了我们诸多的思考和启示。

"千岛湖茶"品牌重塑直击

（2016 年 8 月 13 日《农民日报》6 版）

作为淳安茶叶区域品牌，"千岛玉叶"一度是浙江名茶的佼佼者，不仅创建时间早，与大佛龙井、安吉白茶、开化龙顶等同时起步，而且蝉联浙江十大名茶，名闻远近。加上出身世界级景区千岛湖，生态环境无可挑剔，"千岛玉叶"真可谓万千宠爱集于一身。但十分遗憾，在茶产业竞争日趋激烈的当下，"千岛玉叶"的品牌带动力并未得到充分体现。

2016 年 3 月 18 日，淳安县在中国茶叶博物馆召开茶叶区域公用品牌新闻发布会，"千岛湖茶"品牌定位和形象体系随之精彩亮相。发布会和论坛很快结束了，但一个知名品牌更名所带来的影响则犹如涟漪，在茶叶界不断扩散。甚至有人预言，"千岛湖茶"的这一蜕变，不仅意味着淳安茶产业翻开了新的历史篇章，而且标志着茶叶区域公用品牌将告别传统的创建模式，进入专业化、系统化的品牌建设新阶段。

■ 进退两难的纠结

20 世纪 80 年代，随着茶产业的迅速扩张，淳安县创建了"千岛玉叶"，将其作为全县茶叶生产主体共同使用的公用品牌。对这一品牌，淳安一直十分重视，多位分管农业的副县长都倾注了大量心血。然而，对比淳牌有机鱼、农夫山泉、千岛湖啤酒等依托千岛湖作背书的成功品牌，"千岛玉叶"则不温不火，品牌影响力和产业带动力无法相提并论。

在省内，"千岛玉叶"稍有名气，可一出浙江，就很少有人知晓。有人将原因归结为品牌命名，认为"千岛玉叶"没有直指茶叶，消费者无从辨识。有一次明明是在茶叶博览会上，参观者却问"千岛玉叶"是什么产品。淳安人为此郁闷不已。

记者调查发现：在淳安，以"千岛玉叶"品牌进入市场的淳安茶叶，只占总产值的10%左右，也就是说，在6亿多元的茶叶总产值中只有6 000余万元是品牌茶叶产生的，其余全部为他人作嫁衣，或以青叶，或以干茶，做了其他品牌茶的原料；而论茶园亩产值，淳安也只有4 000元左右，与省内其他茶叶强县相比，低了1/3，茶叶企业的带动能力明显不足。

为此，2015年9月，淳安在杭州邀请众多茶界专家对"千岛玉叶"品牌进行论证，结果许多人建议将其更名为"千岛湖龙井"。理由是：千岛湖世界闻名，龙井又是国之瑰宝，两者联手，必定一鸣惊人，茶叶销路和价格问题也将迎刃而解。而且，省里也在要求整合做大龙井品牌，正好可以借政策和舆论环境的东风，扬帆起航。

但反对者认为，假如更名为"千岛湖龙井"，其他诸如鸠坑毛尖、银针何去何从？淳安毕竟是鸠坑毛尖的发源地，至今，鸠坑种茶叶种植面积仍占据一半以上。对自己的优势视而不见，岂非失策？

鸠坑种是国内知名的茶树良种，由于香高味浓、鲜爽耐泡，许多老茶客十分钟情。鸠坑一度位列浙江茶叶当家品种，占据全省六成茶园面积，甚至还被引种到世界十多个国家和地区。但乌牛早等早生茶问世后，在采摘时间上先人一步，尽管鸠坑种特色明显，但在市场倒逼下，鸠坑种种植面积也呈下降趋势。"千岛玉叶"要不要改名，改成什么？是坚持自己，还是迎合潮流？是做大，还是做特？是立足本地市场，还是外出打天下？

■ 整合品牌深挖内涵

2015年下半年，经过不同范围的多次讨论，各方面的意见渐趋一致，这就是痛下决心，将"千岛玉叶"整合为"千岛湖茶"。其理由是：避免了"千岛玉叶"命名上茶基因不够明确的弱点，让消费者一目了然。而且，淳安县政府从一家企业手中回购了"千岛湖"商标，若将"千岛湖"与茶结合，不仅可以收到捆绑营销的实效，而且可以将龙井、毛尖、银针等品类一网打尽，形成系列。在品牌命名上，还可以延伸到果、桑等特色产业，空间无限。因此，尽管目前看上去损失重大，但从长远看，前景可喜。

"这是一个综合多种茶类的品牌、一个特色品牌、一个农旅化品牌。"这一品牌定位表达的，不仅仅是"我有什么"，而且是盘点淳安资源后，站在消费者角度对需求所做的深度开发。"游客买走的是茶叶，带走的是整个'千岛湖'。"品牌主创宋晓春概括。

由此，"一叶知千岛"的广告口号顺理成章浮出水面，寓意"一叶，融千岛秀水青山；一叶，传千年鸠坑茶母；一叶，品千岛匠心茶艺"。宣传广告的主画面是一片茶叶，浓缩了千岛湖诸多旅游元素，诸如山水、岛屿、人文、历史、生态环境、茶农等，也毫无悬念地呈现在了人们面前。

产品开发侧重于充分满足游客的多元需求，形成龙井、毛尖、银针、红茶4个系列，既充分发挥了淳安茶叶品种多样、产品丰富的特点，又给消费者提供了较大的选择空间。设计上突出时尚、轻松、便捷的特点，与游客的内在追求相一致。

最后，从定位到广告，到形象设计、营销渠道、传播路径、产品开发，构成了一个环环相扣、相互呼应的体系。"在龙井中，西湖龙井可谓一家独大，而当我们将其定位为千岛湖的旅游产品时，很大程度上就消除了购买的阻力。"宋晓春认为。

■ 明确定位创新传播

在品牌重塑中，传播被提到了重要位置。首当其冲的就是，如何让新品牌的首秀一鸣惊人。淳安县最终决定在国家级茶叶殿堂——中国茶叶博物馆，揭开新品牌的盖头。消息一出，顿时吸引了近30家媒体关注。记者参加过不少新茶推介会，但这次发布会，不少环节确实令人耳目一新：传统的签到席，被硕大的喷绘墙所取代，嘉宾签完名，还需在幕板插上茶枝，最终勾勒出一个翠绿的"茶"字；会场门口，一溜茶叶新品整齐排开，包装设计时尚喜人，非常适宜作为旅游伴手礼。

发布会中，最让人眼前一亮的，莫过于宣传视频。据了解，为了更好地传播茶叶的地缘资源、文化典故和品牌故事，淳安此次特邀专业队伍前期拍摄制作了微电影。该视频分景物与人物两篇，前者展现了淳安当地如诗如画的风景，后者则通过一个个小人物的故事将淳安的茶文化娓娓道来。

　　在最为夺人眼球的品牌启用仪式环节，抛弃一贯的触摸启动球方式，嘉宾们人手一壶清茶，茶水缓缓倒入透明模具后，淡绿色的"千岛湖茶"四个字清新浮现。散会后，许多专家、同行都为这场发布会啧啧点赞。据了解，新品牌启用后，接下来在淳安县内，将展开一轮大规模的品牌传播。

　　"千岛湖茶"的整合已经完成，尽管才刚起步，其结果仍有待市场检验，但其在众多名优茶中，痛下决心改弦更张的做法引起茶界高度关注。有专家认为，"千岛湖茶"整合的背后，实际上是对品牌创建的重新定位，很值得各地思考借鉴。

　　资深茶人孙状云认为，产品过剩时代，创建差异化明显的品牌刻不容缓。但纵观整个中国茶产业，绝大多数地方还停留在传统的节会、推介上，凡事"拍脑袋"，既不做透彻的条件分析，也不做准确的自身定位，因此尽管投入巨大，但收效甚微。所谓的营销渠道、传播路径、产品开发等，也缺乏专业、系统的谋划，以致难以形成核心竞争力。就此而言，淳安在茶产业转型升级上开了先河，即通过专业机构的系统规划，提供了品牌升级的范例。

浮梁茶，从文化中走出新生

（2016 年 4 月 6 日《农民日报》6 版）

2005 年，作为江西省浮梁县农村工作委员会主任，孙艳峰带队前往中国茶叶博物馆参观考察。他满心以为在这个国家级茶叶殿堂里，应该有浮梁茶的一席之地，但事实令他大受刺激：熠熠生辉的名茶"星宿"中，浮梁茶已经难见踪影。

心情沉重的孙艳峰在断桥桥头赋诗一首，立志要让浮梁茶发扬光大。这不仅是恢复历史文化的需要，更是老百姓增收致富的希望。

10 年后，孙艳峰的愿望终于实现：在浙江大学农业现代化与农村发展研究中心进行的茶叶品牌价值公益评估中，浮梁茶的品牌价值每年稳步上升，开始进入全国第一方阵。经过严格的评审，浮梁茶成为中国茶业品牌馆首批入馆品牌，在中国茶叶博物馆常年向世人展示。

这时，孙艳峰已经升任为浮梁县县长。

■ 辉煌后的沉寂

在中国茶叶发展史中，浮梁曾经具有无可替代的地位和影响。白居易有诗佐证，"商人重利轻别离，前月浮梁买茶去"。如今闻名全球的"中国瓷都"景德镇，当时仅仅是浮梁下属的一个镇。

浮梁的辉煌，究其根源，与茶叶品质密切相关。浮梁的地理环境、气候、土壤等都十分适宜茶叶生长，而日渐兴盛的贸易，又进一步促进其加工水平的提升。当时的浮梁有"仙芝""嫩蕊""福合""禄合"等茶叶，无论是外形、色泽，还是香气、口感，都广为世人称道。明代的汤显祖就说："今夫浮梁之茗，冠于天下，帷清帷馨，系其薄者……"清代道光年间，随着红茶制作工艺的传入，浮梁茶叶开始转型发展。1915 年，江村乡严台村江智甫"天祥"茶号选送的"浮梁红茶"，在美国旧金山举办的巴拿马万国和平博览会上一举夺得金奖。

然而，此后一个时期，浮梁茶沉浮不定，尤其是 1960 年浮梁县建制撤销之后，浮梁茶几乎销声匿迹。28 年后，浮梁县恢复建制，为浮梁茶的发展奠定了基础，但当时周边各地群雄并起，竞争激烈，而浮梁茶在道路选择上一直犹疑徘徊，错失了许多机会。

■ 创建区域品牌

2005 年，孙艳峰带着如今的茶叶局局长李勇等一行人考察中国茶叶博物馆后，形成共识：在当前小农经济时代，产业要发展，必须打造区域公用品牌，通过区域公用品牌的创建，带动和促进企业品牌的成长，从而形成产业兴旺发展的格局。

然而，打造区域公用品牌压力很大。浮梁是一个财政并不富裕的地方，每年要掏出有限的资金用于"浮梁茶"品牌打造，值得吗，有必要吗，应该吗？种种怀疑甚至质问接踵而至。李勇告诉记者，刚开始那几年，省里许多领导到浮梁指导工作，都为浮梁的做法捏一把汗。财政资金的使用也需要实效，但纵观全国各地，区域品牌的成功实践并不多，可资借鉴的经验也十分有限。

这时，浙江大学的茶叶品牌价值评估发挥了重要的作用。在从 2007 年开始的这一公益评估中，浮梁茶的品牌价值在节节攀升，从 2010 年的 2.03 亿元逐步上升到 2015 年的 12.14 亿元；排位也在逐年靠前，从第 70 多位上升到了第 45 位。在这一科学系统的评估中，浮梁茶还获得了"最具文化资源力品牌"的称号。"在我们最为困难之时，是浙江大学的评估给予我们鼓励和支持；我们也拿这一评估结果说服各级领导。"李勇说。

围绕着"浮梁茶"这一区域品牌，浮梁县举办了各种活动，如连续举办茶文化节、设立茶文化展示馆、恢复茶叶老字号、挖掘非物质文化遗产、出版《浮梁茶叶宝典》等。2015 年，是"浮梁红茶"获国际金奖 100 周年的大喜日子，浮梁抓住机会，出版了《浮梁茶文化优秀作品选》《浮梁茶韵》《浮梁茶金奖 100 周年纪念摄影作品集》，还举办了"创意之星"包装设计大赛。"浮梁茶"品牌还登山了中央电视台等诸多媒体，一时风生水起，引来无数关注。

与此同时，浮梁县经过积极争取，被列为财政部整合资金支持新农村建设试点县，国家农业综合开发"一县一特"试点项目县。2007—2015 年，浮梁县整合各类财政支农资金 1.5 亿元，同时吸纳社会资金近 3 亿元投入茶产业，为整个产业发展提供了有力的金融支撑。

■ 打造茶文化一条街

区域品牌如日中天，企业主体渐趋成长，接下来的问题是如何破解产品销售的瓶颈。

区域品牌所发挥的，只能是背书作用，是提高整个产业的知名度；而产品的销售，必须由企业来实现。"常常有人问我，浮梁茶名气那么大，可是到哪里能买得到？"李勇告诉记者，茶产品的销售通常有超市、特产专卖店、电商平台、线下经销等形式，但鉴于浮梁当地茶企的实力、资金、人才储备等具体问题，往往都难以把握。

这时，一个机会浮出水面。

浮梁有个五品县衙，是全国保存得最为完好的古县衙。为了开发这一旅游景点，当时在县衙前开发了一条"商品街"，但完工数年却销售不畅，门前冷落车马稀。

能否将"商品街"改造为"浮梁茶文化一条街"？经过详细论证，一个起死回生的一揽子计划付诸实施。计划大概是：由茶企投资 1 000 多万元回购改造 3 000 多平方米营业房，财政投入 300 万元进行外观统一改造。为了减轻茶企压力，政府给予其一次性购房补助，每年还给持证的营业人员以补助。

集游赏、品茗、茶艺、休闲、销售于一体的"浮梁茶文化一条街"由此问世。"这条街不仅方便政府举办各种活动，而且茶企比邻而居，有利于他们在技术上相互切磋，品牌上实现差异化营销；另外，对古县衙旅游景点也是一种补充。"李勇认为，这是相关各方都得利的成功探索。

品牌升级携手数字化转型

——从浙江新昌"云节庆"看疫情下茶产业发展

（2020 年 5 月 1 日《农民日报》头版）

风起云涌的互联网时代，对农业生产、管理、营销都产生了深刻影响。突如其来的新冠肺炎疫情，给农业产业升级当头一棒。谁能"化危为机"，决定着谁能"逆袭"成功。

中国是茶的故乡，各种历史文化名茶灿若星辰。来自浙江省新昌县的"大佛龙井"，作为品牌新秀，尽管只有不足 30 年历史，但在每个发展节点上都能抓住机会，获得新的成长。茶叶区域公用品牌价值评估中，"大佛龙井"已经连续 11 年跻身全国十强。

"大佛龙井"的发展引起中国茶界广泛关注，其"以政府为主导，以品牌为主线，以市场为主体"的做法，被誉为"新昌模式"。

疫情影响农业，茶叶首当其冲。记者关注到，在用工短缺、销路遇阻的压力之下，新昌再次出其不意，在 4 月 15 日以茶文化节拉开了产业转型升级的大幕。

彩云飘过，能否降下喜雨？新昌茶业能否再上层楼？传统节会变成"云节庆"，对茶这个古老而年轻的富民产业，又究竟意味着什么？

■ "借梯登高"的基因

新昌种茶已有 1 500 多年历史，茶道之祖支遁大师当年就在新昌传播茶文化。但以前所产茶叶并非龙井，最先是条形的古法茶，后是曾被誉为"软黄金"的珠茶。改革开放后，茶叶统销统购被取消，一夜之间，新昌茶农陷入卖难困境。

"西湖龙井"在市场上一直炙手可热，新昌茶叶能否实现"圆改扁"？县里为此专门从杭州请来师傅，开办了400多期培训班，学做扁形茶。

一斤珠茶卖3元，改成龙井后，身价陡增10倍，抵得上当时人们一个月工资。老百姓赖以生存的产业总算稳住，新昌也由此步入名茶之乡行列。

新昌有座大佛寺，远近闻名。"大佛龙井"的名号随之应运而生。1994年，新昌的扁形茶终于踏上了品牌化征程。

有了品牌，还得有市场。1995年，新昌开办"浙东名茶市场"，之后又壮了壮胆，新建起"中国茶市"，一跃成为全国最大的龙井茶集散中心。

在新昌农业版图中，茶叶地位举足轻重：其产值占到农业总产值的1/3，农民一半收入来自茶叶，全县43万人口中有18万人涉茶。因此，每任分管农业的副县长，几乎都会被冠以"茶叶县长"的雅号。

作为最新一任的"茶叶县长"，吕田同样谋划着新昌茶产业的未来。他认为，"大佛龙井"已经拥有了很高知名度，接下来，要更多地考虑如何将知名度转化为品牌溢价，让茶农、茶企得到更高收益。

面对突如其来的新冠肺炎疫情，新昌有计划地推出了"云节庆"，通过互联网建立与消费市场的新互动。"把茶文化节从线下转到线上，并非疫情下的权宜之计，也非无奈之举，而是基于内外发展格局、基于互联网环境条件进行的节庆营销模式变革。当然，这仅仅是新昌茶叶'触网'的开始。"吕田如是说。

■ 品牌规划先行

4月1日，距离新昌大佛龙井茶文化节的新闻发布会只剩一周时间。围绕活动设计、物料制作、媒介投放等，策划团队进行了最后一场头脑风暴。因为几幅海报，讨论一度进入胶着状态。

原来，为了演绎"一杯好茶，万事新昌"的传播口号，借助时下热门事件，团队锁定了环卫工人、医护人员、执勤交警等，拍摄了一组双手奉茶的照片。而与之形成对比的是，一幅身着素衣，只见其手、不见其人的奉茶照，呈现出从容自在之感，颇具禅意。

两组照片，传播时谁主谁次？农业品牌专家、浙江大学CARD农业品牌研究中心主任胡晓云指出，"大佛龙井"的传播，必须具有互联网思维、品牌思维，要通过所有的终端，体现品牌调性，以此来强化受众对品牌的认知。

据了解，浙江龙井共有 18 个产区，兄弟姐妹站在一起，"大佛龙井"的个性和差异究竟表现在哪里？新昌委托专业机构进行科学地品牌规划。

记者看到，"大佛龙井"的新商标融入了大佛、茶叶、露水等元素，"居深山，心自在"的核心价值则传递出鲜明的品牌特征，与浙江境内其他龙井茶形成了区隔。"'西湖龙井'长在城市里，而'大佛龙井'长在深山中；'自在'既体现'大佛'的文化取向，也表达了消费者在熙熙攘攘中的生活追求。"吕田说。

虚拟的网络世界更需要鲜明的品牌形象。此次新昌茶文化节中，每一个环节、每一个场景、每一个宣传品，均围绕品牌核心价值，全面植入了品牌设计元素，就连开幕式的场地，也首度移师茶园，用青翠延绵的茶山作背景，加上独具特色的舞台设计，使得节庆与品牌融为一体。

已经连续举办 13 届的新昌大佛龙井茶文化节，曾入围"浙江省最具影响力十大农事节庆"，但一个不争的事实是，与大多数传统的线下节庆一样，受众局限，很难到达终端消费者，效果难尽人意。

新昌县农业农村局局长石炜瑶认为，农事节庆"触网"，并非简单从线下转到线上，而是根据产业现状、消费趋势、目标群体等特征，以及遵从互联网传播的规律，进行系统、全面的转型改造，其代表着今后的发展方向。

新昌的这次"云节庆"由"七朵云"组成，其中包括云直播、云游览、云互动、云发布、云观点、云连线、云消费。过去耗费财力、物力、精力最多的茶祭大典、礼佛仪式，也从线下转为线上。整个节庆设计了大量与消费者互动的节目，在提升品牌体验的同时，借助互联网实现高效和精准传播。

以 4 月 8 日的新闻发布会为例，各个平台的直播收看人数就超过了 30 万人次。开幕当天，新昌利用微信、H5、抖音等平台，让观众在线体验采茶、炒茶、制茶全过程，可穿梭虚拟的"大佛龙井品牌馆"，还能在"云上茶园"领略江南风光，预计品牌曝光量达千万级，这种效应在活动结束后仍将持续发酵。

■ "双轮驱动"再出发

在石炜瑶看来，互联网时代对茶事节庆提出了新要求，同样对茶叶的生产、加工、营销等产生着全面而深刻的影响，这是一项系统性、战略性、持续性的工程。

此次"云节庆"中，新昌在销售模式上同样展开了一场颇具意义的试水，引入"一品一爆"营销活动，以谋求"品效合一"。

先指导企业进行品牌应用，打造爆款产品，再通过线上传播将流量引至微店、天猫等各大电商平台，在完成产品销售的同时，实现品牌的快速提升，从而构建起"农业品牌—农事节庆—农品上行"的全链条。

往常，销售数据分散在各家企业、各个平台，很难集中，也很难发挥价值。这次，新昌分析线上销售数据，并且应用于供应链的改造，为前端的种植、中端的加工、后端的营销等提供科学指导。

记者了解到，一项更为庞大的数字化工程将在新昌轰轰烈烈展开。根据计划，当地将在未来两年内投入 2 亿元资金，打造茶叶全产业链数字化平台和质量安全区块链追溯系统，探索建立以数据应用为关键、以制度创新为动力的茶产业高质量发展体系。

吕田认为，互联网的发展，让所有茶品牌处于同一条起跑线，必须抓住每一个机会，才能站稳脚跟再图发展。在品牌化上，"大佛龙井"新形象的推出同样只是迈出了第一步。未来，品牌化与数字化必须实现"双轮驱动"。

"一方面，数字化为品牌提供质量保障和产品背书，也让营销变得更加低成本和高效化；另一方面，品牌化则通过概念传播提升竞争优势，让数字化体现应有价值，从而形成可持续动力。两者缺一不可，只有相得益彰，才能推动产业不断向前发展。"吕田说。

数据显示，2019 年，新昌茶叶总面积近 15.3 万亩，全年产量 5 030 吨，第一产业产值超过 12 亿元，全产业链产值则达到了 86.2 亿元。最新的品牌价值评估则显示，"大佛龙井"品牌价值为 45.15 亿元，位列全国茶叶区域公用品牌第五。

我们有理由相信，"双轮驱动"的布局，将为"新昌模式"注入新的内涵。通过这个新引擎，"大佛龙井"将再领风骚，成为引领茶产业转型升级的一面旗帜。

数字赋能，"西湖龙井"品牌突围

（2021年2月5日《农民日报》头版）

对一个地域而言，地理标志究竟意味着什么？西湖龙井，对于杭州来说，无疑代表着一种灵魂和品味。

令人遗憾的是，这个足以让杭州自豪的品牌，假冒伪劣一度如影随形，挥之不去。只要一提到西湖龙井，消费者联想到的，不是源远流长的历史文化，而是提心吊胆的购物体验。

近年来，在西湖龙井品牌保护上，尽管有关各方想方设法、绞尽脑汁，但似乎收效甚微。一方面，品牌知名度如日中天，尽人皆知；另一方面，每年将近年关，茶农还在为卖茶伤神。

西湖龙井，一个承载着杭州形象的品牌，一个寄托着中国茶叶国际声誉的品牌，究竟如何才能获得消费者信任？

■ 打假困境

中国是茶的故乡。而说到茶叶，绕不过西湖龙井。

因湖而名，傍城而生。西湖龙井的每一片叶子都浓缩着历史，诉说着文化。在杭州城市宣传片中，与湖光山色相融，西湖龙井更是不可或缺的元素。

但假冒伪劣一直侵蚀着品牌诚信。西湖龙井只有 2.16 万多亩茶园，年产量 500 多吨。杭州作为国际旅游城市，每年游客数以亿计。茶叶市场缺口之巨可谓天文数字。然而，浙江 18 个县区均生产和加工龙井，虽然分为西湖产区、钱塘产区和越州产区，但无论茶叶品种，还是制作方法都如出一辙，客观上造成了龙井之间真假难辨，以致本地茶农制假售假屡禁不止，外地客商浑水摸鱼，借机牟利。

"劣币驱逐良币"的悲剧，不仅使茶农利益受损、欲哭无泪，也让消费者权益受损、投诉无门，更让西湖龙井品牌蒙污、被人诟病。

对此，西湖区龙井茶产业协会屡屡出台办法，进行应对。据知情者回顾，在茶界，西湖龙井最早实现了原产地域保护，但当年由于工商和质检分属两个系统，要贴原产地保护和证明商标两个标识，不仅手续烦琐，而且缺乏后续监管，导致品牌保护形同虚设。

情急之下，2011 年开始，西湖区龙井茶产业协会开始聘请专业律师团队前往全国各地市场打假。

此后，杭州在市级层面成立了西湖龙井茶管理协会，希望通过雷霆手段，整肃西湖龙井的市场乱象，但由于注册商标由西湖区龙井茶产业协会控制，没有及时转让，以致无法实施有效监管，最后功亏一篑。

2019 年 3 月，个别茶农制假售假、买卖茶标现象被媒体曝光，再次掀起轩然大波。

西湖龙井何去何从？

■ 解决方案

西湖龙井的品牌保护，固然必须进行市场打假，但如果没有做好内部管理就贸然出手，不仅解决不了根本问题，还容易造成市场过激反应。接过"烫手山芋"的杭州市农业农村局综合分析认为：西湖龙井产业集中度低，所涉主体不仅有茶农，也有茶企，不仅有本地，还有外地，不仅商品流通环节过多，而且质量难以用肉眼分辨。面对如此复杂多变的现状，依靠传统的管理方法势必难以奏效，必须充分发挥杭州优势，利用现代化的数字手段进行应对。

在这一理念驱动下，杭州市出台《西湖龙井茶产地证明标识管理办法》，并运用移动互联网、大数据等先进技术，构建"西湖龙井茶数字化管理系统"，将 168 平方千米保护基地内的所有茶农和茶企统一进行数字化管理，以实现统一管理。

"尽管表象扑朔迷离，但茶叶产量每年基本稳定。因此只要管住茶园，就能管住根本。关键是我们怎么去管，通过什么技术手段去管。"杭州市农业农村局局长赵国钦认为。

记者了解到，其数字化管理体系构建思路大体如下：

首先，由区、镇、村三级根据测绘数据，对茶农和茶企的茶地面积进行核定，并统一填报到数字化管理系统；然后在管理系统中，为每家主体建立独立的电子账户。该电子账户按照实名制管理，并按其茶园面积核定干茶数量。

这样一来，当农户将鲜叶销售给茶企时，其电子账户中的干茶数量（鲜叶干茶按4∶1换算）将同步核减，收购企业电子账户中的干茶数量则同步增加，两者一一对应。如不匹配，系统将自动报警。对外包装销售时，茶农和茶企可凭其电子账户中干茶数量，提前换领实物证明标。

所有发放的实物证明标统一编号管理，茶农、茶企申领证明标时，其电子账户中同步显示申领的证明标编号。根据编号，可随时源头追溯。按规定，所有对外销售带包装的西湖龙井茶，必须在外包装上张贴实物证明标，否则将依法进行查处。

由于数字化管理系统堵住了制假售假的几乎所有漏洞，因此遭到许多人或明或暗的抵制。其利益盘根错节，关系四通八达。"数字化管理尽管有可能让大家的利益一时受损，但只要一以贯之，物以稀为贵，品牌受益将是长远的、可持续的。"赵国钦态度坚如磐石，不为所动。

其次，西湖龙井实行品牌授权经营，与100多家经营主体签订承诺协议，并开展大规模的业务培训，普及数字化管理的必要性和操作要领。与天猫、京东等电商平台签约合作，规范电商市场销售行为，并与中国农业科学院茶叶研究所联合成立西湖龙井茶质量鉴定中心，提供鉴定服务。在此基础上，聘请专业的律师团队打假，邀请媒体明察暗访，提供线索。一经发现问题，统统按律严处，绝不偏袒。屡教不改的，直接吊销其营业执照。

"西湖龙井的确深不可测。但如果熟视无睹，或者敷衍了事，我们就是践踏'金名片'，断子孙饭碗，做缺德事。"赵国钦充满感情地告诉记者，接下来，杭州准备通过立法，形成工作闭环，最终将西湖龙井打造成国内领先、国际一流的茶叶品牌。

■ "龙抬头"

数字化管理系统施行不到一年，尽管市场上茶农买卖茶标、包装标识不规范、"打擦边球"等现象仍有存在，但"做真、做优、做精"的共识正在加快形成。很多人对数字化管理系统的态度，也从刚开始时的摇摆、抵制，变成了欢迎和支持。

一个让人兴奋的事实是，西湖龙井的产值实现了大幅增长。2020年，受倒春寒以及新冠肺炎疫情等影响，尽管春茶产量同比减少了4.3%，但平均售价同比增长55.1%，产值同比增长48.6%。这一逆势增长的背后，正是数字化管理帮助西湖龙井实现了优质优价。

与此同时，制假售假基本绝迹。由于西湖龙井茶标发放、划转、流向等实行全程闭环监管，有效堵住了实物茶标买卖的漏洞，茶农们还主动将因减产而结余的22吨茶标退还给协会。线上线下，西湖龙井泛滥成灾、低价叫卖的现象基本销声匿迹。茶农手里的西湖龙井茶不仅不愁卖，而且都成了抢手货。

反映到产业上，则是集中度得到有效提升。往年，西湖龙井的企业实际收购比例不高，主要是因为茶农自产自销。2020年，约45%的茶农选择将茶叶出售给企业，其中头部茶企——正浩茶叶、西湖龙井茶叶、浙茶集团的收购量较上年实现翻番。更多的茶企摩拳擦掌、信心满满，准备来年大干一场。

最新发布的《2020中国茶叶区域公用品牌价值评估报告》中，西湖龙井以70.76亿元的品牌价值蝉联榜首。在单位销量品牌收益上，西湖龙井同样高居第一位，比第二位的安吉白茶高出7.2倍。特别是一级保护区的明前西湖龙井，市场售价每斤基本上都在3 000元以上，遥遥领先于其他茶叶品牌。

胡璧如是正浩茶叶品牌当家人。这位留学归来的"新农人"，一开始对数字化管理也有诸多顾虑。公司老员工告诉她，茶标管理十多年前就搞了，搞不好的。因此，在政府征求对数字化管理系统的意见时，她洋洋洒洒写了一大篇，表示质疑。后来又一股脑儿全删了，只写了两个字"同意"，还重重打了个惊叹号。

在当时的胡璧如看来，既然是政府在推动，顾虑也好，担忧也罢，总之只能配合。但这种被动情绪很快被冲淡，尤其是看到政府有条不紊推出后续举措时，她的信心逐步增强。向茶农收购茶叶时，她明确要求"不给标就不收"。就连其年近六旬、在杭州茶界很有号召力的父亲，也开天辟地做起了直播，帮助政府推动新的数字化管理系统实施。

正浩茶叶品牌的发展没有辜负胡璧如的一腔热情。2020年，公司的茶叶销量、价格、盈利都出现令人意想不到的增长。"西湖龙井是我们企业的根基，贴标销售是我们的生命线。只有保护好品牌，我们的经营发展才能可持续，才能心安理得。"胡璧如说。

■ 实践启示

地理标志农产品是中华农耕文化的重要传承，值此多元消费时代，有的备受青睐，却难逃"公地灾难"；有的则在规模化冲击之下，左顾右盼，无所适从。因此，如何保护传承，采取什么手段，是值得我们共同关注的问题。浙江大学城乡规划设计研究院数字品牌融合研究所副所长朱振昱认为，西湖龙井的实践给人诸多启示。

一是在消费层面。有人认为，数字化管理虽然做到了保真，但物以稀为贵，随之而来的高价却只能让普通消费者望而却步。实际上，像西湖龙井茶这样的地理标志产品，受到生长环境、人文历史、加工工艺等因素影响，产量和规模十分有限，不可能让所有人都消费得起。只有坚持高端精品定位，进一步凸显品牌的核心元素，才能真正保护好、传承好地标品牌。

二是在产品层面。为了追求高效益，许多人曾经牢牢盯住早产和高产，有的甚至不惜以次充好、以假乱真，赚"昧心钱"。数字化管理体系的实施，让更多的茶农和茶企认识到，只有通过提纯复壮，恢复群体种的品种特性，只有恢复手工炒制，凸显西湖龙井的工艺特质，从而延续品牌的历史和文化，才是西湖龙井高质量发展的应有内涵。西湖龙井的实践说明，政府保护品牌的初衷和动机，与茶农、茶企增收的目标并不相悖，是完全一致的。

三是在技术层面。地理标志农产品固然是和璧隋珠，不可多得，但因为农业生产的特殊性，对其一直缺乏有效的监管保护手段。西湖龙井的实践说明，通过互联网、大数据、云计算等技术手段，进行技术创新和制度创新，是改变信息传递模式，重塑政府管理模式、服务模式，提升政府治理能力的必然选择。

朱振昱建议，下一步，可进一步结合区块链技术，让生产加工主体、政府主管部门、社会化服务机构及消费者等利益相关方，采用数字化的方式共同参与品牌建设，实现品牌数字化认证，提高品牌美誉度，提升品牌价值。

常山胡柚的涅槃之路

（2021 年 4 月 8 日《农民日报》头版）

常山胡柚是浙江常山的"摇钱树"。这个似橙非橙、似橘非橘的水果，曾经为当地农民致富立下汗马功劳，但随着柑橘产业竞争的加剧，由盛而衰，一度跌落至谷底。

常山胡柚的大起大落，引起业界人士深思：一个承载地方经济发展职能的水果品牌，究竟该如何避免坐上"过山车"？2009 年，记者曾专程赴常山采访，并于当年 2 月 26 日刊发长篇通讯《胡柚悲歌》，就其衰落原因进行了深入解剖。

十多年过去了，常山胡柚如今发展得怎么样？应当地邀约，记者再赴常山。

■ 沉浮中的常山胡柚

说到常山胡柚，就不能不提到其品种的独特性。胡柚不仅营养丰富，而且具有多种药用价值，是不可多得的功能性水果。但长期以来，常山胡柚处在深山人未识，只是在房前屋后零星种植，并没有体现出多少经济价值。

1986 年，常山胡柚迎来"高光时刻"，第一次抱回了"全国优质农产品奖"。之后，浙江省每年拨款百万元，扶持常山胡柚发展。

1993 年，常山胡柚走上"星光大道"，影视明星刘晓庆不仅为其作形象代言，还在常山投资建厂，开发生产胡柚汁等产品。订货会上，仅仅半天时间就拿下 2 400 万元订单。

此后，常山连年策划活动，让胡柚从名不见经传的"野果"，摇身一变成为闻名全国的"摇钱树"，不仅种植面积迅速扩大到 10 万多亩，还获得了"中国驰名商标""国家地理标志产品"等一系列荣誉。

常山胡柚产业发展盛况空前，当地人走亲访友时，送礼不送别的，就送一袋袋胡柚。农户家里只要有棵胡柚树，一年就能买台电视机。一时间，常山胡柚被誉为"中华第一杂柑"。

市场有不测风云。与一些水果一样，常山胡柚很快进入低谷。2000 年后，随着全国柑橘产业大面积井喷式发展，新品种如脐橙、丑柑、沃柑等纷纷登台亮相，而常山胡柚则因口感略苦，加上不注重产品质量的一致性控制和消费特性的宣传普及，遭到市场无情抛弃。原来两元一个的"瑰宝"，2005 年价格跌到六角一斤。2006 年后，常山胡柚每斤两角三分都无人问津，果农欲哭无泪。当地媒体发出哀叹：常山胡柚比水贱！

果贱伤农。但如果有加工企业垫底收购，果农利益就有基本保证。然而，当地农业龙头企业没有选择加工常山胡柚，而是去处理云南和湖北的甜橙。

鲜果销售一蹶不振，深加工产品寥寥无几。作为常山的支柱产业，常山胡柚何去何从？

■ "吃干榨净"，深加工异军突起

"经过整整 10 年疗愈，我们已经在内部培育了几十家加工企业，目前开发的深加工产品涉及饮、食、健、美、药、香、料、茶八大类系列产品 68 个。"常山县农业农村局副局长杨兴良兴奋地告诉记者。

宋伟是深加工企业中的代表性人物。这个上海人从 2007 年起，就收购常山胡柚开发蜂蜜柚子茶。他在研发新产品过程中，发现了香柚的奇妙作用：这种连皮带瓤全身都是宝的香柚，如果与胡柚合璧，开发出"双柚汁"，这款既有香柚清香又富含胡柚营养、口感上微苦又微甜的饮料，完全符合流行的消费趋势。

宋伟孤注一掷，卖掉了上海的别墅，来到常山投资兴业。结果，"双柚汁"投放市场后便一炮打响，仅仅 8 个月时间，产品就铺货到了华东、华中、华南等多个市场。

宋伟的五年计划是，建成香柚基地 2 万亩，建立精油、果汁、果酱 3 条初加工生产线，年产香柚 2.5 万吨。按照香柚和胡柚 1∶2 的配比生产，通过柚子汽水、果酱、果糕、果冻、糖果等系列"双柚合璧"产品，就能将常山胡柚所有的加工果"消化"得干干净净。

在常山，像宋伟这样的投资者并非个例。正是因为看到了常山胡柚独特的保健功能，越来越多的人瞄准了这一产业，聚集到常山，进行深加工开发。仅常山工业园区内，就有 7 家深加工企业，其中国家级龙头企业 2 家。

值得一提的是，近年来，当地正在大力开发胡柚的药用市场。胡柚青果干片也叫"衢枳壳"，已列入《浙江省中药炮制规范》（2015 年版）和新浙八味道地中药材目录，"衢枳壳配方颗粒"还成功进入部分医院。2020 年底，百年国药名企"胡庆余堂"也看中胡柚的功效，研究开发了胡柚膏，市场反响很不错。

"目前，整个常山的加工产品年消耗胡柚鲜果 4 万吨以上，占年总产量的 30% 以上。有加工企业的消化支撑，常山胡柚的产业发展就能'高枕无忧'。"杨兴良告诉记者，从过去的鲜果独大，到如今青果入药、加工成饮料食品，最后精炼制药，常山胡柚已经实现了"吃干榨净"、全果利用。

■ 反向倒逼基地建设

加工企业收购的是残次加工果，其他鲜果还得走市场。那么，常山胡柚如何确保质量能够让消费者接受？毕竟，常山胡柚属于地方柑橘品种，在食用、采摘、运输、储存上有着诸多特殊要求。

汪明土是常山胡柚产销行业协会会长，大半辈子都在跟胡柚打交道，亲身经历了整个胡柚产业大起大落的过程。从 20 世纪 90 年代开始，汪明土就在常山收购胡柚，将其销售到云南、贵州、四川等地，赚得盆满钵满，但由于种种原因，胡柚很快在传统市场上销声匿迹。

痛定思痛，汪明土回到老家，建起 600 亩的自有基地。从种植到管理、采摘，一路精心呵护，最终打开了连锁超市这一"蓝海"。走传统水果批发市场，不仅价格抬不起来，而且销量无法保证；而超市的价格和销量都比较稳定，但对质量有较高要求。

"现在我已经让胡柚进入世纪联华超市 217 家、永辉超市 345 家，每天销售胡柚50 多吨。接下来是水果淡季，正好让胡柚大显身手，每天销售 80～

100 吨没问题。"汪明土告诉记者。

"麦卡电商"的王新至今已经在电商行业做了 6 年。第 1 年卖出 8 万斤胡柚后，他就感觉标准不一，对产品质量没有太大把握。为了让用户对自己放心，他开始自建胡柚种植基地，至今已经建成 500 亩。

电商是轻资产运营。为了建基地，王新已经投入 300 多万元。尽管王新感到压力很大，但他变压力为动力，最终获得了用户信赖。他的胡柚每年销售量都在 1 000 吨以上，不仅每年供不应求，而且价格都比较高。8 斤礼品装胡柚，卖到了 59.8 元。

樊燕霞是另一个例证。这个 80 后女孩，从大城市回到家乡，跟着父亲一起做胡柚产业。与老一辈不同，她一上来就搞绿色生态和电商销售，胡柚销量直线上升，但挑战也随之而来：有销量但基地不够，随机收又难以掌控标准。

记者观察发现，凡是自建基地的，标准和质量就有保证，价格就相对较高，销量也比较稳定。这种优质优价的良性循环，给传统种植的农户带来了不少启示。

汪明土也好，王新、樊燕霞也罢，无论哪位，他们追求质量和标准的动力都主要来源于市场和品牌的倒逼。正是在这种反向推动中，每个人都在尽力突破影响产品质量的短板，让常山胡柚的整体质量有了明显提高。据了解，常山目前已经建成的规模化精品园将近 3 万亩。

■ 在融合中涅槃

与鲜销型企业建立基地的目的不同，深加工企业涉足基地建设，往往一开始就是高、大、上，直接奔着一二三产业融合、农旅相融的目标而来。对他们而言，在一二产业基础上，通过资源整合、跨界发展，是延伸产业链、提高价值链的必然选择。

正是基于这一研判，常山规划实施了百亿芳香产业园、衢枳壳大健康科技产业园、青石胡柚小镇、漫溪柚谷胡柚主题公园等一大批重大项目，希望打破传统的产业界限，实现生产力的新发展。

浙江艾佳果蔬开发有限责任公司（以下简称艾佳果蔬）是常山返乡创业人员钦韩芬创建的国家级农业龙头企业，不仅在加工方面有所作为，建成了年产 3 万吨胡柚速冻与鲜榨果汁生产线，可全年度供应新鲜胡柚、NFC 胡柚鲜榨果汁，而且在 2020 年 1 月，与同弓乡政府签订总投资 5.8 亿元、总规划用地 4 300 亩的胡柚三产融合项目合作协议。预计项目完成后，年总产值可达 10 亿元以上。

浙江常山恒寿堂柚果股份有限公司（以下简称恒寿堂）是三产融合的另一"领头雁"。记者看到，柚香谷园区已经引进栽培了 60 万株香柚，完成 6 000 亩定植，2022 年初计划完成万亩目标。该园区不仅有生态种植、农业观光，还有农事体验、度假休闲、高档民宿、特色餐饮等项目，预计完成之后，将创造 30 亿元产值和 3 亿元税收。目前，该园区已经被列入浙江省第二批农村产业融合发展示范园创建名单。

如果说艾佳果蔬和恒寿堂的融合之路，是以常山胡柚为原点，向后端服务业的延伸，那么，刘峰的融合梦想，则来自其动漫创作，是以文创为基础所实现的跨界发展。

刘峰是常山本地人，有 20 余年电影创作经验。2018 年，他联合上海美术电影制片厂，创作了动画电影《胡柚娃》。电影公演后，"胡柚娃"迅速成为网红。在这一过程中，刘峰打造了"云湖仙境"民宿村，还萌发出建设"胡柚娃动漫博览园"的创意。

在家乡同弓乡山边村，刘峰准备利用 30 亩土地，第一期先建立"胡柚娃动漫馆"，让中小学生在此体验、学习动漫作品的制作流程。再以胡柚为特色，推动常山融入长三角一体化发展新格局。

殊途同归，艾佳果蔬、恒寿堂，以及刘峰的吉盛文创团队，最后所呈现的，都是产业之间的交叉融合。"农业 + 研学""农业 + 文创""农业 + 旅游"，最终都因为打通了一二三产业之间的界限，形成了新的产业竞争力。

"鲜果精量、加工赋能、三产融合"，透过这一思路，我们看到，常山胡柚走上了一条涅槃之路。尽管在常山，我们还能看到自行兜售胡柚的零散农户身影，他们的售价仍然较低；尽管当地政府虽不惜重金，在品牌宣传等方面却还不够精准统一，但常山胡柚已经走出低谷，步入健康、稳定、持续的发展轨道。

记者从常山县政府制定的《常山胡柚产业高质量发展三年（2020—2022年）行动方案》中看到，到 2022 年，全县常山胡柚果品深加工占比要达到 40% 以上，全产业总产值要达到 35 亿元以上，到"十四五"期末和 2035 年远景目标，产业纵横融合、三产有机融合水平全面提高，全产业总产值力争达到 100 亿元以上。

采访结束，常山县委书记潘晓辉告诉记者，县里已经组建农村投资集团有限公司（简称农投公司），进一步服务胡柚产业发展。农投公司不仅在打响胡柚品牌销售、质量宣传等方面起到市场引领示范作用，而且，一旦常山胡柚出现市场异常情况，就将启动保底价收购。一则通过政府干预，保护柚农利益不至受损，二则给市场释放信号，有效稳定市场价格。"我们有决心、有能力，将常山胡柚真正打造成一棵常山老百姓增收致富的'摇钱树'。"

只此青蓝
——浙江乡村取经录

农旅融合
探幽
NONGLÜ RONGHE TANYOU

农旅融合重塑浙江"三农"

（2017 年 4 月 10 日《农民日报》头版）

农业不再只是简单提供食物，而被赋予了休闲、养生、文创功能，身价倍增；昔日人们避之不及的乡村，如今变身"梦想天堂"，让人魂牵梦绕；能人们不再蜂拥到城市打拼，开始纷纷回乡创业，开民宿、卖土货、搞休闲；每到夜晚，乡村广场总是灯火通明，妇女们伴着音乐，跳起广场舞……

阳春三月下江南，人们一定会被浙江农村的这些新气象深深吸引，为之动容。"三农"问题专家顾益康认为，浙江"三农"脱胎换骨，得益于近年来农旅之间的深度融合。正是这种融合，不仅从根本上改变了农村面貌，并且给农业供给侧结构性改革带来诸多启示。

■ 乡村成了城市的后花园，城市成了乡村的 CBD

380 户人家，412 辆名牌小轿车，这是记者 5 年前采访安吉黄杜村的统计数据。走进这个江南山村，家家户户的花园式别墅，让人觉得就像来到了城市后花园。

黄杜村发家致富的秘诀，不是办厂也不是外出打工，而是种白茶。每家每户种茶的年收入，最少也有十几万元。

农旅融合开启了黄杜村的"第二春"。近年来，村里背靠茶园搞起旅游，相继建成白茶公园、影视基地、博物馆、文化长廊等，人气越来越旺。3 年前，上海景域集团还斥资两亿元，在村里开了"帐篷客"酒店，客房价每晚高达两三千元，还得提前一个月才能订到。

过去白茶论斤卖，如今在黄杜村，白茶开始出现论两卖、论杯卖。按照规划思路，接下来，黄杜村将逐渐淡化单纯追求游客数量的发展理念，将视角转至高端市场，一则可降低生态负荷，二来可提高产品附加值。2017 年，村里又有 3 个高端酒店项目在洽谈。

安吉是"中国美丽乡村"的发源地，也是习近平总书记提出"绿水青山就是金山银山"科学论断的地方。现在，整个安吉县就像个大景区，"一乡一品、一村一韵、一步一景"。2016 年，全县乡村旅游接待游客 700 多万人次，实现收入超过 22 亿元。

乡村旅游的发展，带来的不仅是人气与效益，更重要的是吸引了大量人才回流。记者入住余杭一民宿，问起主人"樵夫与山"，不料是当地农业局辞职回乡的创业者；不经意间闯进德清"枫华山庄"，女主人范小明居然是浙江大学法律系毕业的高才生；来到景宁大均乡"听泉山庄"，一打听，老板娘小沈三姐妹原来都在上海打拼。

记者调查发现，在浙江，到乡村从事第三产业已成为一种时尚和潮流。这些创客背景各异，有记者、有律师、有教师、有设计师，有的还是海归人员。但无一例外，他们都对乡村生活情有独钟，在城市见过世面，了解消费需求，又善于利用现代营销手段，因此，迅速成为乡村发展的新势力。

新业态也让人们重新审视农业。浙江省农业厅的一项数据表明，近 10 年中，浙江有 6 000 多名大学生进入种养行业。与传统的务农者截然不同，他们往往一开始就会考虑三产联动、产业链延伸。在他们眼里，只有将种养业与加工、采摘、养生、旅游结合起来，才能最大限度地提高附加值，否则就是事倍功半。

和人才一起回流到乡村的还有资本。据统计，2016 年，仅休闲农业产业，浙江就有超过 268 亿元资金涌向农村。而这几年，像休闲农业、农家乐经济发展的增速一直保持在 20% 以上。

跟着人才和资本涌进乡村的，还有现代的经营理念和管理模式：不管你出差到哪里，一按手机键就可以给家庭农场施肥加温，这叫"智慧农业"；种水稻可以穿着皮鞋不下地，全程由专业公司打理，这是"社会化服务"；把百亩田地分为几百份，让城里人来认领，做个"周末农夫"，属于"体验农业"；还有像众筹、直播等新花样，在浙江农村早已屡见不鲜，好吃、好玩、好看成了浙江农业的新特色。

乡村成了城市的后花园，城市成了乡村的 CBD。

如今，不少浙江农民白天开着拖拉机下地干活，晚上开着小轿车进城吃饭、购物、娱乐；而到农村自驾游，则成了城市居民节假日的首选节目。

在浙江，农民人均可支配收入已连续 32 年领跑全国，而且城乡居民收入差距逐渐缩小，再加上各种要素跨越鸿沟，流动日趋加快，城乡的界限越来越模糊。城与乡如胶似漆，正成为难以分割的整体。

■ 发掘农业多重功能，变先天短板为后发优势

发展休闲农业与乡村旅游，除了消费市场的推力，还离不开政府的支持与保护。农旅融合发展，实际上也是浙江对自身资源禀赋深入思考后做出的主动抉择。

2003 年，浙江开创性地确立了"高效生态农业"的发展战略，将休闲农业、观赏渔业、森林旅游等业态，正式列为新兴产业加以扶持。2005 年，浙江在安吉召开第一个全省农家乐发展现场会；2006 年，又在桐乡召开第一个全省休闲农业发展现场会。自此，农旅融合进入到一日千里的快车道。

"多、小、散历来被视为浙江农业的短板，但通过农旅融合，不仅发挥了浙江农业的多样性和丰富性，实现了产品的就地消化，而且发掘出农业的多重功能，大大提高了农业效益，短板反而成了优势。"浙江省农业厅副厅长王建跃感叹，"农旅融合让浙江农业找到了一条独具特色的发展道路。"

浙江省农办经济发展处处长楼晓云认为，浙江地形地貌丰富多样，东靠大海，南有山区，北是平原，中为丘陵，各类民俗、戏剧、节庆，各种古建筑、古村落、新农村，应有尽有，为农旅融合提供了坚实基础。

融合离不开环境整治。2000 年前后，浙江农村虽然经济发达，但环境不堪入目——垃圾靠风刮，污水靠蒸发；进门穿皮鞋，出门换套鞋。2003 年，浙江启动"千村示范、万村整治"工程，此后一张蓝图绘到底，相继推出了修路、治水、改厕、防污、绿化等多个专项配套工程。

实际上，乡村旅游与新农村建设呈互促互进关系。截至目前，浙江 97％的建制村完成了环境整治，3 年内，仅农村生活污水治理，就投入 300 多亿元，实现了污水治理村庄的全覆盖，另外还有超过九成的村实行垃圾集中收集有效处理。乡村面貌翻天覆地的变化，让浙江诞生了 300 多条风景线，2 500 多个特色精品村。2016 年，仅农家乐接待游客就达到 2.8 亿人次。

浙江抓"美丽田园"建设，清理田园垃圾，整治生产环境和设施，同时推进生产过程的清洁化，通过生态循环理念来优化种养区域布局。2016 年，浙江 3 800 多个休闲观光农业区直接效益接近 400 亿元，同比增幅超过 70%。

用地指标是发展三产新业态的最大阻碍，没有指标，项目就无法落地经营，未批先建，又难逃卫星遥感的"法网"，主体也不敢投。3 年前，浙江推行坡地村镇试点，在不占用基本农田的前提下，可利用荒山、荒坡进行点状供地。这一矛盾的破解，大大激发了社会各界人士的投资热情。

为了提升农村的文化内涵，浙江还连续多年给乡村"送文化、种文化"，从 2013 年起，启动了农村文化礼堂建设。今天，6 000 多座文化礼堂矗立在全省各地，既继承弘扬了当地的历史文化，又让游客能够领略到乡土民俗。一位村主任说："游客来到农村，总不能一天到晚只看绿水青山，还应该有一些文化营养的吸收和提升吧。"

先天条件加后天的基础设施建设，为农旅融合创造了得天独厚的有利条件。目前，浙江许多县市都规划了乡村旅游线路，串点成线，为游客提供便利。同时，融合发展的诸多新模式也应运而生。

比如像安吉县的鲁家村，将上级补助资金转化为资本，引入专业旅游公司合股经营，再流转全村所有的土地，统一规划成 18 个家庭农场，对外招商，并用一辆小火车将所有农场串起来，发展"一票通"旅游。目前，村里已引入市场资本近 10 亿元，集体资产从过去的不足 30 万元增至如今的 8 000 多万元。雄心勃勃的鲁家村还打算将此模式复制到其他地方。

■ 农旅文商融合互动，抱团打响地方品牌

农旅融合既然有巨大的市场需求，那就应该将它交给市场，政府又何必劳神费力？再说，除了提供基础设施建设等公共服务，政府还能有何作为？但浙江认为，作为一种新业态，农旅融合必然有许多"痛点"，是"一家一户"难以解决的。对此，政府应积极主动寻求作为。

地处宁绍平原的绍兴市上虞区，境内既无大景区，也未毗邻大都市，而农业方面多、小、散，光主导产业就有十多个。工商资本投资农业尽管不在少数，但面对消费市场，仍然势单力薄，手足无措。

2010 年，上虞区推出"四季仙果之旅"品牌。一方面，投入资金，将水

果生产基地打造成景区，配套建设乡道、停车场、公厕等基础设施；另一方面，将农、旅、文、商等各类资源进行融合互动，由政府出面进行统一规划、统一营销，形成放大效应。

浙江省农业厅产业处处长杨大海认为，浙江发展休闲农业与乡村旅游的资金，许多由工商主体投入，市场化程度高，但规模普遍不大，以致品牌营销有心无力。因此，只有政府统一规划、统一传播、统一推介，才能在市场上形成足够的影响力。

统一的品牌传播让业主大受其利。现在，上虞区的"四季仙果之旅"名满华东，往往是果子未及成熟，游客早已翘首以盼。该品牌带动近2万户农民，这些农民年均收入超过3万元，高出全区平均水平的近一半。上虞区再接再厉，又进一步推出了"都市会客厅"的崭新定位。

与上虞区异曲同工的，还有丽水市。这个"九山半水半分田"的偏僻山区，一直困惑于农业发展的方法和路径。在全品类、全区域、全产业链的公用品牌"丽水山耕"取得成功后，全市又开始统一打造"丽水山居"，目前已经初显成效。

记者发现，浙江政府为农旅融合提供服务的方法，主要集中在品牌营销与市场培育：省农办每年到上海举办"浙江农家乐、民宿推介会"；衢州市专门发放"农家乐消费券"，扶持新生的乡村旅游；浙江还将农家乐和民宿列入政府采购目录，鼓励其发展。

对于发展中一些原则性问题，浙江省政府毫不放松。副省长孙景淼在接受记者采访时多次强调，农旅融合不应该"只顾老板赚钱，农民丢在一边"，最重要的是要注重产业发展与农民增收、村集体壮大、基层党组织建设紧密联动。这方面，浙江已经有了诸暨"米果果"、临安"太阳公社"等一大批典型。

"两区"（粮食生产功能区和现代农业园区）建设是浙江农业"十二五"的主平台。新的五年规划中，浙江将升级版定位在"农业产业集聚区"和"现代特色农业强镇"，后者主要立足三产融合，以新业态催生新动能、引入新主体。根据计划，到2020年，此类现代特色农业强镇将达到100个。

在农旅融合发展中，浙江农业的地位和影响得到重新认识。浙江统计部门的一项研究显示，尽管农业一产在浙江仅占国内生产总值（GDP）的4%，农产品加工业也不占优势，但按照三产融合发展的口径计算，涉农所占GDP的比重已超过了10%。

绿色发展的三产融合之路

——来自国家农业可持续发展试验示范区浙江省的调查

（2019 年 6 月 21 日《农民日报》头版）

"生态兴则文明兴"，党的十八大以来，生态文明建设被提升到了前所未有的高度。2017 年，浙江省被确立为全国唯一的省级国家农业可持续发展试验示范区，同时成为首批农业绿色发展试点先行区。浙江省是习近平总书记提出"绿水青山就是金山银山"科学论断的发源地，行走在浙江大地，绿意无处不在。

浙江一直实行省直管县的财政管理模式，实践探索在县城，发展活力在乡村。为了深度解析可持续发展的"浙江经验"，日前，记者随机挑选了 3 个县域，探寻总结其可持续发展的具体经验。

■ 松阳县：茶叶转型靠融合

曾经，农业生产只以产量论英雄，一些地方甚至不惜毁林填湖以扩大生产规模。然而，随着全国性的产销失衡，农产品价格连连走低，滞销事件屡见报端，丰产不丰收让农户叫苦不迭。

浙江西南部的松阳县，最近七八年，茶叶种植面积一直保持稳定，但产值却一路上扬。论茶叶亩均产值，松阳是全省平均数的近两倍、全国平均数的 3 倍多。松阳有 12 万亩的茶叶种植面积，40％的人口与茶关联，50％的农民收入、60％的农业总产值均来自茶。

松阳茶叶办主任刘林敏告诉记者，这其实就是产业可持续发展的一个缩影：以前光盯着产量，牺牲了质量，价格总是卖不高。如今转变思路，注重综合效益，抓品质、抓营销、抓产业链上的融合发展，不仅效益更好，也让产业走出了低谷。

品质怎么抓？松阳从种植端的标准化入手，推行合作社上门服务，茶农每年每亩只要缴纳100元的服务费，就可享受到全程绿色防控技术，既免去了一家一户防治难的问题，又避免了滥用农药的现象，农户还节本省心了。

在松阳，每个产茶乡镇都有这类作业服务机构，服务面积占到了全县茶园的七成以上。这几年，茶农种茶更轻松了，从种植、加工到销售的各个环节，背后都有规模化的专业组织，比如茶苗商、茶机商、茶园"理发师"、采茶工中介等，直接从业人员就超过了两万人。

营销怎么抓？当各地产量猛增之时，松阳未雨绸缪，早就开始探索精深加工和品牌化道路。松阳小小一个县，茶资源综合利用产品就有20多种，年产值超过了5亿元，县里精心培育"松阳银猴"区域公用品牌，连续10年举办茶商大会，为企业搭台唱戏，增加产品附加值。

松阳解决茶叶销售的另一个"砝码"，就是其强大的专业市场。在重点产茶乡镇，有标准化的茶青市场，茶农可直接对接加工企业；在县城的浙南茶叶市场，4 000多名茶商常驻于此。

除了在市场上卖茶叶，松阳还卖起了风景。新兴镇横溪村的大木山茶园周边主题民宿配套齐全，在这里可观光、可体验、可骑行，自从被评为4A级景区后，人气旺上加旺。通过茶旅融合，传统产业开始迸发出新机。

据悉，在松阳，仅茶旅游每年就可吸引游客300多万人次。通过一二三产业的融合发展，2017年，松阳茶叶全产业链产值突破100亿元大关，堪称浙江农业全产业链发展的模范。

■ 慈溪市：项目引进讲配套

这几年，各类农业园区在全国遍地开花，但问题也不少，比如，由于缺乏科学规划和布局，要么产业过于单一，要么内部主体之间、园区与园区之间各自为政，地越种越薄，肥越用越多，畜禽废弃物却四处横流。

而在浙江，这些问题基本找不到。作为全国首个现代生态循环农业试点省，生态循环理念已经在浙江普及。

在东海之滨的慈溪市，一个总面积达 15.5 万亩的现代农业产业园内，投产不久的"正大蛋业"，正演绎着一幅生态化的养殖画面：100 万羽蛋鸡，年产鸡粪 2.8 万吨，通过地下管道送至有机肥厂后，是公司 3 万多亩种植业的最佳肥料。

据慈溪市现代农业开发区相关负责人介绍，在最初引进像"正大蛋业"这样的畜禽养殖企业时，开发区就充分考虑了种养结构的配比，每两万亩农田即配套一个大型畜禽养殖项目，目的就是实现绿色生产。

当然，资源要可持续，生态循环只是其中一部分。这几年，慈溪市力推农药、化肥的减量技术。比如说减药，当地一方面倡导使用低毒、低残留、高效农药，另一方面推广绿色防控技术和生物物理防治技术，如今这类示范区已有 128 个。几年运行下来，减药减肥的效果十分显著。

秸秆综合利用和农药废弃包装物的回收处置，是慈溪的亮点工作。像"中冠农资"，将周巷万亩蜜梨基地的废弃果蔬枝条，通过机械轧碎成粉末状，再制作成生物质燃料、有机肥、食用菌菌棒等，利润颇为可观。经过统一回收和处置，农药包装物在慈溪也告别了"河边躺、田里埋"。

2017 年，慈溪市现代农业产业园入选了首批 11 个国家现代农业产业园的创建名单。未来，园区还将投资 3 000 万元，专门用于绿色发展，实施化肥农药减量、废弃物资源化利用、生态循环农业、清洁田园四大行动，其目标是将园区打造成为生态循环农业发展的先行区。

■ 德清县：乡村振兴看后劲

对于新农村建设，没有一个地方不重视，可投入大把人力、物力、财力后，尽管环境设施得到改善，但由于缺乏"造血功能"，乡村依旧死气沉沉，甚至难以为继。人们开始意识到，光砸钱只能是"面子工程"，无法触及根本性问题。

对此，德清县阜溪街道五四村的做法是：植入产业元素，变美丽乡村为"美丽经济"，带着大家共同致富。现在，村里有 20 多家特色民宿，每年纯收入都有几十万元，几乎家家都盖起了小洋楼，开上了小汽车。

五四村地处山区，土地资源稀缺，靠啥致富？从 2002 年起，在村党支部书记孙国文的引导下，村里大胆探索土地流转，连片出租给大户，村民则

"洗脚上田",进厂务工。短短几年,9个生态种植基地落户五四村,3 000多亩土地全部实现流转。

这场"土地革命"让五四村找到了"聚宝盆",但真正改变小村命运的,还是在其投身乡村旅游业之后。五四村毗邻莫干山,随着乡村旅游的兴起,经营主体开始探索农旅结合,转型休闲观光农业,老百姓开起了农家乐、民宿。村里索性因势利导,将整个村打造成大景区。

2015年,五四乡村旅游开发有限公司宣告成立,基础设施配套、环境提升按下了"快捷键"。这几年,乡村旅游发展确实让五四村尝到了甜头。

记者发现,在德清,像五四村一样生态秀美的村庄比比皆是,许多人都吃上了"旅游饭"。10年间,县里一手抓新农村建设,提升环境质量和设施发展水平;另一手鼓励发展乡村旅游,两者相得益彰、互促共进。各个村在有了产业作依托后,老百姓在家门口就能实现创业增收。

"乡村如何振兴?我们主要看后劲,产业平台是关键,有了产业平台,人和资本便都会跟着来。这几年,村里7名本科生毕业后,都陆续回来创业。接下来,还会有十多亿元的工商资本进驻,和全体村民一起发力乡村旅游。五四村今后的定位很明确,就是要在绿色发展上动脑筋!"孙国文说。

据了解,在德清,仅精品民宿就有550多家,该县西部山区的农房出租一项就可使人均增收6 000元。根据计划,未来3年内,德清一半以上的村庄将被创建成A级景区,其中20%的村庄还有望成为3A级景区。

此心安处是吾乡

——从浙江实践看民宿产业发展

（2019 年 4 月 29 日《农民日报》4 版）

在浙江，如今最令人艳羡的恐怕不是宝马别墅，而是在"人类童年的乡村"拥有一幢民宿，既可以对外经营，也可以自己享受，会八方宾朋，赏四时风月。

那方民宿，院落不一定很大，但装修必定风格满满：一截残存的泥墙，一缕袅袅的檀香，总是勾起人莫名的感动。"当歌曲和传说都已缄默之时，只有建筑还在述说"，从钢筋水泥中逃离出来的都市人，一旦与民宿目光相对，那乡愁便如江南春雨般绵延不息。

心安之处，便是梦中故乡。据最新统计数据显示，截至 2018 年底，浙江民宿已达 16 286 家，仅客房直接收入就将近 50 亿元，解决了近 10 万名农民就业。

尽管地处偏僻，甚至汽车难以直达，尽管房间不多，常常是大小不同、风格迥异，尽管没有豪华装修，有的可能只是一个诗意的命名、一个有"温度"的主人，但民宿的粉丝仍趋之若鹜，民宿的热度仍有增无减。在浙江，民宿已经不只是一种生活方式，而是被赋予了多重社会意义。

■ 风起莫干

作为中国四大避暑胜地之一，莫干山的竹林名扬四海。你看不见风，但从那无边绿色的涌动中，可以感受到，清凉正在袭来。

十多年前，正是在莫干山脚下，一位名叫高天成的南非人无意间拉开了民宿的序幕。民宿之风自此一夜绿遍江南。

那是 2007 年夏日，在上海创业的南非人高天成偶然踏入德清，对小山村三九坞近乎一见钟情。几幢民居零星散落，早已人去楼空。他低价租来，亲自设计、改造、装修，用猪槽当水槽，放大天窗，泡澡时一抬头，就能仰望星空……

高天成的初衷只是想有一处雅集之所，可没想到，所有友人小住以后，都对其留恋不舍。他敏感地意识到：在人们习惯了城市酒店的标准化服务之后，个性化的环境、装修和服务将异军突起。"裸心乡"由此蹒跚起步。

一年后，高天成另择新址，在附近兴建了一个商业性的"裸心谷"。此后，他又在莫干山城堡遗址上重建了"裸心堡"。一时间，高天成名声大噪，"裸心"以其低调的奢华，让人们重新感受到乡村的魅力。

于是，法国人司徒夫来了，开起了度假酒店"法国山居"，将最高端的法式餐饮、住宿和服务搬至山脚下。紧接着，英国人、比利时人、丹麦人、韩国人……接踵而至，一时间，沉寂已久的莫干山再现"万国博物馆"。为了区别于土生土长的农家乐，人们将其命名为"洋家乐"。

"洋家乐"的出现，带来的是一种震撼：千百年来，为了生活，人们总是选择背井离乡，但没想到，乡村竟然是块未经雕琢的璞玉。为此，德清立即组建成立了莫干山国际休闲旅游度假区，并邀请世界一流的旅游规划单位，对度假区进行专业布局。

"忽如一夜春风来，千树万树梨花开"。2014 年初，德清出台了全省首部《民宿管理办法》，开办民宿最为棘手的消防和特种行业许可证问题得以解决。

短短十年间，德清民宿已经发展到 600 多家。2018 年，以"洋家乐"为代表的 150 家高端乡村旅游项目，共接待游客近 50 万人次，直接营业收入5.8 亿元。节假日期间，莫干山一带许多"网红"民宿常常一房难求，德清也由此奠定了在中国民宿业界的江湖地位。

■ 民宿上位

作为农家乐发祥地之一，浙江农家乐一度成为市民消费的时尚，至 21 世纪初即已蔚为大观。正是因为看到其巨大的发展空间，2005 年，浙江在安吉召开首届农家乐发展大会，不仅成立了专门机构，还设立了专项资金予以扶持。

浙江省农业农村厅副巡视员楼晓云，履新前曾是省农办经济发展处的处长，亲历了农家乐由户到点、再到集聚村的整个发展过程。他认为，就政府层面看，农家乐不仅是一种新鲜的乡村生活体验，更是农民增收的新渠道。因此，省里倾注了大量心血，甚至省委书记、省长下乡调研，都会指定到农家乐用餐。

但由于农家乐先天存在的局限性，没过几年，发展便显现出疲态。对于城里人而言，总是吃饭、打牌、钓鱼"老三样"，日子久了，难免没了胃口。此时，民宿的出现，给农家乐转型升级打开了新思路。

从乡村旅游发展的角度看，住宿是非常关键的环节。一方面，只有游客住下来，才能拉长产业链，才有增收空间；另一方面，城里人到乡村休闲旅游，体验感最差的就是住宿，不仅设施难以跟上，而且服务质量也差强人意。农家乐之所短，恰是民宿之所长。由此，民宿毫无悬念成了农家乐转型升级的标杆。

长兴县水口乡顾渚村，又叫"上海村"。每天有 2 000 多游客入住村里，其中上海退休人士占了大多数。一开始，这里 100 多元就能包吃包住一天，收费低，服务水准也一般，卖的只是山清水秀的环境；如今升级后，家家庭院有特色，房间设施有个性，三五百元一晚的店比比皆是，回头客络绎不绝。目前，小小顾渚村有 18 000 张床位，家家户户赚得盆满钵满。许多人家到县里买房，再开着轿车回村里开店。

对于顾渚村这种有吃有住又有玩的业态，有人称之为升级版的农家乐，有人称之为农家客栈，也有人称之为民宿。比如楼晓云就认为，在台湾等地，民宿都由原住民经营，因此，像"洋家乐"这种由工商资本开办的，最多属于乡村度假酒店，并不能划归民宿旗下。只有像顾渚村这种由农家主人经营、有农家体验的，才能称得上真正的民宿。

但市场的生长往往自有其逻辑。不管学界、业界如何争论，也不管主管部门如何定义，民宿快速蔓延开来。地方政府纷纷出台政策，鼓励支持民宿发展。有些地方只要业主租用三栋民房经营民宿，就能获得 200 万元的政策补贴。在地方政府看来，这是新一轮的洗牌，谁能抢占高地，谁就能引领整个市场。

2015 年盛夏，在天台县的后岸村，浙江召开了农家乐休闲旅游工作现场会。省领导敲响警钟："洋家乐"属于德清特殊产物，切勿生搬硬套、盲目跟风，还是得根据市场，理性对待、科学发展。

也许这就是浙江创新发展的奥秘：对于蛮荒中的探寻，从来不缺热情的支持和鼓励；在如火如荼的发展中，从来不缺理性的思考、辩证的分析。

现场会结束一个月后，《浙江省旅游条例》正式出台。人们惊喜地发现，民宿首次被写入地方性法规，终于名正言顺。在这份文件中，浙江明确鼓励城乡居民利用自有住宅或其他条件，兴办民宿和农家乐。

此后，浙江又连续出台文件，对兴办民宿的范围和条件予以明确。省农办、省建设厅、省旅游局、省环保厅、省公安厅、省工商局等几大厅局，纷纷针对治安消防、登记准入、污水处理、服务管理、小微餐饮经营等具体问题，出台管理办法和意见，彻底消除了业主开办民宿的后顾之忧。

浙江省文化和旅游厅副厅长杨建武在接受记者采访时坦言，在机构改革前，旅游局作为行业主管部门，一方面，虽然并无多少资金直接用于扶持，但一直都在积极争取各个部门的资源，最大限度为民宿发展拓展政策空间；另一方面，立足行业标准，全面引导提升全省民宿整体服务水平。

浙江民宿发展不负众望，2018 年的直接营业收入近 60 亿元。如果按照 1∶5 的旅游带动比例计算，民宿所创造的产值近 300 亿元，已超过了传统星级酒店的规模。

2017 年，浙江省第十四次党代会上，"大力发展民宿经济"成为重大发展战略，被正式写进决议。作为一种新兴业态，民宿"登堂入室"，成为省党代会的决策，这在全国尚无先例。

■ "异"军突起

"住过高级的五星级酒店，住过经济的青年旅社，到最后深爱的还是那一栋栋民宿。东升日落，田埂山林，溪流鸟鸣……"这是"浙游君"一篇报喜新闻的导语。2018 年 7 月 15 日，中国旅游饭店业协会揭晓"中国最佳民宿"，上榜 12 家民宿，浙江居然将其一半收入囊中，独占 6 家。

吴健芬是浙江省文化和旅游厅资源开发处的调研员，此前具体抓民宿发展，也曾负责过星级酒店的评定。她直言，对于二三线城市来说，游客完全可以住在市区酒店，然后租车到乡村旅游。之所以放弃酒店而选择民宿，就是因为民宿与酒店有着本质不同。

"喜欢民宿的人，需要的不是标准化、商业化的服务，而是富含感情的文化、环境，还有原住民、主人等因素。因此，民宿不仅要有感觉，更要有感动。"

吴健芬所揭示的，实际上是业态发展中一个十分本质的问题：市场细分和个性化、差异化发展思路。经过十多年发展，浙江的农家乐、民宿发展呈现出两个很有意思的现象：一方面，因为店多聚市，容易打响知名度，民宿出现集聚发展的趋势，更容易得到政府的重视，基础设施等公共服务更容易形成气候；另一方面，正是由于集聚，每一家民宿都需要使尽浑身解数，追求自己的差异化，因为一旦失去个性特色，就难以持续发展。

浙江省农业农村厅的统计数据表明，在浙江，床位 1 000 张以上的就有30 多个村，而除了顾渚村、白沙村、大溪村等老牌村之外，还有众多"小而美"的民宿村。这些"小而美"的民宿村尽管床位数不多，但三两组团，同样日趋集聚，如今也渐成气候，甚至大有后来者居上之势。它们在共性的背景下，各自追求着与众不同的卖点。

松阳县四都乡虽然海拔不高，但由于特殊的地理和气候条件，只要稍微沾点水气，便有云海奇观，晨间云蒸雾绕，晴日向晚，则晚霞织锦。该乡利用独特的云雾资源，11 个行政村中有 10 个在试水民宿。

下包村的"青山云雨"、平田村的"云上平田"、西坑村的"过云山居"已经成了四都民宿的成功样板；"归云居""云端秘境"已建成开张，反响热烈；塘后村的"云中驿站"、汤城村的"云泉汤城"、庄河村的"云顶庄河"、椰树村的"云主题"系列民宿等正在加紧施工。在四都乡，所有的民宿都以"云"为底色，但在这个共性之上，每一家又都在装修、文化、服务上追求自己的个性特征。

民宿与民宿之间要有差异，区域与区域之间也要体现出不同。松阳四都乡民宿在共性和个性上的平衡，正是浙江民宿异军突起的奥秘。

松阳是丽水下辖的一个建制县，如果放眼整个丽水，人们就能发现，9 个县（市、区）个个特色鲜明：松阳聚焦古村落，莲都依靠古堰画乡，景宁做足畲乡风情，云和借力梯田风光，缙云主打"仙都山水"……统分结合，在市级层面，丽水则打出名为"丽水山居"的区域公用品牌，统筹各方资源，扩大市场知名度和影响力。

集聚是因为共同的资源特色，个性是基于市场细分的规律。如今在浙江，简单的装修风格的模仿，早已让位给"创造感动"，甚至装修设计的个性化，也开始向文化层面的个性化过渡。让游客有体验、有记忆、有回味，让游客融入当地的乡村生活，已经成为政府部门和民宿业主共同的价值取向。

2017年，浙江评出首批6家白金级民宿，这6位主人曾经是企业白领、律师、教师、设计师、戏曲演员等，光听他们民宿的名字——"夕霞小筑""龙观禅那""墟里""昱栈""如隐·小佐居"，就已让人浮想联翩，被吊足胃口，而每位主人背后，都有一个不可复制的故事、一种独特的生活方式。

在不少业内人士看来，这也是未来整个乡村旅游业态的大势所趋，必须从以餐饮为主的单一型，走向更注重文化内涵的复合型。其中一位业内人士这样告诉记者："近年来，农家乐也好，民宿也罢，出现了一个很明显的现象，棋牌室少了，琴棋书画多了，可以在乡村吃到顶级的食材，也可以享受到高品位的服务。"

■ 乡村新变

民宿是什么？对具有小资情调的投资者而言，可能是个表达自身存在的载体；对城市居民而言，往往意味着一种新的生活态度：把一切放下。有民宿业主说，民宿就是冷漠世界中温暖的家。

但民宿的意蕴绝不止于此。著名农业经济学家黄祖辉认为，最重要的是，民宿为浙江农民增收、农业增效找到了新抓手，为乡村振兴找到了可持续发展的新道路，为"两山"转化找到了产业的新支撑。

熟悉浙江的人都知道，从2003年起，浙江大力推行"千万工程"，将大把的财力物力投入到农村基础设施建设和生态环境治理中。但大家一直在思考：如何在政府加大投入的前提下，让乡村发展形成可持续的造血机制？

"民宿在浙江的崛起，恰好让大家找到了'梦中情人'。它不仅是一种旅游业态，更具备多种意义和价值，怎么评价其高度都不为过，可谓一举多得。"杨建武分析。

首先是客流。过去，许多人到乡村旅游，吃饭、游玩在村里，住宿却回到城里，乡村留不住客人。但有了民宿后，不仅带来了客流量，也大大提高了人均消费标准。数据显示，浙江万家民宿中，平均房价超过 500 元一间的高端民宿，就超过了 1 000 家。

其次是资本。2017—2018 年，统计范围内数据显示，浙江省民宿经营前总投资达 192 亿多元，其中专业投资机构和外来人员，以投资或合作等方式的非自营民宿，尽管比例仅占 11%，但单房平均投资额高达 22 万元。当年，民宿平均出租率为 45.2%、房价 418 元/间，这两大数据让许多星级酒店都甘拜下风。

而随着资本的下乡，越来越多"漂"在城市的年轻人回到家乡，有的在民宿就业，学习管理服务技能，有的自主经营，有的则经营与民宿相关的配套产业。工商资本的下乡，返乡创业人员的回归，带来了先进的发展理念，让乡村变得更有活力。

乡村的这种变化，如果你稍加留意，就会发现无处不在。比如说，生产主体在种植过程中更注重田园风景的打造，更注重体验元素的植入；又比如，基地所产农产品，不但可就近直供民宿、餐饮店，还能变身伴手礼，加上电商渠道的打通，不仅不愁销，价格还比之前高出一大截。

再次是环境。有许多农家乐，前庭看着干净，后厨和后院却一片狼藉，等大巴车一走，更是垃圾一堆。现在，老百姓深刻意识到，好环境就是金饭碗，谁都自觉维护环境卫生。政府也下令：开办民宿，不仅要解决自身污染和整洁问题，还要绿化美化房前屋后的周边环境。

最后，民宿所发挥的文化引领价值同样不可小觑。不管是民宿的经营者还是住客，他们都追求更高品质的体验，无形之中带来了先进的文化，是城市文明生活的乡村再实现；反过来说，民宿也为本土文化提供了传播平台和市场空间，激发了农民的自信。只要有独特价值，"穷乡僻壤"照样能吸引城市的高端人群！

■ 未来何往

如今在浙江，农家乐、民宿发展已经基本形成橄榄型：高端民宿在乡间知名度很高，消费标准也让人咋舌，千元住一晚不算贵，三五千元住一晚不少见，这批民宿大多由工商资本投资创办，但数量上只占据比较少的一部分；而大量的、以农民自身为主体创办的民宿，则基本告别一天百元包吃住的历史，通过转型升级改造，达到三五百元一天的收费档次，虽然个性差异尚显不足，但设施齐全、洁净舒适，这部分民宿也成为当前大多数市民的消费选择。

但或许是"人红是非多"，唱衰民宿的声音也不绝于耳："95％的民宿都在亏钱""美丽乡村将出现大片鬼屋""情怀救不了民宿"……有人认为，民宿就是个坑；有人更是指责地方政府的财政补助，造成了民宿供给过剩。

一边是媒体报道的一房难求，资本争相进军民宿；另一边是民宿难以为继，入住率断崖式下滑的猜测不时见诸舆论。巨大的反差之下，究竟谁在"造假"？作为新鲜事物的民宿，到底是"不老女神"，还是未老先衰？

当然，网络唱衰大多剑指外来投资商，相对而言，这些民宿往往投入大、周期长，运营成本相对较高，入住价格动辄上千元。"在市场经济中，任何企业都有亏有赚，不能以偏概全。"不过，对于民宿发展过程中的问题，杨建武也毫不避讳，"在上半场，民宿发展确实依靠好奇心引流，但时间一久，有的人没了好奇心，有的人渐生失落感，而民宿升级又跟不上，入住率下降在所难免。"

对于这些声音，浙江省文化和旅游厅打出了一套组合拳：在真实掌握了全省民宿建设运营基本情况后，2017 年，厅里编印了首部关于民宿问题的"蓝皮书"，公开大量行业数据，为政府决策、投资创业提供参考。紧接着，又成立了全国首个省级旅游民宿产业联合会，起草了首个国家民宿行业标准，并在全国率先开展民宿等级评定工作，推动行业科学有序发展。

在楼晓云看来，在数以万计的民宿大军中，工商资本开办的民宿只占很小部分，它们单房投入就几十万元，价格自然居高不下，动辄数百上千元，因此倘若没有充足客源，往往很难赚钱。相比之下，价格亲民的农家客栈，量大面广，其发展代表着主流，是普通消费者的首选，也是农民增收致富的重要依托，一直呈现稳中向好的态势。

"从市场看，对于特色民宿，依然有向上的旺盛需求。追求个性化，本身没有错，但如果走偏了，一味追求'高大上'，那就会与市场实际相违背。毕竟金字塔尖需要牢固基础，曲高和寡，难以成就满园春色。"楼晓云直言，对地方政府来说，一定要头脑清醒，多站在市场和农民的角度，进行产业的规划和扶持。

尽管民宿唱衰声此起彼伏，但资本方却是信心十足。这其中，酒店集团、房地产商等大佬，打出了旅游房产、养老房产与民宿相结合的综合开发模式；专业的财务投资机构，进行快速规模化和连锁化的扩张；还有众筹平台的介入，大大降低了社会和民间资本的准入门槛。

在资深业内人士、杭州漫村文化创意有限公司创始人翁余辉看来，这些产业资本实力雄厚，相比以家庭为单位的民宿来说，在产品设计、品牌策划、服务体验等方面更具优势，对整个产业的提升发展具有举足轻重的作用，但同样也面临着诸多挑战。

为了寻找破解之道，这些年，翁余辉付出了不小代价。从如何跟农民打交道，到农村政策研习，再到商业模式构建，如今，翁余辉已经成为行家里手，许多地方政府找上门来，点名让他来整体开发运营民宿，他的公司还得到了"小咖基金"的投资。

在吴健芬看来，民宿不是简单的一种住宿业态和旅游产品，而是展示地方文化的窗口和延续文脉的重要节点；民宿业主也不仅仅是普通的农民或生意人，而是传统文化的守护者、传承者和弘扬者。她强调，要坚持民宿与文化融合的发展理念，把传统民居打造成富有人文魅力的栖息之所，形成以"发展促保护"的良性循环，推动乡村"沉睡资源"涅槃重生。

不过，有一个消息绝对利好：随着"千万工程"、美丽乡村、万村景区化的不断深化，浙江正谋划品牌化这一乡村经营新课题，让每个乡村在日趋激烈的市场竞争中，找到自己独特的优势和定位，以实现个性化、差异化发展。而作为最具特色的新业态，民宿无疑将与乡村品牌化越走越近，甚至与它成为休戚相关的命运共同体。

"民宿"点亮乡村经营

——来自浙江杭州的实践

（2016 年 1 月 23 日《农民日报》头版）

乡村，是人类精神的家园，是人类灵魂的栖息地。但面对工业化、城市化进程中日益边缘化的乡村，如何培育产业，形成内生动力，让乡村恢复生机，成为人们"梦想的天堂"，是当代中国必须完成的答卷。

新农村建设的快速推进，让这一历史责任更趋沉重：在巨额投入中，虽然乡村面貌焕然一新，但是如果不能形成自我发展的造血机制，那么原有的建设成果可能付诸东流，所做的努力可能前功尽弃。

人们在实践、在探索如何通过产业的培育实现突破，将集聚在城市的资金、人才、信息等要素更多地导入乡村，形成新的市场主体，在经营服务中，让乡村重现生机、重现辉煌。

最近，记者在浙江杭州采访发现，该市通过发展民宿产业，点燃了乡村经营的火炬，照亮了沉寂已久的乡村。农业休闲、乡村旅游、农业文创、养生养老等新兴业态遍地开花，乡村发展使人感到前途无量。

■ 在"农家乐"基础上进行提升

杭州的发展，经历了"经营城市"和"经营乡村"两个时代。一些人尽管对杭州"经营城市"提出过批评和质疑，但毋庸争辩的是，"经营城市"为"经营乡村"积累了雄厚的财力。

2010 年始，杭州的发展重心从城市转向农村，先后推出了一系列统筹发展的举措，如"区县协作"、"两区一基地"建设、"三江两岸"综合整治、美丽镇村创建等。在政府主导、财政投入的推动下，昔日默默无闻、被人忽视的农村，面貌焕然一新。

这里山清水秀、空气清新，还有历史建筑和人文故事；公交车通到每一个村口，村里的环境整洁又漂亮，生活垃圾全部统一处理，生活污水全部截污纳管。一句话：城里有的，农村基本不差；城里没有的，农村基本都有。

如何发挥农村优势，将其培育成一种产业，并且依托这一产业，实施乡村经营的全面突破呢？这一产业必须切口小、易成型，而且被关注度高、社会影响大。经过多年观察研究，杭州将目光聚焦"民宿"。

杭州是农家乐发源地之一，全市登记在册的农家乐旅游村就有124个、农家乐旅游点366个、农家乐经营户2 596户，一年的经营额在30亿元左右。但因为档次、品位、服务上有所局限，经营内容大同小异，无非是吃饭、打牌、钓鱼"老三样"，因此尽管领一时风骚，但如果不加以转型升级，完全有可能被消费者抛弃。民宿则实施个性化、差异化经营，重点满足了消费者住宿的需求。

长三角地区的工业化、城市化进程最为快速，对乡村休闲旅游的需求也最为旺盛。"我们年轻时到杭州求学，在这个城市工作了几十年，尽管从心底里喜欢西湖山水，但周末也只是在家里看看书、练练字。到农村就大不一样了，可以到处走走、看看，呼吸点新鲜空气，吃点土菜、喝点土酒，还可以种种菜、拔拔萝卜，想干啥都行。"杭州市政府副秘书长赵国钦的描述颇具代表性。

"杭州作为一个旅游城市，今后发展的后劲不在城市，而在乡村。因此，要把民宿作为乡村旅游的关键点、突破口来打造。"杭州市副市长戚哮虎认为，消费者有需求、农民有收入，城市也可以缓解压力，这样的好事何乐而不为。民宿发展利于将城市的注意力吸引到乡村，聚集人气，实现乡村经营的全面突破。

实际上，每到周末出城道路异乎寻常地拥堵，事实早已在呼唤民宿时代的到来。

■ 乡村生活，生命的驿站

2015年9月17日，杭州市淳安县召开民宿业发展推进会，所辖23个乡镇及重点民宿村的干部浩浩荡荡地来到宋村乡民宿"云里雾里客栈"参观。

民宿老板宋小春是本地人，到杭州创业多年，事业有成。乡村旅游的蓬勃兴起，让他看到了市场机会，也打动了他内心最为柔软的地方。他租用了千岛湖边依山傍水但荒废多年的民居，用自己10多年来从事品牌设计的经验重新进行装修设计，并将其命名为"云里雾里客栈"。

参观者看到，民宿有24个房间，共600多平方米，风格既不奢华也不土气，却处处体现出创意。装修所用的材料不是常见的水泥、玻璃，而是"三改一拆"中废弃的旧门窗。室内设计则分为亲子风格、超人风格、温馨风格、怀旧风格，供不同年龄段的消费者选择。现在，每到周末宋小春就会带着家人来此度假。他觉得，只有回到这里，灵魂才能找到归属。

"乡村是人类社会的童年。不管你出生在城市还是农村，对乡村生活的依恋和向往是所有人与生俱来的。"但让宋小春遗憾的是，因为周末生意火爆，自己这个做老板的反而常常被挡在门外。

和宋小春一样到乡村寻找归属的人，在杭州绝非凤毛麟角，而是相当普遍。

杭州市余杭区菩提谷的主人宋震华，14岁开始做木匠，后来从事建筑防水行业至今。他喜欢按照电子地图的指引周游乡村，无意间来到太公堂村后，一下子被它的偏僻和静谧所吸引，于是租用民房建成菩提谷乡村度假酒店。

酒店依山傍水，外观朴素，内饰高雅。酒店一共只有4个房间，但却配有阳光餐厅、禅茶室、抚琴台、院落餐厅等，让人既放松又休闲。

酒店一开业，没做任何推广，房间就被预订一空。信心满满的宋震华再接再厉，又租用了窑头山的空心村。该村海拔600米处有20余栋老房子，和大自然完全融为一体，宋震华估计要投入1亿元进行改造。"民宿投资回收很快，只要3年左右。"

"两宋"是杭州蜂拥投资民宿者的代表。记者调查发现，近年来，工商资本进入民宿产业呈井喷状态。这些投资者有许多共同的特点，如文化程度比较高、大多出身乡村、对乡村生活情有独钟等，所从事的职业一般是文化出版、艺术设计等。生活中对物质要求不高，但在精神上追求个性和价值，比较讲究生活品位。

民宿作为他们倾心打造的一个产品，共同特点也十分明显。第一，都位于山清水秀的乡村，空气清新，交通方便，但又十分宁静，能够享受到原汁原味的乡村生活；第二，都是租用民房、废弃校舍、旧礼堂等改建，是对农村闲置资产的"盘活"；第三，不做大拆大建，而是用创意使旧建筑"起死回生"，装修上主题突出，个性化、差异化特征十分明显；第四，不事张扬、不做营销，大多在网络上进行预订。

记者参加了杭州市农办举办的一次民宿项目评审会。一个个民宿，只要一听名字，就令人心旷神怡，如隐居西湖、春暖花开、漫居、闲庭、千里客、又一邨、云相见等，再一看文艺范浓重的个性化装修，恨不得立马前往体验一番。在这里，乡村和文艺的不期而遇，可以让所有的消费者远离城市的坚硬与喧嚣，寻找到心灵的闲适与宁静。一个消费者告别"云里雾里客栈"时留言：这是一个离现实最远、离梦想最近的地方。

■ 创意和人才进入乡村

民宿经济的勃兴，不仅在经济下行的特殊时期，让具有乡村情怀的有识之士找到了新的投资方向，而且给消费者提供了以乡村为背景的多元消费，让消费能力的释放成为可能，更为可贵的是，创意和人才开始进入乡村，农民实现了新的增收。

杭州市农办经济发展处处长章国甫告诉记者，农民的增收主要通过以下途径实现：一是农民出租闲置住房的收入，早先农房一文不名，而现在则奇货可居，一栋农房的年租金，一般在 2 万～3 万元，最高的超过了 10 万元；二是服务收入，农民不必抛家舍业外出打工，可在民宿中就近就业，年收入跟城里打工不相上下；三是出售农产品的收入，以前许多农产品因滞销烂在田里，现在消费者亲眼看到生态环境得到保护后，根本不讨价还价，农产品往往销售一空。

正是基于增收作用显著，2014 年杭州颁布了发展民宿的政策意见，从 2015 年起市财政拿出 5 000 万元作为奖补。下属各县（市、区）不甘落后，出台政策措施，把民宿作为乡村经营的突破口进行攻坚。许多乡镇（街道）还根据自身优势，进行品牌定位、网络传播，吸引了大量客人前来休闲观光。

桐庐是杭州市第一个出台民宿专项政策的县，从 2013 年开始，县财政每年投入 500 万元打造民宿，2014 年底，已经发展到 300 户、3 000 张床位的民宿规模。每户民宿月收入 2.4 万元，年收入 30 万元左右。在此基础上，

2016 年，桐庐推出 2 000 多套农村闲置房进行招商，预计总投资在 13 亿元，目前，已经成功招商 30 多个民宿项目。

芦茨是桐庐的一个村，2012 年开始打造全省首个慢生活体验区，对垃圾、水源进行了整治，使得生态环境有了进一步好转，还在杭州市第一个申报了全域可游泳河。

依托特色山水资源，芦茨吸引知名音乐人创建了"悦延居"等民宿，并很快带动了国华驿站、山韵农庄、飞龙山庄、画中阁等项目落户。目前，还有绿芦驿、芦茨壹号度假公寓正在装修之中。

这些民宿完全改变了农家乐"洋不洋土不土"的风格，就地取材，以木质、竹质、溪滩卵石等材质装饰美化庭院屋舍，让一个江南的小乡村呈现出无穷的韵味。加上邻近多个旅游景点，游客可以住民宿、逛景点、登山戏水，不亦乐乎，真乃心灵的"大补药"。

芦茨村新增民宿 35 家，截至 2015 年底，已有民宿 103 家，总床位达到 2 610 张，接待游客 42.5 万人次，旅游经营总收入近 4 000 万元。

芦茨村成立了物业公司，对村里的游船、帐篷、小木屋等进行规范化招投标和专人管理，对民宿经营户开展烹饪、接待等系列培训，并将慢生活理念元素融入民宿标识牌制作中，大大提升了芦茨民宿的外在形象和品质。

乡村振兴看湖州

——浙江省湖州市发展乡村旅游的启示

（2017 年 12 月 7 日《农民日报》头版）

到过浙江湖州的人，无不对这里的乡村记忆深刻：这里不仅山清水秀、风景优美，而且农民收入水平、生活条件已经远远领先于全国平均水平。农民不必外出打工，家门口就是梦想中的创业天堂；偏僻小村里到处是民宿、农家乐；咖啡屋、音乐厅、图书馆在这里生根开花；推开农家大门，主人可能是教授、艺术家，也可能是金发碧眼的外国人；农民白天开着拖拉机下地耕种，晚上开着宝马汽车进城唱卡拉 OK……

湖州市副市长施根宝认为，湖州乡村的振兴，在于其根据"两山"理论，在产业发展上找到了乡村旅游的突破口。正是由于这一新业态的激发，人、地、钱等要素在城乡间流动起来，乡村不再破败，不再边缘化，而是有了自己的"造血功能"，开始走上可持续发展的道路。

"行遍江南清丽地，人生只合住湖州"，800 年前，元代诗人戴表元曾这样感慨。这究竟是一个怎样的湖州？湖州又是如何在工业化、城市化的进程中找到乡村振兴的奥秘？其方法和经验是否具有足够的借鉴意义呢？为此，记者前来一探究竟。

■ 新农村建设是基础

10 年前，地处吴兴区西部山区的妙西镇，曾与工业经济擦肩而过，15 个行政村老百姓只能靠山吃山且收入微薄。在乡镇角逐的舞台上，妙西毫无悬念地每年垫底。每次县里开大会，妙西的领导都是自觉坐到后排。

几年前，为了保护生态，妙西又索性关停了 40 多家矿场。本就捉襟见肘的工业收入一下被砍去八成，剩下的都是不上税的农业产业。妙西到底何去何从？这个问题既现实又严峻。

转机出现在 2013 年，国家确立生态文明战略后，吴兴区及时调整妙西镇定位，提出了创建省级旅游度假区的目标，所瞄准的正是乡村旅游。有了平台，就意味着梦想有了翅膀，政策扶持、交通改善、基础配套等全都围绕一个"支点"转。

吴仁斌在履新区旅委副主任前，是妙西镇分管旅游的副镇长。在他看来，尽管过去 10 多年，妙西的工业经济起色不大，但也恰好守住了那里的绿水青山。加上浙江省从"千村示范、万村整治"到"美丽乡村"建设，力度空前，妙西镇每个村都旧貌换新颜，为乡村旅游开发创造了良好的基础条件。

妙西盛产水蜜桃，过去只卖桃子，两年前尝试农旅融合，吸引人们前往观赏桃花。妙西镇决定借东风进行旅游招商。这一天，镇里被挤得水泄不通，老板们没辙只能停下劳斯莱斯、奔驰、宝马等豪车，徒步个把小时，一边走一边聊规划，还没看到桃花，大伙就下定决心要投资了，这么旺的人气，想不赚钱都难。

3 年间，原乡小镇、湖州国际乡村旅游度假精品示范区、塘里休闲养生村、大师智慧谷、贝盛光伏休闲观光……纷纷落户妙西，投资额仅亿元以上的项目就有 16 个之多，而且清一色全是乡村旅游项目。

以地处肇村的原乡小镇为例，打出的招牌是"农旅文融合"，通过嫁接和贯通，农业从一产升级为三产的休闲观光，还直接带动了村里茶叶、水蜜桃等农产品的销售。现在，小镇所联结的农业基地将近 2 万亩，解决了村里500 多人的就业问题，不少村民也开始返乡创业，开起了农家乐、民宿等。

妙西的变化，是整个湖州乡村旅游腾飞的缩影。在施根宝看来，湖州乡村旅游的勃发，尽管与整个经济社会发展的阶段性密不可分，但具体从湖州来看，凡是搞得有声有色的，无一例外都是新农村建设的佼佼者。

"过去，政府投入大量人力、财力、物力用于新农村建设，修好了道路，搞好了卫生，为游客到乡村旅游扫清了障碍。乡村旅游不是大馅饼，不会自己从天上掉下来，可以说，没有前几年的大投入，就没有乡村旅游的大繁荣，现在我们发展乡村旅游，可谓水到渠成。"施根宝说。

■ 差异化发展是保障

如果说新农村建设为湖州乡村旅游搭建了腾飞的平台，那在具体如何发展、如何定位等问题上，湖州则是因地制宜、各显神通，进行差异化发展。这种发展方式又恰好避免了一哄而起的机械化复制，满足了个性化、多元化消费需求。

在德清县莫干山镇劳岭村，一幢幢风格迥异的乡舍别墅，掩映在茂林修竹之中，它们都是由不同年代的老屋改建而成。外土内洋，住客很多是外国人，也有很多白领精英。由于这种"原生态养生、国际化休闲"的载体，是最早在 2007 年由一名叫高天成的南非人首创，因此被冠以"洋家乐"，以区别于"农家乐"。

一开始，高天成只是看中莫干山脚下的绝世环境，于是租下农舍，改造后供友人雅居。没想到试住后，朋友们一见钟情、流连忘返。高天成对商业异常敏感，马上开始新建度假酒店，进行市场化运作。先是开发"裸心谷"，后来兴建"裸心堡"。在高天成的影响下，一大批外国人、上海人、杭州人纷纷跟进，在莫干山麓很快形成了一个"洋家乐"群落。到了 2016 年，光精品民宿就有 70 多家。

"洋家乐"消费较高，每日消费价格多在千元以上，但即便如此，市场依然供不应求，人气旺的，常年需排队预订。"洋家乐"的目标客户一般是外企高管，这批客人工作节奏快、收入高，对住宿的个性化要求高，与此同时，价格承受能力也强。像"裸心谷"，平均每张床位创造的税收就高达 10 万元。德清也由此在乡村旅游爆发期，稳坐金字塔尖，成为高端消费的引领者。2016 年，当地旅游总收入 178 亿元，比 10 年前整整翻了 15 倍。

对于"洋家乐"的吸金，临近县区虽然羡慕，却并没有照搬照抄。实际上，在德清之前，安吉、长兴一带的农家乐由于物美价廉，也早就吸引了普通游客的眼球。尤其是上海退休职工，往往是将上海的住房出租，老两口举家搬迁到这边避暑度假，一住就是几个月。

这种平民化的乡村旅游，尽管收费不高，但因需求基数庞大，因此收入也颇为可观。德清的高端定位与安吉、长兴的平民视角不仅没有形成冲突，而且互为补充，给乡村旅游市场提供了多元选择。细究安吉和长兴两地的农家乐，模式也各有不同。

长兴县境内景区资源丰富，大大小小有一二十个。长兴的乡村旅游就以此为依托，鼓励周边农民提升改造农家庭院，再发展休闲观光农业和配套农事体验项目；政府则帮助建立公共服务平台，弥补单家独户开办农家乐的断点。由此长兴迅速形成农家乐集聚区，每到节假日，这里常常人满为患。

山区县安吉是"美丽乡村"的发源地，许多村的生态环境颇为出挑，可就是缺乏产业植入。因此，当地就将美丽乡村建设和打造全域景区相结合，根据每个村的资源禀赋优势进行个性化包装。这种模式的最大特色就是"小而美"：每个村都是一个小品，游客能品读到不一样的乡村体验。

除了以上三地，吴兴、南浔两区也同样各具特色。因距离城区更近，两个区就瞄准近郊游，主推"农庄＋游购"的产业模式。

湖州市农业局局长方杰认为，湖州乡村旅游百花齐放、百舸争流，为不同消费层次、不同消费对象提供了多元的产品选择，而农业休闲以一产为基础，进行三产融合发展，也成了湖州乡村旅游大繁荣、大发展中不可或缺的重要组成部分。

■ 发展不能忘了共赢共享

由于各地环境条件不同、定位不同、发展模式不同，投资主体自然也有所不同。比如德清"洋家乐"通常是以工商资本投入为主，而安吉、长兴的农家乐则是以农民自我投入为主。但无论哪种投资方式，湖州各级政府都十分注重引导共赢、共享。湖州市副市长施根宝认为，发展乡村旅游不能光让"老板乐"，关键得带着老乡一起乐、一起致富，只有共赢、共享才是可持续的。

长兴县水口乡顾渚村，东临太湖，北接江苏宜兴，三面环山，位于水口茶文化旅游景区核心区块，聚集了461户农家乐，是浙北最大的农家乐聚集区。村里客流量平均每天都能达到2 000人次，其中上海人占了大多数。

顾渚村村党支部书记祁煜良告诉记者，顾渚有数十家农家乐，专门接待上海老年游客。他们在这里吃农家饭、住农家屋、干农家活、享农家乐，用上海外滩喝一杯咖啡的钱，就能在顾渚村里享受24小时的森林浴。上海话甚至成了顾渚村的第二语言。

有人气，自然就有收入。2016 年来顾渚村的游客量有 290 万人次，户均营业收入超过 70 万元。如今，从接送游客到入住吃饭，再到打包周边旅游资源等各个服务环节，以及各类产品的"经理人"，清一色都是水口乡本地人。这几年，许多家庭都在县城买房居住，再开着轿车来村里做生意。

"正是由于乡村旅游是一个关乎农民增收的产业，因此我们不仅要完善交通、游览、通信等基础设施，更重要的是，要通过提供公共服务，做一家一户难做的事情，既为他们保驾护航，又不断引领升级。"湖州市旅委主任干永福说。

以顾渚村为例，县里配套建了个土特产销售中心，解决了当地农产品销路问题；联合县运管部门成立农家乐旅游车队，每天有一批大巴、中巴车定期到周边接送游客；与长兴县经济开发区洗涤公司合作，让农家乐洗涤走上了正轨；联姻周边景区，实行折扣价格、统一开票；引导农家乐统一为游客购买意外险；由长兴县旅游局牵线搭桥，顾渚村与 300 多家旅行社建立合作，还经常外出推介展示。

祁煜良感慨地说，这些事如果只靠经营户或者村委，就算大伙抱成团，经济、管理实力等都是力不能及的。如今有了政府做靠山，客源、服务有保障，整个产业链也一下拉长了。

记者采访发现，在湖州，但凡乡村旅游做得红火之地，必然有政府在背后作支撑。除了投入大量资金加快旅游基础设施建设外，各地在后续的经营管理上，也动足了脑筋，比如客源组织、纠纷处理、礼仪培训、市场营销等，实现了互为补充的良好局面。

干永福说，农民是乡村的主人，发展乡村旅游必须重视"共赢共享"，这既是市场经济的基础，也是保持良性循环发展的核心，对政府而言，更是为农增效、助农增收、振兴乡村的有效手段。如果农民不能参与其中，不能共享发展成果，那么这个产业发展得再好，也是有巨大缺陷的。

2016 年数据显示，湖州乡村旅游共接待游客 4 356 万人次，占到了旅游总人数的一半以上，直接经营收入达到 125 亿元，带动农民人均增收 639 元，贡献率超过了 31％。

湖州乡村流行三种"新卖法"

（2020 年 11 月 14 日《农民日报》头版）

从上海向西，一马平川，驱入浙江湖州后，才会真正遇见"绿水逶迤去，青山相向开"。"行遍江南清丽地，人生只合住湖州"，这里的山水，天生丽质，无须浓妆艳抹。如今湖州乡村的价值，更令人刮目相看。

论区位，湖州地处"万亿俱乐部"城市群中央，然而"小个子"却迸发着大能量，尤其是随着轨道交通的提速迈进，长三角同城化的红利日益凸显。同时，越来越多的年轻人逃离"钢筋森林"，坠入山水环抱之中，或休闲，或度假，或创业。

最近，记者采访发现，习以为常的传统乡村资源，在湖州正被重新包装和定义，被注入新的理念后，焕发出崭新的活力。当地乡村的三种"新卖法"颇具借鉴和思考价值。

■ 卖模式

"近两年，我们通过模式输出，将整套技术推广到外省，一条生产线就价值 2 000 万元。如果光卖鱼，产值最多 1 200 万元，但加上'卖模式'，今年销售额有望突破 8 000 万元。"李小斌报出一连串数字，立刻让记者产生了浓厚的兴趣。

李小斌是名"渔业老兵"，过去在湖州市吴兴区八里店镇包鱼塘，两年前与朋友合伙成立"弘鑫科技"，探索工厂化养鱼。科技上，他依托浙江大学、浙江省淡水水产研究所等科研单位，涵盖自动化、机械工程、水产养殖等多个学科，进行联合攻关。

如今，走进"一号工厂"，只见两层钢架楼布满"水宫格"。36 个透明鱼池中，养着黄金鲷、石斑鱼、笋壳鱼等特色水产。还别说，真是门道十足：顶上有补光灯，水里有传感器实时监测水质、含氧量等，尾水配备循环处理系统，无一滴浪费；投食采取多餐制，定时又定量；就连成鱼出仓，都有专属通道和分拣器……

李小斌说："整套模式有 15 项新型实用专利和发明专利。别看厂区占地才 5 亩，却能养 10 万多斤鱼，是外塘模式的五六十倍，且只需两名工人巡视和监控，又不受气候和地域限制，可实现常年生产。"现如今，厂房成了"样板间"，李小斌则成功从卖鱼转身"卖模式"。

八里店镇镇长杨斌坦言，尽管八里店地处水网平原，但由于经济发达，寸土寸金，实际发展空间十分有限。"李小斌的经营模式很有价值，已超越了传统一产，进入现代技术服务领域，筑起了一块产业新高地，这是扬长避短，也是未来发展趋势。"杨斌评价道。

据了解，湖州农业产值中，现代渔业占了近一半。近两年，在相关政策的推动下，池塘内循环流水跑道养殖、"物联网＋"智慧渔业等先进技术加速落地，催生了很多像李小斌这样"卖模式"的主体。

在南浔区和孚镇漾东村，全省首个鳜鱼饲料化"跑道养殖"基地落户于此。所谓"跑道养殖"，实际上就是在养殖槽内安上了推水增氧装置，保证水体实时循环流动，排泄物和食物残余则不断被推送到鱼塘集污区，鱼儿逆流游动，犹如在健身。不仅尾水零排放、全程零用药，而且鱼肉更鲜美，因此受到市场追捧。

如今，湖州已成为全国最大的"跑道养鱼"生产基地，更衍生出一大批技术供应商和服务商。像上市企业"星光农机"，就在国内率先开展"跑道鱼"整体农艺设施的研究和开发。眼下，整套产品不仅在全市遍地开花，而且"香飘"全国。

80 后沈杰是中国科学院博士，也是国内物联网领域的权威专家，4 年前回到老家南浔创业。他瞄准的是，利用物联网和大数据构建包括养殖设施、技术服务、生鲜供应链等在内的智慧服务体系。现在，他所创立的"庆渔堂"已入驻全国数十个区域，覆盖近 50 万亩鱼塘。

■ 卖文化

"其实，农场已不只是单纯的种养，而是进入了现代服务业；卖的也不只是米粮果蔬、田园风光，更是一种农耕文化和生活方式。"坐在观光车里，"灵粮农场"负责人邹鹰翔如数家珍，"我们的定位很清晰，就主打亲子项目，为少年儿童提供自然环境中的体验式、沉浸式教育。"

这个基地位于吴兴区南太湖高新技术产业园，占地1 700多亩，除了水稻、果蔬种植区，围绕自然教育和农事体验，还配备了星空营地、缤纷花海、候鸟湿地、儿童小镇等，为游客营造与家人共享的"慢时光"。夜晚，客人们可以躺在湖边房车中，枕水而居，抬头是星空，耳畔有蛙鸣。

邹鹰翔的团队成员平均年龄30岁，尽管从事农业后都被晒得皮肤黝黑，却常为夜晚能遇见萤火虫而感动不已。同样在太湖湖畔的杨溇村，85后肖菲会因村里某处老宅传出的戏曲声而停住脚步，内心感到无比平静与柔软。

常州姑娘肖菲来自半边山下文旅集团，负责杨溇村项目的运营管理。在推土机与吊塔的合力工作下，很多乡村失去了原有肌理，但杨溇村依然保留着原汁原味的水乡风情：鸡犬相闻，鸟声啁啾，村前屋后的河畔犹见浣衣妇人，葱茏掩映间，绿水人家绕。

肖菲告诉记者，正是看中了这里的水乡文化，他们对35栋错落分布的农家小院进行重新规划、设计和装修，有民宿，有酒吧，有书房，也有餐饮。"我们希望的不只是卖一个床位，而是与村庄浑然一体，让客人去体验原始江南生活与吴地文化。"

记者发现，如今到湖州乡村，"卖文化"蔚然成风：像德清县引入国际友人、文创人士投资乡村旅游，融合了当地民俗与西方文化；像安吉县立足美丽乡村，每个村都有自己的文化招牌。一只大闸蟹，一幅农民画……都能做出文章来。

在湖州市文化广电旅游局副局长何继红看来，如果说农家乐是湖州乡村旅游的1.0版，那么继乡村游2.0版和乡村度假3.0版之后，引领当下和今后的将是乡村生活4.0版，即打造一种以生态风光为依托、以传统文化为灵魂，既接轨现代文明又体现可持续发展的乡村度假生活。

■ 卖梦想

在湖州乡村采访，记者还有一个直观感受，那就是到处迸发着勃勃生机。擦肩而过的，或许不只是天南海北的游客，还可能是某位创作大师，在村里有着自己的工作室，亦可能是名校出身的海归青年，与一帮志同道合的小伙伴创业于此，办公室与青山绿水只隔了一块落地窗……乡村的价值正在被快速重塑，接棒新的创业热土。

地处吴兴西南部的埭溪镇，10 多年前还靠开矿为生，谁又能想到，如今已是"东方的格拉斯"，是横空出世的一个百亿元规模的美妆产业。目前，当地美妆小镇已引进化妆品及相关产业项目 103 个，总投资近 250 亿元，一条集化妆品原料种植、研发、生产、包装、物流、仓储、销售等于一体的全产业链拔地而起，并快速带动了周边乡村的文旅产业发展。

位于安吉县灵峰街道的横山坞村，原是个几乎空心化的小村庄，村民被集中安置后，农房统一收归集体所有。这里成了一个文创与旅游的众创园，取名"小瘾·半日村"。规划修建的 71 幢房屋里，将涵盖艺术街市、个性创意基地、休闲艺术民宿度假基地、文化创意产业总部基地及各种配套设施等。

"乡村经营的大门正在被快速打开。未来的乡村里将不只有民宿，可以有文创业，可以有金融业，还可以有美妆业。"湖州市农业农村局产业信息处处长吴建荣告诉记者，为了推动乡村经营全面开花，该局计划每年投入 4 000 万元，用于基础条件良好的村庄开展产业配套建设、农事节庆举办、营销活动开展等。

据了解，与过去美丽乡村建设不同，这次打破了部门之间的壁垒，由农业农村局与文化广电旅游局共同推进，站在产业发展与产品打造的角度，为乡村经营打基础。除了给钱，湖州还计划"播种"。"我们要求每个景区村都要有运营公司，但不倡导由村干部来主导，而是鼓励交给第三方公司、旅行社，最好是本村大学生，真正把乡村的资源激活。"何继红说。

在 2020 年 6 月举行的长三角企业家联盟成立大会上，湖州市市长王纲所做的题为"重估湖州价值"的城市路演迅速走红。湖州正在思考，如何在长三角一体化背景下，把山水这盘大棋下进生产力的布局之中，吸引更多年轻人来湖州创业，推动"绿水青山"更高质量地转化为"金山银山"。

三产融合　余杭有"道"

（2017 年 8 月 22 日《农民日报》头版）

谁都知道，三产融合是未来农村经济发展的方向所在，但三产之间如何融合、基础是什么、有何规律可循、重点要把握哪些环节呢？日前，记者前往全国农村产业融合发展试点示范县——浙江省杭州市余杭区采访，发现该区刚刚印发了《培育农业三次产业融合示范点实施方案》，其中许多思路和做法颇具启发和借鉴意义。

■ 以农业园区为融合平台

走进径山镇绿景堂生态园，仿佛置身于天然氧吧。这个面积 3 800 亩的园区，基本都是山林，满眼绿色，空气清新。园区分为现代农业体验区、欢乐农家接待区、生态休闲度假区等多个板块。

负责人江华民认为，种些蔬菜、养几只土鸡的农家乐，早已不能满足现代消费的需求。"我们园区距离城市不远。城市高楼林立、车水马龙，市民一到周末就会过来，不是来景区旅游，而是来享受休闲。"目前，"绿景堂"这一农业园区投资已经过亿元。

"余杭要以现代农业园区为载体，推进田园综合体建设，构建农业农村生产、生活、生态融合，一二三产业叠加的发展新模式。"杭州市委常委、余杭区委书记毛溪浩认为，余杭山水资源和农产品资源都十分丰富，而且三面环绕杭州，区位优势明显，产业融合发展条件得天独厚。

农业园区的背后实际上是农业经营的规模化、企业化、现代化。三产融合不可能在一家一户一亩三分地里进行，也不可能通过传统农户得以实现，而需要通过土地流转适度扩大经营规模，进而吸引社会资本参与投资。工商资本进入农业，在带来资金与技术的同时，往往也常来先进的经营模式，在管好用好的前提下，能够加快传统农业改造和现代农业建设。

正是基于以上考量，余杭早在 5 年前就提出"规模化、企业化、现代化"的现代农业发展目标，要建设 100 个 1 000 亩以上的农业园区，实现生产方式、投资主体、销售方式的全方位改造。目前，余杭已成功创建省级特色农业精品园 9 个、现代农业科技示范基地 6 个。这些农业园区各具特色，有生产保障型、有生态休闲型、有特色产业型、有综合发展型。今天，它们大多成了三产融合的最佳平台。

据了解，余杭目前正在倾力打造大径山农业产业集聚区，计划 3 年内在集聚区内建设 24 个项目，总投资 3.32 亿元，形成产业集中布局、资源集约利用、产业有机融合、发展特色鲜明的三产融合大格局。"森禾"等一大批具有旅游功能的农业项目已经布局其中。

■ 注重三次产业之间的依存和制约关系

"以前靠山吃山，村民靠砍苦竹为生。苦竹笋不能食用，因此根本不值钱。现在用苦竹制作竹笛，一支专业笛可卖 100 多元，品质上乘的则能卖到千元以上。"中泰街道紫荆村村委会主任宋国平兴奋地说。

紫荆村 780 多户农户，近 3 000 人。该村特点是山林面积大，达到 1.22 万亩，其中竹林面积约 8 000 亩，人均近 3 亩，而竹林中又以苦竹居多，达到 6 000 余亩，素有"中国苦竹之乡"之称。在此基础上，中泰街道建起了"万亩苦竹现代科技示范园区"，园区的核心区块、全国唯一的苦竹种质资源基因库就坐落于紫荆村，面积 206 亩。

苦竹产业如何进行融合发展？根据实施方案评分标准中产业融合发展里二级指标的设置，其中有产业规划、产品特色、特色体验、农旅开发、产业融合度 5 个方面。

对紫荆村而言，苦竹产业的特色及所开发的竹笛产品特色自是毋庸置疑，尽管不能食用，但苦竹加工成竹笛，溢价空间十分可观。目前村里的竹笛加工企业有近 300 家。

因为森林覆盖率达到 91.7％，紫荆村的生态环境十分怡人，好山好水好空气，加上苦竹种质资源库的投资建设，紫荆村通过农旅开发，加强产品的特色体验完全有可能实现。

正是基于这一考量，余杭政府投资数千万元，将紫荆村作为 A 级新农村打造。首先按照功能规划，将村庄分为苦竹园区、竹文化体验区、石盂寺旅游区、公建中心、村工业区块 5 个板块，并进行路网等一系列改造；其次在文化体验区内建设竹笛历史文化博物馆、竹笛销售展示一条街、竹笛演艺培训中心、竹乡特色农家乐等，延伸整个产业链，增强产品的体验感。

余杭区农业局党委委员、高新农业示范中心副主任董志高认为："三产融合并非三次产业的简单相加，而是强调农业的功能复合叠加，体现三次产业之间的相互依存和制约平衡关系。"

三产融合引发裂变。2016 年，紫荆村竹笛产业总产值达 3.4 亿元，全村农民平均收入超过 2.7 万元。

紫荆村竹笛产业的发展，是余杭农业农村经济从生产走向加工、流通和休闲消费的一个缩影。在这一过程中，农村电商扮演着至关重要的角色，为三产融合注入了新血液，激发了新活力，形成了新动力。

余杭是阿里巴巴等电商平台的"老巢"，随着原产地农产品冷链物流园等大型农业电商园和线上交易平台陆续启动运行，"村邮乐购"农村电商服务站点覆盖全区各村，2016 年余杭农产品网络销售额达到了 3.64 亿元。仅紫荆村所开设的淘宝店就有 60 多家，2016 年网络销售额达 2 500 万元。"农村电商的勃兴，不仅发挥了销售的作用，而且凭借信息技术实现了城乡联通，构成了从生产到加工、流通一体化的完整工业链，在促进农业集群化、网络化发展中发挥着不可替代的作用。"董志高认为。

■ 以完善农旅配套设施为突破口

最近，余杭街道康春侬园老总杨邵忠特别高兴，经过 3 年努力，省里终于将他的园区项目列入"坡地村镇试点"，为他解决了困扰已久的建设用地难题。

8 年前，为了证明"农业也能赚钱"，杨邵忠离开城市，拿着搞运输赚来的钱，回到老家流转了 1 180 亩土地，搞起了农业。从最初单纯的生产种植经营，到如今集采摘、休闲观光、科普教育于一体，真金白银已经投了6 000万元，但没想到建设用地成了最大的障碍。杨邵忠觉得，因为没有建设地，"自己常常像个小摊小贩，被城管追得到处躲。现在好了，终于看到了希望。"杨邵忠告诉记者，接下去，他要改变模式，从向农民租用土地到跟农民共同组建合作社，建立紧密的利益联结机制。"我们不能光顾着自己闷声发大财，要让乡亲们一同致富，分享三产融合的成果。"

杨邵忠所说的"坡地村镇试点"，是浙江省出台的一项政策。由于该项政策的实施，余杭2017年有8个农业休闲观光类项目取得了建设用地。

"传统农业以生产为主，而以三产融合为重要目标之一的现代农业，则大大拓宽和提升了农业功能，具有休闲、养生、亲子、体验等多重功能。"余杭区农业局局长丁少华认为，三产融合中有关经营的内容和方法思路由业主自己决定，政府的工作重点是完善配套设施，其中最重要的就是解决建设用地。

在实施方案中，记者看到，作为一级指标，"农旅配套设施"和"产业融合发展"一样占到35分的高分值。其中是否具有接待中心、停车场、指示系统、产品销售中心、餐厅、会议室甚至公共厕所等，都明确列入了评分体系。

农业园区变身示范点后，就不再是简单的种养，而是要将生产流程整个展示给游客，满足游客对生态、绿色、安全等心理层面的多种需求。这就要求我们从理念到设施再到服务，做出全面的转型，而转型的前提是建设用地。

"紧箍咒"一解开，余杭三产融合如虎添翼。根据规划，到2019年，余杭将培育打造农业三产融合示范点20家以上，其中2017年培育打造示范点8家以上。这些示范点要统一品牌、统一符号系统，以崭新而又时尚的形象面向消费者。

"山耕"联"山居""土货"变"好礼"

——浙江丽水农旅融合发展探析

（2017 年 9 月 21 日《农民日报》头版）

旅游归来带点啥？如今，面对千篇一律的旅游品市场，大伙儿往往兴致索然，扭头就走。事实上，旅行中谁都想带点土特产，一来自己做个纪念，二来对友人聊表心意。遗憾的是，要找到中意的东西并不容易。

近几年，浙江丽水的农业和旅游越走越近：往日土了吧唧的农产品，经过文创化包装设计后，摇身一变成了时尚大方的旅游地商品，而且都打上了"丽水山耕"的标识；"丽水山居"旗下的农家乐和民宿则大多成了"丽水山耕"的营销窗口，店主和高管兼职做起了"农集 App"的微商。

在建设生态文明的大背景下，农旅融合是大势所趋，尤其对于广大山区来说，这种融合寄托着政府和民众莫大的期望。那么，农产品想要借助旅游快车打开销路，并实现溢价，方法何在？突破口在哪里？又该系统解决哪些问题？带着这些问题，记者在丽水进行了深度采访。

■ 出台"三年行动计划"

"丽水在绿水青山方面拥有得天独厚、特征鲜明的资源禀赋。在打开'两山'通道的伟大实践中，丽水正成为绿色发展的探路者、模范生。"丽水市委书记史济锡在接受记者采访时，胸有成竹地说。

在 2017 年举行的浙江第十四次党代会上，浙江明确要求丽水"培育新引擎，建设大花园"。浙江省委书记车俊特别要求，丽水要全力打好最美生态、绿色发展、全域统筹、改革创新、富民惠民这"五张牌"。此后省里专门发文，希望丽水率先建设成为绿色发展综合改革创新区。

绿水青山如何转换成金山银山？丽水重点瞄准农业和旅游。农业上确定"生态精品"发展方向，打造"丽水山耕"品牌，由 2013 年成立的丽水市农业投资发展公司负责品牌运营，带动广大生产主体闯市场；旅游上明确"全域景区化"，打造"丽水山居"品牌，为农家乐和民宿做背书。

但在现行行政管理体制下，农业和旅游是"两张皮"，上下级之间的脱节更是明显。丽水市农业局副局长何敏分析："丽水下辖的 9 个县（市、区），本身就有一些名气不小的单产业区域公用品牌，年轻的'丽水山耕'如何去介入，这是其一。其二，小主体加盟自然有积极性，但关键还得吸引龙头企业，这对母品牌知名度的提升，绝对大有裨益。其三，农发公司毕竟只是个企业，对协调上下左右的关系力不从心。"

2016 年，丽水重磅推出《加快推进农产品转化为旅游地商品三年行动计划》，提出一个目标、两个突破、三个联动、四个体系的运营系统，即到 2020 年实现 100 亿元的年销售额，在产品规模和营销创意两方面实现突破，形成省市县、政府与市场、理论与实践的三重联动，建立标准和认证、三商融合营销、金融支撑、科技服务四大体系。并要求各部门各县排出工作计划，市政府年终予以考核。

以前，农发公司推"丽水山耕"，只是从现代农业发展角度出发。现在，品牌成了整个丽水市委、市政府工作的焦点和核心，被放置到"全域旅游"乃至丽水经济社会发展高度上予以推动。

丽水农发公司董事长徐炳东感慨："过去农发公司没脚，只能到县里去'游说'，运行效率自然有限。现在完全不同了，大家都围绕农产品如何转化旅游地商品，将'丽水山耕'作为主抓手、大平台，开始主动上门对接，整个供应链系统便马上强大起来了。"一年时间，加盟"丽水山耕"的主体翻了一番多，达到了 556 家。

■ 农业版"浙江制造"

2017 年初，浙江省工商、农业、质检、食药监 4 个厅局联合发出《关于支持"丽水山耕"品牌提升发展的若干意见》，决定将"浙江制造"的理念引入农业领域，共同推动"丽水山耕"品牌发展。

"浙江制造"的核心是标准，没有标准就谈不上产品的质量安全，而这正是"丽水山耕"迫切需要解决的难题。丽水自开通高铁以来，客流量猛增至每天1.8万人次，其他自驾游旅客更是不计其数，这些客人回去都要带点伴手礼。"以前小打小闹，压力还不大；现在名声越来越大，游客越来越多，如果扎不住'篱笆'，后果不堪设想。"丽水农发公司副总经理刘志龙说。

由此，农发公司扩大"储运操作手册"覆盖面，从9种增加到45种，其团体标准和产品规范也从4个类别增加到5个，同时还引入了全球统一标识系统对接丽水农产品质量安全追溯系统，并组建认证联盟开展第三方品牌认证，让消费者买得放心，吃得放心。

标准化固然重要，但要抓住游客"芳心"，时尚大方、个性化的包装设计同样必不可少。为此，丽水举办全市包装设计大赛，先由9个县（市、区）分别组织，最后全市统一竞赛。

"我们要求，包装设计集纪念性、艺术性、便携性为一体，强调不拘一格，允许百花齐放，目的就是要充分碰撞出创意的火花。"刘志龙告诉记者。

同样的农产品，不同的设计，带来的溢价完全不同。但长期以来，农业生产主体只管生产不懂包装，农业主管部门组织包装设计大赛也是"大姑娘上轿头一回"。因此，农发公司专门从台湾聘请了广告行家颜峻瑜，并合股成立品牌传播公司，由其担任创意总监。现在，颜峻瑜成了各场大赛争相邀请的评委，经他一点评、一指导，大家往往茅塞顿开。

缙云县特色面食缙云土面，原来随便拿绳子一绑、袋子一装便开卖了，难登大雅之堂，经过包装设计后，前后形象判若云泥。光包装的材质就别出心裁，有的采取当地的木材、竹材，有的选用相对便宜的亚麻袋，再植入文化元素，令人爱不释手，销量大增。

在缙云土面的产品设计上，地方和企业更是花足心思：小包装的，适合独享和作为伴手礼；纪念品装的，内附木筷和木勺，美观古朴；礼品装的，除了土面外，还配有茶叶熏肉、辣椒酱、山茶油及"双枪"牌的筷子，龙泉青瓷材质的碗、筷架等，风格统一，精致大方……基本可满足各类消费需求。此外，当地还挖掘出长寿面、生日面、爱情主题面和轩辕养生面等故事，彰显区域特色和人性化。

像缙云土面这样进行文创化包装的农产品，目前在丽水已经琳琅满目。

根据要求，这些生产主体的包装都必须带有"丽水山耕"品牌符号，而据了解，对使用和设计新包装，各地均有相应补助。截至目前，丽水已开展了9场包装设计大赛，举办了 19 期培训班，合作开发的包装设计已达到437 个。

■ 营销体系怎么搭

有了名气，有了优质安全的货源，再加上个性鲜明的包装设计，那农旅融合后，消费者上哪里去购买呢？虽然交易本身属于市场行为，但由于主体实力普遍较弱，必须依托政府力量来搭建营销体系。对此，丽水的主要做法是整合各地、各部门资源，进行城内城外、展示展销和线上线下 3 种渠道的融合。

在城内，丽水选择景区景点、民宿农家乐、休闲农业观光区点，还有高铁站、汽车站、高速服务区等人流量集中的地方，通过资金补助和引导，设立风格统一、标识统一的农产品旅游地商品购物点，并且改造和新建了几个集体验、销售于一体的大型购物点。

在丽水客运西站，这里新崛起一座旅游地商品购物天堂，集聚了 500 多款产品。2017 年 5 月开业至今，每天的销售额可达 3 万多元。今后，作为前往各县必经之地的中转站，该购物城还将与各大旅行社进行合作。

下半年，还有几大平台也将陆续开放：投资 500 万元的丽水花园小镇，被定位为"丽水山耕"旅游地商品体验中心；投资 2 000 万元的青田侨乡农品城，将依托当地华侨资源，打通产品出口渠道；投资 3 500 万元的"丽水山耕"梦工厂，则弥补了丽水农产品大型分拣中心缺失的短板，将为品牌生产主体提供初级加工服务及营销平台。

如果说这些点更偏向购物，那么到了一个个基地，你会发现，传统工厂成了时尚乐园。地处莲都区碧湖镇的百兴菇业，过去就是个普普通通的养菇企业，2016 年投入了 2 000 多万元进行改造，光设计费就花了 300 万元。现在，厂区里可观光、采摘、DIY，能品尝菌菇美食，临走时还能选购加工产品，这里取名为"蘑幻菇林"。

"食用菌如果仅卖原材料，附加值很低，但农旅融合后，则完全不同。"百兴菇业总经理吴其进告诉记者，2017 年"蘑幻菇林"尚未正式开放，每天就有十几辆大巴车的游客进园，预计每年可为公司增加效益2 000万元以上。头一年，三产的产值就有望超过一产。

如今在丽水，像百兴菇业这样的点越来越多。丽水正筹划串点成线，推出一系列个性化十足的农业观光线路，让游客既能观景又能购物。除了城内购物，2017年丽水还将在省城与省机关事务管理局合作开设旗舰店，初步构建起"丽水山耕"的外部营销网络。

展示与展销的融合，则体现在展会平台上。每年，丽水都要走出去搞推介、设专区，尤其是连续3年在杭州举办生态精品农博会，影响力逐年提升。就连在浙江农业博览会、中国国际旅游地商品博览会、旅游交易会等老牌展会上，年轻的"丽水山耕"产品也堪称一颗耀眼新星。

旅途中谁也不希望大包小包拎着走，近几年在丽水风起云涌的电商，则很好地解决了这一困扰。在实地体验品鉴后，游客只需在网上下单，选购的东西就早先一步到家了。当然，电商并非简单地将农产品放到网上卖，为此，丽水又专门组建公司，负责生鲜农产品的电商供应链管理，解决品控、包装、物流、仓储等一系列问题。而与此同时，丽水线下渠道的铺开，又恰好弥补了线上流量和体验感不足的弊端。

云和鹤顶农业科技开发有限公司老板张建芬是名85后，在云和县种高山蔬菜，过去主要就是通过网络卖辣椒酱、茄子酱等。从2017年开始，有4家民宿开始为她卖货，相比往年同期，张建芬的网店访问量上涨不少，许多买家都是从线下转化而来的。

记者了解到，因为"丽水山耕"与"丽水山居"的联姻，这种线上线下融合变得更加频繁与紧密：一方面，"丽水山耕"到精品民宿里建立货架专柜，等于多了个营销渠道；另一方面，民宿的主人、管家既是线下推销员，又是电商平台"农集App"的微商店主，可增加经营内容和收入；同时在官方层面，两个品牌本就气质相投、门当户对，经常相互植入、相互代言。

据统计，有了这些营销渠道，2017年"丽水山耕"销售业绩更为不俗：截至2017年9月8日，累计销售额接近35亿元，提前完成年度任务；与此同时，丽水农家乐民宿游客接待量和营业总收入同比均增长30%以上。随着农产品转化为旅游地商品工作的不断深入，丽水农业的地位与日俱增。2016年，浙江省农业厅对各地市考核，丽水排名一下从末位跃居第二位，农民收入增幅已连续8年领跑全省。

农旅融合丽水破题

（2016 年 10 月 19 日《农民日报》头版）

农旅融合是农业农村发展的大势所趋，也是城市消费需求的热点所在，但农业和旅游之间应该怎么融合？解决哪些问题？把握什么原则？对此，有些地方还是雾里看花。

最近，记者在浙江丽水采访时发现，通过农业园区变现代景区、传统农房变特色民宿、土货农产品变旅游商品，系统解决了"看什么""住哪里""买什么"等问题，农旅融合正得以全面破题。丽水的做法很值得借鉴。

■ 园区变景区，解决"看什么"的问题

统计数据表明，当下，传统景点的旅游热度在下降，而乡村旅游的发展则呈现出井喷态势。但到乡村旅游，看什么、玩什么呢？人们驾着私家车，总不能一天到晚欣赏山水风景。丽水的做法是将过去纯生产功能的农业园区，通过配套旅游基础设施进行提升，摇身变为现代景区，功能上集休闲、体验、观光、美食等于一体。

园区改景区，环境洁净是前提。过去在丽水，沿线的简易菇棚着实煞风景，秸秆焚烧、农药化肥包装袋随意丢弃等陋习也随处可见。对此，丽水早在 2012 年就启动了"六边三化三美"工程，对公路边、河边、村边等重点区域进行洁化、绿化和美化。之后，针对"美丽田园"建设，丽水市农业局还成立专项工作组，重点改造菇棚、整治农业面源污染等。

在哪些区域实行农旅融合呢？丽水采用点面结合、重点突破的思路。一

方面，选择有条件、有基础的农业基地，以旅游景区的标准，实施项目建设和品质提升；另一方面，推动乡村旅游集聚区建设，通过配套游客中心、标识系统、骑行绿道等设施，满足各项旅游要求，有些以村为单位，有些则以现代农业园区为单位。

位于缙云县新建镇的笕川村，是个有着 1 200 多年历史的古村落，过去以种菇、养猪等传统农业为主。2016 年初，村里迁菇棚、拆猪棚，大改"颜值"后，转而发展"赏花经济"。现在，500 多亩流转土地上种起了各色鲜花，一列复古的小火车在花海中穿行，让人仿佛置身童话世界。开园不到一个月，就吸引了游客 25 万多人次，创收 450 余万元。

园区改景区，犹如"点睛之笔"，把长期以来人们熟视无睹的一些乡村资源，变为不可多得的宝贝。

云和县有一大片梯田，因为土地贫瘠，亩产不高，长期抛荒，统一流转给旅游公司后，由其进行专业的景区化改造，政府则解决配套基础设施建设。没几年，这里就成了闻名遐迩的梯田景区，现在已经获评国家 4A 级景区。

目前，丽水已创建了 10 条农业产业景观带，并着手将 6 个现代农业园区提升改造为 3A 级以上景区。根据规划，在未来 3 年中，这样的景观带将有28 条，改造而成的现代农业景区则预计达到 10 个。

■ 农房变民宿，解决"住哪里"的问题

有人形容乡村旅游是看看很热闹，算算不赚钱。分析原因，关键在于没有住宿，留不住人。丽水关注到，如今游客对标准化的城市酒店住宿，越来越不感冒，相反，对那些个性化十足、舒适而又温暖的特色民宿，却愈发情有独钟。抓住这一消费趋势，丽水重点发展"丽水山居"品牌民宿。

丽水开始对传统农家乐，从硬件和软件进行全面提升改造，不少县市还出台专项政策，激发主体的转型动力。

农房变民宿，需资金，更需理念，并非一般农民可以完成。记者发现，在提升改造过程中，工商资本所承载的分量越来越重，其打造的特色民宿，迅速成为标杆示范，引领带动着整个行业转型升级。

总投资 1 500 万元的"隐居画乡"，是 2015 年古堰画乡为提升景区整体民宿水平而引进的高端项目。5 年前，古堰画乡景区还一片冷清，正是缘于

众多特色民宿的出现，使其名噪四方，来此居住的游客络绎不绝。2015 年，小镇及周边农家乐、民宿等休闲业态经营收入超过 4 500 万元，这一数字是 2010 年的 20 多倍。

工商资本投资民宿，往往希望有几座房子，可以形成一定的规模效应。对此，云和县专门出台政策，对农房进行确权登记，并统一对外发布愿意出租的闲置农房信息。工商资本只要有意愿，便可租赁经营，另外每个民宿床位，还可获得 2 000 元到 3 500 元不等的改造补贴。

经过改造后的丽水民宿，光听诗情画意的名字，如"云上五天""一路向北""云里听蛙"等，就足以引发城里人的浓厚兴趣，再到实地一住，精巧绝伦的装饰，温馨舒适的体验，更让人流连忘返，对价格自然也不再敏感。

数据显示，截至 2016 年 8 月，丽水农家乐、民宿共接待游客 1 388 万人次，实现旅游总收入 14.5 亿元，与上年同期相比分别增长 35％和 37％，两项增幅连续 6 年位居浙江前列。根据 2016 年初制定的"三年行动计划"，到 2018 年，丽水将培育 30 个以上民宿产业带和集聚区。

■ 农产品变旅游商品，解决"买什么"的问题

有得看，有得吃，有得住，回程时游客还希望能有得带，带点伴手礼回去与家人和朋友分享。但如今，景区礼品高度同质化，让人们越来越提不起购物的兴趣。

抓住这一消费需求，丽水提出将农产品转化为旅游地商品，一方面，解决农旅融合中"买什么"的问题；另一方面，为实施多年的"生态精品农业"战略解决渠道拓展和溢价销售的问题。

作为商品，质量安全是第一要务。丽水首先从生产主体中，筛选出一批有规模、有特色又符合相关标准和条件的，作为农产品旅游商品的生产主体，同时这些基地又承担着农业旅游、休闲体验功能。另外，在产地准出和市场准入中，丽水设定严格门槛，必须有生产过程的全程追溯，以及第三方检测出具的合格证明。

从土了吧唧的农产品到精致大方的旅游商品，画龙点睛之笔在于文化创意的嫁接，具体承接这项开发工作的是丽水下辖的国资企业丽水市农业投资发展有限公司（以下简称农发公司）。该企业聘请专业人员，对旅游地商品制

定分级、储运、加工、包装等规范和标准，再根据当地农耕文化、传统膳食文化，进行创意化的包装设计，使其既便于携带又充满时尚感。

个体品牌的影响力毕竟有限，为迅速形成影响力，农发公司推出自营和合作模式，利用近年来声名鹊起的区域公用品牌"丽水山耕"，来整合区域内农产品旅游地商品生产经营主体、品牌、渠道等各类资源，同时倒逼解决供应链前端的质量安全问题。

2016年7月初，从丽水各地精选出的蜂蜜、木耳、红茶、香肠等15种农产品，首次披上"旅游地商品"的新包装惊艳亮相。辅以素雅精致的礼盒，这些产品以直观的美学设计，颠覆了传统形象，让人赏心悦目。

目前，丽水已建成17家旅游地商品购物网点。在未来3年内，全市计划培育生产经营主体和转化商品各达到600个。届时，农产品旅游地商品有望占到农业一产产值的两成，销售收入占到旅游总收入的35％以上。

休闲农业、特色民宿、旅游地商品……在丽水，通过农旅融合，让农业、林业、渔业等涉农部门，与旅游等部门越走越近：涉农部门依托旅游等部门，实现了产业的转型升级；而旅游等部门，则通过与大农业的结合，找到了独具特色的市场。

"共享田园"：浙江东阳新探索

（2021 年 7 月 10 日《农民日报》头版）

5 月 11 日，从早到晚一整天，听完 20 个项目的方案设计初步评审，李爱忠非但没有感到疲倦，反而如同打了鸡血般异常激动。这位两年前上任的浙江省东阳市农业农村局局长，这次感觉找到了新路子，东阳的农业农村工作迎来了新曙光。

东阳地处浙江中部，民营经济十分发达，是远近闻名的木雕之都、建筑之乡。然而，也正是由于"钱"途广阔，一直以来，东阳百姓"无心"于农业，以致出现土地抛荒现象。有识之士看在眼里、急在心里。2020 年，东阳提出"共享田园"概念，以求破解之道：建设融生产、生活、生态于一体，以公园方式来建田园，让田园成为家园的一部分，实现资金规划整合、产业融合、功能复合，统称"三生三园三合"。

短短一年，首批 8 个示范型"共享田园"初具形态。紧接着，2021 年第二批 20 个项目又将紧锣密鼓立项。不少乡贤闻讯后，准备回乡投资农业。一时间，东阳"三农"发展大有后来崛起之势。

■ 闲置田块活起来

2020 年 3 月，东阳市委书记傅显明下乡调研。在南市街道大联村看到，村庄风景如画，可田园却是另一番场景：乱堆乱放、乱搭乱建，与美丽乡村形成鲜明对比。

一直以来，傅显明颇为推崇"共享经济"。能否将"共享"概念应用到田园建设，一方面让田园真正发挥生产功能，另一方面成为百姓休闲观光的公园？多次调研论证后，以"三生三园三合"为内涵的"共享田园"应运而生。

大联村在东阳具有一定代表性。这个城郊村下辖 7 个自然村，有 2 000 多亩耕地，由于毗邻工业区，每年依靠物业经济，就有 800 多万元经营性收入。或许正是因为种稻种菜不赚钱，不少地块要么抛荒，要么索性成了堆场。面对杂乱不堪的田园，村里无计可施。

大联村党支部书记张惠强介绍，因为地块不连片、配套不齐全，很难规模化经营。"现在，政府整合各类项目资金，总共投入了 997 万元，建设路网沟渠，显著提升了灌排、运输等基本功能。"

大联村的"共享田园"坐落于 4 个自然村中间，改造提升后，原水塘面积不变，还新增了 85 亩耕地，田成块、路成行、沟渠畅，无一处抛荒，复种指数达到 200％。

记者采访时正值油菜收割季，而另一边，水稻播种提上日程，地头一派繁忙景象。张惠强算了笔账，500 元一亩的土地租金，村集体尽管不赚差价，但社会效益显著：第一，田园整洁了，环境变好了；第二，土地得到那充分利用，闲置劳动力也有了务工去处；第三，村庄无须再安排建设用地建公园，可把珍贵的土地指标用于农民建房和产业配套。

■ 村庄田园共同美

东阳城东街道的寀卢村，20 多年前从传统农业走向现代农业，"寀卢经验"闻名遐迩。如今，因为有了"共享田园"，老经验历久弥新，生发出更多新内涵。在村党委书记卢阳春看来，这些经验中最重要的一条，就是开创了美丽乡村建设的新路径。

"过去，很多地方建美丽乡村，就光盯着村庄内部美化，反而忽略了农村最重要的田园。现在，村居、田园、河湖有机融合，实现了全域美丽，人和自然协调共生。"漫步在东兴大道上，卢阳春深有感触，如今有了"共享田园"，老百姓的生活半径一下拓宽了，茶余饭后都爱过来走走。

该项目于 2020 年 9 月底开工，按照村庄田园共同美的统筹观，原本脏乱差的道路两侧，种上了高大的美国红枫，让人赏心悦目。田园内，部分机耕路变身彩色慢行环线，辅以一众休憩节点。就连粗糙的混凝土廊架经过翻新改造后，也成了紫藤长廊网红打卡点，不少城里人都来此晨跑。

东阳市农业农村局副局长何小飞告诉记者，在建设"共享田园"过程中，东阳有以下几条原则：第一，以农为本，农业生产属性和功能不变，利用现有的田间道路和农业生产建设配套设施；第二，生态优先，不改溪、不填塘、不砍树，不过度硬铺装，最大限度保护原有景观资源和田园风光；第三，产业引领，强化功能复合，有机融合休闲体验、康养旅游、体育健身等业态；第四，共建共享，使城乡居民各享其成、各得其所。

寀卢村充分融入了这些理念：种植环节上，引入数字化技术，将农田编码分块，与城市消费家庭绑定，精准提供粮果蔬菜；景观布局上，红枫、樱花、海棠、银杏铺就的大道，与亲水栈道、空中栈道、慢行步道等相映成趣；功能设计上，田园内融入儿童游乐场、稻田构筑物、观景平台等元素，实现耕作与休闲旅游相融合。

卢阳春告诉记者，接下来，田园和村庄的融合将更深入：一方面，村里计划对闲置房屋进行改建，与荷塘、果林、菜园结合，让更多老百姓分享发展红利；另一方面，引进专做农旅的第三方公司，对村庄开展整体运营，让美丽乡村真正转化为美丽经济。

■ 产业融合"聚宝盆"

东阳横店的影视产业举世闻名，每年接待游客达到千万人次。如何承接其溢出效应，带动周边乡村共同发展，一直是各方的共同期望。

记者采访发现，如今，通过"共享田园"的建设，这道命题正得以破解：越来越多的影视公司将重点从棚内转至田园，越来越多的游客逛完影城游田园。

与横店相邻的湖溪镇最先尝到了甜头。作为东阳"两江两镇"乡村振兴示范区建设的核心项目，2020年八里湾"共享田园"正式开工建设，总面积3 000余亩。

"尽管叫'共享田园'，但我们的目光并非只盯着田园，而是融合了美丽城镇建设、农文旅产业发展，并以此为平台，集结了红曲酒全产业链生产基地、影视外景拍摄基地、现代农业观光园、古建特色街、劳动研学等产业项目，撬动各村发展民宿、农家乐产业，带动农民一同致富。"湖溪镇党委书记赵军刚说。

因此，早在八里湾"共享田园"开建之前，湖溪镇就锚定路径，厘清界限：政府主要实施核心村庄风貌提升、田园整治、景观建设等基建，具体项目策划实施交由第三方，"筑好巢、引来凤"，关键还得看投资主体。

赵军刚如实相告，本身湖溪区位条件不差，过去也有不少投资客上门问津，但所涉产业较为单一，既不利于融合发展，又很难有辐射带动能力；现在，通过"共享田园"建设，各种配套设施日趋完整，价值属性已不可同日而语。目前，镇里着眼产业类型、主体实力、带动能力等，进行择优选商。

经过仔细筛选，已有一些项目先期落地。在八里湾上田村，有个占地104亩、投资达1.2亿元的影视拍摄实景基地，主打汉唐风格及热带雨林等内容，工程尚未完全结束，一些剧组便早早进场；在西马上桥村，融合了智慧旅游、智慧社区，以及影视拍摄、体验式居旅等产业，一个智慧化的未来田园社区呼之欲出。

记者走访了几个"共享田园"，发现产业融合无处不在。像吴良"共享田园"主打"一园四区"，即影视主题园、现代农耕体验区、综合服务与文化休闲旅游服务区、景观农业区和滨水游乐区；大联村的"共享田园"正谋划荧光夜跑活动，还准备举行乡村草坪音乐节、农民丰收旅游节、儿童研学等一系列节庆活动；而即将登场的20个新建"共享田园"，每个都有自己的主题方向、独到之处。

尽管东阳的"共享田园"战略仅实施了一年，但过去曾经无人问津的田块如今开始大放异彩，成为资本追逐的"香饽饽"。李爱忠饶有信心地判断，再过一段时间的实践，这些地方无疑将成为乡村招商引资的大平台，并通过与美丽乡村相融合，共同唱响乡村经营、"两山"转化的大戏。

乡村经营
火把
XIANGCUN JINGYING HUOBA

浙江乡村：@未来

（2022 年 6 月 14 日《农民日报》头版）

未来，究竟什么是未来？乡村的未来又究竟是何等模样？

对大多数人而言，未来永远是动态的时间概念。看不见，抓不住。

也正是基于此，当"未来乡村"从衢州走来，在浙江全省推开之时，许多人一时不知所措：我们究竟怎样才能进入未来？

浙江是"美丽乡村"的发祥地，为何要再推出"未来乡村"？"未来乡村"与"美丽乡村"相比，又到底有何不同？

带着种种疑问，当浙江发布首批 100 个"未来乡村"试点名单时，记者试图第一时间撩开其神秘的面纱。

■ 组团式发展

——打破行政区划，资源配置更科学

今年 2 月，浙江公布首批"未来乡村"建设试点村。记者仔细盘点后发现，100 个试点村中居然有 25 个并非村庄建制，而是以片区或组团的方式位列其中。这在过去几十年所有的项目中几乎从未出现。浙江省农业农村厅社会事业处处长邵晨曲解释道，这并非硬性申报条件，而完全取决于乡村自身发展的需要。眼下在浙江乡村，组团式、片区化发展已蔚然成风。

"乡村都有行政区划，但单个乡村的资源毕竟有限，产业布局、招商引资都难成气候。现在打通了，就能实现资源整合、优势互补，进一步对接多元化市场需求。"邵晨曲说，为了培育这一市场动因，浙江在规划、政策等方面

做出相应引导。在"未来乡村"建设指导意见中，浙江就明确，对这种组团式、片区化经营予以鼓励。

类似的实践，已在湖州得到普遍推广。2020年，该市提出"组团式未来乡村"概念，决定每年建设10个左右新时代美丽乡村样板片区。针对每个片区，市、县、乡三级组建专班，以确保推进力量、政策措施、项目资金和实施主体的集成，市财政以奖代补，最高给予1 500万元奖励，再加上区县配套，项目资金确实十分诱人。与过去重基础设施不同，此轮主要用于产业配套。

湖州市农业农村局副局长施经坦言，乡村产业要兴旺，需基于一定区域和体量，才能具备多元化的功能布局，这种集成并非简单物理组合，而是通过一体化规划、项目化运作、集成化示范、片区化共享，实现"化学反应"，既可避免重复建设，更可打破行政"篱笆"，真正按照产业和市场的需求，进行量身定制的资源优化配置。

两年来，湖州的"组团式未来乡村"渐入佳境，首批10个样板片区共实施了114个项目，3.2亿元的财政资金撬动了16亿元的社会资本投入。根据计划，到2025年，湖州将建设60个片区，覆盖约300个行政村。

湖州作为"两山"理念和美丽乡村的发源地，希望用组团式得以继续引航；而地处浙西山区的衢州，则在全省率先探路"未来乡村"，试图"弯道超车"，近几年势头顿起。2019年，衢州从下辖的6个县（市、区）分别遴选出一个重点村，进行先行先试。这次，全省首批"未来乡村"建设试点名单中，衢州有8个入围，其中有4个就是从最初试点村升级而成的片区。

以龙游县溪口镇的溪口片区为例，这里已初步形成区域性创业资源集聚中心。一个黄泥山创客平台，一个老街文旅平台，让不同特长和个性的人才碰撞出火花。以乡创为核心，该片区还整合了溪口镇与周边3个乡的各类资源，产业跨界互动比比皆是，一条山区共富路日渐清晰。接下来，龙游所在的衢州还将推出"未来乡村"连片发展试验区，从整体规划、功能配套、场景落地、业态人气、改革政策、村强民富等方面进行连片考评。

记者看到，浙江每个地市，几乎都有此类设计，像杭州市余杭区从今年开始，每个乡镇都要创建一条"未来乡村示范带"，每条示范带由3个村组成，一些乡镇如径山镇还成立了党建联盟，以更高效推进资源配置。随着实践的深入，大家逐步发现，要真正实现人合、心合与力合，光有组团的形式还不够，必须得建立紧密的利益联结机制。

强村公司的组建便是其中一法。余杭区余杭街道沈家店有 38 亩村级留用地，尽管地理位置优越，但由于资金不足以及开发模式限制，长期闲置；但苕溪北面 8 个村由于土地整理，积累了一定资金，又由于滞洪区调整等原因，集体经济发展缺乏新的路径。9 个村合作成立公司后，进行合作开发，建成运营后，沈家店及其他 8 个村每年可分别获得 1 000 万元、300 万元的村集体收入。

■ 品牌化经营

——运营前置，找到个性发展之路

听完空间规划、品牌设计、运营策划 3 个方面的各自汇报，大家都觉得豁然开朗、信心满满。作为专业人士，三方在各自的领域内都享有盛誉，但像这次，将 3 个方案在项目开建之前就进行如此深度的沟通交流，确实尚属首次。

三方聚焦的是余杭径山镇前溪片区"未来乡村示范带"建设项目：

前溪村是余杭唯一一个省级粮食生产功能区。但与镇里另外两个组团相比，前溪不仅政府建设资金投入少，而且在产业发展上面临同质化竞争的挑战。要做好水稻这篇文章，隔壁乡镇早已捷足先登，占尽天时。如何在这重重制约下，让前溪脱颖而出？

按照传统路径，一般先规划、后建设，再创建品牌，投入运营。然而，乡村规划建设和品牌运营往往"两张皮"：没有品牌定位的投资建设，难免偏离市场需求；到了运营阶段，想要补救但为时已晚。

前溪所尝试的"三位一体"设计，便是希望挑战这一难题：建设前期，就让品牌规划和运营充分介入，根据品牌定位和市场需求，因地制宜布局产业、设置项目，让规划建设与品牌运营实现无缝连接。

通过多次坦诚沟通，3 个团队越走越近，一条高度协同的示范带即将掀起盖头。

目前，"品牌化经营"已经成为一些地方推进"未来乡村"建设的"标配"。余杭招聘职业经理人，临安引入乡村运营师，绍兴招募运营团队……一个个地方都向"品牌化经营"发起总攻。

　　"如果说建设是政府主导，是规范化标准化的，是一种民生，那么，经营就是发挥村集体积极性，是个性化差异化的，是乡村发展方式的重大转变。"有专家学者指出，这是两种截然不同的思路，也是自然衔接的两个阶段。

　　但正如常言道：前途光明，道路曲折。浙江农业产业历来"多小散"，农房农地都是农民的，村集体资产本就屈指可数，因此，品牌化经营常常面临着"无米之炊"的困境。不仅村集体一筹莫展，运营商也不得其门而入。通常的手段无外乎运营一个线下服务中心，推出一些日常自媒体传播，举办一些农事节庆活动。这样的经营，要在"村村文旅"背景下实行引流，而且有所盈利，其难度何异于登天？乡村是个开放的大公园，既收不了门票，也招不到业态入驻，平时的运营经费，也就只能指望政府补助。

　　品牌化经营首先需要产业主题化。一些乡村其实有主导产业，但大家熟视无睹，或者即使有心却也无力，这就需要通过品牌化思路明确产业方向；一些乡村虽无主导产业，但有非遗文化、历史名人、民间故事，这就需要形成个性化差异后，再通过传播激活沉睡的资源。越来越多的专业机构开始介入这一领域。

　　如何向市场要盈利？浙江省乡村建设促进会开始筹备"乡村运营专委会"，希望联众、优宿、廿九间等各路英雄在这一平台上相互探讨、取长补短，尽快形成可复制的市场化运营模式。浙江省农业农村厅也及时配合，将"乡村品牌化运营"列入高研班计划，准备有针对性地开展培训，向"未来乡村"输出经营人才。

　　据了解，一场以"品牌化经营"为主题的峰会，也在积极筹备中。如何盈利、如何组建运营主体、如何进行品牌化包装传播等，乡村经营中遇到的诸多难题，届时都将在峰会上得以面对面碰撞。

■ 数字化支撑

　　——赋能产业，链接乡村与消费者

　　在许多人看来，高科技和数字化总是跟未来紧紧相连。事实也正是如此，在人本化、生态化基础上，浙江将"数字化"定位为"未来乡村"建设的三大导向之一。九大场景建设规范中，数字技术的支撑可谓无处不在。

　　今年"五一"期间，记者驱车前往杭州市富阳区里山镇安顶村，这个平均海拔 650 米的小山村，仅仅是区级的"未来乡村"，但其数字化水平已经让人不可思议。

因为地处高山，安顶村每年有将近 3 万人次游客上山，但平均停留时间不到 3 小时，最多拍个照、吃个饭便下山，几百亩茶叶也卖不起好价格。

"安顶村的发展必须找到新的突破口。这次我们抓住露营热，主攻年轻人市场。"村党委书记夏明达介绍，作为富阳首批 15 个美丽乡村标杆点之一，安顶村此轮提升改造投入仅 30% 用于环境提升，50% 投入产业培育及配套，其余 20% 用于数字化建设。

围绕"云雾茶镇"品牌，安顶村将最佳观景位设为营地，并取名"揽江台""冠云台""枕雪台"。为了吸引年轻人，村里还斥资 100 多万元，打造"天空之境"网红打卡点。结果到 4 月底，标杆点还未及完全验收，就吸引到一家专业的露营团队。双方一拍即合，"五一"便开始试运营。而能迅速"拎包入住"的背后，数字化建设可谓功不可没。

从山下进村，二维码沿路可见，这是"茶香安顶"小程序。打开后，当前游客量、停车场余位赫然可见，还有景区导览和线路推荐。最妙之处在于"打卡"功能，既能看到别人的足迹，也能留下自己的美图，每个打卡点设有智能杆，签到后可自动生成小视频，作为基础素材供朋友圈分享。

数字改变了旅游方式、传播方式，提升了消费者的体验感，也改变了安顶村茶叶的种植和销售模式。"露营自然少不了品茶。过去，我们走大市场，包装只能随大流。现在开始走年轻化路线，改为精致时尚的小罐茶，小程序里便能购买，一扫包装上的二维码，生产加工过程全知晓，身价自然翻一番。"夏明达感觉，这回的资金都用在刀刃上了。

但如果觉得数字化在浙江"未来乡村"中的应用仅此而已，那你就大错特错了。如今，越来越多的数字化服务机构下沉到农业农村，为各地开发应用程序。农民用手机种地，老百姓参与公共事务得到信用积分，经营中用数字化提升消费体验，这些在浙江乡村已是司空见惯，不足为奇。但有关数字赋能，这样的应用实际上只是"小儿科"。

"数据是发展未来乡村产业经济的核心资源和第一要素。'未来乡村'数字化的目的是获取数据，进而实现数据运营，真正将物理乡村形而上为'未来乡村'。"在 5 月 13 日举办的"未来乡村建设学术研讨会"上，浙江省新时代乡村研究院副院长袁康培发表观点认为。

事实上，这一观点正在被实践层面所热烈呼应。由浙江大学等机构共同开发的"未来乡村品牌成长指数"，就是试图通过各种即时数据的获取，自动生成指数后，进而反向指导"未来乡村"品牌的健康成长。你的品牌为何成长得比别人慢？短板在哪里、怎么弥补？到时都可得到专业解答。

此外，浙江正在打造"未来乡村在线"数字化场景。其集应用、管理、服务于一体，今后将实现网上议事、邻里互助、好物共享等功能。同时，浙江还启动编制《未来乡村数字化建设指引》，推进该数字化场景与各个地方特色应用间的纵横贯通。

未来已来。

通过组团式发展、品牌化经营、数字化赋能，记者看到，浙江的乡村正在颠覆传统形象，以更人文、更"江南"，也更具科技感的面貌向我们走来。

"当然，如何创新建设模式与路径，如何用新方法破解问题和挑战，如何通过'未来乡村'建设加快城乡融合发展，如何发挥政府、社会、企业、农民各方积极性，协同推进建设进程，我们永远在守正创新的路上。"浙江省农业农村厅副厅长王宗明感言。

是的，浙江正以他们的想象、热情、坚韧，在乡村建设中@着未来，@着美好！

富春江上看"转换"

（2021 年 5 月 10 日《农民日报》头版）

天下佳山水，古今推富春。穿行在浙江杭州富春江上，"两岸画山相对出，一脉秀水迤逦来"。历朝历代，数以千计的文人墨客留下无数传世佳作。如今，一衣江水犹如一根丝线，将散落两岸的乡村串珠成链，引得无数粉丝来此筑梦。

富春江发源于皖南，其上游名叫新安江，下游唤作钱塘江。立夏刚过，记者溯江而上，日行夜宿，用一周时间，住民宿、看乡村、品业态，探寻乡村价值转换的亮丽风景。

■ 萧山："咸鱼翻身"势头劲

首站采访地萧山，是富春江"变身"钱塘江、前去拥抱大海之地。

工业化浪潮中，这里勇立潮头、抢得先机，一度熠熠生辉。然而，当数字经济席卷而来，萧山一时难以跟上步伐，华彩渐渐褪去。

但萧山从不甘居人后，近年来调整战略，将发展重点聚焦南部山区，试图在生态文明建设中重铸辉煌。如今，萧山农村环境已经大有改观，许多新业态开始进入乡村。

戴村镇的沈村就是其中代表。记者来到"云乐山庄"，尽管设施有些陈旧，但周边环境十分赏心悦目：竹林摇曳生姿、小溪妩媚清新。当地干部十分自豪地告知：经过治理后，溪水已达Ⅱ类标准。每到夏天，远近客人争相来此戏水，浪里白条，密密麻麻。

但七都溪这一"天然游泳池"免费开放,当地村集体经济和村民收入又来自何处呢?

当地百姓将记者带到"三清园"户外运动公园,只见园内滑翔伞、树上蹦床、咖啡旋转杯、高空穿越等项目众多,令人眼花缭乱。周边环境群山环抱、空气清新,活脱脱一个天然氧吧。

据了解,这个户外运动公园开张才一年,就基本收回投资。节假日游客常常爆满,农历大年初二这天,竟涌进 6 000 多人,光门票费收入就超过 20 万元。村集体则跟着"躺赢",保底年租金 30 万元,还有 1.5% 的门票提成。

如今的戴村镇瞄准运动休闲:绿道变为健步道,林道成了骑行道,鱼塘化身水上运动场,山顶建设高空秋千,过去闲置的资源全都派上了用场。与沈村相邻的佛山村,环境变好后,也引来了"金凤凰":几乎不占指标,借助悬空玻璃漂和天然河道漂,云山峡谷漂流即将开门迎客,每年能为村集体创收近 80 万元。

美丽乡村建设让萧山重新站到了聚光灯下。

■ 富阳:"富春山居图"重现

溯江而上,从萧山来到富阳。

富阳天生丽质,是黄公望《富春山居图》的重要原创地和实景地。近年来,富阳以富春江景观带为轴线,以南北 2 条主动脉,串起了 10 条精品线。龙门古镇就是其中熠熠生辉的一颗珍珠。

这个孙权后裔聚集的古镇,至今仍保留着大量古建筑群。夜晚,漫步在卵石铺就的古街,清风如水,一派祥和。村民傍溪而居,一盏黄酒,家长里短。

几年前,余学兵就是被这里的古韵所打动,最终情定龙门,投资开发了"欢庭"乡村度假酒店。酒店总共 27 间客房,在整体徽派建筑的风格中,融入了大量三国文化元素,就连房间命名,也让孙权、周瑜、大乔、小乔等历史人物次第出场。

龙门的脚步不紧不慢,龙门的游客也不多不少,但余学兵从来不着急。在他看来,市场越来越细分,只要做出特色个性,哪怕赢得再小的市场,也是无法估量的成功。下一步,余学兵还有可能成为龙门古镇的整体运营商。

看过古镇，记者转道来到新村。

东梓关坐落于富春江畔，过去曾因郁达夫同名小说而闻名，如今已晋升为乡村再造的网红打卡地。前些年，青年设计师孟凡浩来到此地，目睹一栋栋古建筑在历史中摇摇晃晃，就想在保留传统江南民居和体现现代审美创意中，找到新的解决方案。

今天，所有来到东梓关的人，都会远远驻足，欣赏设计师的作品：那微曲而优雅的屋顶线条与白墙，在抽象中渲染出水乡的隽秀，一如吴冠中先生勾勒的水墨江南。

如果说东梓关最初走红缘于"设计赋能"，那么在三年中，乡村百花大会、富春江江鲜大会、味道山乡大会等农事节庆的举办，让这个一度空心化的村庄，跳出了设计本身，走向了商业之路，村里民宿已开出了23家之多。

据了解，为了推动美丽经济发展，富阳提出了"四个一批"作为方向，即一批富春山居综合体、一批沙洲田园综合体、一批富春乡村村落景区、一批富春乡村文化品牌。目前，全区已有民宿568家，民宿示范村3个，农家乐149家。

■ 桐庐：售卖乡村生活

"钱塘江尽到桐庐，水碧山青画不如"。从富阳来到桐庐，我们夜宿"天空之城"。一早起来，推开门窗，只见山色空蒙、云雾缭绕。深深呼吸时，发现空气中有香甜的味道。

"天空之城"的美丽，在于它赋予的生活方式：早先，这是一幢废弃的旧校舍，业主将其改造成民宿后，成了游客亲近风土人情、放慢脚步，继而融入当地生活的桥梁。

民宿所在的村落名叫茆坪村，始建于宋元之际，由于地处水陆交通中段，曾是客商必经之地，至今尚存20多处历史文化建筑，大多被改造成了民宿。那些颇具地方特色的"抬老爷"文化、烧炭文化、宗祠祭祀文化，以及传统小吃如酒酿馒头、炭灰粽等都被开发出来，成为诱人的旅游元素。

静谧的山村里，乡间小道没有用柏油水泥，依然以鹅卵石铺就；老宅墙面斑驳，门楣考究，马头墙飞扬，稍显破败却也成了风景；现代商业的馒头店、小卖铺，招牌一改过去的塑料布，置以别出心裁的老木板，自是顺眼不少；一方菜园，也并未做过度雕饰，坍圮的半截土墙、废旧的黄酒坛子，就是最协调的点缀。

正在流连忘返之际，当地农业农村局同志告知：荻坪的民宿属于中端消费水平，更让人眼前一亮的是隔壁青龙坞，用文创唤醒乡村的诗意生活，那里都是高端民宿。

说是在隔壁村，但开车也要一刻钟。车停处，矗立着一栋充满设计感的夯土建筑，这是一个游客必到的网红打卡点——言几又书店。书店内，整面墙高的书架、砖头般的设计著作充塞其间，还有胶囊旅馆、创意书房、雅致餐厅、失恋博物馆等，整个构成了一座乡宿文创综合体。

土著居民都已搬迁下山，前来投宿的毕竟房间有限。那在山沟沟里开书店，谁来买单呢？原来，这位老板是个设计师，开书店只是为了打造结交同道的空间。正是这种志趣相投的圈子文化，让许多设计师来此小憩，最终与山村难舍难分。

如今的桐庐乡村，走过了卖景的 2.0 时代，正在大踏步走向 3.0 时代：以人为核心，售卖乡村文化和生活方式。而县里也早在多年前，就将荻坪村与周边芦茨村等，共同组成了 62 平方千米的富春江乡村慢生活体验区，进行统一推介和统一传播。2020 年，整个慢生活体验区的旅游收入高达 2.46 亿元。

■ 建德：给我一天还你千年

"人行明镜中，帆浮翠屏间"，我们从桐庐来到了建德，建德是富春江最美的泛舟地。当芳草地乡村度假酒店映入眼帘，客人们无不发出惊呼。

酒店坐落于山坳，面对辽阔的富春江，依山顺势、错落有致，可谓房在林中、园在山中。为减少生态破坏，项目区交通一律靠电瓶车解决，建筑则采取点状供地，临空架在山地之上。杂树生花、鸟鸣莺啼，真可谓天上人间。

尽管芳草地酒店房价不菲，但曲高并未和寡，尤其到了节假日，必定是一房难求。客人必须通过互联网提前下单，否则很可能被拒之门外。

从酒店搭乘电瓶车，驶入新安绿道。绿道依山面水，十分隐蔽，从始至终，全长二三十千米。这是一条山水长廊、诗画长廊，毫无人工雕琢痕迹，尽显生态风光魅力。

　　从新安绿道返折，正是到"渔家乐"用餐时间。"渔家乐"坐落于九姓渔村，不仅风景秀美、江鲜可口，而且老板娘还会告诉你九姓渔村的来历，客人们也可以亲身体验这里独有的九姓婚嫁习俗。

　　饭后来到梅州古城，这座曾经被毁得面目全非的古城，经过三年修缮，已在旅游市场上声名鹊起。古城墙、古牌坊、古书院，一条路一种个性，一条街一个情怀。

　　正在街头漫步采访，忽闻锣鼓当当由远及近，原来正值每天固定时间的"知府巡街"。游客听到锣鼓声，不由纷纷赶去凑热闹。一座古城，由此变得生动起来。如果有时间，你还可以细细体味艺说严州、民俗踩街、水上表演、老电影展播等。

　　据了解，建德的夜经济现在异军突起，个别地方占比已经超过 60%。如今，当地还在谋划"乡愁+"的文章，把"记得住的乡愁"变成"带得走的乡愁"，把"乡愁地图"化为乡村旅游图，以促进美丽乡村农旅融合发展。

■ 淳安：山谷里的新活力

　　淳安县是富春江的终点站。这一段，准确地应该叫新安江。

　　到了淳安，很多人习惯于下榻千岛湖边，一览大湖浩渺。但这次，记者另辟蹊径，住到了距离淳安县城尚有近 40 里路的富文乡青田村。这里曾是全县闻名的穷山沟，如今摇身一变成了"桃花源"，光农家乐、民宿就有 30 多家，一年接待游客就达 40 万人次。

　　我们入住的民宿叫"美客爱途"，老板娘唐凡是资深旅游从业者，此时，她早已在院子里煮好茶等待远方客人。让人意想不到的是，2020 年火爆全国的电影《我和我的家乡》中《最后一课》单元，演员陶虹在影片中就是在这家民宿里招呼客人们。

　　在青田村，我们看不到耕地，有的只是绵延的群山。老百姓在山脚建房，房前屋后都是山，推门看山，出门绕山，干活爬山。15 年前，山村的价值似乎一夜之间被发现，大伙儿陆陆续续开办起了农家乐。

　　但 2016 年之后，"美客爱途"的突然出现，着实在村里炸开了锅，铺地暖、布景观，光拆改装修就一年多，投入资金多得吓人。一晚上近千元的房价，抵得上每晚住宿费六七十元的农家乐半个月的收入。

大家都等着看好戏，可不曾想，民宿一开张，生意就火爆。从怀疑到跟风，这几年，青田村的高端精品民宿、主题民宿一家接一接，农家乐则要么升级、要么淘汰。为了吸引游客，民宿老板们抱团分工，有的办古琴雅集，有的开读书会，有的提供茶艺展示，等等，人气越来越旺。

自从民宿"走红"后，村民们也开始分享发展红利。自家种的蔬菜、晒的笋干、养的土鸡、酿的土酒等，都成了民宿餐桌上的特色，还被游客带入后备厢，卖出了好价格。2020 年底，全村人均收入达到 31 093 元，比 2007年增长了约一倍。

从"美客爱途"出发，记者沿着山沟往深里走，发现 500 米距离之内，就有 4 家特色民宿，只听名字——淳雪居、乡庐怡陌、萝蔓世家、青田野，就让人心生向往，均由外来工商业主投资。其中一家正在烧酒，用来让客人体验，还有一家等着营业执照，准备随时开张。

淳安环万山而为邑，以千峰郡而著称，江纳百川，枝分派别，淳安人以源称之，统称百源。5 年前，当地启动"百源经济"建设，青田村所在的雪坑源就是其中之一。如今，全县撬动的深绿产业项目一共有 172 个，落地社会投资 7.35 亿元。

"水碧山青画不如，富春山水甲天下"。溯江而上，看不尽的是江景，道不完的是故事。在这里，到处都是网红打卡点，到处充满着勃勃生机。城市的消费浪潮在此得到尽情释放；手工艺、土特产、历史文化、古建村落、传统非遗……乡村资源在此得到最大限度的转换、变现。乡村，已经撩起她的面纱，露出蒙娜丽莎式的微笑，与城市含情脉脉地对视。

浙江金华：掘"金"历史文化村落

（2021 年 4 月 12 日《农民日报》头版）

地处浙中的金华市，自古便是商埠重地，历史文化村落资源位居全省前列。2018 年，金华提出了"和美乡村"的定位，旨在推动美丽乡村建设从外在美、个体美、单一美，走向内在美、全域美、全面美，强调生态美、人文美、协调美，各美其美、美美与共。在推进"和美乡村"的过程中，历史文化村落发挥了独特作用。

金华市农业农村局局长范冬岩认为，"和美"定位要想落地，就必须依托载体。这个载体既能体现历史文化传承，又能唤起市场热情，具有强大的辐射能力。历史文化村落、古建筑联通古今、链接城乡、融合虚实，只要经营有方，必将一举多得。

■ 从"牛奶河"到"网红村"

走进浦江县虞宅乡新光村，只见老门墩、马头墙、青石板，以及鳞次栉比的老屋，似乎穿越在时光隧道。但这里不仅没有沉寂与萧条，反而处处显示出乡村的激情与活力。

73 岁的退休老村长朱玉堂告诉记者，这个年游客量过百万的"网红村"，曾经是臭名远扬的"污染村"。30 多年前，虞宅引入水晶产业，新光村便是核心区。210 多户人家，竟有 316 家水晶加工户。由于废水直排水沟，绕村而过的溪流成了"牛奶河"。

"五水共治"将水晶加工点连根拔起。习惯了隆隆机声的村庄，却在突然来临的安静中陷入迷茫：今后何去何从？多次讨论之后，大家不约而同地都瞄准了村里宝贵的古建筑资源。

按照"修旧如旧"的理念，新光村分步对诒榖堂、双井房、廿玖间里、桂芳轩等古建筑进行修缮，昔日的"江南乔家大院"重新回到了人们视野。但谁来开发，如何运营？踌躇之时，青年创客陈青松与"廿玖间"的"一见倾心"，一下让新光村云开月明。

青年旅舍、音乐酒吧、乡村咖啡、花艺布舍……如今，十余种业态被引入新光村，那些闲置了300余年的老建筑，终于在陈青松的精心筹划下，找到了各自归宿。

"我始终秉持共享共富精神，像开农家乐、办民宿、卖小吃这类老百姓能做的事情，我们不做。接下来，我将谋划如何与村集体形成股份制的利益共同体，深度介入招商运营。"陈青松坦言，尽管运营收入有限，但通过这一"复活计划"能让新光村更加和美，自己也很有成就感。他还计划输出"廿玖间"品牌，让更多古村落、老建筑复活。

同样由"牛奶村"蝶变而来的"明星村"，还有距离新光村不远的大畈乡上河村。该村的一炮走红，缘于2016年集体救援失联儿童事件。当时，这份大爱感动了中国诗歌学会，因此，便有了全国第一个"诗人小镇"。

上河村走红后，数百间明清建筑获得市场青睐。夏日的夜晚，数以万计的游客涌进小山村，只为一睹"双月奇观""多彩鱼鳞阶梯瀑布"等夜景。

为了抢抓机遇，村里很快引进了第三方投资管理团队，进一步开发沉睡的乡村资源。高空滑道、玻璃悬廊、音乐喷泉、冰雪世界等一批项目，短短时间内就花落上河。

"大畈乡九成是山，但2020年，所有村的总收入和经营性收入均分别超过100万元和30万元。"在大畈乡党委书记潘期枫眼中，"和美"即乡域统筹、共享发展。而在大畈"整乡抱团"发展战略中，古村落、老建筑无疑是重要引擎。

据了解，最近，根据"和美金衢"组团定位，依托金义历史名人底蕴，金华市农业农村局正加快建设一条跨区域的金义名人和美乡村精品带，全长约50千米，沿线涵盖10多个精品节点村，串起了施光南、艾青、吴晗、陈望道4位近代名人，今后有望成为一条融合文化、生态、休闲、文创、人居等的多功能乡村振兴示范带。

■ 古村落里的"新生命"

在很多人认识里，村干部必定是本村人。但前不久，武义县履坦镇坛头村的村"两委"换届选举中，来自兰溪市的徐小冰却高票当选村委会委员。这在当地成了一件"稀罕事"，也成了"和美"之谈。

"有的投资者认为自己高人一等，可小冰完全不是，他总是站在村里的角度考量问题。这几年，他俨然成为招商办主任，让村里的古建筑起死回生。"村党支部书记林卫良告诉记者。

坛头村位于武义江和白鹭溪的交汇处。过去由于地势低洼，加上环境污染，村口土地被冲成了烂河滩，又脏又臭，后来经过治理，摇身一变成为湿地公园。湿地与古建筑交相辉映，确有一番滋味。

2017年，徐小冰偶遇坛头村，一下子就被"依依墟里烟"的古村落勾住了魂。那栋摇摇欲坠的光裕堂，经过修复后，如今成了田庐文创园的接待大厅，古色古香，清新雅致。

此番相遇，注定越陷越深。至今，徐小冰已累计投入七八百万元，将近10栋古建筑开发成了民宿、餐饮、艺术展览馆、咖啡屋等。不仅如此，他还像磁场超强的吸铁石，引来不少社会资本投资坛头村。其中80后武义乡贤吴旭文，就是在他的感召下，决定将公司总部和旗舰店迁移至此。眼下，他正抓紧装修老宅，用于游客进行奶茶制作体验。

现在，坛头村里有青年旅社，有特色餐饮，有中医药馆，还有高端私家茶馆，各个业态之间和谐交融。"尽管老房子还有不少，前来询问的也很多，但我们并不着急对外出租。引进的业态之间一定要互补，而且业主得有情怀，还需有一定的产业层次。"林卫良对"和美"有着独到的理解。

如果说坛头村的湿地、松林、古建筑可以让人静下心来，感受时光的流淌，那么履坦镇叶长埠村琳琅满目的古玩，让这里充满了人间烟火。一条古玩街，"活"了一个村，村里近50栋的明清古建筑，如今成了各色藏品的展销馆。

每周二，叶长埠村都会举办集市，引得各路古玩爱好者慕名而来，与之配套的业态也愈发丰富。记者看到，面朝武义江，一家由老屋改建而成的音乐餐厅即将投入营业。尽管装修投入不菲，但日渐火爆的人气，再加上毗邻城区的优势，让餐厅老板徐旭月很有信心。

■ 蓝莲花开古村里

在村里的两年时光里，常会有意想不到的感动涌上韦育珍的心头，那可能是因为木头窗打开时，洒落进屋里的一片阳光；也可能是因为在丢弃的老物件里栽种的鲜花涅槃重生了。当然，最触动她的还是城里儿童与乡土文化、传统文化之间的奇妙反应。

幼师毕业的韦育珍，原有 5 家幼儿培训机构。但她心存梦想：如果能将孩子们从城市的高楼大厦中"解放"出来，让他们在古村老屋、乡间田野之间诵读儒学经典、体验传统非遗、参与农耕劳作，该是多么完美。因此，当她获悉榉溪村即将引进新业态后，立马决定将事业重心转至乡村。

坐落于大盘山南麓的榉溪村，群山环绕，环境宜人，还是孔氏后裔聚居的村落，素有"婺州南孔"美称。然而由于缺乏有效的保护利用，18 栋数百年历史的古民居，有的年久失修，有的濒临倒塌。在韦育珍看来，这些古民居无疑是她的"梦中情人"。她当即包下其中 8 栋老房子，开启了"蓝莲舫"的筑造之路。

记者看到，"蓝莲舫"分为定制研学、文化交流和品质生活三大板块。各色古建筑经过改造后，成了蓝莲生活馆、国学体验馆、耕读体验馆等。无论是孩子，还是成人，都能在此找到对应活动。

现在的榉溪村，以孔氏家庙为核心，形成了一条观光、研学、采摘的旅游线路。在这里，政府找到了古村落保护利用的新路，工商资本找到了充满想象的市场空间，而络绎不绝的游客，则得到了心灵的浸润与满足，颇具"和合之意"。

"这里卖的不仅仅是生态和产品，更是文化，以及一种生活方式。而这种与众不同的卖法，正是通过古村落、古建筑得以实现的。"磐安县委宣传部部长陈新森认为。

据了解，为了唤醒农村沉睡的农房和古建筑，2018 年，磐安推出"共享农屋·磐安山居"。如今，像榉溪这样的村庄越来越多，民宿、茶吧、咖啡吧、国学班等乡村业态跑出了加速度。目前，全县已发展共享农屋 2 130 户，2020 年直接为农户盘活收益 2 000 多万元。

范冬岩介绍说，2020 年，金华积极实施产业、生态、社会、治理、城乡"五和促进"行动，田园美、村庄美、全域美、人文美、生活美"五美提升"行动，以及"两进两回"、产权制度改革、农村市场开放、数字乡村建设、区域集成创新"五能增强"行动，全力打造"和谐乡村""美好乡村""众创乡村"3 块金字招牌。这幅"和美"画卷中，古建筑、古村落正发挥出越来越重要的价值和作用。

统计数据显示，目前，金华已培育美丽乡村风景线 65 条、省级美丽乡村示范乡镇 52 个，创建了 122 个现代化"和美乡村"示范村、174 个省级特色精品村、1 439 个省级新时代美丽乡村达标村。2020 年，面临新冠肺炎疫情带来的诸多不确定因素，全市乡村旅游仍然交出了漂亮答卷，乡村旅游量 3 420 万人次，经营收入超过 21 亿元，其中，古村落新业态贡献率达到 35%。

古村落、老建筑的"命运不济"，是一个人尽皆知的普遍现象：有些地方甚至将这些资源的保护视作负担，认为只有投入没有产出，看不到未来和希望；有些地方则认为，既然带有历史文化印记，就不应该进行市场化经营。

早在 10 多年前，浙江就出台政策对古村落、老建筑予以保护，并于近年设立古村落保护利用基金，进行这方面的活化利用探索。浙江金华掘"金"古村落的实践，不仅让"和美"这一乡村发展定位得以落地，而且让村集体经济得到壮大、运营商利益得到体现，可谓一举多得。这一实践充分证明：只有用市场化方式进行古村落、老建筑的保护利用，并且将其纳入地方党委政府的中心工作，才能找到有效的结合点。

浙江开启乡村经营新时代

（2019 年 11 月 7 日《农民日报》头版）

9 月 16 日，习近平总书记来到河南省信阳市新县田铺大塆，了解创客小镇、乡村旅游等情况。在这里，总书记饶有兴趣地听取了"乡村创客"翁余辉的汇报。

翁余辉来自浙江，是杭州市漫村文创公司的负责人，他正在将乡村经营的理念和做法输出到包括河南省在内的多个省份。

在浙江，像翁余辉这样的"乡村创客"已渐成气候：联众、乡伴、优宿……他们实力虽然比不上大公司，但有理想、有情怀，不辞辛劳，一路摸索着可供复制的模式。

与此相呼应的，是一批地方政府争先恐后的试水。在新近推出的建设计划中，他们不约而同地将"经营"作为重头戏，规定建设资金要重点投向具有经营谋划的乡村。

浙江省农业农村厅副厅长刘嫔珺认为，从 2003 年开始，由于各级党委、政府的锲而不舍、久久为功，九转丹成，通过"千万工程"建设，诞生了一大批美丽乡村。接下去的 15 年，重点要考虑的是如何让美丽乡村更加兴旺、更加富裕、更具人气。

建成美丽乡村并不意味着大功告成、一劳永逸。善于思考的浙江人早就在探寻：如何让乡村的美丽可持续，如何激发乡村发展的内生动力，让政府的建设投入能够变现，产生经济效益，达到既中看更中用的目的。

正是在这一背景下，当"乡村创客"力量与政府意愿碰撞在一起，就产生了耀眼的火花。

■ 谁来经营

2019 年春节刚过，一条招聘信息让淳安县枫树岭镇下姜村成为舆论关注的焦点。

原来，这个浙江 5 任省委书记联系的小山村，在政府投入数千万元建成美丽乡村示范样板后，希望通过经营，将"知名度"转变为"生产力"，村里为此专门组建了实业公司。

可谁来掌舵、谁来经营呢？村里将所有人挨个摸排了一遍，也找不到一个合适人选。无奈之下，只能张榜对外公开招聘职业经理人：18 万元年薪，上不封顶。

下姜村的招聘，之所以引起轰动，不在于最终入选者究竟是谁，而在于其触动了乡村发展的敏感神经：经营和人才。

2017 年，浙江提出大力发展全域旅游，并计划用 5 年时间，打造 1 万个景区村庄，其中 1 000 个达到 3A 级标准。这也就意味着，大批乡村即将进入旅游市场，急需大批经营人才。

但乡村经营的市场化取向与传统村落的封闭性形成了尖锐冲突。多年来，农村发展依靠本乡本土的能人，体内循环，但这样的能人毕竟为数不多。浙江省文化与旅游厅副厅长杨建武分析认为，与过去发展农家乐、民宿等单一业态不同，这次推出景区村庄，意在按照旅游业要求，进行整体开发打造，这对经营者提出了新的、更高的要求。"如果把之前的美丽乡村建设比喻为栽下'梧桐树'，那么接下来就要更加注重引来'金凤凰'。"

这方面，杭州市临安区率先跨出了第一步。2017 年，在政府统一部署下，当地 13 个村落景区组建起 13 个村级运营平台。其中，11 个引进了社会资本，与村集体合作成立了运营公司。

经过两年磨合，这批运营商基本都扎下了根，在经营上取得初步成效。对于如何运营、如何盈利、如何厘清建设和运营之间的关系，积累了丰富且宝贵的经验。临安区文化和广电旅游体育局局长凌理认为，运营商不同于投资商，不仅要懂政策，而且要有公益心。实践证明，投资商和运营商合二为一的，成功的概率最高，也最受村民欢迎。

记者采访发现，在这场从"建设"向"经营"的华丽转身中，主角已经悄然发生变化：以前，投资建设的主角非地方政府莫属；而今，"乡村创客"渐成经营"唱戏"的主流。其中不乏国企的身影，村集体也有长袖善舞者，但更典型、更具意义、更让人兴奋的，无疑是大批"乡村创客"的到来。

他们身份各异，有的是设计师出身，有的来自高校、媒体、律所，也有的是在外创业成功的乡贤。他们不仅带来了团队、资本、信息，而且带来了匪夷所思的创想，用文创、休闲、旅游、养生、运动、培训等给乡村注入新的力量。

地方政府、乡村创客、村集体，三者重构了乡村发展的新生态：地方政府负责推介美丽乡村、引进运营商，并且出台政策予以鼓励支持；村集体负责流转、收储资源，协调村民和运营商之间的关系；运营商则通过活动策划、市场营销，利用美丽乡村的建设成果，将乡村资源变现。

波涛汹涌、浪潮澎湃，乡村经营在浙江已呈不可阻挡之势。2018 年，浙江近万家企业参与乡村振兴，投资超过千亿元，全省村均收入达到 178 万元，其中经营性收入村均 107 万元。

■ 从哪入手

江苏有个文旅集团的女老板，与新昌县东茗乡后岱山村非亲非故，居然来到这里当起了村委会的"荣誉主任"。不仅自己投资开发民宿，还与村里合股组建运营平台，股份比例双方平分。一年多时间，就吸引来 14 位城里人投资，村里闲置已久的民房成了抢手货。

女老板为何钟情偏僻的小山村，这里有什么独特的旅游资源？

这位名叫萧去疾的女老板讲起来头头是道：在常人看来，后岱山村并无优势，交通不便，山水寻常。但在她眼里，这里有浓浓的乡情、乡愁、乡韵，这是城里人最稀缺的。因此，后岱山村的出路不在景区式旅游，而在乡土文化、民俗、美食和民宿。她的目标是把这里打造成特色美食集聚区、研学基地、民宿集群。

差异化、个性化的市场定位，是乡村经营不可或缺的基本功。萧去疾的判断和分析，实际上代表着运营商进入乡村后一种专业的分析把控。

尽管在美丽乡村建设中，浙江一直强调因地制宜、突出特色，不能照抄照搬、千篇一律，要做到"一村一品、一村一魂、一村一韵"。但事实上，因为种种原因，部分美丽乡村往往大同小异、似曾相识，不仅缺乏市场定位，也看不到鲜明的个性特色。

如何在成千上万的美丽乡村中脱颖而出，让消费者产生认同、产生重复消费？浙江永续农业品牌研究院执行院长李闯认为：首先，不应该机械地将城市业态搬到乡下，而应该充分彰显乡村特色；其次，每个乡村都应该找到自己独特的"卖点"，要让所有的设计元素、环境艺术、活动设置等对其进行强化，形成彼此间的加分，而不是相互冲突。

马军山是浙江农林大学园林设计院有限公司专家，10多年来，完成了100多个村庄规划项目。2017年，在完成德清县禹越镇三林村的规划项目后，他留了下来，成为运营商。他要证明，乡村经营也是可以盈利的，"建设和经营是完全不同的两码事。建设时，村里可能不会考虑那么多，只要完成任务即可；但经营起来，就不得不思考：客人为什么要到我这里来，我跟其他乡村究竟有何不同？"

如今，马军山通过白鹭引爆了市场，白鹭也成了三林村最大的"卖点"。万鸟园里，数千只白鹭在这里栖息，亲水平台、临水栈道边，也随处都是白鹭的雕塑。游客们流连忘返，为的就是与白鹭度过一段和谐相处的美好时光。

因为运营商的进入，品牌化经营的理念已经在浙江乡村萌芽，尽管不够普遍、深入，也不够专业、系统，但他们懂得靠山吃山、靠水吃水，有的凭借农业特色产业，有的依托祖宗留下的历史文化资源，也有的靠着地理区位优势。

总之，他们在尽最大的可能，将自己与众不同的一面展现给消费者：临安的月亮桥村主打月亮文化，桐庐的环溪村把周敦颐的荷花开发得淋漓尽致，淳安的下姜村围绕梦想展开系列设计……一个个独特的"卖点"，构成了日趋绚烂而多姿多彩的乡村画面。

■ 怎么经营

2019年春节前夕，象山县茅洋乡白岩下村喜气洋洋，每户入股农户都拿到了1万元"红包"，其中8 000元是入股本金、2 000元是分红。

白岩下村靠山面海，村里并无特色产业，村集体收入也几乎为零。胡凯上任村党支部书记后，决定向村民众筹资金，开发玻璃栈道项目。350户村民有 250 户入了股，众筹集资共 200 万元，村里资源股占 10%。

结果，项目投入使用后，短短半年时间，就接待了 18 万名游客，门票收入 460 万元，不仅收回了投资，还实现了丰厚的盈利。在分红现场，村里一鼓作气，开展了二期山体滑道项目的众筹。先前没搭上"首班车"的村民争相赶来认筹。目前，全村入股村民已有 90% 左右。

众筹是个新概念，但村民比较容易接受。在乡村纷纷走向经营的当下，这一手段被越来越多的乡村使用。"众筹的好处显而易见，一来能让村集体和村民双重增收，二来可以大大增强凝聚力。"宁波市农业农村局副局长王才平认为。

记者采访发现，当下村干部群体已经今非昔比。很多人不仅懂得市场分析，而且对资源的价值和开发方式，往往有着自己的理解。有充分把握的，就由村里众筹资金自己干；没有把握的，就与社会资本合作，共同开发，共同受益。廉价出卖资源的方式已经成为过去式，"一脚踢"承包经营的办法也不再流行，往往要求合作经营、保底分红。

什么是乡村独具特色的资源，除了绿水青山、民房耕地、民俗人文之外，还有没有更宝贵的呢？这方面，安吉县鲁家村做出了超前探索。

鲁家村以前一文不名，朱仁斌上任村党支部书记后，借美丽乡村建设之机，搞起了乡村经营。用一辆小火车串起 18 个家庭农场，统一引流、统一经营。仅仅 3 年时间，就把一个落后村建成了红红火火的示范村，外来参观考察者络绎不绝。

能否将鲁家村发展乡村旅游、实现乡村振兴的成功模式输出到外地？朱仁斌引进了广州乡村振兴基金和浙江大学农业品牌研究机构，将模式、资金、品牌三者打包，实行全链条的服务复制。目前，已经与湖南韶山等 16 个乡村签订战略合作协议。

民间资金也在以基金的方式进入乡村经营领域。

翁余辉是乡村整体经营的元老级人物。10 多年前，他就跟余杭区中泰街道中桥村联手，共同组建公司，打造以"慢生活、慢文化"为主题的乡村慢生活休闲旅游区。乡村振兴战略推出后，社会资本参与乡村发展的意愿日趋强烈，但苦于不了解农村政策，也没有专门的经营人才。在这种情况下，基金看中翁余辉，并入股他的"漫村文创"。

在常人看来，投资乡村哪怕不赔钱，也难有理想的回报。那么，基金公司如何考量经营的投入产出问题呢？

"资本看重的，不是今天的利益，而是模式是否可复制，何时能退出。因此，我们特别注重运营模式的构建，希望今后能走出乡村品牌化连锁经营的道路。"翁余辉的做法是依托基金，每个村预计投入 1 000 多万元，开发民宿、乡村度假酒店等，等有了一定数量，再形成乡村旅游目的地平台，走资本运作的道路。

■ 政府该干什么

尽管经营属于市场化行为，但并不意味着，有了运营商之后，政府就可以"功成身退"。记者发现，为了带动村庄运营，浙江有的地方举办农事节庆活动，以美景美食、民俗文化等为切入口，为乡村引流；有的启动闲置农房激活计划，为经营主体获取资源提供平台，免除后顾之忧；还有的举办各类推介活动，向社会发布乡村旅游线路。

优宿创始人施韬表示，政府这些举措确实能给村庄运营带来更多资源，但目前，"乡村创客"毕竟势单力薄，盈利模式也不够明晰，一个村一年几十万元的运营经费只能维持公司运转。迫在眉睫的是，政府应该尽快出台乡村经营的政策体系。

按照现有的财政体系，政府资金主要集中于村庄基础设施建设和环境改善。尽管各地普遍意识到，要用经营的理念去指导建设，但实际上，政府资金使用绩效评价体系中，衡量业态培育发展方面的指标并不突出。甚至有些地方因为前期规划和建设不当，导致后期运营中，要么缺这缺那，要么用处不大，反而浪费了空间和资金。

对此，浙江省农业农村厅副巡视员楼晓云建言，到了乡村经营的新时代，必须让前期建设与后期运营紧密结合，并且对政府资金的使用要有一个科学的研究，如投哪些环节、什么时候投、怎么来投、如何评价资金效率、如何验收支付等。

好在许多地方已经意识到这些问题，开始了一步一个脚印的探索。

地处杭州近郊的余杭区，2018 年提出要打造农文旅融合发展示范村，每年安排 4 000 万元资金，用于扶持村庄景区运营。与过去精品村创建不同，这次的示范村以市场为导向，强调产业要素，要求必须具有健全的运营机制，符合一系列要求的,村里能拿到最高 600 万元奖励。

值得一提的是,这笔资金的使用,除了对村庄进行补助之外,如果开展农事节庆、民俗旅游、宣传推介活动的,运营主体可分别从中获得每次10 万～30 万元的奖励;而每年,根据游客人数、旅游收入、设施维护等指标,只要通过年度考核验收,运营主体还将从中获得最高 10 万元的奖励。

跟余杭区做法相接近的是几百里之外的开化县。这个经济并不宽裕的山区县,居然安排 1 亿元资金打造"十大典范村"。更让人吃惊的是开化县的资金使用理念:只有 30% 可以用作基础设施建设,另外 70% 必须用于业态配套。村庄想要拿到真金白银,必须产业项目落地、社会资本到位。

地级市层面,嘉兴市的做法同样可圈可点。当地发展 3A 级景区村庄不搞"数字工程",实行"计划生育",专门推出"正负面清单",比如重点突出一个入口形象、一个游客中心、一个乡村景点、一个游览路线、一个营运主体等"十个一",禁止建设大公园、大广场、大草坪、大牌坊等形象工程。

乡村经营就这样被浙江人一步一个脚印踩出一条路来。记者注意到,浙江不久前出台的《新时代美丽乡村建设规范》中,"乡村经营"一词赫然出现,鼓励采用股份合作等多种模式,引进社会资本和工商资本参与村庄经营;而在《浙江乡村振兴发展报告(2018)》中,浙江也明确提出了"品牌化经营"的概念。我们有理由相信,通过这场前所未有的经营实验,在中国乡村振兴舞台上,作为美丽乡村发祥地的浙江,将再一次执起牛耳。

天目曙光

—— 浙江临安乡村经营实验新观察

（2019 年《美丽乡村》第 8 期）

　　尽管没有当场发飙，但一丝不易觉察的失落和尴尬，还是写在陈伟宏脸上。作为临安区文化和广电旅游体育局副局长，陈伟宏眼看着自己主持的这个月度例会人气日渐暗淡，大家不是借故请假，就是安排部门工作人员前来参会，他也只能徒唤奈何。

　　临安地处天目山脚下，是杭州所辖的一个山区。这些年，政府投入大量资金，按景区标准建设美丽乡村。但这些乡村脱颖而出之后，如何"既中看又中用"，临安开始了村落景区运营实验。2017 年，13 个村落景区在政府统一部署下，一下子组建起 13 个村级运营平台。

　　乡村经营本就是个新课题，对运营商而言，不仅要了解市场，更要懂得农村，既要掌握政策，还要擅长调动资源。这里边，究竟如何运营、如何盈利呢？正是为了讨论问题、寻找方法，文旅局出面，召集有关机构和负责人，每月举行一次运营商例会。陈伟宏则每次披挂上阵，通报信息、评点进度、面授机宜，例会一开往往就是半天。

　　尽管陈伟宏一再强调例会的重要性，但例会的号召力和凝聚力似乎越来越低。一次，月度例会正好和农办会议在时间上"撞车"，农办掌握着各种项目资金，结果所有村支书和运营商竟不约而同"弃暗投明"。在外人看来，陈伟宏犹如堂吉诃德，进行着一个人的战斗。人们也不明白，他这么忙忙碌碌、不遗余力，到底想要什么。但他感到，前面有一缕曙光，正在变得越来越明亮。东方欲晓，这团曙光将照亮所有的乡村。

这天下午，记者专程赶赴临安听会。只见月亮桥村的会议室座无虚席，但一圈名字报下来，记者明显感到，主事的没来几个。好不容易轮到一个村支部书记发言，却不料影踪全无，说是去了厕所。大家等了半天，结果发现，这位村支书早已不告而别。

对于陈伟宏来说，这样的场面已经习以为常："认准了这条路，困难再大，我们也不会放弃。希望你们能客观真实地报道我们的探索，千万不要粉饰太平，写成经验总结。"带着这份令人意外的嘱托，记者五下临安，跑遍10多个村庄，试图真实展现这场乡村经营实验。

■ 公办好，还是民营好

月亮桥村的月度例会上，王建忠是为数不多出席的运营商老总之一。他的发言刚结束，马上就引来一场激烈的争论，导火索是一出戏。

王建忠是临安区旅游投资发展有限公司（以下简称临安区旅投公司）的一名中层，他所运营的上田村，是2018年区里重金打造的"明星村"。光基础设施，政府就投了七八千万元。

说实话，在风景如画的临安，上田的资源实在过于普通。如果非要说优势，也可能只是这里独特的文化：许多村民不仅会舞刀，还会弄文。因而，在之后的村落景区建设时，取名"文武上田"。

砸钱造星绝非最终目标，上田想要真正成为一个标杆，就必须得走向市场。一句话，得有人来运营。

于是，这项光荣而艰巨的任务，自然而然交给了国资背景的临安区旅投公司。过去，临安区旅投公司的代表作就是青山湖。这个大型人工湖，从最初的默默无名，到如今的声名鹊起，王建忠为此付出了10年青春。能否再造传奇？王建忠被点将，派往了上田村。

王建忠坦言，从旅游资源的角度看，上田项目对临安区旅投公司而言，难有兴趣，但因其特殊的身份，无法拒绝"军令状"。当然，临安区旅投公司本身优势非常显著：实力雄厚，可以承受投入大、见效慢带来的压力；同时，具备通畅和丰富的市场渠道，关键就看产品设计。

按照规划，王建忠设计出四大产品：红色党建、团建策划、亲子研学和农事体验。目前，面向公务人员和党员干部的培训班已推出，光餐厅一个月收入就有 10 万多元，基本可实现自我运转。但针对游客，上田仍缺乏吸引物，王建忠将目光聚焦到了一场戏。

演戏并非突发奇想。当年，青山湖的崛起，就是靠节假日的一场场表演，逐渐积攒起人气。对照画葫芦，王建忠想好了步骤：先请临安文化馆、青山湖演出团队，以及群众演员帮忙，一场戏两三千元的成本足矣；后期，将场地从室外引到室内，再配备专业的设备、队伍等，投资大概需要近 200 万元。

王建忠饶有信心地描述着他的计划。没想到，话音刚落，一盆盆冷水泼来。陈伟宏首先反对：投资这么大，什么时候才能收回成本？另一位专家的质疑则更直接：大城市有那么多高大上的文艺表演，游客凭啥到上田来，看你这"三脚猫"？

面对当场质疑，王建忠并未辩驳。运营商中，唯有他这一家属于国资背景，因而常被视作财大气粗、不讲效益。之后的采访中，他向记者坦言："上田村没有出众的旅游资源，只能'无中生有'，这场戏就是吸引物。"

王建忠测算了一下，要做好四大产品，临安区旅投公司至少得投入 1 000 万元，如果顺利，两年内可收回成本。采访中，记者明显感觉到，从运营一个封闭式景区，到运营一个开放式村落，这种角色转化带给王建忠的巨大压力，无论是投资方式、盈利模式，还是决策效率、落地方法等，都完全是两码事。

目标诚可贵，路径价更高。尽管王建忠所描述的目标异常诱人，但似乎始终缺乏动力。与记者告别时，他说出了心里话："我们希望搭建平台，把项目交给社会资本。可没有一定的人气，资本肯定不愿进来。但不管如何，未来旅投公司肯定要逐渐退出。"

与王建忠有着同样心情的，还有太湖源镇白沙村原党支部书记夏玉云。年逾花甲的他，几乎将一辈子心血都交给了这个小山村。退休后，他走上了太湖源头村落景区管理有限公司总经理的岗位。这个公司，是运营商中唯一一家由村集体自办的。

"我老了，很多想法已跟不上发展要求。如果有适当机会，很希望社会资本能够进来，真正把白沙村的资源盘活。"夏玉云坦言，村里当初自办运营公司，并非闭关自守，而是根本无人问津，最后只能硬着头皮自己上。

白沙原是个"二山夹一沟"的贫困山村，后来得益于生态环境，几乎家家都开起农家乐，全村人均纯收入达到 6 万多元。但老百姓富了，村集体却穷得叮当响，除了太湖源景区每年上交的 10 万元管理费，几乎再无其他收入。

成立村落景区运营商，就是要解决村集体经济的问题。没办法，夏玉云拒绝了他人 30 万元的高薪聘请，出任运营公司老总。按政策，他个人可以占股 80％，但夏玉云也拒绝了，只拿每月 6 000 元的固定报酬，不占一股。

2018 年，争取到上级 800 万元的村落景区建设项目后，村里建起了游步道、文化礼堂等。可等到真正运营时，夏玉云发现，能用于经营的空间一个都没有。

"没办法，我们只能将一些物业租过来，改造提升以后，再分包出去，虽然也赚了些钱，但这仅仅是管理，还不是开发和运营。"

在夏玉云的心目中，运营公司并非物业公司。尽管从空间看，白沙村已经没有回旋余地，但这并不意味着运营公司就没用武之地。比如可以把农产品文创化，作为伴手礼；比如可以定期策划活动，增加人流量；又比如可以针对散客，推出更多旅游产品，这是农家乐业主都需要的服务。

"这些事情很重要、很迫切，但光靠我们几个，既不专业，也不具备方方面面的资源，还得交给专业的团队来做。说实话，管理我是在行的，但具体的开发经营，真的力不从心。"夏玉云自揭其短，毫不掩饰。

记者感悟：王建忠和夏玉云，尽管一个是全国资，一个是村集体，但他们不约而同，表达了同一种心声：在没有合适的运营商进驻前，由"公家"担当运营重任未尝不可，但必须认清，此乃权宜之计；要想可持续运营，"公家"还得适时退出，把运营交给市场、交给专业团队。这不是谦虚，更不是畏难，而是他们深谙自身角色的长短板，懂得只有激发市场的内生动力，才能有效激活和配置资源，这也是市场化经营乡村的题中应有之义。

■ 谁为主，谁为辅

运营商进入后，首当其冲面临的问题就是，怎么样和村里保持一种良性互动。毕竟对于运营商来说，人生地不熟，碰到各色各样的困难在所难免。此时，村集体扮演什么角色、发挥什么功能就显得至关重要，甚至会直接左右运营商的去留。

那么，谁为主，谁为辅？这里有两层概念。首先是股份结构，谁多谁少。

在这个问题上，临安思路很清晰，村里占小头、主体占大头，具体份额由双方决定，目的就是要充分激发运营商的积极性。其次是运营中的具体分工，究竟村集体负责什么、运营商负责什么，双方的职能定位该如何确定？记者发现，这其中颇具奥妙。

指南村位于太湖源头，每年深秋时节，层林尽染，是摄影爱好者朝圣的天堂。有了这一人气基础，政府大胆投入了七八千万元，搞好基础设施建设后，交给了临近的神农川旅游文化发展有限公司（以下简称神农川）景区团队来运营。

王军是神农川的总经理，具体负责"红叶指南"的运营。他告诉记者，公司与村里并没有合股组建运营公司，目前仅是托管状态，签了两年合同。村里将资源打包交给公司，公司每年支付50万元租金。

起初，神农川与指南村的联姻，被许多人认为是天作之合，包括王军本人，也怀揣着美好愿景。一方面，两个景区位置相邻，在流量上可以相互导入、内容上可以互为补充；另一方面，接手指南村的运营后，也可以分摊公司的营销和管理成本。况且，景区运营本来就是神农川景区团队的拿手好戏，不然也不可能20年"红旗不倒"。

然而，等到真正进入村庄以后，王军一下子懵了，许多未曾料想到的变故，让他有些招架不住，甚至有些心力交瘁。"村里资源是不多，但总归也有一些，我们不是不愿投资，可村委没能做好协调工作，很多村民有所误解，认为是村里低价把资源卖给了我们。同时，镇里介入的力量又太过强大，与我们的设想出入很大。当然，我们公司本身也出了些状况，最终导致合作效果不佳。"

在王军看来，他们并没有很好地发挥自身优势，目前顶多算个第三方的营销公司，虽然也有效果，但经济上却入不敷出。2018年，公司做了两场活动、改造了上下山的管理设施，共计投入130万元，实际营收却只有120万元，再算上人工成本，亏了不少。

2018年底时，区里对各家运营商进行考核，涵盖了7大类36项细则，最多可予以百万元补贴。本来王军还胸有成竹，可没想到，最后的结果是竹篮打水一场空。

对没有拿到的补助，王军自不愿多言。2019年，公司硬着头皮，继续托管指南村，至少得把50万元的成本赚回一些，活动是明确不办了。目前，收入主要来自停车费，以及上下山的区间换乘费。其间，一些乱收费的投诉常不期而至。一切的一切，令王军更加心力交瘁。"在临安，像神农川这样的民营景区有十多个，由我们来经营附近的村落景区，这种方式本身没有错，应该说，是一个很有价值的探索和实践。但村里、镇里的配合至关重要，像我们这种简单的托管，肯定不行。"王军说。

同样事与愿违的，还有媒体编导出身的胡益波。这个"女汉子"与临安本无缘分，只是在运营商大会上，偶然间遇见百园村。胡益波一看、一听，觉得还蛮不错，就签下了协议。"其实，当时我根本就不懂村落景区应该怎么做，只是觉得乡村是个梦，自己能把这个梦变成现实。"

说干就干，胡益波驾着车每天来往于杭州和百园村之间。百园村位于淤潜镇，离杭州近百公里，车程一个半小时。经过两个月的调查，胡益波拿出了"百园百业百元"的规划。

这个在旁人看来根本不起眼的村落，在胡益波眼里，却有着别样的神奇：什么做豆腐的、箍桶的、舂年糕的、酿酒的、织布的，统统可以开发，甚至那些阴暗的、常年无人居住的老屋，那些不登大雅之堂的便桶，也有着商业价值。她认为，只要将乡村文化展现出来，让每个游客留下百元花费，应该不是难事。

统一服装、统一道旗、统一店招……2017年12月，临安召开美丽村庄（村落景区）建设现场推进会，首站参观点放在了百园村。胡益波精心导演的"耕织图"，让所有代表大开眼界，也让世世代代生活在乡村的百姓，重新发现了乡村的价值：原来那些习以为常的资源，都是可以变现的。

热闹马上过去，运营如何持续？头脑冷静下来之后，胡益波开始思考：招一个文案写写拍拍，每月至少7 000元，还有自己每天来回的汽油费，都是成本。自己已经投入了运营成本，再不可能去搞建设，否则资金压力太大。而且即使投了，资产也不属于自己，公司不可能这么盲目。

政府倒是从中看到了希望，给了百园村一个500万元的精品村项目，指定用其中100万元做5个园。胡益波到农办去跑了几趟，最后还是不得要领。"我是给旅游局做事，但项目资金都在农办手里。这就理不顺，做事很累。"

胡益波认为，村里应该帮助协调资源，而不是她追着村里跑，这让她感到精疲力尽，感觉自己找不到主体。当她向陈伟宏提出疑问时，陈伟宏的回答是：你就是主体！但胡益波不认可这个说法，并认为："我只是运营主体，只有对方积极配合，才能有所收效。"

胡益波的热情犹如午后的阳光，一点点暗淡下来，和百园村的关系终于陷入了僵局。"我是企业，又不是政府。对方跟不上的话，我是耗不起的。我的成本很大，还要让我来推动、来建设，这是本末倒置。"

2019 年春节以后，胡益波再也没有去过百园村。记者想跟胡益波约个日子，一起去村里看看。她当面未置可否，但回去后，很快发来短信："我其实不是很想你去百园村，因为之前的陈设都没了，我怀疑旗子都没了，感觉没东西好看的。如果村里、镇里不主动积极，我们的工作和实施基本上就都泡汤了，所以也不知怎么说好了。您看着办。"最后是两个图标：一张流泪的脸盘，一对抱拳的双掌。

如今的王军和胡益波，都与村里保持着一种若即若离的关系。当初，两人都满怀着美好的愿景进来，如今却黯然神伤，成为人们眼中的"逃兵"。

采访中，记者发现了一个耐人寻味的现象：但凡村落景区运营有所成效的，必定是村集体和运营商鼎力协同，而且村党支部书记或者村主任，大多开着豪车，不是奔驰、宝马，就是奥迪，他们都有自己的生意，思路活跃，视野开阔。对上善于争取各项资源，对下善于协调各种村民关系，中间则为运营商提供各项便利。同时，他们往往懂得商业逻辑，能够与运营商顺畅对话，搭档起来更加默契合拍。

记者感悟：运营商和村里，到底谁为主，谁为辅？股权结构有多少之分，作用大小却无标准答案。从市场经营来说，运营商为主毋庸置疑，但作为外乡人，要激活村里资源，势必需要村里的全力配合，此时，村里的辅助至关重要。因此，谁主谁辅是一个动态的、辩证的关系，只有两者配合游刃有余，才能不断渐入佳境、成就彼此。

■ 是投资商，还是运营商

应该说，王军和胡益波对自己所扮演的角色，是有明确定位的，这就是运营商。但他们的"告退"，还是引起了不少人的警觉。

一些村支书的观点很直接：运营商如果一点都不投资，一旦遇到问题，很容易拍拍屁股走人。运营商只有投入真金白银，形成一定的资产积累，才不至于轻易"离婚"。但运营商们则往往坚称，自己投入的是智力，是活动策划和市场推广的资源，长项就是轻资产运营，而非实体项目的投资。所谓的建设投入，应该由政府和村集体负责。在政府完成基础设施建设之前，运营商不应该进入乡村。

事实上，对这批能人志士，他们的身份究竟属于投资商，还是运营商，一开始，临安有关部门也是一知半解、一头雾水。一个直接的证据是，2017年招商会上的横幅，就是打着"投资运营商"的称号。也许不管白猫黑猫，抓住老鼠就是好猫，只要运营得好，区里就悬赏给予补助。

"当时区里提出全覆盖，我们只能比较匆忙地让各家村落景区签订了运营商。现在回头看，这个事还真急不得。"陈伟宏反思道。

闵坞村地处天目山镇，是出入天目山景区的必经之地，距离最近的高速路口仅有五分钟车程。村党支部书记凌国泉告诉记者，10年前，闵坞就开始建设美丽乡村，可惜一直缺乏业态，集体收入仅够日常运维。

闵坞比较富裕，农房既高大又漂亮，空置率却很高。能否利用独特的区位条件，盘活这些闲置房屋呢？两年前，凌国泉开始谋划经营文章。运营商很快招来了，姓俞，是位女性，从事会展业多年，具有丰富的产业资源。村里和她共同成立了"闽武驿公司"，准备租用闲置农房，开发民宿。

但好景不长，或许是不擅长与老百姓打交道，又或许是觉得无利可图，总之，不久后，俞总就打了退堂鼓。

是金子总会发光。闵坞很快又吸引到了另一位女性，姓赵名红梅，是国内一个动物保护民间组织的负责人。在赵红梅的社群里，有150万的爱宠人士。这几年，赵红梅一直在为这些人寻找和打造可以带宠物旅行的目的地。

一次偶然的旅行，赵红梅与闵坞村一见钟情：闵坞这里有10多条山沟，客人们完全可以带着宠物，吃喝玩乐，一网打尽。

对于运营商的定位，赵红梅有着自己的认识："首先，运营商要承担策略顾问和规划师的角色，要根据自身优势和村庄资源，与村里、上级部门一同制定可落地的规划。接下来，就去实施执行，做好招商引资、运营管理、推广营销等工作。"

在赵红梅看来，总体上，运营商可以有小规模的投资，解决双方信任的机制问题，让村委会吃下"定心丸"，但不能是"重资产"的模式，否则容易造成重心偏移、一心两用的现象。她的计划是，前期先租赁3幢房子，简单改造后，推向市场。

但运营一个乡村谈何容易？光是注销前一个公司，程序就走了半年多。最近，新公司"天幕旅游"终于注册成功，村集体占股20％。

"村里占股20％，不需要出钱，但必须给我应有的支持，比如政策、资源，以及村民的协调等。责权利必须清晰界定，否则我寸步难行。"在赵红梅看来，目前的状态仍然不够合拍，"我很急，村里倒不急。"

挂了电话后，赵红梅给记者发来微信：我们的团队不会放弃闽坞村，目前我们正在想各种办法，让村民们接纳我们，成为他们的朋友。

赵红梅的投资和运营计划刚刚开始实施，而金诺公司娄敏的投资已经有所收效，并且正在向运营商的角色成功转换。

龙门秘境位于临安区高虹镇。在乡村旅游遍地开花的临安，这里是所剩不多的"处女地"，保持着原汁原味的形态：群山环抱，竹海起伏，梯田纵横，蔬果飘香。

娄敏的外婆家就在此地，旅游资源相当丰富。不仅有户外岩壁，有火山岩石谷，还有金钱松、古梯田，更有"红色基因"值得挖掘。

2016年，娄敏在龙上村投资建起了"垄上行"民宿。让她意想不到的是，一年后，区里推出村落景区运营计划，她顺利成为第一批运营商。

与许多运营商不同，娄敏兼具投资商和运营商双重身份。两年来，她的金诺公司已累计投入3 000多万元，用来流转土地、农房。目前，已形成以石门老街为中心，集吃、喝、住、游、玩于一体的旅游新业态。在运营公司的股权结构上，3个村各占10％，金诺公司占70％。

那么，如何来清晰界定运营公司的职责呢？娄敏告诉记者，以前单个点的投资，只要做好自己就可以了，而运营商则是要做好3个村的公共服务。从职能来说，目前主要分几块：垃圾分类、环境卫生等基本运维；现有农家乐的提升规范，提供各家都需要但办起来不经济的公共服务；举办营销策划活动，吸引人气；农产品的包装开发。

现在，娄敏的运营团队里有20多人，2018年光运营投入就达到700多万。2019年，在赛事方面，娄敏计划举办4场：国际户外音乐节、国际攀岩大赛、国际越野大赛、国际大地艺术节。

对于娄敏的"大手笔"，在其他运营商看来，根本很难模仿，毕竟乡村投资数额大、见效慢，投入资产也很难变现。当兼具投资和运营双重身份后，如何保证有序运营，以及村级资产的安全性，都有待商榷，特别是在资产界别不清晰的情况下，要警惕集体资产的流失。

记者感悟：投资商和运营商看似是两个不同的角色定位，前者应该以资金投入为基础，而后者则可以发挥自身活动策划、市场推广等专长，盘活集体资产，但两种身份在一定条件下可以转换，甚至合二为一。投资商可以通过投入资金经营项目，达到对乡村的充分了解后，逐步转换为运营商；而运营商也可以在运营过程中，因为看中项目而投入资金，化身为投资商。而最理想的结果是：社会资本利用项目投资经营的机会，一方面发挥示范性、引领作用，另一方面自然聚合更多的资源，水到渠成，过渡为运营商。

■ 运营商如何赚钱

以怎么样的姿态和方式进入乡村运营，某种程度上，存在仁者见仁、智者见智的成分，但无论如何，有一条铁律，那就是每一个运营商必须要有自己的盈利模式。那么，运营商该怎么赚钱？这里面，有哪些章法，又有哪些雷区呢？

清凉峰山脚下的杨溪村，以"忠孝文化"闻名遐迩。孝子陈斗龙、忠臣韩世忠，是村里最突出的资源。但长期以来，忠孝文化却难以市场化运作，变现成经济价值。

2015年，临安旅游集散中心有限公司总经理章晓云看中了这一资源，在孝子祠里开设"忠孝学堂"，上午让学生们听课，下午体验乡村风光。

起初，公司和村里采取最简单的合作方式，10元的"人头费"抽成。一年下来，也有两三万元的流量。"说实话，这种纯粹是松散型的利益关系，村里如果自己来办学堂，或者交给别人做，我根本无法左右。"章晓云坦言。

2017年，杨溪村被列为首批村落景区。在前期合作的基础上，章晓云水到渠成成为运营商，双方共同组建了杨溪忠孝文化旅游公司，村里占股40%。

谈起运营商的作用，杨溪村党支部书记陈建政开门见山地说："以前，上头资金下到村里，盲目性很大，绝大多数用于基础设施，看不到价值和产出。现在不一样了，我要上什么项目，先跟章总沟通，游客喜欢什么，现在需要什么，我们就有针对性地投什么。"

以体验基地为例：村里负责把一家一户的土地流转过来，再争取上级资金，建设成为可以提供户外运动、餐饮的场地，再租给运营公司，租金2万元一年。

别看这块场地不大，盈利点却不少：一辆小火车，可以坐15个人，150元一趟，一天下来，能赚两三千元；土灶头，以当地菜为主，游客和学子可亲手烹饪，公司提供原材料，三五百元一桌不等；旁边一排小吃摊位，村民可出摊，卖不完的产品，由运营公司包销。关键是，这些业态正好弥补了课堂之外亟须的体验感。

"很多政府项目落到村里，本意是好的，希望能够帮助村集体和村民增收，但往往由于村里不善经营，好心变成了负担。运营商的价值，就在于把这些资源做活了，变成了产品。"陈建政讲话直来直去，句句切中要害。

说来也巧，杨溪村和月亮桥村相隔百余里，原本八竿子打不着，却有着千丝万缕的相似之处。两个村，一个毗邻大明山，一个毗邻天目山，都有景区优势；陈建政是山核桃老板，月亮桥的村主任张卫荣是咖啡店老板，都很懂市场理念；就连两个运营商，章晓云和陈聪也都是旅游从业者出身；天目山村落景区由月亮桥村和其他3个村庄合力打造，忠孝文化村落景区也准备把临近的白果村和新峰村囊括进来。

在盈利模式上，尽管两家运营商都采取轻资产的方式，但陈聪主要依靠资源的整合与盘活，再租给社会资本，以赚取其中的差价为主。目前，村里已经收来11幢闲置农房，出租出去后做成了酒坊、豆腐坊、烧窑工作室等，每幢房的租金差价至少在5 000元以上。另外，村里流转了700多亩土地，其中已经有300多亩被分包出去，做成了玫瑰园、草莓园、四季果园。

"过去，村里只有农家乐和民宿，业态过于单一，留不住客人，也很难有市场竞争力。如今，这些项目上来以后，一下丰富了整个业态，既盘活了沉睡的资源，还有效解决了村里闲余劳动力。"张卫荣深有感触。

天目山村落景区的运营商是那月乡旅游发展有限公司，月亮桥股份经济合作社占股50%、陈聪占股40%、另一名合伙人黄益铭占股10%。张卫荣私下告诉记者，按照当初的设想，村里希望占70%，陈聪也并非他心目中的最佳人选。

"我是希望重资产模式。如果运营商一分钱都不带来，有点'空手套白狼'的感觉，同时也怕挂羊头卖狗肉，借着运营的名头，把市场作乱。可招了一段时间，没有人来，只能退而求其次。"张卫荣讲话，同样也是直来直去，"陈聪本身资源很丰富，从运营商来说，还是很符合要求的。"

在张卫荣看来，运营商不可能赚大钱，也不应该赚大钱，因为更多的是提供半公益服务。"当然，陈聪也可以独立运营一些项目，通过服务和业态来收费。这就意味着，他得自己投资一部分。"

钱昌欣是临安村落景区运营的专家顾问，在他看来，运营商能否成功，关键就在于盈利模式是否成熟，如果有利可图，运营商自会全力以赴，如果只盯着政府的补助，一旦"断奶"，就极容易"跑路"。尽管从具体盈利路径上来说，当是八仙过海各显神通，但这里面还是有几条规律值得研究和思考。

"首先，村集体可以把基本的物业服务委托给运营商，这部分费用至少可以解决运营商的前期成本，做一个托底；其次，运营商应当流转或掌握村里一些可利用的资源，包括土地、房屋等，通过业态经营来盈利；最后，运营商尽量不要做与现有业态形成直接竞争的产品，而是应该做一家一户做不了，或者做起来不经济的公共服务，如开发农特产品、举办主题活动引流等，这种方式可以很多元，不要局限于狭隘的旅游。"钱昌欣说。

那么，到底是应该采取像指南村那种固定收益模式，还是应该像杨溪村、月亮桥村等大多数村的股份合作方式呢？钱昌欣认为，两种各有利弊：前者简单，无论运营商赚多少，都能稳妥保底；后者更易激发双方积极性，但村里对成本、利润较难控制，而且股份结构很关键，一旦村里占比高了，容易打击运营商积极性，也容易使运营商盯上"快钱"。

尽管从目前看来，张卫荣和陈聪的合作顺利往前推进，但记者从侧面了解到，由于陈聪只占股40％，多多少少还是带来了不少影响。现在，大量项目进入村落景区以后，为了追求短期效益，陈聪有点往村委会的"包工头"角色靠近的意思，反而淡化了运营的角色，这让陈伟宏有些担忧。

陈伟宏认为，让运营商前期就介入村庄建设，这个理念完全正确，但运营商主要是提供建议和指导，并非直接参与，成了"施工队"或"包工头"，这与运营初衷背道而驰。在他看来，那月乡旅游发展有限公司的盈利模式也没问题，很具有参考价值，但村里的股份如果再调低，应该能进一步激发陈聪的积极性。

记者感悟：作为一种经济活动，乡村运营属于市场化行为，既然如此，赚钱就是天经地义。没有盈利可能的市场行为必定无法持续，与临安开展这一实验的本质要求也将背道而驰。但乡村经营又不能等同于普通的市场行为，其服务性质具有半公益性，服务对象是广大农民，服务内容是村集体和农民资产，这种服务不应该也不可能赚快钱、有暴利。对此，进入乡村运营的社会资本要有充分的思想准备。盈利模式的设计至关重要：聚焦公共需求实现市场化服务，进而实行品牌化连锁经营的模式，将呈现出巨大的前景。

■ 是先建设，还是先运营

运营商的功能，在于激活乡村沉睡的资源，尤其是让政府在前期建设阶段投入的资金真正转化为资产，与市场进行有效匹配。那么，这是否意味着，有了运营商之后，就万事大吉，政府就可以撒手不管？在运营阶段，政府应该扮演何种角色，发挥什么作用？

"晓丹，徒步线这个事情，你得抓抓紧。钱的事情，我也会想办法的。"挂电话前，陈伟宏又重复了一遍。此刻已是深夜的10点钟，电话那头的唐晓丹连着"嗯"了几声。这头的陈伟宏，心情恐怕又是极度复杂。

在临安的这场乡村实验中，并不缺乏女性的身影。相比于男性，她们更加理智，更能坚持。章晓云是，娄敏是，80后的唐晓丹也是。唐晓丹运营的村落景区，是地处太阳镇的双庙村。2018年，她与村里合股成立杭州慕仁文化创意发展有限公司，村里占股35%。

与龙门秘境相比，哪怕是与杨溪村比，双庙村的生态资源、文化资源都不止稍逊一筹。只不过，这里交通便捷，两条省道、一条高速穿镇而过。过去，村里的青壮年基本外出务工，一半土地处于荒废状态，双庙村也未曾进入临安重点打造的村落名单。

改变双庙村命运的，并非唐晓丹，而是"太阳公社"。2013年"太阳公社"租下了双庙村朱伊坞山谷的700亩地，创建生态农场，一时间名声大噪。这里不但生活着"全中国最幸福"的猪，被誉为中国理想主义农场，登上了《纽约时报》，农场的大白屋建筑还获得了德国标志性设计奖。

由于"太阳公社"，2017年双庙村被列入临安村落景区，拿到600万元建设资金。

唐晓丹当年就是被"太阳公社"吸引，来到双庙村的。这位来自上海的都市女性，此前从事帐篷国际贸易，后来将触角伸向了乡村，在双庙村流转了一个山谷，投入 1 000 多万元，打造了名为"拾伍间"的野奢帐篷酒店。顾名思义，总共有 15 个房间，屋顶用的是帐篷，沿谷而建，房间每晚定价在千元左右。

但世事难料，唐晓丹被引进来了，"太阳公社"却因经营不善面临倒闭，几百亩田地抛荒。唐晓丹的酒店就坐落在"太阳公社"的办公楼后面。于是，自然而然，村里向唐晓丹抛出绣球，希望双方合作，组建运营公司，盘活村里的资产，也盘活"太阳公社"。

对于唐晓丹而言，尽管她从未运营过乡村企业，但她明白，想要把酒店做好，就需要与村里合作，而她也在寻找一个代表作，以便未来可以承接整个研学业务。

角色变化以后，唐晓丹马上发现了摆在眼前的巨大问题。"我看了原来村里的规划，主要还是以建设和景观为主。对于运营来说，光有景观还不够，我需要有深度体验、可以互动，能够吸引客人、留下客人的项目。"

唐晓丹开始着手制定自己的经营规划。按照她的计划，她准备打造一条 5 千米的徒步道，在沿线布置业态，准备引入豆腐坊、手工艺、花园餐厅，举办乡村集市、音乐节，对农产品进行文创化包装等。唐晓丹并不急着招商，而是准备把基础先做好。

经过测算，唐晓丹需投入至少 200 万元，用于基础设施的改造。那么，谁来投入这笔费用呢？作为运营商，唐晓丹希望政府能够在项目上予以扶持，因为如果由她来投，无论是效益比，还是资产属性，都存在问题。但现实状况是，双庙村的村落景区村庄建设资金已全部用完，再要向区里申报项目，很难。陈伟宏很着急，可他也没办法做出承诺，毕竟文旅局只负责运营，他手里没钱。

2017 年，临安创新性地提出建设 30 个村落景区，每个村投入几百万元，可由于量大面广，最终导致成效并不显著。2018 年底，区里进一步提升，挑选出 10 个村落景区，打造"八线十景"，每个村落景区继续投入 3 000 万元。这次，双庙村并未入选。这意味着，要钱更难了。

唐晓丹和陈伟宏的两难，实际上，深刻地反映了当前乡村建设和运营"两张皮"的现状。长期以来，许多地方在打造美丽乡村的过程中，往往重建设，在没有游客的前提下就搞大投资，使得项目建设偏离市场需求，等到运营阶段，又要重新补课，造成资源浪费，甚至以失败而告终。

　　临安区副区长楼秀华告诉记者，探索村落景区的目的，就是要解决"两张皮"的问题。现在，区里明确要求，每个村落景区在建设前期，必须制定规划，让运营商充分介入，根据市场需求来因地制宜地设置项目，使得建设更加合理化、科学化，为今后的运营打下基础，也能避免村庄之间的同质化竞争。

　　"接下来'十景'的打造，我们采取缓兵之计，不求时间求效果，一定要找到合适的运营商。在项目建设上，强调一定要围绕业态，拿不准的就先留白，等到运营商来了，再进行建设，避免空间浪费和重复建设。"楼秀华说。

　　记者调研时发现，确实在过去几年中，"用经营的理念，去指导建设"这种做法慢慢在各个乡村得以实践，不少村庄也尝到了甜头。但没有一套明确的指标体系可以评价，到底建设资金中有多少是用于业态的，到底建设和运营结合得有多紧密，很大程度上还是取决于运营商与村一级的贴合度，取决于镇一级主要领导是否强势。

　　一位运营商坦言："村落景区的资金由农办直接拨付到镇里，倘若镇里一意孤行，不听取我们的意见，我们是束手无策的。运营商本身投资大的，尚有发言权，如果只是轻资产运营，必定人微言轻。评价建设是否围绕运营，必须有一套健全的体系，否则还是流于表面，止于口头。"

　　钱昌欣是临安村落景区运营的专家顾问，在他看来，政府搞村落景区，不光光是为了美，到了一定阶段，必须要在"软件"上继续投入。比如像运营商，尽管是市场主体，但在短期内很难做出成效，前期还是有必要对其进行适当扶持。他建议，能否专门针对具体的乡村运营，由国资平台专门成立一个基金，用于业态的基础设施建设和改造。

　　"这里面有个误区，仿佛把钱投给运营商，就不合理，其实错了。并非把钱直接给运营主体，而是围绕他们的运营需求，设置一些运营类的软性项目。至于补助，也是需要经过考核的，考核的核心指标就是游客量和收入。这种补助不必是长期的，只不过扶上一程，使它具备造血功能。"钱昌欣说，在具体运营上，政府怎么来扶持，扶持哪些环节，怎么退出，等等机制的设定，如今迫在眉睫。

　　据一位知情人士相告，目前，临安的状况是，由农业农村局负责村落景区的建设，以及相关标准制定和各项制度安排，文化和旅游局负责村落景区的运营，以及每年对运营商的考核，两个单位，有两个不同的分管副区长，尽管有领导小组的制度，但如果在决策层"统"的力量不够，两个体系之间的各自为战状态势必无法得到有效破解。

令人欣喜的是，对于乡村运营过程中出现的问题，从各级政府到各个部门，从村里领导到运营主体，大家并没有讳疾忌医，反而都在潜心探究，争取在自己能量范围内，让建设和运营慢慢靠近，裂变出新的能量。

记者感悟：在常规思维中，建设是经营的基础，只有政府投入资金，完善了乡村基础设施之后，运营商才可能施展才能。但临安实验表明：只有真正植入运营理念，政府的基础设施投入才是有的放矢，才能避免无谓的浪费。建设和运营是乡村发展的辩证统一体：运营离不开建设，而建设需要从运营的角度反观，增强其针对性。只有破除建设和运营"两张皮"的问题，乡村发展才能更高效、更可持续。

不是上级部门的刻意安排，也并非某个领导的试点授意，临安的这场乡村经营实验，完全是当地政府顺应乡村可持续发展需要所做的一场变革。它不同于传统的封闭性的集体资产经营，而是拆掉篱笆、打开围墙，大胆引入了社会资本。因此，这场实验从一开始就生机勃勃，呈现出异常活跃的态势。

这里，虽然一些运营商已经退出舞台，但也有新的运营商进入其中，更有一批扎下根来，已经取得初步成果。但无论是谁，在这个舞台上，都曾经付出努力，也遍尝焦虑。他们让美丽乡村的可持续路径，正变得一点点清晰起来。

元代僧人明本禅师曾这样描写天目山："一山未尽一山登，百里全无一里平。疑是老僧遥指处，只堪图画不堪行。"

难道这不正是临安这场实验的真实写照？在没有任何经验可以借鉴的情况下，乡村经营面临着一座又一座高山的阻碍，但只要不懈努力、负重前行，那一座座难以逾越的高山，就将成为人间图画般的风景。

"三化互促"：永安村的"稳粮经"

（2022 年 3 月 24 日《农民日报》头版）

悠悠万事，吃饭为大。但在沿海经济发达地区，由于比较效益低下，完成粮食播种面积始终让地方政府深感焦虑。最近记者采访发现，浙江省杭州市余杭区永安村通过品牌化引领、数字化支撑、组织化创新，走出了一条农业高质高效、乡村宜居宜业、农民富裕富足的"稻"路。在土地流转费高达每亩 1 500 元的情况下，永安村粮食播种面积不仅连年稳定，而且不断增长；农民人均增收三年来，从不到 3.5 万元增加到 5.5 万元；村集体收入更是大突破，从 2018 年的 56.85 万元增加到 2021 年的 300 万元。

在"非粮化"整治的当下，永安村"三化互促"的经验无疑具有重要的借鉴和启示意义。

■ 打造"永安稻香小镇"，实施品牌化引领

永安村地处杭州西郊，面积 7.09 平方千米，人口 3 088 人，全村 97％为国家保护的基本农田。由于土地无法征用，永安村发展一时找不到方向，以致 2017 年村集体经济收入还只有 28.5 万元，被划入余杭区经济薄弱村之列。

2018 年，杭州市农业农村局在全市范围推出"高标准农田示范区建设"项目，永安村作为第一批试点被列入其中。

"示范区建设"让劳动生产力提高有了可能，也让土地产出收益有了新的预期。村里适时启动流转工程，将土地全部集中流转到村集体，再由村集体发包给种粮大户，实行统一品种、统一技术、统一管理、统一包装、统一销

售的"五统一"。

如何将项目打造成高产高效样板区、融合发展引领区、数字农田先行区、共同富裕实践区？当地紧接着启动了"永安稻香小镇"品牌建设计划。

"现在的消费者越来越认品牌。无论是我们村还是大米，没有品牌都寸步难行。"村党委书记张水宝认为，永安村今后的发展，要通过品牌加以引领。

2019年，专业机构操刀，完成了"永安稻香小镇"品牌规划。这一规划挖掘、塑造了稻香小镇的鲜明个性，创意设计了"稻色新，永安心"这一充满双关寓意的品牌口号，以及充满江南调性的品牌标识，并且为小镇下辖8个村进行功能定位，制定了精准的品牌传播策略。

为了配合品牌落地，村里专门策划举办了内容丰富的"开镰节"。其中有环保创意秀、草垛和迷宫乐园、稻田音乐会、百米长桌宴等活动，并通过全媒体中心和各种媒体公众号广而告之。

一个默默无闻的乡村，一个人们熟视无睹的乡村，一个千百年来以种粮为生的乡村，通过品牌创建，呈现出时尚、现代的色彩。仅一个月时间，永安就吸引到游客2万人次。每逢周末，"长桌宴"不得不每天翻桌。

今天，永安村已经从传统的糙米、软香粳米、胚芽米等一产市场，走向粗加工和精细加工产品市场，开发出了米糕、米酒、粽子、青团等衍生品，稻米的综合产值得到了大幅提升。

"我们已经申请到13亩建设用地指标，准备马上动工，兴建8 600平方米的乡村综合体，里面有稻米博物馆、新品种展示馆等。还要建设一个大米加工厂，不仅可以自己加工稻米，还可以进行研学体验。"张水宝觉得找对了路子，越走越有信心。

■ 数字化为品牌化做支撑

品牌是一种信用背书，除了文化内涵、个性价值的感性表达，还需要通过数字化进行理性支撑。"品牌是数字化的变现，而数字是品牌化的内核。"浙江大学城市规划设计研究院数字品牌研究所副所长朱振昱认为。在参与永安村未来乡村规划时，他十分注重数字化对品牌的支撑作用。

永安村已经实施了两期数字化项目：一期基于消费者端，例如稻田数字认养商城、农安码溯源、农业数据可视化、智能导览和短视频分享等；二期基于生产端，例如虫情自动检测、水稻生产模型等。这两期工程，围绕生产和销售，初步构建起了品牌的信任体系。

由此，人们不仅可以通过天猫、盒马鲜生等电子商务、新零售的数字化销售渠道和智慧认养系统，实现随时随地下单、追踪订单；还可以通过 104 个视频，实时查看水稻生长情况，从而增强消费者信任感，愿意付出更大的代价购买产品。智慧剪辑视频系统则能与智慧导览系统连接，预告各类体验活动，方便游客进村游览，还能让游客在体验过程中随时进行视频分享，通过抖音、小视频等实现网络裂变。

为了进一步增加村民、游客参与互动的兴趣，让数字化系统真正起到推动经济发展的目的，朱振昱认为，三期应该以数字乡村、未来乡村为目标，从生产、生活、生态 3 个角度，全方位实现乡村运营和管理的数字化。

"这里的关键是，必须通过积分体系建设，将政府管理服务、村民自治治理、游客游玩消费构成一个完整的闭环，最终为乡村品牌建设赋能。"朱振昱说。

朱振昱的设计，是针对外来游客，通过人工智能和 AR 等最新技术，利用小程序拍摄永安美景、大米包装、乡村 LOGO 等，不仅使游客可以自动识别播放永安故事、产品介绍等，让品牌变得"鲜活"，实现历史、文化、主题活动等乡村印迹可看、可听、可感知，同时还可以形成可兑换的积分，吸引其继续关注永安，进一步增强品牌黏性。

针对本地村民，则通过随手拍垃圾分类、面源污染，以及获得的各种荣誉、提供的各种志愿服务、参加的各类文体活动等进行积分兑换，调动和鼓励村民参与其中，不仅激活了数字乡村体系，而且还激发了村民维护品牌的积极性。

数字化项目的实施，不仅支撑了品牌、丰富了品牌，为品牌落地传播创新了方式、提升了效率，同时还以其数字化气息，吸引到不少数字达人前来创业发展。

洪云峰是圈子里小有名气的"网红"。通过直播认识永安村后，经过 5 次考察交流，他终于下定决心将团队从安徽省黄山市迁移到永安村。2021 年 10 月，团队入驻仅仅一个月，就帮助运营永安村抖音号获得杭州本地生活休闲娱乐场所人气榜和好评榜第一名的佳绩。

如今，永安村成了创业创新的大舞台，像洪云峰这样落地永安创业的企业，目前已经达到 31 家。这些企业大多具有互联网基因，深耕电商、直播等领域，而且大多与农业紧密结合，成长飞速。

■ 聘请乡村 CEO、进行组织化创新

品牌化也好，数字化也罢，都需要相对专业的人打理，但村里的人才储备难以支撑。这就需要创新组织载体，引进经营性人才。

2019 年 5 月，永安村设立全资子公司——杭州稻香小镇农业科技有限公司，由张水宝任董事长。随后根据余杭区统一安排，面向全国招聘职业经理。

在激烈的竞争中，刘松脱颖而出，成为公司总经理。这位安徽农业大学毕业的小伙子曾在大型农企工作多年，具有丰富的农业经营和企业管理经验。一个好汉三个帮，刘松到任后，利用余杭街道推出的"稻香聚才十条"人才服务政策，一方面鼓励村民就业创业，另一方面吸引优秀人才返乡创业，搭建了一支由 7 位本地村民和 2 位外来人才组建的运营团队，并通过推行合伙人计划和全民营销计划，为永安村构建了扎实的运营组织保障。

刘松首先将运营重点瞄准了大米。只有借助数字化工具将大米卖出品牌溢价，永安村才能完成既增收又保供的目标。

基于"禹上稻香"品牌规划，刘松升级产品包装，推出了全新产品胚芽米系列，并将原有的稻香永安、永安心米等品牌纳入"禹上稻香"区域公用品牌体系。他还以谷绿农品公司为运营商，开设全新天猫旗舰店，同步入驻新零售渠道盒马鲜生；通过全新抖音直播带货的模式，结合线上线下土地认养、企业批量采购等集采模式，引入企业 31 家，认养稻田 360 亩，直接产生经济收入 288 万元。2020 年"双十一"期间，永安大米在天猫渠道完成预售350 多万斤。2021 年"双十一"首日，永安大米电商销售额超过永安稻香小镇 2019 年全年销售额，成为单品首日天猫粮食类目第一名。

三产融合是永安村发展的根本路径。但这种融合发展并非无中生有，而是基于稻米产业的拓展延伸。在这一思路引领下，公司承接了"开镰节""丰收月"等特色活动，开辟共享小院、亲子乐园、稻鱼共养基地、酿酒体验工坊等乡村娱乐阵地，丰富环保创意秀、稻香科技艺术节、长桌宴、稻田婚礼、田园间的民谣、草垛乐园、稻垛集市等游玩形式，提高永安村的客流量，实现农文旅融合发展。公司还鼓励支持农民发展民宿、农家乐等生态经济，通

过开展特色采摘、农产品 DIY 等体验活动，拓宽蔬果、鱼虾、家禽家畜、菜籽油产品等绿色农产品以及青团、粽子、年糕、米白酒等土特产的销售渠道，促进农民在家门口增收致富。

在发展产业的同时，刘松依托党群驿站、文化礼堂等阵地，建立常态化村民活动机制，开展月度会、政策宣传、健康讲座、公益服务、相约周末、包粽子、做月饼等党群活动；通过墙体美化、展板等宣传形式进行政策宣导、道德教育，结合山水风光、历史典故等人文特色内容，丰富村民文化生活，提高村民文化素养。

如今，刘松已经成为张水宝须臾难离的"左膀右臂"："村集体的任务是管理，要想发展，不仅缺乏资源，也缺乏相应的能力。只有组建公司，聘请职业经理，才能让乡村发展梦想成真。"

如今，通过"三化互促"，永安村不仅解决了国家保供和农户增收这一矛盾，而且快速实现了强村目标。2019 年，在余杭街道 8 个农村片区中，永安村集体经营性收入排名垫底；到了 2021 年，仅用两年时间永安村便一飞冲天，在 8 个村中排到了第一名。

就此，长期从事农经研究的浙江大学教授郭红东提出：消费方式的升级、技术手段的更迭、社会结构的变迁，决定了生产方式的重组。永安经验表明，只有顺应时代发展需要，才能让传统稻乡走出生路。这是村级组织体系的再完善、再拓展之路，也是政府基础设施投入和生产要素资源重组之路，更是乡村潜力再发现、形象再塑造、资源再开发、价值再创造之路。在三产融合发展新时代，永安模式值得我们深入思考、灵活借鉴、大力推广。

鲁家村的"逆袭"之路

——一个通过市场化实现乡村振兴的案例

（2019 年 1 月 29 日《农民日报》头版）

浙北山区的安吉县递铺街道鲁家村，有 2 200 多位村民。村民们都说，心中最幸福的声音，便是村中旅游小火车的鸣笛声。"呜"的一声，响彻小村，听似烦人，为何人人期盼？老百姓一语道破：火车一响，黄金万两。有游客，就有收入，大伙儿都是"股东"，自然都有一杯羹，能不开心吗？

村党支部书记朱仁斌深有感触：鲁家村从未像今天般心齐，今天这般昂扬。可又有谁知道，在他上任前，这里曾是远近闻名的落后村、空心村，村集体年收入不足 2 万元，还背负着 150 万元的外债。时至今日，鲁家村借用"美丽乡村"的支点，把整个村打造成景区，撬动了 20 亿元的投资，村集体资产增至 1.2 亿元，2016 年村民纯收入达到 32 850 元。2017 年 8 月，鲁家村还入围全国首批 15 个国家田园综合体试点项目。

说实话，鲁家村实在太平凡，名人故居、名胜古迹、产业业态，一样都没有。尽管离县城不远，可路况很差，难有区位优势。这样的乡村在中国遍地都是，缘何鲁家村能在短短几年，成就这段从资不抵债到富甲一方的"逆袭"呢？带着这个问题，记者走进鲁家村寻找"致富密码"。

■ 改造环境、植入产业，推进整村式发展

鲁家村有 13 个自然村，过去一没资源、二没产业，大部分人都外出打工，农田山林荒废不少。在外闯出名堂的人有很多，但愿意回来的却很少。

一些村民办养猪场、养鸡场，基本属于自给自足，利润不高，污染不小。

泥巴路、土坯房，房前屋后的臭茅坑，全村 16.7 平方千米的土地上，没有一个垃圾桶。一到梅雨天，村道污垢不堪。鲁家溪是村里的母亲河，可河床里满眼垃圾，碰到连续大雨经常发洪水。眼见村庄日渐衰败，许多人连家庭聚会都放在了城里。

作为土生土长的鲁家村人，朱仁斌同样长年在外经商，可心里仍然念着村庄。2011 年村委会换届，他当选村党支部书记，准备用行动来改变村里的落后面貌。几天后，县里开大会，公布 187 个村的卫生检查结果，鲁家村竟然全县垫底！会上会下，朱仁斌满脸发烫。

鲁家村未来路在何方，依靠工业经济显然不可能。安吉是美丽乡村建设的发源地，朱仁斌马上想到能否借此机会，先把基础条件改善好。可一算，创建美丽乡村的精品村需要 1 700 万元的资金。尽管政府有部分补助，但对于负债累累的鲁家村来说，远远不够。

巧妇难为无米之炊。没有钱，怎么办？朱仁斌决定采取多种方法搞筹资：首先，盘活土地资源，筹得 500 多万元；其次，整合美丽乡村建设补助金和各项涉农项目资金；最后，到处筹钱，朱仁斌甚至还个人做担保去借款。个中艰辛，难以言说。

就这样，朱仁斌一边筹钱一边干：修建办公楼，添置篮球场；铺了水泥路，再予亮化和绿化；每个自然村通了自来水，又建了化粪池和污水处理池……才几个月工夫，当年，首批 4 个自然村都通过了安吉县美丽乡村精品村的考核。有了示范带动，剩下的自然村纷纷效仿。两年后，鲁家村成功获得"美丽乡村精品村"的称号。

光有好环境还不够，朱仁斌明白，想要可持续发展，"造血功能"必不可少，这就得植入新业态。2013 年中央 1 号文件首提家庭农场，这令朱仁斌眼前一亮：村里有 1 万多亩低丘缓坡，发展农场再合适不过！

关键是怎么把美丽乡村和家庭农场结合起来？这时，朱仁斌做出了一个惊人的决定：出资 300 万元，聘请高端专业团队，对全村按 4A 级景区标准进行综合规划和设计；再设置 18 个家庭农场，根据区域功能划分，量身定制各自的面积、风格、位置、功能等。

尽管在今天看来，村里高价做规划不算新鲜，但那时，人们普遍不具有这一理念，自然颇为不解，甚至当面泼冷水。可朱仁斌坚持认为，这钱花得值。那时，美丽乡村在安吉已遍地开花，何以另辟蹊径？他认为，传统的点状、局部发展，或者单一优势产业已不再受用，必须立足全局，转为整村发展，把田园式建设推向更高层次的花园式建设。

纵观整个规划，"差异化"是核心词：18个家庭农场各有侧重，错落分布在东南西北四大区块，再用一条长达4.5千米的轨道列车，将这些农场有机串联，再融入休闲农业、民宿餐饮等经营业态，整个村子变成了一个旅游区。

■ 从招商到选商，村集体与企业联姻

规划解决的是顶层设计，具体还得看落地。2015年新春一过，朱仁斌便开始着手招商。一开始，为了吸引投资，朱仁斌在招商前也用了些"招数"：先是把在外开酒店的弟弟、弟妹请回来，"下令"认领农场带头干；后又动用人脉，让老朋友参与其中；最后，他还拉着一支10多人的队伍，专门前往台湾考查农场经营。因此，在大规模招商前，鲁家村已有三四家农场入驻。

不过，经过几个月的试运行，问题也开始随之浮现。"万竹园"老板陈贤喜过去一直从事景观竹的经销，2013年看中鲁家村的规划后，准备再延伸到一产直接搞种植。尽管按照设计，18家农场不存在直接竞争，但他发现，毕竟大家都属于小型规模，竞争力相对有限，光靠一己之力，很难成气候。

能否联合经营、抱团发展？朱仁斌的想法恰好与浙北灵峰旅游公司不谋而合。2014年，浙江灵峰旅游公司与鲁家村合资组建成立安吉乡土农业发展有限公司，前者以51%的股份控股，后者以上级部门项目投资和美丽乡村建设补助资金入股。

如此一来，两者权限清晰：专业的人做专业的事，公司负责全村旅游、基础设施建设，以及面上的统一运营；村集体则把握方向，提供土地流转等中介服务，并为公司和农场争取政策和项目上的优势。

那么公司和农场间，又是什么关系呢？"乡土农业"运营总监唐永前告诉记者，简单说，就是统分结合的双层经营模式：统，即由公司负责统一的基础设施配套、运营管理、市场推广，以及统一指导所有农场的产品销售和定价；分，则是农场具体的施工建设，包括农产品生产、加工和营销等，由大家"八仙过海、各显神通"。

"旅游公司负责专业化运营，联合后，整个村就是一个大平台，大家统一规划平台和品牌，实行资源共享、融合发展，从而达到共赢。"朱仁斌坦言，以一村之力，去建设和经营规模如此浩大的旅游区，难免力有不逮，这种经营机制则恰好解决了落地困难。

有了规划，有了机制，鲁家村马上有了资本集聚的洼地效应。到2016年4月，家庭农场的招商引资任务宣告圆满结束，比预期还多了3个农场，总投资超过了20亿元。

记者看到，名单中，有蔬菜农场、果园农场、红山楂农场、万竹农场、野猪农场等。每个农场尽管规模不大，介于100亩至300亩之间，但投入却不小，像花海世界的投资是3.4亿元，中药农场的投资是2亿元，最大的养老项目投资高达10亿元。

现在，运营方还在不断头脑风暴，思考如何创新内容，以吸引和留住更多客人。2017年"十一"黄金周，尽管还未正式对外开业，却已有5万多名游客慕名而来。朱仁斌说，有了这个大平台后，现在的鲁家村，已从"招商"变为"选商"，常有投资客向鲁家村抛出橄榄枝。

■ 美丽变生产力，6笔收入促共富

"鲁家村的未来，村民最多将会有6笔收入！"谈起"致富密码"，朱仁斌认为，"'三农'共富"最为重要。怎么个共富法？6笔收入又分别是啥？记者好好盘点了下。

第一是租金收入，全村7 000亩流转土地，平均每户的租金约为8 000元。第二是就业收入，目前已解决700人就业，2016年发放工资2 000多万元，预计正常运行后还将更多。第三是创业收入，如今不少年轻人返乡创业，有30余户人家将房屋改造成精品民宿，开门迎客后，预计每户年收入在20万元以上。第四是分红收入，根据测算，旅游区每年可迎来游客30万人次，按照人均消费200元计算，将产生6 000万元营业额，除去成本和农场主的分成，鲁家村在公司所占的股份能分得600万元。随着景区不断完善，游客不断增多，村集体经济也将逐年倍增。

最后两笔收入更有意义，也最难估量。一是依靠鲁家村于2016年底成立的美丽乡村"两山"培训学院成为浙江省委组织部和省委党校千名好支书的现场培训基地，实现十分可观的培训收入，二是由培训内容衍生出来的模式化输出，还将为外地的美丽乡村建设提供从建设、设计、技术到资本的全方位服务，实现模式收入。

"'三农'共富"有啥好处？安吉银元家庭农场老板娘张小华认为，农旅融合离不开资本投入，但现实状况是，农民自身发展能力弱，无论资金还是技术，或者人才都相对短缺，而工商资本参与其中，能聚集更多现代要素，补齐发展短板。不过，资本下乡不能光让老板乐，关键得带着老乡一起乐，因为农民才是农村的主人，农业才是发展的主体，不能代替老乡，更不能剥夺老乡的权益。

"利益共享，本来就是市场经济的内涵之一。这条准则坚守住了，就会形成一种良性循环。"朱仁斌解释说。说到底，鲁家村的创新模式就是农村、农业、农民高度融合，从而实现共赢共享。

根据国家田园综合体试点方案，未来 3 年内，鲁家村还将至少投入 4.5 亿元，这注定又将是一次飞跃，发展好了，就能让老百姓更有获得感与主人翁意识。游客来村里游玩，如同回到老家般，热情与好客成了所有村民发自肺腑的情感。

浙江："坡地村镇"牛了　农旅融合火了

（2017 年 11 月 3 日《农民日报》头版）

　　"没有'坡地村镇'，就没有妙西的农旅融合，就没有妙西的经济发展。"面对浙江省国土、环保、林业等 9 个厅局组成的调研组，湖州市吴兴区妙西镇党委书记包永良说。

　　妙西地处浙江吴兴西部，境内全部是丘陵山地。由于交通不便、开发成本过高，妙西的开发一直不被看好。尽管老百姓不愁吃不愁穿，但与东部平原地区的织里等地相比，妙西发展明显滞后。守着绿水青山却变不成金山银山，区里和镇里心急如焚。

　　"坡地村镇"政策的出台，为妙西发展找到了钥匙。2015 年至今，妙西一口气申报了 9 个"坡地村镇"项目。用 236 亩建设用地带动了 9 个功能区块，流转了 5 000 多亩土地。一个传统农业乡镇，通过政策突破，终于让农业和旅游结合了起来。"以前妙西一产比重过高，农民增收无计可施，现在好了，乡村休闲旅游带给我们无限可能。"包永良说，如今，妙西的投资力度和发展速度从吴兴最后一名，一跃到了第一名，妙西成了吴兴最具发展前景的乡镇。

■ 用地制约倒逼"坡地村镇"试点

　　妙西的变化代表着浙江大地 10 万平方千米的律动。这个七山二水一分田的省份，历来用地矛盾十分突出：一方面，工业化、城镇化进程大大快于其他许多省份，需要大量用地指标加以保障；另一方面，人多地少，往往一个县一年的指标不足千亩，以至于基础建设用地捉襟见肘。因此，尽管省里有心推进乡村休闲旅游发展，但受用地制约，一直步履蹒跚。"连基础设施建设都无法保障用地，谁还管得了乡村休闲旅游？"

但换个角度看，浙江的山地特别是低丘缓坡资源十分丰富，可开发的低丘坡地资源近400万亩，其中可开发为建设用地的200多万亩。2015年起，在"零占耕地、少占农用地，充分利用林地、园地和未利用地"的前提下，浙江探索实施"坡地村镇"建设用地试点，实行"点状布局、垂直开发"。为了确保项目不破坏生态环境，浙江9个厅局组成联席会议，分别从水土保持、地质灾害防治、公益林保护、污染治理、规划建设等不同角度严格把关，实行"一票否决制"。

比较"坡地村镇"试点与此前的"低丘缓坡"开发，两者大有不同。浙江省国土厅鲁建平介绍，尽管两者都聚焦山坡地块，试图做好"山上浙江"的文章，但两者在开发方式上大相径庭。"低丘缓坡"开发往往大面积进行，削峰填谷，给生态环保带来很大压力，而"坡地村镇"按照"房在林中、园在山中"的要求，采取"点状供地"，要求项目区块内的建筑，根据依山顺势、错落有致、间距适宜的规划要求进行布局，基本保持生态环境原貌不变。

■ 商业旅游项目实现"房在林中、园在山中"

在德清县莫干山麓，记者考察了南非老板高天成开发的"裸心谷"和"裸心堡"。只见两个项目隐藏在绿树丛中，与周边环境浑然一体，俨然是旅游景点。项目副总裁朱燕介绍，在最初的布局上，项目充分考虑到保护原生树木和植被，减少对原有地形地貌和生态的干扰。在规划设计阶段，以不破坏自然景观为原则，低密度、小规模、点状建设，使建筑自然地融入周边的环境。为了尽量减少破坏，项目的基础施工甚至全部靠人工挖掘。"裸心谷"的树顶别墅和夯土小屋还获得了建筑行业的最高荣誉LEED国际绿色建筑铂金级认证。

"很多人都问，为什么取名叫'裸心'？其实，'裸心'是要让人重拾身心平衡，找回自我。当代消费越来越注重'人与自然'的和谐，也就是中国传统文化中的'天人合一'。"朱燕进一步解释，正是在这种理念引领下，"裸心谷"节约集约使用土地，30栋树顶别墅，加上40栋夯土小屋，共计121个卧室，竟然未占用一分耕地，而只用了 30 亩林地。"裸心堡"共计 95 个房间，开发只用了 12 亩土地。

"裸心"的开发理念顺应消费需求，也完全符合"坡地村镇"试点要求，因此受到各方面追捧。如今，"裸心"系列已经成为浙江乡村度假的标杆，尽管房价比城市里五星级酒店还高出许多，一个房间就要 3 000 多元，但常常一房难求，必须提前一个月预订。而地方政府也在税收上得益："裸心"的一个床位，一年创造的税收竟然高达 10 万元。

但就是这样一个高端乡村度假酒店项目，因为用地问题，差点被判"死刑"。"如果进行'低丘缓坡'改造，不仅会造成生态环境破坏，永远无法恢复；而且整体出让开发，土地出让的成本过高，业主也难以承受。"朱燕告诉记者，现在按商业旅游用地进行点状供地，每亩土地出让价格几十万元，大大减轻了投资压力。

据了解，在建设用地空间和布局上，浙江要求试点项目"多规合一"；在用地上，按照"房在林中、园在山中"的要求，根据落地面积进行等量开发；同时，按照"用多少、征多少，建多少、转多少"的原则，实行"征转分离、分类管理"；在供地上则采取"点面结合、差别供地"；在登记发证方面，实行"以宗确权、一证多宗"。

■ 工商资本"下乡"拉动农民涉"旅"增收

浙江是最早发展农家乐的省份，但因为都是单家独户、农民经营，设施和服务都不尽如人意，难以满足日趋提高的消费需求。"坡地村镇"政策的出台，大大激发了工商资本投资乡村旅游的热情，也让乡村旅游的层次得到大幅度提升。

"浙江要实现农业增效、农民增收，不可能仅仅依靠种养业，而必须在农旅融合上有所突破，但农业和旅游要融合，如果没有用地保障，那就只能是一句空话。"杭州市余杭区农业局局长丁少华说。3 年来，余杭列入"坡地村镇"试点的项目共计 15 个，投入乡村旅游的资金达到数百亿元之巨。

建德市近年来发展全域旅游，先后有 15 个项目列入"坡地村镇"试点。建德市副市长钱晓华说，区域旅游并不是概念，需要具体的项目支撑。试点项目落地后，建德的全域旅游就有了轮廓。为了科学有序开发，市里还专门拨款 200 万元，对哪里能开发、适宜上哪类项目、应该是什么风格都进行了规划。

鲁建平告诉记者，"坡地村镇"试点实施 3 年来，共有 166 个项目获批，遍布浙江全省 38 个县（市、区）。前两批共下达新增建设用地指标 5 405 亩，项目总投资 475 亿元，累计节约建设用地指标 9 800 亩。在 166 个项目中，有 106 个属于乡村旅游、养生养老、休闲度假，总投资 580 亿元。

"坡地村镇"试点政策的出台，不仅激活了工商资本投资乡村旅游的热情，同时带动了高端经营人才、先进经营理念进入农村。农民不仅获得土地流转的收入，还可以在工地上打工，有的甚至还能在项目收益中获得分红。"裸心谷"项目建成营业后，解决了当地 260 多名村民的就业问题，带动周边相关产业发展，如竹林鸡、笋干等当地特产销量急剧上升，当地不少村民不仅学会了说英语，而且学会了做西餐。吴兴区副区长张文斌说，以前村民砍了竹子种白茶，现在村规民约规定，村民砍一棵竹子，就要被罚 1 000 元。项目的入驻，让村民们认识到，要想绿水青山变成金山银山，就一定要保护好生态环境。

"'坡地村镇'的成功开发，让那些地理位置本不占优的村镇手握跨越发展的'金钥匙'，变道走上了农旅融合的高速路，农民在守护绿水青山的同时，也抱回了金山银山。"谈及丰硕成果，鲁建平这个"坡地村镇"试点的干将满脸自豪。

妙西镇演绎"靠山吃山"新故事

（2019 年 8 月 13 日《农民日报》头版）

"想想变化这么快、这么大，就像做梦一样。"说到浙江省湖州市吴兴区妙西镇 5 年来的蜕变，妙西镇党委书记包永良自己都觉得不可思议。

妙西是浙江吴兴的一个山区乡镇，距离湖州市区 12 千米。5 年前，镇里关掉了几乎所有的矿山，也断了自己的财源，一度十分迷茫，不知今后路在何方。但 5 年后的今天，妙西镇已有 16 个旅游项目开工建设，妙西也成了工商资本争相投资的一块宝地。

"现在我们不必去招商，而是在家坐着等选商。来妙西投资的人，每天踏破门槛。"包永良底气十足地说，"客商之所以蜂拥而至，除了我们优美的生态环境外，不可或缺的还有政策因素。"

■ 往昔不堪回首

妙西镇地处吴兴西部山区，境内山峦起伏、丘陵逶迤，共有 15 个行政村，1.6 万多人口。过去，当周边其他地区纷纷靠工业致富时，妙西人"靠山吃山"，开采起了石矿。最夸张时，小小一个妙西镇，竟有 22 座矿山，整天炮声隆隆，上百辆大卡车在镇上来回穿梭。当时上海杨浦大桥、徐浦大桥、浦东国际机场用的都是妙西石材。妙西的财政收入一度过亿元。

但妙西的生态环境也因此遭到严重破坏。妙西镇副镇长沈明亮回忆，当时办公室必须上午、下午各打扫一次，否则会有厚厚一层灰，根本没法办公；如果有领导要来视察，往往要提前一天用洒水车喷洗，要不然树上看不到绿色；更要命的是，安全事故频发，人们每天都提心吊胆。

竭泽而渔的发展再也无法持续。吴兴区委宣传部部长陈建良回忆，当时，吴兴区根据每个乡镇不同的情况分别进行定位，妙西镇的重点是保护生态环境，不做工业开发。

由此，妙西镇顶着压力关掉了几乎所有的矿山，下决心拆除了 40 多万平方米的违章建筑，还将全镇划为禁养区，关闭了 10 万平方米的养殖场，率先实现了生活污水治理的整镇覆盖。为了处理生活垃圾，镇里配备了 11 辆清运车，给每户农户发放了垃圾分类小桶，做到了所有垃圾日产、日清。

妙西的环境很快发生了翻天覆地的变化，看上去"处处是景观、村村是景点"。但问题是：好看并不意味着好吃！妙西的财政收入直线下降，原来超过 1 亿元，现在却只有三四千万元，妙西的发展在整个吴兴区处于垫底水平。

妙西该何去何从？从区里到镇里，从干部到群众，大家心里一片茫然：都说绿水青山就是金山银山，现在，我们该关的关了，该停的停了，但金山银山究竟在哪里？

妙西人也想过搞乡村旅游。妙西有山有水，离城区又近，优势明显。但旅游"投资无底洞，回报马拉松"，谁愿意来投？即使有人看得上，也拿不出用地指标。总不能让游客坐在田埂上乘凉，顶着烈日用餐吧？

吴兴区国土分局副局长徐峰告诉记者，浙江用地指标向来十分紧缺，一般每个县只有几百亩。修马路、办学校、建医院都不够，哪里轮得到"乡村旅游"？

■ 省里来了好政策

2015 年，浙江出台了"坡地村镇"试点政策，在生态环保前提下，实行"点状供地、垂直开发"。

沈明亮认为，这个政策就像是为他们搞乡村旅游量身定制的，他说："政策规定不得动用基本农田，而是要充分利用低丘缓坡，坡度在 6 度到 25 度之间。这样的资源在我们山区遍地都是，平时坡上只能种种毛竹、种种白茶，也派不上别的用场。"

镇里壮了壮胆子，包装了 3 个项目申报试点，结果一举高中，就此一发不可收拾。3 年来共申报了 9 个"坡地村镇"试点项目，争取到建设用地指标近 200 亩，办理征收 860 余亩，并撬动了 5 000 多亩区块的开发。

李耀强原来在上海开发房地产，在朋友的推荐下来到妙西镇考察，没想到对妙西一见钟情，于是立马注册成立了公司，开发"慧心谷"旅游度假酒店。该项目占地 300 余亩，其中建设用地 11 亩，只征不转 35 亩，其余则为流转土地。

李耀强给记者算了一笔账：从市场角度看，游客喜欢的必定是坡地度假式酒店，但坡地开发成本比平地高出三四倍，每平方米成本超过 1 万元，这就意味着投入产出很难平衡。好在"坡地村镇"是按建筑落地面积进行等量开发的，这就大大降低了土地获取的成本。一进一出，投入的总成本并未增加多少。

徐峰细算了另一笔账：如果按照传统方式出让土地，妙西要发展乡村旅游非常艰难。现在只用 296 亩用地指标，就撬动了 6 000 亩土地的使用。只征不转的部分尽管不能搞建设，但农民的保险照买不误。现在妙西镇 1.6 万村民中大约有 10% 已经买了失地保险。农民的闲置资源得到了充分利用，妙西农民从中增收约 3 亿元。

包永良则从财政收入上算账：旅游项目营业税加上建设过程中的建筑税，这两年均出现猛增势头，2019 年上半年财政收入 5 060 万元，比 2018 年同期增长 21%，全年财政收入过亿元没有悬念，与以前巅峰时期比不相上下。目前，开张营业的旅游项目还只有 3 个，待全部项目落成营业，妙西将赚得盆满钵满。

企业投资有冲动，国土用地可承受，农民收入有保障，财政税收能递增，"坡地村镇"政策的出台，让方方面面都有所收益，彻底打开了培育乡村旅游新业态的死结。一大批上规模、上档次、有品位的项目由此纷纷落户妙西，其中不乏华盛达集团的原乡小镇、海亮集团的康养小镇等投资超过 50 亿元的大项目。

目前，"慧心谷"项目正在紧锣密鼓地赶工期。2019 年 10 月，湖州将召开国际乡村旅游大会，届时"慧心谷"旅游度假酒店将作为接待酒店正式开张营业。

■ 在互动中振兴

尽管有科学规划、合理选址，严禁削峰填谷、大开大挖等明确规定，但在实际执行过程中究竟能否落实？

"慧心谷"总经理杜永平认为，乡村旅游与其他项目开发有着本质的不同，游客都是冲着绿水青山的田园风光而来，如果生态环境得不到充分的保护，项目就将失去吸引力。因此，开发商的环保意识并非是由于政府的要求，而是出于消费市场的需求，这是一种自发自觉的市场行为。

正是出于这一考量，"慧心谷"的环保要求近乎苛刻：从山脚到山顶只修了一条3米宽的道路，以不破坏自然景观为原则，低密度、小规模、点状布局，使建筑与周边环境自然相融。边坡处理保护难度较大，但"慧心谷"情愿多增加开支，依靠人工挖掘，也不愿破坏环境。"为了禁止施工单位乱砍滥挖，我们规定，每砍一棵竹子就要罚款1 000元。"杜永平说。

这种环保意识也深深烙印在当地老百姓的脑海里。以前，妙西镇村民往往砍掉竹子种白茶，白茶虽然收益高于毛竹，但在环境营造上却有局限性。因此，现在村规民约明确规定，村民每砍一棵毛竹，就要被罚款1 000元。因为项目的入驻，已经让村民真正地认识到，要想得到"金山银山"，就一定要保护好生态环境。

乡村旅游项目的入驻，带给妙西的影响是深刻而全方位的：他们不仅将新的生活方式和价值理念带到妙西，也将许多在城里漂泊的年轻人带回了家乡。反过来，经过他们的精心包装和营销，本地的土特产身价倍增，走进了大城市。在城乡人流、物流、信息流越来越频繁的互动中，乡村显现出了亘古未有的活力。

妙山村有对姓董的兄弟，受到"慧心谷"的启发，觉得"慧心谷"搞的是高档度假酒店，但一定有客人喜欢体验农家生活。两兄弟一合计，投资上百万元开起了"霞雾山居"，其共有12个房间，平时一间两百多元，节假日能涨到三四百元，客人也是络绎不绝。女主人高春兰说，等"慧心谷"正式开张后，她也要把院子周边的绿化搞得再讲究一点，让客人不仅觉得自由自在，还要感到品位不低。

如今的妙西，每天都有新的故事在发生。在"霞雾山居"的带动下，最近村里又有两家民宿开始装修，算起来，整个妙西镇的民宿已经有20多家了。

山旮旯里看创新

——浙江生态"坡地村镇"追踪

（2020 年 8 月 15 日《农民日报》头版）

或依山就势而建，或临水划地而筑，一个个项目深藏在绿树翠竹丛中，不仅与周边环境融为一体，而且犹如"画龙点睛"，唤醒周边一大片山水资源。近日，记者走访了浙江十余个生态"坡地村镇"项目，其中有乡村度假酒店、有民宿、也有美丽乡村。所到之处，无不让人感叹，一项政策创新，力量如此巨大，成效如此多元。

怎样才能打通绿水青山和金山银山，实现生态产品的价值转换？作为"新时代全面展示中国特色社会主义制度优越性的重要窗口"，浙江再一次通过"坡地村镇"政策试点，为各地带来了启发和借鉴。

■ "鱼与熊掌须兼得"

"建设时，我们会尽量避开马尾松，实在躲不过的，就任由它破房而出。虽然马尾松并非名贵树种，且在浙江随处可见，保护起来还代价不小，但确实值得我们'下血本'。"喻元平说。

眼前的项目叫"老庄山居"，位于安吉县递铺街道老庄村。老板喻元平是土生土长的当地人，先后干过不少行当，几年前终于"情定"休闲度假行业，将毕生积蓄投在了偏僻的山沟。

老庄村实在平凡，既无独特的旅游资源，也没可供挖掘的历史文化。但没想到，"老庄山居"开业不久，便晋升为网红打卡地。眼下正值黄金期，尽管每晚住宿价格高达两三千元，却是一房难求。

"人们来此追寻的，是道家'天人合一'的生活方式。因此当客人们发现，酒店居然允许马尾松破房而出，往往会情不自禁，从内心感到一种惊喜。"喻元平说，"在这里，马尾松似乎成了客人们认知酒店的'信物'"。

记者调查发现，在每个"坡地村镇"项目中，类似这种对马尾松的保护，简直比比皆是、数不胜数。为了保护竹子，吴兴的"慧心谷"项目在施工中规定，每砍掉一棵竹子就罚款 1 000 元；在建德"芳草地"，记者亲见，一棵不知名的杂树，穿过阳台的防腐木，在晚风中摇曳生姿……

"裸心谷"是浙江首个"坡地村镇"的开发项目。裸心集团副总裁朱燕告诉记者，为了尽量减少破坏，基础设施基本全靠人工挖掘，生活污水与雨水循环利用，像"裸心谷"的树顶客房和夯土小屋还获得了国际建筑行业的最高荣誉。30 栋树顶客房、40 栋夯土小屋未占一分耕地，只用了 30.45 亩林地。而一个床位一年所创造的税收，居然高达 10 万元。

"当时看到这个项目，也让我们大开眼界。原来人与自然可以如此相处。"浙江省生态"坡地村镇"建设试点工作负责人鲁建平告诉记者。

浙江用地矛盾历来十分突出，低丘缓坡资源却十分丰富。"裸心谷"的大受追捧，让浙江进一步思考：如何找到一条道路，既能充分利用低丘缓坡资源，又能让生态红利得以释放？

"坡地村镇"试点政策由此出台。其核心是避占耕地、少占林地（园地），进行点状布局、垂直开发，杜绝大开大挖、削峰填谷，做到"房在林中、园在山中、人在画中"。

谈到政策设计的初心时，鲁建平阐述，绿水青山不可能自行变成金山银山，因此不应一圈了事、坐等其成。关键在于将生态环境放在首位，进行科学合理、规范有序的开发。

正是基于这一认识，"坡地村镇"最终成为先进环保理念的集大成落地者，项目区交通全靠电瓶车解决，只为尽量降低对环境的影响；停车场几乎全部采取植草砖，让土地能够自由呼吸；路面下设计涵洞，便于小动物夜晚穿行……

■ "曲高"不等于"和寡"

记者探访已经开业的度假酒店发现，这里不仅住宿价格高出城市五星级酒店一大截，而且由于规模体量有限，常常一房难求，一些订单甚至排到了下个月。在常人看来只能靠低价引流的乡村酒店，是如何做到"曲高"却未"和寡"？

"慧心谷"绿奢度假酒店老板李耀强坦陈然道："我们必须走高端路线，否则难以存活，一来与城市五星级酒店形成区隔，二来避免与农民形成直接竞争。"

李耀强原是在上海开发房地产的，后在朋友推荐下到湖州吴兴区妙西镇考察。没想到对妙西一见钟情，就此安营扎寨。据了解，"慧心谷"项目占地面积达 300 余亩，其中建设用地 11 亩，只征不转 35 亩，其余全为流转土地。

李耀强算了一笔账：若按传统方式出让土地，项目无疑"死路一条"，不仅成本高昂、业主难以承受，还会对生态造成严重破坏。但通过"坡地村镇"进行点状供地后，每亩土地出让价格才几十万元，大大减轻了投资压力，同时可巧妙地利用生态环境做文章。

鲁建平告诉记者，"坡地村镇"中的很多政策都直切要害，解决了主体投资的后顾之忧。比如，在用地空间和布局上，采取"多规合一、精细用地"，根据建筑落地面积进行等量开发，并按照"用多少、征多少，建多少、转多少"的原则，实行"征转分离、分类管理"；在供地上，采取"点面结合、差别供地"；在登记发证方面，实行"以宗确权、一证多宗"。

"别看这些项目的拿地成本相对较低，但建设投资平均每亩近 1 000 万元。正是'坡地村镇'政策让我们找到了发展的'金钥匙'。这几年，旅游项目的总投资达 187 亿元，一下子让妙西镇的发展从全区垫底跃到全区首位。"妙西镇镇长张力说，2019 年底，区里的一个"工业强镇"也跑来向妙西镇借钱。

妙西镇是个彻头彻尾的山区乡镇，过去以开矿为主，赚得盆满钵满。后来因环保红线关掉了所有矿山，前路曾一片迷茫。"坡地村镇"政策的出台，让妙西看到了希望。镇里壮了壮胆，试申报了 3 个项目，没想到一举高中。尝到甜头后，妙西又接连报了 6 个。如今，有 3 家酒店已开门迎客，无一例外都迅速蹿红。2019 年，全镇接待游客近 118 万人次，其中过夜游客达 10.6 万人次。

吴兴区国土分局副局长徐峰同样算了一笔账：若按照传统方式出让土地，妙西要发展乡村旅游非常艰难；现在只用 296 亩用地指标，就撬动流转了 6 000 多亩土地、50 多亿元投资。

那么，生态环境的红利是否会让工商资本独享，形成另一层面的"曲高和寡"？张力认为这大可不必担心。因为农民既有失地保险，又有土地流转收入，还能在家门口就业务工。

除了"桌面上"的经济收入，项目还带来了全方位的深刻影响：越来越多的年轻人开始回乡创业。有头脑、有实力的回乡人员，开办了农家乐和相对平价的民宿；不辞辛劳的，就成立家庭农场，提供配套供货和采摘；图简单省力的，就卖当地土特产，像村民冯爱英，最多一天能卖掉 8 000 元的土鸡蛋。

■ 山区新农村这样建

很多人可能以为，"坡地村镇"的推出，是浙江省为了吸引工商资本下农村而打开的一条产业开发通道。但实际上，除了休闲旅游观光，"坡地村镇"还有相当重要的两大板块——新型城镇化和新农村建设。

过去，为了加速城镇化进程，"占近补远、占优补劣"屡见不鲜，一个个"新农村"不仅大量侵占了耕地，而且风格上千篇一律，让乡村本色荡然无存。

在此次调研中，记者惊喜地发现，一些美丽乡村借助"坡地村镇"政策，真正将房子错落有致地"种"到了山坡上，尤其是经过设计师的精心创意，建筑在融入了当地文化特色后，让人耳目一新，焕发出勃勃生机。

位于桐庐县桐君街道麻蓬村的吴家坞自然村，过去房屋破旧、环境脏乱，百姓想建房，却数十年没有宅基地指标。2016 年，吴家坞被列入"坡地村镇"第二批试点项目。如今，吴家坞挖掘建设用地 11.7 亩，建设房屋 23 幢，可安置 39 户农户，利用了大部分存量建设用地。

记者看到，房屋造型去繁求简，融入粉墙黛瓦、毛石竹篱等江南元素后，勾勒出"富春山居"的独特韵味。来自上海、有着近 20 年教龄的 70 后老师方芳投入 300 多万元，将新建后的房子改造成了民宿。2020 年 5 月，民宿正式营业后，生意一直红红火火。

针对其他十多户空闲房屋，麻蓬村以 4 万元的年租金向户主租来，准备整体打包转租给第三方机构进行开发运营。一旦转租成功，村集体和村民的收入都将大幅度提高。

与吴家坞相仿，同样作为"杭派民居"新村的建德市乾潭镇胥江村，马头墙、直屋脊、披檐窗，江南韵味扑面而来。目前，该村已成功将一期 21 栋房屋出租给达曼公司作为酒店运营，每户平均年收租金 6 万余元，预计每 5 年将递增 33%。

村委会主任王乃芳说，自达曼公司进入后，将村里的文化礼堂和游客接待中心也一并租了过去，并用于举办各种活动、布置公共空间等。仅此一项，村集体就可每年增收 42 万元。

浙江省自然资源厅厅长黄志平认为，"坡地村镇"各项创新政策的相继落地，不仅为地方经济社会发展和生态文明建设释放出制度红利，形成了山区农民、政府和投资者三方共赢的良好格局，更重要的是，通过实施人文景观打造、山地林相改造、山塘水系建设等工程，使得项目建起来了、百姓富起来了、生态美起来了。

山塘村跨省"联姻"记

(2019 年 11 月 8 日《农民日报》头版)

不久前，在浙江省平湖市广陈镇的山塘村，举行了一场特殊的签约仪式。参加签约的有浙江省平湖市广陈镇、上海市金山区廊下镇、浙江大学中国农村发展研究院（英文简称 CARD）与杭州漫村文旅投资管理公司（简称漫村旅投）四方。

主动接轨上海，积极参与长江三角洲地区合作与交流，是习近平总书记在浙江省提出"八八战略"的重要内容。据了解，此次签约合作的目的就是为了打破行政壁垒，谋求区域的一体化协同发展。在四方协作中，浙江大学承担规划、总结和提升的职能，而杭州漫村旅投则扮演着具体运营的角色。

"作为经济发展最为活跃的上海和浙江，如何进一步加快乡村振兴的步伐？山塘村跨省'联姻'，通过市场化的方式消除行政藩篱，实现乡村同步振兴，既具有深刻的现实需求，又具有超前的引领意义。"浙江大学教授黄祖辉一语总结出其价值。

■ 从相识走向相知

说到浙江广陈镇与上海廊下镇的融合，就不能不提到山塘村。因为这里不仅是两地融合的桥头堡，更是跨省联姻的起跑点。

山塘村是个水乡古村，位于沪浙交界处。一条山塘河穿村而过，并将村子一分为二。河的北边，俗称北山塘，属于廊下镇辖区；河的南边，俗称南山塘，则属广陈镇辖区。南北两个山塘村由一座百年石板桥相连，跨过此桥，就是一脚出了省界。

尽管山塘村分属两地，但数百年来，南北山塘语言相通、习俗相近、文脉相似，形同一家。颇为奇巧的是，两地的户籍人口、土地面积等都相差无几。

记者正准备翻过山塘河，从浙江到上海去"逛一逛"，恰遇一位老人推着老伴过桥而来。一问，原来老人名叫唐寰治，84岁，年轻时就在廊下的北山塘教书。他回忆说，当年南山塘的孩子天天跨桥到上海来念书，在"双抢"时节，两个生产组就互帮互助。

北山塘的前任村党支部书记陈冬林，原在上海一家空调企业工作，2003年，看到村里招办公室主任，他就回乡当起了村干部，不仅收获了事业，也收获了爱情，他的妻子就是小学同学，南山塘人。

"联姻"司空见惯，物资交流更属家常便饭。谭丽华在南山塘老街上开了36年杂货铺。她回忆说："由于物资紧缺，当年都是上海人过来购物，一天最多卖光过60箱蜜枣。当然，到上海批发生产、生活资料，贩卖到浙江赚钱也是屡见不鲜。当时，村里还有个码头，运货、载客都很方便，一度被称作'小上海'。"

但无论如何，在计划经济时代，两地发展的差距并不大。改革开放后，上海成为国际大都市，对当地农村的辐射功能大大增强。

北山塘地处金山现代农业园区的中部，是廊下镇郊野公园的核心区域，依托上海的独特优势，农业产业化一马当先。例如总投资80亿元的颐养旅居田园综合体、全球最大凤梨种苗供应商、专供高铁食品的"鑫博海"中央厨房等项目落地，让北山塘搭上了发展的高速列车。

与北山塘相比，南山塘的土地也不少，但由于"农保率"较高，导致发展处处受限。农业基本以种粮为主，虽也有些经济作物，但因产业分散，普遍不成气候。无论是南山塘，还是广陈镇的发展一时都失去了方向。

眼见一河之隔的北山塘发展如火如荼，南山塘的老百姓是既羡慕又着急。

■ 从竞争走向竞合

9月24日晚，明月高照，一场别开生面的中秋晚会在北山塘"百姓舞台"举办,观众有南北山塘的 700 余名村民。记者看到,"百姓舞台"前后挂着两副对联,其中正面是"古有集镇桥跨两省分南北,今看山塘河穿一市聚春秋";背面是"党建引领跨界融合沪浙毗邻话乡村,区域协同产业提升山塘南北谋振兴"。

南山塘村党总支书记金建东坐在台下,聚精会神地观看演出。他告诉记者,"南北山塘的融合,首先从设施共享开始,像北山塘的'百姓舞台'面积比较大,适合搞大型聚会,南山塘就没有必要重复建设。"

金建东回忆说:"在 2010 年上海世博会期间,南北山塘联合设立安保岗亭,成为一段佳话,也开启了两地进一步携手的新篇章。此后每年一到元宵、中秋等佳节,两地就会联合举办活动。影响广泛的上海廊下镇乡村田园半程马拉松,还一度跑到浙江,在广陈镇的南山塘兜了个大圈,再回到廊下镇,这让来自全国各地的选手们兴致盎然。"

记者观察到,在北山塘的琮璞文化苑,悬挂着一块"农村文化礼堂"的牌匾。这个来自浙江的创新性文化工程,怎么跑到了上海?原来,该文化苑是由北山塘旧小学改造而来,里面有陶艺制作等诸多文化项目,与浙江的"农村文化礼堂"要求十分相符。两地秉承共创、共享的原则,准备联合申报浙江的五星级"农村文化礼堂"。

在资源互利、共享的基础上,南北山塘融合发展进入更深层次。北山塘村党支部书记杨立平告诉记者,2015 年两个村庄又组建跨省活动型联合党支部,在治安联防、矛盾调解、环境整治、文化挖掘等方面全面合作。双方还立下"君子协议",每年互派村干部不脱产挂职,一则便于互通有无,二则使得合作更加紧密。

中央提出乡村振兴战略后,南北山塘的两位村党支部书记又马上碰头,商议如何在长三角一体化发展的框架下,进行更实质性的融合发展。商议的结果是,双方联手,一方面,共同挖掘历史文化底蕴;另一方面,各展所长,实现优势互补,共同打造南北山塘的旅游项目——明月山塘。

既然是合二为一的项目,就应该有统一的规划和设计。由此,南山塘专门请来了当初为北山塘改造老街的设计公司,进行基础设施的规划设计。北山塘看到南山塘的河坎砌得既生态环保,又赏心悦目,而自己则是钢筋水泥,不仅有碍生态环保,而且不利于统一风格,便马上拆除重建。

■ 从接轨到协同

有意思的是，广陈镇和廊下镇的党委书记都姓沈，一个叫沈强，一个叫沈文，两人都年富力强、视野开阔。他们敏锐地发现，"山塘联姻"背后所具有的重大战略意义和价值。

2017 年 11 月，浙江省首个农业经济开发区落户广陈镇。按照规划，这里将建设以农产品加工园和四新农业示范区、浙沪农业产业合作示范区、农旅融合示范区、绿色农业示范区为内涵的"一园四区"。

沈强同时兼任着这个农业开发区的党工委书记，在他看来，农业开发区有别于传统开发区，具备一定的开发能级，而毗邻上海是其最大的区位优势。在农产品加工业发展方面，上海方面已积累了诸多的成功经验，而且廊下镇郊野公园独具优势，自带客流量，只要与廊下镇形成合力，抓住农产品加工与乡村旅游，自己的农业开发区就成功了一半。

作为廊下镇党委书记，沈文同样看好广陈镇。因为经过十多年的快速发展，廊下的空间已捉襟见肘，亟须产业的外延与合作，一步之遥的广陈镇农业基础良好，而且生态环境优美，加上农业经济开发区的建设，未来前景不容小觑。

在多次接洽后，广陈镇与廊下镇终于"喜结连理"，并且将浙大 CARD 和漫村旅投拉入其中。根据战略协议，四方将联合组建"长三角乡村振兴协同发展研究中心"，并每年举办"山塘论坛"，一年一个主题，探讨区域协同发展中的政策因素和关键问题。

作为开发运营主体，漫村旅投信心满满。他们计划将"明月山塘"打造成为国际乡村社区，内有三大部分构成：一是以手作为特色的老街，打通南北山塘；二是民宿，以北山塘为主；三是亲子乐园和采摘观光的现代农业，以南山塘为主。通过吸引上海的客流量，达到玩在南山塘、住到北山塘的目标。

尽管战略协议刚刚签署，但合作已经初现曙光。杨立平在任北山塘村党支部书记前，曾在廊下负责项目招商 15 年，人脉广泛，2019 年他几番当起"媒人"，将客商直接领到了广陈镇。蓝莓、西瓜等产业链打造已经在广陈镇的农业开发区拉开序幕，两地联合申报国家级农业综合体的构想也开始进行论证。

"以前谈到上海，总是讲接轨，感觉有等级之分，现在叫协同，是平等的共赢。"沈强说。而在沈文看来，这是从过去的协调，正在走向未来的命运共同体，"以往平湖养猪过剩，死猪经山塘河漂到上海，光打捞处理都要花费不少精力。实际上，同饮一江水，合则两利，争则两伤。"

小山村招了个"大经理"

（2019 年 4 月 15 日《农民日报》头版）

　　小山村要高薪聘请职业经理人？这件事在浙江省引发热议。点赞者有之，怀疑者有之，静观者亦有之，大家各抒己见，不由地加入到了一场讨论中。小村原本静谧的春天，变得热闹而又引人瞩目。

　　"敢吃螃蟹"的正是淳安县枫树岭镇下姜村——五任省委书记的联系点、浙江首屈一指的新晋"明星村"。去年，村里组建了千岛湖下姜实业发展有限公司（简称下姜实业公司），此次招录的岗位是公司的总经理。

　　日前，在百余人的见证下，来自江苏苏州的赵祥斌接过聘书。作为某上市公司的职业经理人，尽管赵祥斌前后换过 6 次工作，但还从未受过媒体如此关注。

　　对赵祥斌来说，下姜村又何尝不是"螃蟹"？在此之前，他从没到过这里，甚至未曾听说过下姜。如今，赵祥斌必须从零做起，建团队、构模式，经营村庄，这无疑是一个巨大而富有诱惑的挑战。

　　下姜村为何要招职业经理人？又是什么吸引了赵祥斌？下姜实业公司准备何去何从？这种探索背后会带来怎样的价值和风险？又有多少借鉴意义？带着这些问题，记者专门前往下姜村探寻。

■ "明星村"的成长烦恼

　　沿着千岛湖环湖公路，从县城一路向西，驱车八十里才能抵至下姜村。这还算好的，16 年前，时任浙江省委书记的习近平赴村调研，需颠簸 60

多公里"搓板路"，又坐半小时轮渡，还得再绕百来个盘山弯道。

此前下姜出名的，不是偏，而是穷和脏。有句俗语这么说，"烧木炭、土墙房、半年粮，有女不嫁下姜郎"。为了脱贫，20世纪80年代初，下姜的老百姓纷纷上山砍树，用来烧木炭窑。短短几年，群山成了"癞痢头"。而村里则污水横流，臭气熏天。

现在的下姜村，依然有名，人们常说她"绿富美"，翻身的背后离不开浙江五任省委书记的密切联系帮扶。去年，村里人均收入超过2.7万元，全年吸引游客近50万人次，下姜村光农家乐和民宿就有30多家。

"游客这么多，但收入十分有限。"姜浩强是下姜村的党总支书记，他坦言，最大的原因还是缺乏丰富的业态，最根本原因则在于缺乏运营、文创、管理等专业人才。

如何破解这一问题？2018年8月，下姜村成立实业公司，由全村224户786位村民以人头股、现金股、资源股等方式共同入股，其中现金股每股1万元，共有165人参股，享有分红权和监督权，不具有决策权，董事会由6名村干部构成。

但没想到，首个项目就卡壳了。经过讨论，公司决定改建村里的废弃猪栏，一楼做特色餐厅，二楼做培训教室。最初，下姜村试图引入工商资本，可几波考察团来了又走，始终未能牵手成功。几个月过去，项目还停滞不前。根据协议，2019年底必须分红。姜浩强急了。

怎么办？经村里讨论决定，既然村干部水平和经验都不行，而且将来实业公司也不单单做餐饮和培训，还要进行更多的项目拓展，那何不交给职业经理人打理，高薪聘请！

春节后，"杭州发布"官方微信发出一则招聘启事：基准年薪18万元，上不封顶，你愿意去一座大山里的乡村，当职业经理人吗？

18万元底薪？下姜村内部炸开了锅，老百姓议论纷纷，在社会上也同样一石激起千层浪。姜浩强更担心的是，从发布招聘启事到笔试面试只有短短11天，真的有人愿意来小山村吗？

■ 为什么是赵祥斌

报名截至当天，拿到名单的姜浩强吁了一口气。26名应聘者来自9个省份，年龄从 28 岁到 55 岁，绝大部分是 85 后，其中不乏清华大学、浙江大学、上海外国语大学等名牌高校的毕业生。他们中有的是大学老师，有的具有丰富的农旅项目操刀经验，有的已是年薪几十万元的职业经理人……

如何从这群高手中挑选出如意的"大管家"呢？村里专门又请来了 8 位专家，包括浙大教授、媒体代表，以及旅游、民宿、美丽乡村策划等方面的专家，大家一同出考题。

一位专家告诉记者，在面试过程中，除了考察应聘者的基本素养，更要关注其综合能力，以及与下姜村优劣势的贴合度，特别是市场开拓、资本运行、运营管理等方面的能力，应聘者经验丰富很重要，更要懂"三农"。

赵祥斌今年 51 岁，"不安分"的他，在 29 年的工作经历中，当过农行经理，经营过有机肥，从事过精细化工，还当过上市公司的老总，业务涉及生态农业、市政园林、休闲旅游等，甚至还卖过汽车，但总体来说，与"三农"打交道时间最长，长达 20 年。

"我也是农民出身，老父亲当了 30 多年村党支部书记，因此对乡村感情很深。"谈到应聘理由，赵祥斌娓娓道来，"此前，我虽然没有来过下姜，但对浙江乡村，我并不陌生，觉得这里充满了活力，未来大有可为。当看到一个小山村有如此魄力，我更是肃然起敬。"

最终，赵祥斌脱颖而出。许多人不明白，年过半百的他，为何要放弃原有的高薪，单枪匹马来到一个小山村，开始新的职业生涯。受聘当天，赵祥斌这样说道："我不是来找工作、打工的，而是来和大家一起做事业的，一番大事业。"

就在记者采访的前几日，赵祥斌已经住到了村里，他向记者袒露了初步设想：未来，下姜实业的核心应定位于"生态高效农业＋旅游＋康养特色小镇"，利用下姜村的品牌效应，借鉴类似于江苏华西村的外拓基地模式，做成超大型、5A 级旅游示范景区和国家级农业产业化龙头企业，最终主板上市。

记者看到，在赵祥斌描绘的"商业大厦"中，业务十分丰富，有花卉苗木、有机茶叶、蔬菜、稻米等种植业，有生态旅游、特色民宿、农事体验、婚庆风情等三产服务业，还有园林绿化、市政工程、新农村建设及商用房地产开发等。

对此，有人评价赵祥斌不切实际，有人甚至说赵祥斌天方夜谭、痴人说梦。但赵祥斌似乎信心十足："我知道，前进的道路上不可能永远一帆风顺，会遇到各种各样的困难、曲折、挑战，但开弓没有回头箭，有梦想一切皆有可能。下姜，就是梦开始的地方。"

■ 下姜实业能走多远

下姜村的高薪聘人虽暂告一段落，但这场讨论，似乎并未就此冷却。一位美丽乡村的资深策划人坦言，过去几年中其团队为全国 200 多个乡村制定了规划，然而近七成的乡村因缺乏人才导致后续难以为继，最终规划成了一纸空文，被锁在抽屉中。

作为沿海经济发达地区，浙江在美丽乡村建设上一直以来都是领跑全国的。数据显示，截至 2018 年底，浙江省累计建成 1 162 个休闲旅游特色村，吸引游客近 4 亿人次，实现经营收入 427 亿元。然而，记者发现，如同下姜村一样，众多村庄都面临着人才危机。

"未来乡村的发展路径，肯定不是简单的种种养养，而是必须依靠以农旅融合为代表的现代服务业，需要整合各类先进的生产要素，实现可持续发展。如此一来，弥补人才短板就成为乡村振兴、产业兴旺中最为迫切的课题。"浙江大学中国农村发展研究院首席专家黄祖辉说。

在黄祖辉看来，下姜村公开聘请职业经理人，就是要把要素资源进行一定程度的整合，根本目的还在于推动产业发展，让生态资源转化为经济资源，让绿水青山转化为金山银山。他说："从这个角度看，乡村聘请职业经理人，就是往现代化管理方向迈进。"

采访中，不少专家指出，聘请只是起点，关键还在于如何建立有效的激励约束机制。记者了解到，目前，村"两委"已与赵祥斌达成共识，董事会充分下放人财物权限，使其拥有灵活的经营管理自主权，但在整体规划、重大投资等方面，赵祥斌必须向董事会报告，并定期汇报运营情况，以及接受财务审计。

激励制度方面，第一年采取试用期，底薪 18 万元；从第二年起，不设底薪，收入与效益密切挂钩，利润越多，提成越多，上不封顶，纯利润超过 400 万元的部分，提成高达 35%。当然，对于赵祥斌来说，一分一厘都需要靠他赚出来，目前他也属于"光杆司令"，建立团队、厘清思路迫在眉睫。

职业经理人能否胜任？人们拭目以待。除此之外，对于下姜村的实体公司能走多远，这种模式又具有多少可复制性？人们同样议论纷纷。浙江省农业农村厅副巡视员楼晓云此前长期关注乡村业态发展，在他看来，下姜村公开聘任职业经理人，在乡村经营人才严重匮乏的今天，不失为一种有效路径，值得肯定，但不一定是方向，因为对于大部分村庄而言目前并不具备这种条件。

"单独成立一个实业公司，作为纯经济实体来经营能否成功？成功了，它的意义何在？这些更值得关注和研究。"楼晓云认为，"当前，如何来经营美丽乡村，最主要的核心在于怎样利用和完善基础设施，发挥当地自然和人文资源优势，获得全面发展。未来的发展趋势是要把村庄作为一个整体来经营，并为各类主体创业、业态培育打造平台，提供必要的服务，推进美丽乡村的品牌运营，在这方面做一些探索可能意义会更大，此类经验的推广价值也会更高一些。"

点赞也好，担忧也罢，无论如何，下姜村都已开始出发。一位资深的业内人士这样评价道，乡村经营是一个全新的课题，挑战和机遇共存，要给予其宽松的环境，允许百花齐放、各显神通，对下姜村的这种探索，既不要捧杀，也不要棒杀。但他提示"名村"：发展不能好高骛远，一定要脚踏实地。

与诗和远方在此"相见"

——浙江杭州相见村发展乡村旅游激发新活力

（2020 年 7 月 20 日《农民日报》4 版）

每次，浙江省杭州市临安区龙岗镇相见村发起的活动，总能引来一阵围观。不久前，村里又发起了一项试验计划，名叫"半农半 X"。光听名字，就让人饶有兴致。策划者邀请人们到村里下地耘禾、劈柴砌砖、改造篱田，并且在每日劳作之后独立完成一个小项目，可以是视频拍摄，可以是艺术手作，也可以当半个月的调酒师、民宿管家……

"推出这个计划，是希望大家暂离人群、物质、资讯包裹下的生活，置身于高山、峡谷、云海、稻香之中，找寻内心的栖息地，回归本真的自己。"潘青青是相见村的运营商，同时还在村里经营着一家民宿。办活动既是她的拿手好戏，也是积攒村庄人气的绝佳方法。5 年了，曾经一度破败的"空心村"，如今已小有名气，迸发出了重生后的新活力。

■ 两代"旅游人"的接力

记者与潘青青的第一次相见，是 2019 年在村里举办的艺术节。当时，活动现场人头攒动，八方嘉宾不畏酷暑，只为一睹竹子的大地艺术。

艺术节为期近半年，前后有 10 场活动，投入不菲。活动的"出品人"正是潘青青。如同每个有识之士回归乡村都有自己的故事，她与相见村的缘分，似乎早已注定。

相见村的山脚下，是闻名遐迩的浙西大峡谷景区，而开发者，正是潘青青的父亲潘庆平。潘庆平原是体制内人员，出于对旅游业的信心，2000年毅然下海经商。他认为，当温饱等基本需求满足后，人们需要回归自然，只要将龙岗镇的绿水青山、奇峰异石稍加修饰，辅以基础设施和得力传播，定能打出名气。

确实，如他所料，浙西大峡谷景区一开放，上海游客就蜂拥而至。没多久，光门票一项年收入就达上千万元。2006年潘青青接任景区负责人。与父亲不同，潘青青对旅游有着自己的理解。她认为，如今，随着休闲需求的升级，传统模式也应当转型升级。

潘青青的想法是，必须从简单传统的景区型观光旅游转向具有深层次体验和互动的乡村旅游，融入乡村生活场景，并将内涵延伸到文创、艺术等领域。因此在2014年，她开始寻找合适的乡村进行试水，并开始慢慢剥离大峡谷景区。

2018年，景区正式被一家公司并购。由此，两代旅游人、两个旅游时代顺利完成了交接。

■ 投资客兼运营商

相见村，一听名字，确实让人浮想联翩，回味无穷。但实际上，从资源禀赋来说，这里并不具备得天独厚的优势。该村人口少，没有年轻人，更没有一家农家乐。在此之前，政府项目几乎少有涉及。或许正因如此，开发之初相见村非常原生态。

2015年，潘青青签下了整个村的开发协议。最初，她的角色更像投资客。她斥资200多万元租下8幢空房子，准备打造"相见"系列民宿集群，除了自己经营的"相见茶舍"，其他全都对外招商。

潘青青的观点很清晰：民宿只是引流入口，自己的定位并非重资产、封闭式的投入，而是整村开发，为其他资本的进入打基础、搭平台；同时，举办一系列活动来聚集人气、打响名气，并为各个主体提供都需要的公共服务。

这几年，潘青青策划了许多活动：高山茶叶品质特别棒，她就举办茶评会；村里所种的蔬菜绿色无公害，她就办起了蔬菜节；山核桃是特产，下果时，她就举行了开杆节、核桃宴；她还在自家民宿举行文艺沙龙、音乐派对等。

还别说，才一两年时间，昔日名不见经传的相见村一下名气大增，成功引入多家精品民宿投资主体，目前已开业 3 家、在建 2 家。2017 年底，临安区启动村落景区运营。13 个村落景区中，相见村赫然入列。

按照规定，每个入选的村落景区都要组建各自的运营平台。实际上，这两年潘青青所扮演的角色更像运营商。因此，区里启动这一项目后，她就成了 13 家运营商之一，并组建了临安相见生态旅游公司，村里占股 20％，她个人占股 80％。

这种结合，可谓几方受益：因为有了产业基础和运营主体，政府 600 万元的村落景区建设资金在使用时，一下变得有的放矢；有了这笔钱，村里可修整道路，所打造的乡村客厅、村市村街、石屋书巢、观景平台等项目，则为业态经营提供了公共空间；对于潘青青来说，有了政府扶持，加上角色明晰后，既减轻了经营压力，又增强了发展信心，更加能够轻装上阵。

■ 用艺术唤醒乡村

乡村是开放的，资源有很多，但都在那儿沉睡。运营商的功能，就是要用市场经营的理念去激活这些资源。可千头万绪，该抓住哪些环节呢？潘青青的"拿手好戏"就是办活动。

在潘青青看来，美丽乡村建设十多年，很多村庄的基础设施都日趋完善，论山水资源，同样大同小异，因此必须跳出硬件、着眼软件，在文化内涵和互动体验上做文章。"办活动，如果不比排场和阔气，其实花费不是很大，但要效果好，关键得策划到位。"

2019 年的儿童节，潘青青推出了"点亮乡村，让萤火虫回家"的公益活动，邀请来自农林、环保、摄影等行业的 20 多名"达人"，在村民的带领下，举着火把寻觅萤火虫。这一创意经过传播后，立马火遍了朋友圈。

就在"萤火虫计划"落幕不久，"相见山谷艺术节"又重磅接力。为筹划这场节会，潘青青邀请"造物人"何越峰助力，何越峰半年前就进到村里，通过劈、削、编等技法将竹子塑造成各种形态，并且还委托专业的活动会展公司浙江兆丰年文化产业发展有限公司进行策划布展。

潘青青认为，艺术不仅仅在美术馆、展览馆，也可以在山峦、在梯田、在乡间小道，艺术也不是城市的专属品，民间的剪纸、年画和蜡染，还有那些代代相传的民俗，都是生活民艺的品位与审美。乡村更能带来艺术的无限可能，同时，艺术也能创造和唤醒属于乡村的个性化。

2020 年的儿童节，潘青青推出的则是"点亮乡村，乡野四时计划"活动，让大地与田埂成为课堂，邀请人们认领稻田，体验插秧、秋收、春耕，该活动再次受到好评。尽管就办活动而言，很多并不能直接盈利，但潘青青坚信，它们能拉近自己与当地村民的关系，还能潜移默化积攒人气。经营村庄如同做景区，不能急功近利。

潘青青还认为，生态文明时代，乡村振兴需要标杆引领，相见村是一个资源普通、特色也并不显著的平凡乡村，在不依不靠的情况下，如果能用市场化的运作方式去唤醒和复活村庄，那才是具有生命力、具有可复制性的，也能够为其他类似的乡村提供借鉴。

那些人
那些事
NAXIEREN NAXIESHI

"高粱稻"迷雾

（2021 年 11 月 29 日《农民日报》4 版）

没上过大学，不在科研机构工作，也没有项目经费支持，一辈子就在乡镇农技站，仅靠自己摸爬滚打，竟号称通过高粱与水稻的远缘杂交，选育出了"高粱稻"，不仅高产稳产，亩产超过 600 千克，还具有降"三高"的特殊功能。如果情况属实，那就是国际科学界的"巨响"！

"小人物"创造奇迹的故事并不罕见，他们最初的遭遇往往曲折离奇。正是基于这样的人生理解，记者找到了汪宝增。他瘦高个儿，寡言少语，但只要讲起水稻，便滔滔不绝，似乎心中有一团火。

秋收时节，记者在浙江杭州萧山区河上镇众联村，见到了老汪的"高粱稻"。看上去，这个被他自己命名为"绿粱 17"的稻子，与普通水稻并无两样。

"这不就是水稻吗？"

听到记者脱口而出的疑问，年逾古稀的老汪立刻脸红脖子粗，喉咙梆梆响："这怎么是水稻呢？这就是'高粱稻'！不信，你可以开除我的党籍！"

一方面，是老汪的斩钉截铁，声称哪个专家如果怀疑，可以一起到中央电视台去辩论；另一方面，几乎所有专家、教授都持谨慎和怀疑态度。毕竟汪宝增只是个"白丁"。

"高粱稻"究竟是真是假？记者越是深入采访，越是感到迷雾重重，甚至一度陷入摇摆，久久不敢落笔……

■ "水稻疯子"

20 世纪 70 年代，汪宝增就读中学农技班时，听说湖南有个科学家袁隆平，研究出了一款杂交稻，亩均可增产 20％以上。他深受触动，也要研究水稻。因为，"三年自然灾害"把他饿怕了。

高中毕业后，汪宝增回到老家富阳，在乡镇搞病虫害测报。于是利用该机会，悄悄搞起了育种。

科研也需要天马行空的想象。一次偶然的机会，老汪想到了高粱与水稻的"配对"。两者同科不同属，各有特征：水稻是水田作物，既不耐高温，也不耐低温，扎根浅、茎秆细，抗倒伏能力弱；高粱则为旱地作物，适应能力强，边远和高寒地区都能长，只不过口感又硬又涩，最后逐渐退出了主粮舞台。

但远缘杂交何其难：配对难、受精难、结实难、成活难、稳产难。要实现水稻与高粱杂交培育新品种，势必要过五关斩六将，有人形容其"比登天还难"。

老汪通过观测发现，水稻开花一般在上午 8 时至下午 2 时，高粱开花则在上午 5 时至 10 时。这里有两个小时的重叠时间，可以让高粱和水稻的花期相遇。如果先将水稻用温水去雄，再剪去部分颖壳，让高粱花粉自然飘落到水稻雌蕊柱头上，就有可能完成传粉和受精。

老汪找来了十多个水稻品种当母本。到了授粉期，他搬出家里的盆盆罐罐，天天守在地头。尽管早有心理准备，但现实仍像一盆盆冰水，不断浇灭老汪的希望。他看了一簇又一簇，全都是瘪谷，万念俱灰之时，突然看到了 5 颗结实粒。

一下，世界变得明亮起来！手中的 5 颗种子，就是他进入育种殿堂的入场券。

他这头在欢欣鼓舞，但在村民和同事眼里，23 岁的汪宝增是疯了。媳妇不娶，正业不务！富阳当地就有大名鼎鼎的中国水稻研究所，人家多少大专家、试验田，手握多少科研经费，你一门外汉，能弄出啥花头？

汪宝增将各种议论当作耳旁风。第二年，他兴冲冲将种子播下，天天提心吊胆，结果仅存活下来一株，收下 32 粒稻谷。之后几年，他播完收、收完播。原本以为一路向好，品种本该越来越纯化，可不曾想，到了 1982 年，结果发生大分离，并没有遗传给下一代。

一夜之间，所有努力付之东流。汪宝增瘫坐在田埂上，像是被霜打过的茄子。

10 年了！多少个日日夜夜，多少回绝地逢生，多少次冷眼嘲讽，或许连他自己都不知道，所谓的命运早已与育种捆绑，一辈子无法割舍。

老汪想到那些先哲：天底下哪有一项研究发明，是一帆风顺、一举成功的！有些甚至明明能够造福人类，却硬是得不到社会承认。

唉声叹气解决不了问题，幻想等待更没有未来。老汪给自己打完气，猛地从田埂上站起来，抖擞精神，继续出发。

■ 另辟蹊径

汪宝增搞的是单季稻试验，但为了解决产量问题，当时几乎所有地方都在大力推广双季稻，因此他只能放弃手头的试验。这天，他叩响了中国水稻研究所的大门。

接待汪宝增的，是科研处处长应存山。这位未来的所长一听汪宝增的试验，立马派人提供跟踪服务。

在应存山的帮助下，汪宝增转战到福建省三明市农业科学院继续试验，并且重新调整了研究思路。

此时汪宝增已经结婚，但一有空他就往三明跑，微薄的收入全拿来补贴实验了，家里就靠妻子裘根兰打零工度日。3 年后，老婆临盆生下女儿，汪宝增还在三明收种子。等他回到家时，女儿都已经快满月了。

汪宝增只得收心在家。自家 3 亩地，加上租来的 3 亩地，成了他的新试验田。因常年劳作，他腰肌劳损，无法干重活，只能在旁指导，做做记录。妻子则义无反顾地顶上，播种、插秧、收割，一样不落。有年大旱，土地冒烟，为了不让老汪的试验受影响，她一人足足挑了几百担水，从河边一直到田里，两个肩头全是水泡。

劳苦能够咬牙挺住，缺钱却束手无策。家里好不容易改善了条件，在平房上支起了第二层，仔细一算，盘个楼梯还得花 200 元钱。按理说，夫妻俩 3 个月收入就能搞定，可为了省钱，一拖再拖，全家竟爬了七八年的木头直梯。

老汪的节俭已经到了吝啬的地步，衣服破了洞也不舍得丢，可为了谷子发芽，不惜用浴霸取暖、用空调降温，有时，他还把种子捂在棉袄里、被窝里。没钱买专用容器，他就把家里盆盆罐罐全部利用起来。

1996 年，兜兜转转又过了 10 年，汪宝增选择黑粳糯为母本、环雕糯高粱为父本，用自创的老办法终于获得了 10 颗结实粒。第二年试种后，又发现了一个变异株，总共 5 个有效分蘖，米粒黑色。

两年后，大分离来了：有不育的、半不育的、全不育的，株高参差不齐，米粒有黑色的、白色的，还有红色的。该往哪个方向选育？当时，因为研究红糯米的人不多，在专家的建议下，汪宝增保留了红糯植株。

试验亦步亦趋，困难始终相伴左右。几十年里，由于出身"体制之外"，汪宝增的研究尽管也得到了专家帮助，但毕竟无法立项，得不到经费支持。好几次遭遇"财政危机"，他只能厚着脸皮去敲科技局的门。

开始还能要来点项目，但因为种种原因无法结题，久而久之，汪宝增被官方贴上了"骗子"的标签。加上性格偏执，一旦遭遇否定，他就怒气冲冲，要与对方分出对错，以至于很多人谈及老汪就刻意回避，有的则带有很强的负面印象，认为他在搞歪门邪道。

采访中，记者也常深感老汪的偏激，有次好不容易把省里的专家请到基地，汪宝增在田埂上就与客人争执起来："怎么就不是高粱与水稻杂交的？你没做过试验，就没发言权！"话没讲完，便拂袖而去。

面对质疑时，这样的冲突几乎如同家常便饭，也导致汪宝增的路越走越窄。

■ 进退维谷

时间来到 2009 年深秋。这天，汪宝增在富阳一家农家乐吃饭，一开始眉飞色舞，到头来却长叹一声：眼下收割在即，连人工钱都不知道在哪里！

说者无心听者有意，路建强一家恰好坐在隔壁桌。一听老汪描述的"新品种"，他们全家就来了兴趣，跟着跑到田头，摘下穗子，拿手一搓，果然有股"高粱味"。第二天，路家就给素昧平生的老汪送去 1 万元，以解其燃眉之急。

路建强出身中医世家，对地道中药和土种本就兴趣浓厚，一来二去，便常与汪宝增往来，并且答应每年出资 5 万元用于科研。不仅如此，路建强还带来不少人脉资源，帮助老汪完成了科技成果以及国家发明专利登记。

尽管专利保护的是"一种高粱红糯稻新品种的选育方法"，但这两张登记证书，让汪宝增如获至宝，"我总算能够抬起头来了，也算对过去几十年的一个交代。"

如何让成果走得更远？在路建强的建议下，汪宝增以技术入股，双方合作成立了名为"绿粱科技"的公司，开始了规模化制种。种植面积从 60 多亩一下子扩增至 1 000 多亩。

规模化种植带来了严峻挑战，现金流、收储、加工、产品开发、市场营销等问题接踵而至。到 2019 年，路建强体力不支，身患绝症，躺倒在床。

此时，2 000 多亩订单稻子刚播下。无奈，路建强只得在病床前，将重担交到了前妻孔锦娅手中。

却说这孔锦娅，靠经营玉石生意，年入几十万元不在话下，日子本过得体体面面，接过"高粱稻"重担，她根本不知其中深浅。

眼看收割日益临近，她掰着手指算了笔账：产量预估 1 400 吨，光收储的费用就得 500 万元。这还不算运输费、粮库储存费。

没办法，孔锦娅只得东奔西走筹钱。她赎回之前的投资，变卖手中的宝石、刷信用卡、办网贷，拼拼凑凑，总算收完了稻子。

可接下来，存货怎么办？拿来做酒，意味着又要运输费、加工费；假如卖不出去，还得砸在手里。身边朋友得知后，纷纷前来劝阻，让她尽早收手。

但覆水难收，孔锦娅也感觉到越来越难以放手："我不指望赚多少钱，只希望不要辜负老汪一辈子的心血，不要辜负老路生命的代价。而且这么重大的成果，可能对全人类都有意义，不能断送在我手里。"

深夜里，孔锦娅一次次扪心自问：继续往前跑，有可能人财两空；就此罢手，则必定前功尽弃。此时，公司几个股东，有的撒手不管，有的索性退出。她的股份一下从 10％提高到了 68％。为接济孔锦娅，老母亲甚至把 60 万元的养老钱也拿了出来。

对孔锦娅来说，有关"高粱稻"所有的一切，几乎都是无法理解的谜团。但她越是不解就越想搞清楚，这究竟是怎么一回事？

有一回，她带着资料去一个研究所，最后连门都进不去，因为她连要找谁也不知道；还有一次，送去稻子希望做品种审定，结果苦苦等了半年，最后竟被告知，没有办理相关手续。

"我们的稻子茎秆比普通水稻粗壮许多，碾出的米粒一看就像高粱，而且检测出来确有单宁物质存在，吃了以后还能'降三高'。检测结果也证明，许多微量元素的含量都比普通水稻高出几倍，甚至几十倍，这些不就是高粱基因的表现吗？"

孔锦娅不懂科学术语，更无法解释其中的奥秘。她只是从感性层面，就其知识范围所能理解的，不断表达着自己的疑虑。

■ 迷雾重重

"绿粱17"到底是不是高粱与水稻杂交的后代？与很多人一样，记者心里也打着问号，于是经人介绍，帮助孔锦娅找到了中国水稻研究所的一位分子育种专家。

专家建议，先从基因组角度入手，看看后代究竟有没有来自高粱的基因。尽管从科学角度来看，不同种的杂交难如登天，但若真是高粱与水稻的杂交后代，那就意义非常重大了，堪称科学界的重大突破。即使最后证明不是，但仅从功能稻的角度看，也有着较大的市场开发潜力。

然而，在父本和母本的递送过程中，出现了尴尬的一幕：专家说，所送的原始母本竟然是错的。

孔锦娅不知是汪宝增怕泄密故意为之，还是一不小心出错。在专家看来，科研工作岂能如此儿戏？但汪宝增又坚称，当初送的母本就是对的。到底哪个环节出了错，成了一笔说不清的糊涂账。

孔锦娅马上又第二次送去了原始母本。最终，通过检测也发现了3条基因序列可能是候选高粱基因。但当孔锦娅希望该专家再施援手，帮忙进行解释时，专家却回避说无法再参与此事了。

为了进一步弄清事实，无奈之中，记者只得辗转向浙江省农业科学院的水稻育种专家王建军求教。

王建军首先肯定了利用这种方法来尝试远缘杂交，无疑是一种创新，对后续研究具有十分重要的价值。但从照片中的穗形和植株看，他判断，这有可能只是一种糯稻。因此他提醒，在表述上要格外注意，"高粱红糯稻"的叫法很容易引起误解。

至于是否利用了高粱的核心基因？王建军解释道："高粱和水稻都属于禾本科植物，两者在进化过程中，肯定会有不少同源基因。只有证明了高粱中的特有基因的确进入了水稻，并且表达出性状，才能证明远缘杂交是成功的。"

可要找到高粱的特有基因，就如同大海捞针。王建军坦言："水稻和高粱两个学科的发展现状，显然是不平衡的，前者作为模式植物，研究已十分成熟，但对于后者的遗传分子研究，则明显滞后。从战略上考量，弄清楚高粱的意义不大，且需要漫长的时间和巨大的资金投入。因此要找出高粱的特有基因，如同大海捞针，现有技术很难做出明确的结论，所以称之为'候选基因'。"

王建军举例，尽管水稻没有单宁物质，且"绿粱17"又检测出单宁物质，但这并不能证明其就是高粱的特有基因所表达的。因为单宁物质是一大类的统称，在自然界中，具有该物质的材料还有很多，要找到控制高粱产生单宁物质的基因也非常复杂，就如同证明"哥德巴赫猜想"。

王建军进一步解释，之所以发现了一些高粱的"信号"，有可能是发生了基因漂移，进而产生了基因渗透，这其实就是物种进化的自然过程。他建议，这是一项庞大而又复杂的基础性研究，只能交给更有实力的科研单位去完成；企业的当务之急是，利用这些特性进行产品开发，用市场来检验成果。

各种检测报告都曾经让孔锦娅喜出望外，可专家的每一次言论，又一次次将她打落谷底。她听得似懂非懂。总之是：这个"高粱稻"值得怀疑，还需进一步研究论证。可找谁去咨询，找谁去论证呢？她已经筋疲力尽、走投无路，连日子都无法正常过下去，哪还有资金再深入研究下去？

这些年，由于参与的人都不专业，面对一个个技术问题，孔锦娅已经深感"草台班子"的力不从心，无论是书面材料的撰写，还是出具的一些检测报告，从专业角度出发，专家们一眼就能挑出种种毛病，进而怀疑她的来路，会不会是一个女骗子？

又一个秋收时节到了。困顿中的孔锦娅似乎又一次看到了亮光：就在稻子开割前，基地刮起了台风，周边其他品种的稻子大多倒伏在地，损失惨重，唯独她家的"高粱稻"昂首挺立，没有受到任何影响。

孔锦娅立马给记者打来电话"报喜"，还说除了"高粱稻"，目前正和老汪研究"稻高粱"，对初步成果同样很具信心。

可最后，孔锦娅又告知记者："路建强已经去世了。今年的新米，老路再也吃不上了……"

在今天这样一个高科技手段深刻改变育种模式的时代，"白丁育种家"的研究是否真有价值？接下去，又该如何接续或者收场？谁又能给予帮助继续前行？直到采访结束，记者也没有拨开这团团迷雾。

但在这重重迷雾中，记者分明看到了另一种希望。

这是一群彻头彻尾的"白丁"，一群不折不扣的"小人物"。他们没有学历，没有专业背景，也没有任何资源；他们所有的，只是一种执着而朴素的理想。他们甚至没有想过，一脚跨进这个领域，究竟意味着什么。他们同时耗尽岁月，散尽家产，只为了追逐梦中一闪而过的亮光。

四处碰壁、举步维艰之时，陪伴他们的，很多时候，可能只有不断地自我安慰。而家徒四壁、一事无成，或许也将成为难以逃离的宿命，可他们没有放弃，没有逃避，依然蹒跚前行。

但尽管如此，谁又能说，他们就没有梦想的资格？而我们，还能够心安理得，看着一簇火苗在这个世界渐渐熄灭？

《山海经》讲述了夸父不自量力追逐太阳，最终倒在半途，道渴而死，其手杖化为桃林，为后人遮阴解渴的故事。我想，这是对夸父的致敬，也是对人类挑战大自然的一种深深的赞许。

面对汪宝增，面对路建强，面对孔锦娅，面对他们如夸父般的勇气，我们每个人，难道不应该力所能及，给予其一点温暖和理解？

——记者手记

疫情下的返乡周记

（2020 年 1 月 31 日《农民日报》4 版）

1 月 22 日，距离除夕仅剩两日。天还微亮，我便发动了车子，后座的母亲一脸倦容。这是她失眠的第五个晚上，因为路途遥远，加上回村的路不太好走，这让母亲忧心不已，连脸颊都消瘦了不少。

此行终点，是江西省九江市修水县水源乡的街口村，那是母亲长大的地方，距离我的村庄——浙江省杭州市萧山区浦阳镇临江村，将近 800 公里，预计驾驶时间 10 个小时。

始料未及的是，一场新冠肺炎疫情，使这场等待了 25 年的家族聚会，充满了忧虑与惶惑。原本，对庚子鼠年春节的热闹有着千万种想象，可谁也没有预料到，会是这样一种紧张和不安的场面。

■ 一路畅通，回村却堵上了

我提前告假两日，就怕除夕高速免费时堵车。上了高速，果然一路畅通，尤其是过了省界后，宽敞的路面上，更是没几辆车。下高速时，比预期提早了足足一个小时。

没想到，进村路给堵上了。

修水是国家级贫困县，与浙江一带的乡村有着明显的差距。就说那狭窄的村道，勉强可作双向车道，稍有事故，便是无限的等待。估计，前方就是这种状况。

百无聊赖，我开始观察周围的车牌。粤 B、闽 C、浙 C……如今，生活水平越来越高，许多外出务工人员都有了小车，自驾一族成为普遍现象。平日里，路上的小车稀稀拉拉，如今几乎成了全国车辆"大联展"。

我在寻找"鄂"字开头的车牌。1 月 20 日，国家卫生健康委员会发布 1 号公告，将新型冠状病毒感染的肺炎纳入乙类传染病，并采取甲类传染病的预防、控制措施。更让人担忧的是，钟南山院士表示，新型冠状病毒肺炎存在人传人现象。

然而此时，要不要回修水过年，已没法多加考虑，整个家族就等我们一家三口了。出门前，我带上了十多个外科口罩。那时的杭州，口罩已被大量抢购，幸好我之前有些囤货。

修水与湖北相邻，九江更是与武汉仅一江之隔。作为劳务输出大县，修水 80 多万的人口中，有 69 万人在农村，有 20 多万人常年在外务工，尽管修水人口主要输向江苏、浙江、上海和广东，但毕竟这里距离湖北、武汉太近了。我隐隐意识到，隐藏在修水背后的巨大风险。

思考间，前面的故障排除，车子开始动了，我们抵达村里。但是眼前的这个小村庄似乎并没有受到什么干扰，若无其事，热闹得如同往年。局促的街道两旁，是高低不齐的农民房，这与我 10 年前暑假回来时的印象有些不同。这些年，大家在外头赚了钱，都纷纷回家盖房修房。

路上，车水马龙，每开百米，即遇小堵；临街的店铺门口，堆满了各种年货，花花绿绿的，店家们对过年前后这场生意高峰，早就翘首以盼，并做了充分的准备；天气阴冷，不少人穿着厚厚的睡衣，手上提着鸡鸭鱼肉烟花酒水，几乎每走几步，就要被人拉住闲聊一会儿。

街口村就在水源乡的集镇之上，说是集镇，也只不过是店铺多了些。

■ 若无其事的街口村

我们一家回村过年的消息，早就在亲戚圈里发酵和传开了。在这之前的春节相聚，已是 25 年前。从懵懂的 5 岁，到而立之年，说实话，我对街口村非常陌生。

晨起后，才刚落座，前来串门的亲戚便络绎不绝。这是当地农村的一贯传统，许多人外出务工，或者远嫁他乡，往往几年都很难回来一趟。因此，但凡有人回村，难免寒暄关心一番。修水人又格外热情，一杯菊花豆子茶，围着火炉聊天，家家如此。

我的担忧却无限蔓延，聊天的间隙，见缝插针看一眼手机。此时，新华社发布消息，200多千米开外的武汉市宣布"封城"，暂时关闭机场、火车站离汉通道，暂停运营城市公交、地铁、轮渡和长途客运。我看到公众号消息时，其阅读量早已"10万＋"，朋友圈掀起巨浪。

我心头一紧。在城里头，各家大门一关，便可相对隔离，可在乡村，实在避免不了走家串户，特别是类似街口村这样，大家常年在外，好不容易相聚，又是春节。

很显然，疫情还未引起大家足够的重视。

来家串门的人中没有一人戴口罩，话题中也没有人说起疫情。堂屋里的电视机一直开着，放的也都是喜庆祥和的综艺节目。对于乡村的人来说，很多人并不习惯在这样一个本该举国欢庆的时刻，去关注社会新闻。

口罩就在包里，我却犹豫着怎么拿出来。职业的缘故，我长期在乡村采访，深知乡村的习惯，这里更看重亲近关系，随便一个另类的行为，都有可能被解读为失礼、嫌弃。这是我们回村过年的第二天，戴上口罩简直就是另类。当然，也有人可能会觉得我小题大做。

人们围坐在堂屋，我和父母被安排在外公身边，人们饶有兴致地回忆着我小时候的糗事，紧接着，又说到母亲儿时的样子……谈话间，我还听到了一件令人惊愕、又在情理之中的事情。就在腊月廿七，村里新落成了一座家族祠堂。所有回乡的人，都自发地前往祠堂祭拜参观。中午，还举行了一场盛大的聚餐，150桌，足足有千余人！

祠堂落成的送礼名单中，还有父亲的名字。原来，为了让外嫁女对老家有归属感，此次重建乐捐专门向"女婿们"开放。为了给"岳父们"脸上贴金，女婿们自然不会推却。我们没赶上聚餐，但姨父早已将礼金垫上，换回了一个印着祠堂照片的菜盘，以作纪念。

人们津津乐道这场村庄盛事，谈论着家族的兴盛，还嘱咐我们必须护好纪念盘，每个人脸上都洋溢着幸福的光芒。听完，我更加忧心不已：新闻里播报，当下全国各地都在抗击疫情，号召大家尽量减少大规模的聚餐；而这里，就在两天前，竟然还举办了这样一场宴席，且赴宴之人来自四面八方，风险难控。

腊月廿九，除夕前夕，街口村一派祥和。而武汉已经"封城"，医护人员正与病魔赛跑，各方医疗队伍陆续开拔入鄂，确诊病例不断更新，网络上也吹响了捐献防疫物资的号角。与此同时，春节档的七部大片均集体撤档，国家铁路集团宣布免收退票费扩至全国。可村里，似乎纹丝不动。

此时的街道上依然车流不息；店里头，几乎无人戴口罩，一切如同往常；家家户户的火炉边，都围着人，嗑着瓜子，剥着花生，女主人忙着泡茶，一杯接一杯。人们关注着眼前的柴米油盐、烟火日常，外面的世界好似与他们无关。

后来我才知道，在修水乡村，有个习俗，奉茶这事若有怠慢，就会被贴上"懒惰"的标签。人还未走远，此事早已传到街头巷尾，让人哭笑不得。

我忍不住在朋友圈发了一条信息，表达了我的担忧和态度："我准备戴口罩了，不是惜命，而是尊重科学。"

引来的却是母亲的不以为意。没辙，我只能现场科普，好说歹说，母亲最终"服软"，且理由是：为了我儿子。

■ 极其匮乏的医疗资源

除夕夜，终究还是来了，相比昨日，水源街上已是另一副模样。

人们终于开始听到了一些"风声"。缓行车辆里的司机，临街服装店、小卖铺、菜摊的老板们，开始三三两两戴起了口罩。我观察了一下，戴口罩最多的还属年轻人。一些人由于没有提前准备，有的拿出了起球的御寒口罩，有的戴上了油漆工专用的防尘纱布口罩，还有的尽管戴上了蓝色的外科口罩，可能是觉得透不过气，索性拉到了下巴底下。

就在两天前，我们一家三口的手机里，已经收到了数则短信。一则是小区物业发来的，一则是乡镇发来的，还有一则是以村委会名义发来的。我们能够感受到，杭州已紧锣密鼓地展开防疫工作了。

街口村的行动显然要迟缓一些，但也终于开始了。起先还不以为意的村民们，陆陆续续收到了短信通知。大家手机里播放的，也都是各种关于疫情的短视频。其中，逗留时间最长的就是关于疫情的各种消息。人们不再说话，而是凝神静气，把一个个视频听完、看完。这样密集的信息传播是有效的，原本还不情愿戴口罩的母亲，现在画风一转，连出门买菜，都主动戴上口罩。

街道上的人明显少了，茶余饭后的聚会串门少了，就连年夜饭的规模，也从原来的大聚餐，演变成分散到各家进行。仿佛唯一具有年味的，只有那场春晚，只是人们再也没有兴趣去盯着载歌载舞的屏幕。几乎所有人，都把目光锁定在了几英寸大的手机上。

傍晚时，一岁多的小表弟突然有些发烧。这让家人们都颇为担心，只能前往当地卫生院看病。简陋的卫生院内，门口亮着一盏昏黄的电灯泡，只有一名值班医生坐在那里。我们被告知，卫生院没有小儿退烧贴，也没有酒精棉球。无奈之下，只能买了一瓶酒精，回家用纸巾擦拭，用于物理降温。

好在睡觉前小孩退了一次烧，可仍是反复。第二天，小表弟起床时，体温又开始上升。街道上的药店已经关了门，加上这里距离县医院百余里，倘若茫然过去，又担心交叉感染。一家人内心火烧火燎。大家便开始猜测，可能是昨儿洗澡着了凉，寻找理由压制内心的焦躁不安。

我开上车，去其他街上为数不多的药店，再去碰碰运气。第一家药店，关了门，拨通店铺门牌上的电话，老板语气有些不耐烦，只说了句"去别的地方问问"，便挂了电话。这是临近的黄龙乡唯一一家药店。

打开导航，在十多千米开外的白岭镇，显示还有两家药店。颠簸的山路，不太好开，半小时后，才抵达第二家药店，同样关门，这让我和同行的小舅妈很是失落。抱着侥幸又无太大希望的心态，我们继续前往第三家。

幸好，第三家药店开门，并且有卖小儿退烧贴的，我们如获至宝。我们想备些口罩，老板娘说，前几天就卖光了，现在根本进不来货，就连她戴的，也只是那种保暖的口罩。

有了这样一场惊心动魄的就医、买药经历后，让我充分感觉到了农村医疗资源的匮乏。我马上向从深圳赶回来过年的小舅一家提出建议，赶紧回深圳吧，至少那边条件设施好很多，权当为了年幼的小表弟。

■ 至今最冷清的大年初一

大舅一家在福建泉州打工，腊月廿三回的家，买了一堆鞭炮和烟花回来，这是过年较大的开支之一。

在街口村一带，有个风俗，喜欢用鞭炮庆新年。舞龙的到了家门口，要点炮迎福；去亲戚家拜年，也得带上一串鞭炮；给过世的亲人祭拜，鞭炮同样不可少。

　　可一天过去了，除了自家放的几串鞭炮，尚有十多串剩余。说到这里，大舅叹了口气，这是至今最冷清的大年初一。小舅和母亲有些懊悔，说倘若早晓得疫情如此严重，这次就不回来了。可事实上，到疫情信息的暴发，已经是除夕前夕，而绝大部分人已踏上了归途。

　　疫情的到来，改变着村庄的角角落落、点点滴滴。门前的马路，要搁以前，走亲串门的车辆至少堵半小时；家里头，舅妈早该忙着泡茶，接待拜年的人，一家接一家，可现在，一早上也没泡上几杯；屋旁的晓群广场，是去年新建的，同样冷冷清清。

　　就在 1 月 24 日除夕夜，江西省启动重大突发公共卫生事件一级响应，与湖北交界的白岭镇政府部门全面取消休假，对湖北入境的干道进行物理隔断，并安排工作人员 24 小时轮流值班。

　　尽管一觉醒来后，修水县仅仅启动了突发公共卫生事件Ⅳ级应急响应，但白岭镇的消息，还是在附近几个乡镇炸开了锅。乡村的人们对于书面通知或者专业术语，或许并没有多少认知，却能从临近地区以及身边的案例中，获得最直观、最触动的感受。原本还将信将疑，或者抱有侥幸心理的人，几乎在一夜之间，将防疫警示装进了脑子，停住了串门的脚步。

　　街上，一辆装着大喇叭的厢车，循环播放着疫情防控贴士。家族微信群里，昨晚还热闹地发着红包，今天，家长们也主动转发了一些防疫信息，这让几位年轻人不免刮目相看，也稍稍放心了一些。

　　在街口村，还有一个明确的变化，那就是不少人自发取消了大型聚餐。舅婆去年去世，按照风俗，大年初三将举行"新案祭奠活动"。大年初一，我们都收到了短信，取消了当天的聚餐。

　　还有，在过去，因为春节期间回乡的人多，新人们往往会选择在这个节点举行婚礼、宴请宾客。2020 年，大家都不约而同地取消了。包括我自己，本来元宵节时要去参加一个同学的婚礼，也于当天接到通知延期举行。

　　冷冷清清，寡寡淡淡。这样一个春节，注定将成为日后许多年的深刻记忆吧。

■ 一张"冒险"的全家福

　　表姐远嫁到安徽，平日全家都在浙江温州经商。得知我们回家，大年初一，也带着丈夫、一双儿女驱车赶回。

几个月前，我们就约好了要给外公提前过一个生日。在农村，八十大寿都是在虚岁 79 时过的。外公两儿两女，膝下孙辈也有 7 个，现已四世同堂。外婆早逝，母舅几人全靠外公一手抚养，可成年后，两个儿子常年外出务工，母亲远嫁杭州，只剩下姨母一人留守。

说实话，若不是疫情当前，这样的一次团圆，会更加热闹与温情。25 年了，一家人从未到得如此齐整，而且相较 25 年前，成员更多了。

年前我们从天南海北赶过来，如今，全家 19 人终于全部凑齐，却面临着一个问题：还要不要聚？几个年轻人心里都有点打退堂鼓，尤其是我。

作为新闻工作者，我特别关注疫情消息以及防治知识，再向亲友们普及。很多地方，包括官方，也都在倡导取消聚餐。按理说，此时，我若极力主张取消，大家定会理解，但又极其不忍，因为有些相聚，可以再来过，可有些相聚，如果错过了这一次，恐怕会成为一生的遗憾。

这样的心情，在外公两年前的一场突然疾病后愈加凝结成块，成为心里一种莫名的焦虑。每一个人都渴望，有那么一张照片，可以定格我们整个家族，缺一不可。尽管从小与外公接触极少，老人也不会讲普通话，爷孙两人交流起来，几乎鸡同鸭讲，但我心中明白，对于老人家而言，纵有金银财宝、纵有山珍海味，也抵不过家人的团聚，抵不过膝下承欢、享天伦之乐。

原本，这次天南海北的家人集体回到外公身边，也是我率先倡议的，当时一拍即合，得到了全体家人的同意。只不过，没有预料的是，疫情来得如此突然，如此凶猛。

最终，在亲情与疫情的权衡后，还是决定买一个生日蛋糕，我自己扎上围裙为外公做了一顿午餐，拍一张全家福。

看得出来，老人特别开心，他带着看似别扭的"寿星帽"，根本不知道为何要吹蜡烛，孙辈们唱起了生日歌，外公木讷地接收着来自城市的庆生礼。可是我们都知道，他的内心，一定是欣慰的、快乐的。

那一张全家福里，所有人都笑开了花。天阴蒙蒙的，大家的脸上，分明闪耀着阳光；温度逼近冰点，可透露出的温暖，足以融化过去几十年时空带来的隔阂。

相信，这张照片会成为所有人共同的温暖回忆，也会成为镌刻在 2020 年春节，永远不会黯淡的光亮。

■ 寒风中的告别

原本我们准备初四、初五离开，碍于疫情当前，决定提前回杭州。

尽管政府发布的信息已经很透明，但疫情每天都在发生着难以预料的变化，各种猜测、传言四起，令人迷惑和焦虑。

有的人说要封城了，有的人说进村路封了，还有的人说，临近的乡镇又有疑似病例了等。有些信息我尚能判断，但有些说法，我也难以断定。毕竟疫情的走向本来就无法完全控制。

在这样一种情绪的笼罩下，才有了提前回杭的决定。另外，我也渴望早点加入新闻报道的队伍之中。如今，浙江已是除湖北之外，确诊病例最多的省份了，作为驻站记者，我有义务，也有责任坚守岗位，与大家一同战斗。

由于一大早就要走，也考虑到老人的身体，与外公的告别其实是放在了前一天。这让我忽然想起12年前，母亲得了一场重病，外公、姨父几人连忙赶来探望。临走时送别，从村里到火车站的出租车上放着刘德华的《谢谢你的爱》，年近古稀的外公哭成了泪人。因为那时没人知道，这次分别，会不会是永别？

这一次，站在大舅家门口，上车前，换成母亲哭成了泪人。如今，外公已是耄耋之年。我们几番邀请，请外公到萧山的新家小住半年，老人说什么都不肯，还搬出了当地的俚语，"老人七十不过夜，八十不出门。"

终究拗不过老人，街口村是他的归巢，我们只能接受这场分别，期待再次相见。

初三一早，尽管我们蹑手蹑脚，姨母一家还是总动员，早早起来送别。清晨的风有些刺骨，晨雾中，我们不停地说着"快进门"，却不见有人转身，大家挤在大门口，目送我们离开，就这样又在风中"僵持"了很久。

出发后，道路依然空空荡荡。驰骋在高速上，我的内心五味杂陈。这样的一个春节，因为疫情的到来，让每个人都感受到了措手不及，感受到了惶恐不安，可温情不会因为疫情而减少半分。

我相信，疫情终将会过去，但亲情、友情、爱情，始终坚不可摧，风雨也终究会过去，阳光和彩虹就在不远处张开怀抱迎接我们。

再见了，街口村。

回乡的人们，请暂时收住走家串户的脚步，等到下一个春节，我们一起补上。

就在我写下这篇文章的时候，正是大年初五，杭州迎来了久违的阳光，而千里之外的街口村，也同样艳阳高照。

"赤脚医生"消失之后

——一个东部山区县的接力棒实验

（2022 年 7 月 4 日《农民日报》8 版）

今年 4 月光荣退休后，70 岁的姚珍妹五味杂陈。辛苦一辈子，整整 40 多个年头，纵有不舍，可岁月不饶人。全村老少，几乎都找她看过病，从家到诊室的路上，大伙由内而外的热情与敬重，是她最大的骄傲。清晨开门，落日关门，也似乎成了种肌肉记忆。

职业生涯终于到站，可眼下，姚珍妹不能退，还得再坚持数月。4 年前，村里招了名年轻人，叫张尚金，是个 95 后小姑娘，土生土长，学的是护理专业。那年，县里试水"本土化村医培育"，刚大专毕业的张尚金正好报了名，护士没当成，却成了"准村医"。

如果顺利通过今年 8 月乡村全科执业助理医师考试，张尚金就能正式上岗。但是村里的老人们等不得，他们得配药、测血压，偶有头痛脑热，实在少不了村医。村里只能暂且返聘姚珍妹。张尚金也提早进入角色，一得空，就来卫生室帮忙。年轻人经验少，但电脑用得溜，两人既是师徒，又是搭档。

这个小山村名叫尚书干，距离县城近 40 里路。张尚金的到来，让卫生室逃过"空巢"的命运，但其他村却没有如此幸运。在浙江省安吉县，总共有 134 家村级卫生服务站，眼下，已有 16 个"空巢"，其余绝大部分村医属于"光杆司令"，其中 60 岁以上村医占了一半多，如再无新鲜血液输入，"有站无医"即在眼前。

这不仅仅是安吉的烦恼，更是浙江的、全国的困局。大众印象里，安吉算不得偏，经济也挺发达，所在地市湖州又素来被誉为"鱼米之乡"，浙江农民的富裕程度更在全国省区中名列前茅。这里村医奇缺尚且如此，更别谈其他地区了。

为解此题，过去 15 年里，安吉从未停止探索。屡败屡试后，最新的一次尝试便是"本土化村医培育"，即从各村选拔热爱中医药、有志于从事村医的青年农民，县里出专款、给编制、配师父，待通过全国相关专业考试后，就回到本村从医。

他们芳华正茂，背景各异。一眨眼，4 年过去，44 人的"青年村医班"即将初出茅庐，待秋天时将全部走上工作岗位。他们即将走进生养自己的乡村悬壶济世，而记者也尝试走近他们的人生，走近这群新时代的"赤脚医生"。

■ 消失的"赤脚医生"

与村医王东木的首次相见，是农历新年后的一个下雪天。原以为此时去人会少些，可早上 7 点半卫生室开门后，窜进来的村民一个接一个。山里头冷，没空调，又敞着门，寒风直往里灌。王东木裹着厚棉衣，连白大褂都套不进去。

量血压的，感冒的，喉咙发炎的，都是老熟人，不少还是从邻村赶来的。从正月初一到元宵节，卫生室就没关过门，生病可不挑日子。王东木其实也是个病人，自从两年前摔断腿，一到雨雪天他的腿就隐隐犯疼。当了半个多世纪的村医，其实，他已"超龄服役"。

按县里政策，王东木 3 年前本该退休，可他一走，卫生室就得关门，老百姓集体抗议，他只能继续留守。走一步算一步，又不知何时是头。

章村镇是安吉最西南的山区镇，距离县城近百里路，已与安徽交界。山里老人多，外出不便，有点儿小毛病都指着村卫生室。全镇总共 8 家村级卫生服务站，如今有一半"空巢"。像茅山村这样返聘退休村医的，还有另外一个，由于后继无人，也随时可能关门大吉。

"那会儿生病，根本没法上县城，都没公路。后来通了路，班车每天也就一两趟……" 64 岁的王吉成刚测完血压，一边理袖口，一边就跟记者拉起家常。这个年岁上下的村民，几乎跟他差不多，都是王东木照看着长大。2 300多人的茅山村，如今光高血压患者就有将近 400 人。

王东木算得上县里最早的一批"赤脚医生"。1969 年，经过简单培训后，他成了"半农半医"的卫生员。过去，农村缺医少药，老百姓生病也治不起，小病硬扛，大病等死。尽管偶有医疗队下乡，可根本顶不了多大用。

当时，正赶上"六二六"指示*，"赤脚医生"在大江南北如雨后春笋般冒出。放下药箱下地，背起药箱出诊，一根银针、一包草药，农民生了病，无论早晚还是晴雨，村医随叫随到，成了村里最有威望的人。直到今天，王吉成最敬仰的还是王东木。

尽管后来，"赤脚医生"不复存在，与其共存共生的合作医疗也随之解体，但这支队伍曾立下的汗马功劳，谁都无法磨灭。进入21世纪，随着村卫生室的标准化、规范化建设，这支队伍被"收编"，继续发光发热。目前，安吉135名村医绝大多数由"赤脚医生"延续而来。

天荒坪镇大溪村是安吉最靠南的山村，24.3平方千米散落着13个自然村，绕一圈得有80多千米。去年4月，村医徐海潮猝然离世，大溪村从此沦为"空巢站"。对于这位同样服务了村民50年的老医者，村党支部书记陈军说着说着，两眼泛起了泪光。

"但凡有头疼脑热，都是老先生给看的。我女儿有次半夜口吐白沫，也是打电话给他，他骑个摩托车就赶来了。"陈军仍记得，徐海潮出殡时，全村人都自发送葬，花圈排成了长龙，很多人泪如雨下，"本来他都可以退休了，一天清福都没享。"

病还是得有人看，陈军一次次向上打报告，可县里、镇里也没办法。最后商定，每月的6日、16日、26日，由镇卫生院派人到村里巡诊，每次一上午。"这三个半天，实际上很不容易。本身，院里也是泥菩萨过河，只能借助巡诊稍微缓解一下大溪村看病难问题。"天荒坪镇卫生院院长蔡国廷坦言。扎根乡镇24年，他又何尝不知村里所需所急。

相比章村镇，毗邻县城的天荒坪镇"空巢率"稍好些，但也不容乐观。8个村级卫生服务站，目前有两个空着，可再过几个月，西鹤村也将加入其中。而剩下的5名村医，仅有一人未过花甲。这意味着，"空巢"就是眼跟前的事儿。

---

* 1965年6月26日，毛泽东在同他的保健医生谈话时，针对农村医疗卫生的落后面貌，指示卫生部"把医疗卫生工作的重点放到农村去"，为广大农民服务，解决长期以来农村一无医二无药的困境，保证人民群众的健康。因为这一指示是6月26日发出的，因此又被称为"六二六"指示。

"从 60 岁到 65 岁，后面又一延再延，最终政策定到 70 岁离岗，已是不能再晚。我们必须考虑到村医年事已高，精力有限，超龄并非长久之计。"谈起现状，安吉县卫健局副局长沈巍无比担忧，"若不采取措施，5 年内将有近一半村卫生室会'空巢'。"

■ 两度"失败"再出发

一边是"能中会西"的"赤脚医生"加速退出舞台，另一边则是青黄不接、人才断档的尴尬境地。面对村医奇缺难题，安吉不是看不见，早在 2007 年，就开始破解之旅。最早时，当地采用委培大学生的方式培养村医，起初面向全省招，后来考虑到方言不通，缩小到面向县内招，持续了 5 年，培养了 71 名村医。

老家是大溪村的翁圣斌，就是委培班的大学生之一。2012 年，她从湖州师范学院临床医学大专毕业，回到本村当医生。因为没有编制，加上待遇低，毕业那年她就尝试考编。首次失利，翌年再战，如愿后她便去了乡镇卫生院。好不容易盼来的年轻人，又跑了。

如今，32 岁的翁圣斌已是院里的业务骨干。记者采访当天，她正好被派到大溪村巡诊。虽然自己就是本村人，也明白陈书记的燃眉之急，可翁圣斌始终无法下决心回村，能做的就是尽量多回娘家住，万一夜里头有人寻医，也能有个照应。

本地人吃住方便，尚且想着拔腿就跑，外地人作为异乡客，尤其是女孩子，自然更是心神不定。当时，有个年轻女孩分到天荒坪镇，头天进村，第二天就交了辞职信，仓皇出逃。因为村里的淋浴房毗邻村道，玻璃上虽糊了塑料纸，可与室外毕竟只有一窗之隔，深夜还有人路过，恐惧感油然而生。

总之，由于种种原因，培养的 71 名村医，已无一人留在村里。吸取"教训"之后，2012 年，安吉调整政策，实行招录并轨的定向培养，只要毕业后去村里就给编制。结果同样不如人意：因为不是本村人，吃饭、住宿等生活问题难以解决，扎不了根，自然很快全跑光了。

李贵洪去年履新安吉县科技局副局长前，一直在县卫健局，从头到尾经历了这两次探索。对于大学生们的"出逃"，县里其实也无可奈何，无法加以阻挠，可从内心讲，同样临床医学出身，又远离故土的李贵洪，其实很理解。

"当年的'赤脚医生'为什么能跟老百姓打成一片？这绝不是简单的编制问题、吃住问题，还有人文融入问题。因此，本土化培养很关键，既要热爱医疗事业，又要热爱这片土地，并且对村医要有清晰的职业认知，同时还得有一定的收入保障。"李贵洪说。

本土化，关键词应运而生。按规定，从事医疗卫生必须得有相应的执业资格，而前提是医学科班出身。即使有青年农民真有意愿当村医，如何走上职业舞台？时代不同了，肯定不能像几十年前一样，短短数月就"赶鸭子上架"。

巧合的是，两项改革的推出，让这道难题仿佛有了解法。当时，为传承中医药文化，可以采取"师带徒"方式，快捷又实用，为没有医学背景之人，取得执业资格提供了通道。但拿到《传统医学师承出师证书》的这类人，只能从事中医服务。

于是，另一项改革成了"黄金搭档"：有了"出师证"，实习一年后，就能报考乡村全科执业助理医师。这意味着，他们能提供中西医诊疗服务。对于百姓而言，村医或许无须多高学历、多高技能，但必须是"万金油"。

"失败"两次后的安吉，重新出发，开座谈、搞调研、定政策。2018 年 5 月，"中医师承＋定向培养"的本土化村医招录计划正式推出。依照政策，学员完成两轮考试，定向回到村级卫生服务站后，再予以其学费补助，并且给事业编制，收入估算也能有十多万元。

当然，有言在先：8 年内，学员未能取得乡村全科执业助理医师资格，不予补助学费，也不签订聘用合同；而学成后，若不回村或中途离职，则视作违约，不再为其保留编制，并向其追缴补助经费，关键还会将其录入信用平台和失信记录。

■ 重回"象牙塔"

2018 年，秋日入学季，坐在大巴车导游座上的薛峰，内心澎湃不已。他的任务是，送学员们到浙江中医药大学，开始为期一年的封闭式中医理论学习。85 后薛峰，也曾在村级卫生服务站待过，如今已是安吉县卫健局中医管理与科技教育科的科长。在他看来，这次送行犹如火炬传递，自己虽只是一介"摆渡人"，但对于安吉村医事业而言，值得被永远铭记。

　　比薛峰更加兴奋的是后座的青年们。公告发出后，一石激起千层浪，全县 51 个村的报名人数达到 270 多人。为了答疑解惑，也为了避免日后矛盾丛生，县卫健局专门办了场政策宣导会。偌大的会场被围得水泄不通，远远超出预期。经过多轮考察，最终 44 人入选，组成首届中医师承定向培养班。

　　安吉县卫健局局长凌逸刚告诉记者，学生们一腔热情，但为了防止 4 年后"一地鸡毛"，县里坚持宁缺毋滥原则，充分考虑培养对象的学科背景、家庭情况、出发点等，有 7 个村就无一人入选。因此这个培养班的每名学员，都是精挑细选而来。

　　这个班很有意思：学员年龄相差十多岁，最大的已工作 10 年，最小的刚高中毕业；再看职业，有老师，有消防员，有退役军人，还有银行柜员；11 位本科生，25 位大专以上学历，有中途辍学的，也有高考失利的；当然，有人冲梦想而来，有人奔编制而来，也有人为回归家庭而来。

　　90 后罗梦玲从小酷爱医学，高考时以一分之差落榜医学院，最后读了工商管理专业。看到公告后，她几乎不假思索就报了名。"坐在教室里，我常感到恍惚，就如同一场梦，没想到自己还能从医。"同学圈里，罗梦玲成了一个"传说"。

　　年龄最大的黄璐璐，同样热爱医学，高考发挥失常只能退而求其次，进了一所大专院校读药学。毕业后，她入职安吉某知名药企，一成不变的工作，让她总觉得少了激情。当时报名年龄上限是 28 周岁，但考虑到黄璐璐有医药背景，加上意愿强烈，县里为这类人员开了"特殊通道"，终于圆了她的医生梦。

　　与罗梦玲、黄璐璐不同，丁方纪烨来报名，是被母亲丁红梅动员来的，起初他还有些不愿意。计算机专业毕业的他，高不成低不就，当时在一家竹木公司暂先安顿。母亲认为，医生工作体面，也算"铁饭碗"，还能照看家里，不管从哪方面讲，都比眼下强。被劝导了一周，他才听从了建议。

　　不管出于何种目的，踏上这趟大巴，都意味着各自的人生轨迹将发生 180 度转变。对于大部分人而言，重返大学校园，心境各不相同，而机会来之不易，强度也不容小觑。一年半时间，他们必须学完普通本科四年的中西医理论课程。厚厚的"砖头书"，内外妇儿，哪科都重要，哪章都要紧。

　　"上午集中授课，下午和晚上自修。管理很松散，但大家都很拼，基本上没有人逃课缺席，也没有人睡觉、打游戏。第一排座位，几乎从没空过。"罗梦玲被推选为班长。对比之前的大学生活，她深有感触："谁都格外重视这次机会，必须完成考试，才能尽早工作。大家都知道利害轻重。"

中间有半年时间，学员们需回到安吉，进行中医师承的跟师学习。为了更好地传承中医文化，满足农民对中医药的服务需求，县里特别聘请了30位副高职称以上或从事中医超过15年的医生，作为学员们的师父，还专门举行了一场正儿八经的拜师仪式。

丁宪春是安吉县中医院的"名医"，这次收了两名徒弟。他的老家在杭垓镇姚村，也是个偏僻的小山村，村里的卫生服务站空了大概十多年。86岁的母亲仍独居在村，丁宪春虽每周回家，可他觉得，哪怕自己是医生，家门口的卫生室还真缺不了。

"我挺佩服这帮年轻人，也深感安吉这次探索的价值意义。坦率地讲，由于缺乏系统的培养，他们的医学基础或许不够牢固，但他们真的很刻苦，学习过程中也很认真。"丁宪春说。也因此，他格外关照两位徒弟，比带全日制的本科生和研究生，花了更多心思和时间。

没有让"师父们"失望，这帮年轻人很争气。去年4月，大家首次参加出师考，分为实践考和理论考，有31人两项考试都通过了，顺利拿到了"出师证"，另有3人通过了实践考，整体通过率达69%，高出全省平均水平一倍多。

■ 路漫漫其修远兮

当初被母亲"逼"来的丁方纪烨已经爱上了自己的职业，这缘于在急诊科轮转时的一次生命教育。"当时，我跟着老师去车祸现场转移病人，眼睁睁看着生命消逝，我却无能为力。"面对死亡，他没有恐惧，瘫坐在抢救室的塑料凳上，一股使命感和责任感涌上心头。

现在，丁方纪烨最大的担心，来自"本领恐慌"。他并非科班出身，可到了村里就得独立挑大梁。过去三年多里，他每天都如饥似渴地看书，压力和强度比高考时还大。想到病人、想到凶险的病情，他时常惴惴不安，生怕辜负了身上的白大褂。

严格来说，丁方纪烨即将被派往的上墅乡罗村，卫生服务站已属"空巢"。前一任村医退休后，老百姓三天两头跑到乡里反映。无奈之下，邻村的村医李阿荣被派来临时支援，可他也年届67岁，就盼着小伙子赶紧下村。

相对而言，黄璐璐情况好多了，她要去的是上墅乡刘家塘村。这个村招医生，并非为了补缺，而是业务繁忙，人手不够。眼下，卫生服务站已有5人，医生3名，护师和药师各1名，全年有2万多人次的诊疗量，周边几个村的老百姓都上这儿看病。

52岁的卢永琴是刘家塘卫生服务站的带头人，记者采访的当天下午，她还得赶去县里参加"两会"。可病人实在太多，一上午的号就有100多个。黄璐璐家就与卢永琴的诊室门对门，或许正是因为耳濡目染，在她心里种下了医学种子。现在，邻里成了师徒。卢永琴答应，待她正式入职，收她做"关门弟子"。

但毕竟，刘家塘只有一个，更多的村卫生服务站或已经、或濒临"空巢"。如同丁方纪烨一样，绝大部分人上岗后，没有前辈给予指导，也没有时间让他成长。对此，同行的薛峰告诉记者，县卫健局已考虑到这一情况，待他们正式进村服务之前，还将组织进一步的培养计划，提高其业务能力。

无论如何，4年时间，这批果实成熟在即，这是一个莫大的好消息。在章村镇郎村，关门数年的村卫生服务站，一度成了居家养老服务中心。得知有个叫潘浩韵的年轻人，马上就能学成归来，郎村上下欣喜不已，正筹划着重新恢复服务站。

在凌逸刚看来，有了这帮年轻人，接下来的"健康驿站"共富班车才能有"司机"运转。根据计划，安吉将投入1.8亿元，3年内利用数字化技术，持续改造提升一批村社卫生服务站。郎村同样赫然在列。

"如果没有村医，没有懂技术的年轻人，设备再好，站点再智慧，依然派不上大用场。当然，有了数字赋能，也可以让更多医疗资源下沉，成为年轻村医们的'左膀右臂'。"凌逸刚坚信，新一代"赤脚医生"今后将大有可为。

当然，留给安吉的题目还有很多，年轻村医们的道路才刚刚起步：留不留得住？用不用得上？入职后，进修通道如何？怎样提升技能？收入是否满意？还有，对于村医的要求，同样也日趋多元化：除了看病给药，还有公共卫生、养老服务等。他们跟不跟得牢？想象与现实的差距，最终又会让多少人选择退出？

安吉并不避讳这些现实问题，从头到尾也没把这场实践捧得过高，亦没有火急火燎全面推开。迄今为止，这仍是唯一一届本土化村医班。就目前而言，效果如超出预期，安吉才准备择期推出第二批。不过，该做法已得到社会关注，不仅被一些地方参照学习，还被写入了浙江省中医药的"十四五"规划。

长路漫漫。至少，在上一辈村医的坚守之后，新一代也望到了曙光。

一只羊和四个人的守望

（2021 年 5 月 1 日《农民日报》）

唐凯总是眉头紧锁，似乎有什么心事。

"家里还好吗？"我问。我的问题带有诱导性，因为我已经得知他的儿子是个渐冻人。这种病至今无法医治，只能眼睁睁地看着儿子活到 25 岁左右。

"还不错。"唐凯小心翼翼地回答。很明显，他不想触及这个问题。

但我不想让他回避，单刀直入："那儿子的病情有否好转？"

"你还是别问了。我不想让别人了解这些。搞不好会让大家感到矫情。"

此时，我分明看到了唐凯眼睛后面隐藏着的自尊和倔强。他的普通话低沉而标准，一听就是老北京的味儿。

"那我们就聊聊天吧。"我故作轻松。

这是在杭州，一个酒店的大堂。在我跟唐凯认识 3 年以后，这天，他终于敞开心扉，让我走进他刻意保护着的家庭。

他的讲述解答了我这些年一直存在心底的疑问：因为家庭原因，他完全可以不去横山挂职，但他为什么要走出这一步？精神动力究竟在哪里？

一个故事又一个故事，就像电影"蒙太奇"。不仅唐凯的形象在我脑海里清晰起来，而且他的前任牛启连、后任秦爱民和任晓军，也都浮现在了我眼前，组成一座雕像。而正中间的，就是那只白绒山羊。

我一边聆听一边记录，视线几次模糊不清。

这一天，我们从晚上 8 点一直长聊到凌晨。

■ 牛启连：从放养到圈养

在人们的认知中，陕北偏僻、贫穷、落后。一根牧羊鞭、一件羊皮袄、一曲信天游，就是老百姓的生活。但不为人知的是，山羊吃草时是连根拔起，以致水土流失严重，生存环境日趋恶劣。

为了保护生态环境，20 世纪末，陕北一带出台"铁律"，实施封山禁牧。结果是"按下葫芦浮起瓢"，当年羊的存栏量猛跌 40％。

放养，将破坏黄土高原植被；但禁养，又要影响老百姓生计。两难的选择让榆林当地手足无措。

"能否将放养改成圈养？"牛启连从北京的中国华能集团有限公司（以下简称"华能"）一到榆林，就大胆地抛出这一设想。当地干部和农户将头摇得像拨浪鼓："把羊圈起来养，一年四季都得喂食，青黄不接时还不得饿死？"

牛启连的"牛脾气"上来了。这个西安交通大学核反应堆专业毕业的高材生，将研究和专业搁在一边，开始到处请教、求证养殖问题。

当时，秸秆青储养畜在中原地区已经相当成熟，但陕北地区仍然"老方一贴"，家家户户都种老玉米，给羊吃不仅"清汤寡水"，还"一饥两饱"。老牛的想法是"以种为养"，引进高产新品种，适时提前采收玉米，再把秸秆用青储的办法加以保存，让羊能长年吃到青绿饲料。

但榆林地处毛乌素沙漠边缘，新品种能否站得住脚？提前采收玉米会不会影响产量？秸秆青储后口感发酸，羊不爱吃怎么办？

老牛决心用事实说话。他动员思想比较开明、愿意接受新事物的农户首先做实验，结果，采用地膜和穴播技术，高秆玉米获得了意想不到的大丰收。

用什么设备加工饲草呢？老牛到北京、河北等地到处打探，发现市场上的设备"又笨又贵"，于是决定自己动手，进行研发。他与当地技术人员夜以继日地共同探讨，亲自绘图，修改了达 47 次之多，最终研制出一款加工设备，不仅能够加工畜禽饲料，还可以加工粉条、豆腐、黄米糕，十分实用。这款设备后来在陕西省内获奖多次。

为了提高羊种经济性能，老牛又安排人到内蒙古等地购买种羊。因为经验不足，谈判陷入僵局。老牛得知后，当即从北京辗转一天一夜赶到现场，谈妥合同后又立即驱车赶往 140 千米外的牧场羊圈清点装车，再连夜颠簸

300 多千米，将 120 只种公羊拉回到榆林。衣服几天不洗不换，全身又脏又臭，老牛却笑得合不拢嘴。

杂交后的陕北白绒山羊身价陡增，羊绒产量翻了两三倍，仅此一项，每只羊就可增收 40 多元。该羊种后来被农业部（现农业农村部）认定为优良新品种。

从青储技术引进，到饲草加工设备研发，再到羊品种的改良，老牛逢山开路、遇水搭桥，解决了一个又一个难题。10 年间，远途搭客车，近路骑摩托，他跑遍了榆阳、横山、靖边 3 县 60 多个乡镇 400 多个村，培训农民 3 万多人次。

没有培训教材，他就自己编写；没有培训老师，就自己充当。第一次培训，等了老半天，只来了 6 位农民；第二次培训提前通知，到了 11 个人。但不管人多人少，老牛一笔一画，绝不马虎。在一次现场培训时，看到农民对青储玉米秸秆将信将疑，他顺手拿起一块，塞进嘴巴就嚼起来："谁家的羊不吃，我老牛全吃。"结果大家哄堂大笑。

"铁板一块"的传统放养终于慢慢被舍饲圈养取代。在老牛锲而不舍的努力下，一个秋季就建成了 194 个青储窖池。羊的存栏量也迅速恢复。

但是天妒英才，2005 年老牛被检查出脑神经瘤，不得不回京接受开颅手术，此后几经反复，于 2008 年告别人世。

术后休养期间，自知"来日无多"的老牛不顾医生叮嘱，身体稍好就往榆林跑，即使在神志恍惚之中，仍叨念着"病好了还要去榆林"。直至与世长辞，老牛放不下的，始终是那只他倾注了 10 年心血的羊。

■ 唐凯：从抓生产到抓品牌

患病之后，老牛开始考虑扶贫工作的接续问题。在组织推荐的人选中，老牛一眼相中了唐凯。在老牛生命的最后 1 年多时光里，唐凯一有时间就去医院陪他，帮着端茶倒水、穿衣盖被。听着病榻上老牛对榆林的一往情深，唐凯觉得，老牛是在把他珍爱的扶贫事业托付给自己。

老牛找到了"鱼与熊掌兼得"的路子，但如果后继无人，就可能前功尽弃。特别是养殖规模迅速扩大之后，市场在哪里？怎么能卖个好价钱？一想到这些，唐凯就心急如焚。

2015 年，"华能"决定选派干部前往榆林横山挂职。这让唐凯眼前一亮，觉得时机终于到来。但特殊的家庭情况，又很快"浇灭"了他的念头。

唐凯儿子两岁半时查出患有肌营养不良症，医学上称为"渐冻人"，一般寿命不会超过 25 岁。他从儿子上幼儿园开始，就每天背着儿子去上学，但儿子三年级以后，就只能休学在家了，需要有人随时照看。随着年龄的增长，孩子病情逐渐加重，连上厕所、洗澡都要两个人协助才能完成。进入生理发育期之后，儿子不愿异性帮助，因此更加离不开唐凯。

真可谓"忠孝难以两全"，唐凯陷入了深深纠结。踌躇多日，唐凯终于鼓起勇气，决定跟妻子"摊牌"。结果妻子十分理解，鼓励说："去吧，就当我们为家人做善事。"

岂料祸不单行。这边组织刚确定人选，唐凯的父亲又被查出了肾癌和静脉栓塞，虽然因年龄原因只能保守治疗，但母亲怕家里随时出现变故，到时"远水难解近渴"。唐凯反复分析，反复解释，终于打消了母亲的思想顾虑。就这样，带着对老牛的承诺和对家人的愧疚，唐凯一脚踏上了黄土高原。

到了横山，唐凯一方面完成"规定动作"，为贫困村修桥、铺路、建水窖、装路灯；另一方面把更多心思用在了品牌建设上。他认为，给钱给物只能解决燃眉之急，只有"竖"起了品牌，才能一劳永逸，将"输血"改为"造血"。

羊肉也要做品牌？千家万户的羊肉怎么用同一个牌子？唐凯一面聘请浙江大学专业团队进行顶层设计，一面抓住每次机会虚心学习求教。夜晚没有干扰，他就铺开规划文本，逐字逐句琢磨，想方设法衔接，最终亲自动手，编写完成了配套的实施方案。

岂料万事俱备，却发现"横山羊肉"商标早已被人注册使用。没办法，唐凯通过各种关系，找到对方进行沟通协调，但对方不肯松口，唐凯只能注册了"陕北横山羊肉"商标。

"横山羊肉"在陕北一带小有名气，因此假冒伪劣产品屡见不鲜。为了确保品牌利益，唐凯又东奔西跑，到处考察论证，多方比较价格性能，最后终于让横山羊都挂上了"身份证"。

在横山挂职副县长的两年时间里，唐凯几乎每到周末都要回北京。开始横山的干部群众有些不解，后经知情人告知，才知他的儿子早已辍学在家，每天睡在床上无法动弹。他儿子每上一次厕所，都要两个大人帮忙，累得气喘吁吁。更要命的是洗澡，儿子有了性别意识，不愿女性插手。唐凯每周回到北京，就是为了给儿子洗一个澡。

2017 年 6 月 4 日，陕北横山羊肉品牌发布会在西安正式召开。当年，横山羊肉的价格就比周边县区每斤高出 1 元。

2017 年底，在恋恋不舍中，唐凯结束挂职回到北京。单位领导征求意见，当准备给他调整工作岗位时，他婉言谢绝。他觉得，品牌建设是一项长期的、持续的任务，现在万事刚刚开头，自己留在扶贫部门，更有利于整合资源，推动品牌建设。

■ 品牌破题：从设计到市场

唐凯回京次年，横山通过国家验收，退出了贫困县序列，2 656 家登记在册的建档立卡贫困户全部实现脱贫。但贫困的帽子摘掉了，并不等于"华能"的帮扶画上了句号。

接替唐凯到横山挂职的人叫秦爱民。他出身平原，不熟悉高原地理，结果一到横山就被给了个"下马威"。这天，秦爱民到最偏远的双城乡调研，路程中山路蜿蜒，弯道一个接着一个，不到一个小时，他就感到胃里翻江倒海、虚汗淋漓，终于在紧急停车后，吐了个昏天黑地。此后，他接受教训，随车携带晕车药和塑料袋，硬是在短短两个月内，走遍了 19 个乡镇，访问了近50 个贫困村、10 多家农企，把全区羊产业发展情况摸了个遍。

面对唐凯刚刚拉开序幕的品牌建设，计算机专业毕业的秦爱民决心发挥专业优势，将产品追溯作为重点，树立品牌信誉。

当时，追溯项目已经有专业公司承接，但因为涉及活体，程序开发人员无所借鉴，因此，第一版产品侧溯源 App 上线后，使用情况很不理想。用户不愿使用，开发者一筹莫展。

无奈之下，秦爱民赤膊上阵。炎炎夏日，膻气冲天，他来到羊肉加工车间，从活羊进厂到产品入库，仔细观察屠宰中的每个环节，反复琢磨工人的操作习惯、强度，有时在屠宰场一待就是一整天。最后终于研发出适合屠宰场使用的溯源数据流程。当新版 App 上线之时，工厂里的师傅们才发现，这个一天到晚"泡"在车间里的"程序员"竟然是副区长。

有了溯源支撑，"横山羊肉"获得了更多消费者的信赖。2018 年，横山羊饲养量和羊肉价格再创新高，全区羊产业增收两亿多元。

2019 年 12 月底，横山迎来了新一任挂职副区长任晓军。当任晓军从秦爱民手中接过"火炬"，看到有整整 10 页纸，密密麻麻写满了"华能"接下去要干的各项工作。

任晓军面对的，是品牌运营的深水区：统一的品牌设计有了，产品追溯也已日趋完善，接下来"横山羊肉"品牌要落地，真正走向市场，还必须有个统一的标准，让广大养殖加工企业"心悦诚服"地接受、使用。

"华能"花钱干什么别人都无法干涉，但要让当地企业使用公用品牌，还要按照标准生产加工，这绝不是件简单的事。任晓军发现，他不仅要面对政府部门不解的目光，更回避不了当地企业或明或暗的抵制。

2020 年 4 月，陕北横山品牌发展有限公司正式组建成立，任晓军兼任董事长。他的设计思路是，在横山选择一家羊肉加工龙头企业，利用"华能"在榆林市投资设立的产业扶贫基金，以投代补，与当地龙头企业共建分装中心。分装中心将作为"引擎"，通过标准制定、推广、服务等，完成羊肉商品化过程，进而推动产业整体提档升级。

以投代补？进入民企？当地许多干部不以为然，任晓军却十分坚持：扶贫资金如果采取传统办法进行补贴，就很难与品牌扶贫的目标达成一致，而通过基金的方式进入民企后，政府既可以通过资金监管及时了解企业经营情况，且一旦发现情况还可随时退出，确保扶贫资金的安全。

前面的疑虑刚刚平息，有人又提出新的担忧："既然是'华能'投资组建的产业扶贫基金，为什么不能让品牌运营公司自己建一个分装中心？"言下之意是，这里面会不会涉及敏感问题？

任晓军耐心解释："品牌公司是国企。我们要做的是推动产业发展，而不是去跟民企抢市场。只有民企不愿干，或者干不了的产业链断点，我们才应该义无反顾地去做弥补。"任晓军要求品牌公司至少在短期内不求盈利，只做服务。

但是有些企业思路不一样，当面不反对，却暗地里抵制。在他们看来，"横山羊肉"是公用品牌，只有自己的企业品牌才能"基业长青"。

面对不解和疑惑，任晓军没有表现出丝毫的不耐烦。他所能做的，只能是苦口婆心地解释。他将企业请到办公室，关起门来"一对一辅导"，从"母子品牌"到相互赋能，常常一谈就是半天，直至对方心悦诚服。

目前，横山羊肉分装中心已经确定落户"香草情"公司，500万元基金投资已经通过投委会表决。在任晓军的推动下，公司与农户签订合同，结成更为紧密的利益关系，并且正在着手开发速食新产品。

接下来，追溯系统要提升、社交电商App需要搭建、品牌推广需要落地、相关人员需要培训。任晓军还希望建立横山羊肉面馆的全国连锁店，通过与餐饮的无缝对接，彻底打响"横山羊肉"品牌，同时也把更多的横山农产品销往全国。

任晓军从未有过如此的忙碌，也从未有过如此的充实。每天，他都像"打了鸡血"似的，起早贪黑，不是带队去外地考察、学习，就是在当地调研、培训，常常一两个月都难得回家团聚一次。

"最近，陕西省'现代农业产业园区'项目已经确定落户横山，我们准备通过建设饲草种植和羊饲养基地、支持冷链物流项目等方式进一步打造产业链。"

2021年1月10日是个星期天，任晓军告诉记者，当地的气温低得惊人，达到了－27℃，他没有办法外出走访企业，只能待在办公室里整理资料、梳理思路。

"蘑菇大王"韩省华

（2016 年 8 月 6 日《农民日报》2 版）

年届六旬的韩省华，皮肤黝黑，半头白发，看似老农，但他其实是真菌研究界的"大咖"。在 30 多年的从业生涯里，韩省华曾获 30 多项县级以上的政府科技进步奖，出版专著 10 余部，发表论文百余篇，获国家专利 20 多项；另外，他还经常发表与菌菇相关的散文、诗歌、辞赋，创作风格多样的菌类绘画，在国内外办过近 10 场画展。

韩省华哪来这么多精力？

■ "一荤一素一菇"倡导者

近些年的餐桌上，食用菌堪称绝对"新宠"，且大有霸主之势，"一荤一素一菇"，更是被誉为 21 世纪最合理的膳食结构。对这一理念的提出者，坊间"传闻"不少：有人说是联合国粮食及农业组织，也有人说是联合国教育、科学与文化组织，世界卫生组织。

然而，记者通过检索，发现这些机构从未提过该言论，经过走访调研，终于找到了真正的"提出者"。他是一位长期从事菌研究和生产的技术人员，名叫韩省华，在国内外食用菌行业里，大家都称其为"蘑菇大王"。

"一荤一素一菇"的膳食理念从何而来？据了解，1995 年，在陕西西乡县举办的中国西北地区香菇生产研讨会上，韩省华首次提出该观点；一年后的国际蕈菌生产及产品会议中，他再次旗帜鲜明地判断："一荤一素一菇"的搭配，将成为新的餐饮潮流。

此后，在短短 20 多年里，"一荤一素一菇"的理念得到越来越多业内人士的认可，以至于多年来一直被误以为是联合国组织所倡导的。2016 年 6 月，在国内同行的鼓励下，在荷兰举行的第十九届国际蘑菇学会大会上，韩省华再次郑重提出："一荤一素一菇"，人类健康稳定的食品结构。

■ 一生只为蘑菇奔波

1976 年，年仅 20 岁的韩省华，就因精于天麻栽培技术，民间人称"韩天麻"。4 年后，一次偶然的机会，韩省华作为科技人才被浙江庆元县引进，开始专职从事菌类研究。

在庆元县的 10 多年里，韩省华不是泡在书堆，就是四处采集野生菌，研究人工栽培的技术和方法。很快，他在食用菌分类、育种、栽培、加工和产品开发上，成果不断，同时也在业界崭露头角。

1991 年对韩省华来说，绝对属于浓墨重彩的一笔。历经近 10 年时间，他终于成功从灰树花中提炼出多糖，出口瑞典、美国等地，并用它制成了菌类抗癌辅助药——保力生。这一科研成果当时震惊了全球真菌学界，韩省华因而一炮走红，被誉为"灰树花之父"，也从此奠定了他的学术地位。

之后，作为真菌学的新星，韩省华开始与全球真菌学界"大咖"频繁接触。1994 年，在他的组织下，来自 22 个国家的 78 位海外专家与国内 300 多位学者齐聚庆元县，参加国际香菇生产与产品研讨会。大会上，专家们集体认定：全世界香菇栽培的起源地就在中国庆元。这一论断让小县庆元名震四方。此后，食用菌产业也迅速在当地崛起。

1994 年，也是韩省华到浙江工作的第十五个年头，年近不惑的他，在改革开放的浪潮中，内心开始蠢蠢欲动。

韩省华本想自创公司，下海闯市场，但事与愿违，最后他还是被"挖"到老家陕西西乡县，就任多种经营办公室主任，推动当地食用菌产业飞速发展。不久后，韩省华凭借灰树花、灵芝、香菇多糖产品，在海外交易中，走上既做研究、也做贸易的道路，由此也掘到了人生的第一桶金。

1999 年后，韩省华开始全身心地办公司。在他看来，营养丰富的食用菌，未来极有可能成为人们的"舌尖最爱"。最早时，韩省华在杭州城西租了个小门面，专门销售庆元香菇。为了打开一个全新的消费市场，让食用菌走上城市更多的餐桌，稍稍站稳脚跟后，韩省华一方面在省内外，扩大生产和加工基地，确保每天可供应十余种食用菌产品；另一方面，他还在杭州建立了批发中心，开起饭店、编出菜谱，专门烹饪食用菌菜肴。

"只有消费者充分了解'一荤一素一菇'的理念，才有消费市场，这个产业才会壮大，研究也才更具有意义。"令韩省华欣慰的是，他当年的判断很准，如今食用菌越来越火爆，已成为百姓餐桌不可或缺的食物。

■ 产业需要文化作支撑

"蘑菇之道，广博深远，山中采菇识之，田园栽菇食之，室内写菇画之，歌之，颂之，咏之。"在2016年60岁生日前夕，韩省华写下上述文字。实际上，这也是他过去40年与菌菇的情缘写照。

不过，近些年，韩省华有些"不务正业"：经常发表与菌菇相关的散文、诗歌、辞赋；到龙泉山区用青瓷制作菌菇工艺品；还用国画、油画、蜡笔画、白描等多种形式，创作了风格多样的与菌类相关的绘画作品。

尽管赞誉不断，但仍有许多人表示不解：堂堂大专家，为何半路出家从文？在韩省华看来，画、歌、颂、咏，是他发现的"新大陆"。几年中，他一直致力于菌类文化的挖掘与弘扬，除了创作大量文艺作品，还协助多个地方，建立菌类文化村、博览园和专题小镇等。

"一个产业要稳固发展，除了品质过硬外，更重要的是产业文化的挖掘和塑造。一旦某个地方的从业人员，对产业有了感情，即使整个产业形势再震荡，老产区也不会倒。"

韩省华告诉记者，在过去的农业产业化进程中，什么来钱种什么，产业发展一哄而上，又一哄而散。为何如此大起大落？症结便在于缺乏情感与文化积淀，这也是自己如此倾心菌类文化的原因所在。韩省华希望通过菌类文化的挖掘和培植，为从业人员提供情感依托，也利于菌类文化相关知识的普及。

"科研要做，论文要写，但这些毕竟是和少数业内专家在交流，而通过绘画、诗歌等形象思维，能让大众更易接受和喜欢菌菇文化。"韩省华说，接下来自己将逐渐淡出公司管理者的角色，把更多的精力投注于菌类文化推广。

国家一级作家卢江良对此评价：韩省华创作的菌画作品，让观赏者在领略其独特的视角和深切的感悟之同时，又感知了充满灵动和灵性的菌类世界，以此传递着作为菌类人的满腔情怀，并且奠定和弘扬了中国菌类文化。

也有人质疑，科研、艺术两不误，韩省华到底哪来那么多精力？

你大概想不到，韩省华的偶像竟是伟大的艺术家达·芬奇和150多年前法国博物馆的居维叶。以两人为榜样，韩省华把职业当爱好，把爱好当专业，在研究与创作中，形象思维和逻辑思维交替转换。正是这种独特的休息与工作方式，让他拥有了充沛的时间和精力。

徐文荣——筑梦横店的传奇智者

（2018 年 12 月 7 日《农民日报》）

改革开放 40 年，风云际会，造就无数风流人物。但像浙江横店的徐文荣这样，作为全国乡镇企业的元老级人物，已经 84 岁高龄，仍然精神抖擞，不断描绘着一个又一个新的梦想，不说独一无二，也是屈指可数。

没有人比他更"草根"，也没有人比他更热爱横店。哪怕他的事业早已走出横店，遍及全国，走向世界，他也从未动过"乔迁"的念头。不管谁跟他交流，不出三句话，他就会提到"横店的老百姓"。

在浙江省东阳市横店镇都督南街 233 号横店四共委，徐文荣向记者宣布：2017 年横店农民人均收入 6.4 万元，已经提前全面实现小康社会。到 2025 年，这个数字要达到 10 万元，走完社会主义初级阶段，进入富裕的社会主义。然后，再经过 25 年的努力，到 2050 年，让横店农民人均收入突破 20 万元。

看来徐文荣并没有停下脚步的意思。数年前，当着记者的面，他曾经表示，等"圆明新园"建好，这辈子他所有的心愿就了了。如今，他又树立了新目标，而且，这个目标如此远大。

在 40 多年的创业过程中，每当徐文荣有新梦想，一开始总会遭到大家反对，认为他是痴人说梦，但事实却一而再、再而三地证明，命运的天平倾向了他。

如今，徐文荣的行动已经不像以前那么敏捷。每隔不久，保健医生会进来给他测血压，但他依然健谈，依然对未来充满幻想。

这是一颗什么样的灵魂？他每天究竟在想着什么？又是什么样的动力支

撑着他，让他永不知倦？那些天马行空的未来想象，究竟来自何处？他又是如何"水炸油条"，谱写自己的传奇人生的？

■ 从食不果腹到资产千亿

40 余年前，横店只是一个名不见经传的穷地方，没有什么自然资源和交通优势可言。人均耕地不足半亩，年收入只有 75 元，当时有个顺口溜挖苦道：公社空，大队穷，生产队只有三角钱分红。

对苦难的童年，徐文荣至今记忆犹新：烈日炎炎的盛夏，他端着碗，眼睛一眨不眨，死死盯着一只只曝晒的火腿，为的就是接住每一滴即将冒出来的油。那油尽管蚝味重得熏人，但家里炒菜没油啊。

让老百姓吃饱肚子，比什么都重要。20 世纪 70 年代初，在公社当干部的徐文荣主动要求回到横店大队，并被推选为大队党支部书记。当着全大队老少的面，他立下承诺：苦干一年，实现一稀两干，饭后一个水果。

当年，通过兴修水利、精耕细作，徐文荣带领大家将粮食亩产从 700 斤提高到 1 500 斤，农民收入从每个工分 0.27 元增长到 0.76 元，吃饭问题基本得到解决。

饭是吃饱了，怎么才能有钱花呢？徐文荣想到了办企业。

1975 年，41 岁的徐文荣领头创办了生平第一家企业——横店缫丝厂。当时，他找乡亲们集资，跑了 39 个大队，筹集了 5 万多元资金，又找银行贷款 26 万元。功夫不负有心人，投产第一年，缫丝厂就盈利 7.6 万元，超过了全公社的农业税。第二年盈利 15 万元，第三年达 30 万元。

但缫丝厂进入门槛低，在党的十一届三中全会之后，许多地方瞄准了这一领域，因此原材料供应紧缺。这种情况下，徐文荣不顾众人反对，很快调头，开办针织厂，生产尼龙衫，生产机器 24 小时转个不停，投产首年，针织厂就盈利超百万元。

针织厂形势一片大好，交款订货的人排起了长队，横店很快形成了"针织一条街"。但就在此时，徐文荣听说磁性材料这个产品技术含量高、利润高，于是打定主意，准备生产磁性材料。春节一过，他就专程赴陕西宝鸡，邀请到工程师李国宁，仅用一年时间，又建成了横店磁性材料厂。

1984 年，徐文荣提出政企分开，成立了横店工业公司。政企分开之后的企业 3 年后产值就超过亿元，横店成为浙中地区第一个工业产值"亿元镇"。

此后，横店的发展一发而不可收。徐文荣回忆，40 余年来，他本人办过的企业，大大小小，一共有 700 多家。

在横店集团官网，记者注意到今天的集团简介：横店集团创建于 1975 年，经过 40 余年的发展，现已成为拥有横店东磁、普洛药业、英洛华、得邦照明、横店影视 5 家上市公司，200 多家生产与服务型企业，5 万名员工的中国特大型民营企业，以"世界磁都""中国好莱坞"享誉海内外。

横店集团始终坚持"多元化发展、专业化经营"发展战略，逐步形成了电气电子、医药健康、影视文化、新型综合服务四大支柱产业齐头并进、良性发展的局面。该集团旗下的横店东磁是中国磁性行业的龙头企业，得邦照明是中国绿色照明行业的领军企业，横店影视城是全球最大的影视实景拍摄基地，横店影视是自营影城综合实力排名全国前三的电影院线公司，南华期货是国内首家全资控股公募基金"南华基金"的期货公司，普洛药业是知名的"浙东南化学原料药出口基地"。

徐文荣用一个词形容，叫"水炸油条"，意思是将不可能变成可能。事实上，改革开放以来，横店从一无所有成为千亿元资产的大集团，就是一个"水炸油条"的过程。2017 年，横店集团营收 733 亿元，上缴税款 43.8 亿元。

时代的恩赐也好，命运的垂青也好，在商品短缺的时代，徐文荣未雨绸缪的大胆决策，让他一举成功。他对市场的嗅觉特别灵敏，常常在大多数人未有反应之时就早早做出决策，先人一步，抢得市场先机。但是，一旦有人将功劳记在徐文荣名下，他总是加以拒绝："是不是我徐文荣有大本事？恐怕不是！最大原因是我们国家搞了改革开放，让人们敢于拥有梦想，而且通过努力可以实现梦想。能生活在这个时代，是我们之幸。"

■ "我不做亿万富豪！"

2000 年，《福布斯》杂志发布"中国十强富豪榜"，徐文荣的名字赫然在列，位于第八位。

徐文荣随后找到胡润。"横店是独一无二的社团经济，财富是老百姓共同创造出来的，不是我徐文荣个人的。如果计算横店的财富，那绝不止榜单上的数字；如果说是我个人的，那我绝对没那么多。"他说。

了解徐文荣的人都知道，只要是他认准的事情，外人绝不可能轻易改变。在个人和集体关系的认识上，他倔得像头牛，总是坚持以集体为主。在他看来，当年是横店老百姓共同创造才有了横店的今天，因此，这个资产不应该属于个人。

1999 年下半年，横店集团成立控股公司，并对集团及所属子集团、子公司进行全面公司制改造。许多人轮番劝他，让他在政策许可范围内进行资产量化，也就是股份制、私有化。甚至有人给他算了一笔账：一旦改制，徐文荣的个人资产保守估计可以超过 10 亿元。但徐文荣明确表示，自己不愿做千万富翁。

徐文荣反过来做大家的工作：从创办缫丝厂起家，横店集团一直走共同致富的道路，百姓得到了实惠，企业得到了发展，政府得到了税收。实践证明，这条路子前途无量。现在许多地方搞改制，把企业资产量化到个人，结果是富了个别人，散了大伙的心，结局往往是"关门大吉"。

那么，横店集团资产究竟应该属于谁？国有？显然不是。因为国家从始至终没有投过一分钱。私有？也显然不对。在国有和集体企业早已普遍改制的情况下，横店集团至今未做改制。在这种情况下，徐文荣为横店集团独创了一种所有制：社团经济。

徐文荣的解释是，横店集团的资产属于全体员工所有，但员工只有使用权，没有占有权。资产要保值增值，就要由集团来管理经营。进而，徐文荣将社团经济的宗旨概括为"共创、共有、共富、共享"，也就是要让横店老百姓都过上小康乃至"大康"的生活。

正是因为徐文荣的坚持，横店集团的发展才一路势如破竹。2017 年，集团拥有各类企业 200 多家，其中上市公司 5 家，并成为中国民营企业的佼佼者，农民的人均收入也远远走在了全国前列。

横店老百姓富了、有钱了，但生活环境如何呢？事实上，在这方面，徐文荣的做法同样让人十分不解：横店集团承担起了企业办社会的责任。

在企业和政府的关系上，徐文荣曾经态度十分鲜明，就是要使企业能够轻装上阵，真正成为市场经营的主体。因此，横店集团最早实现了政企分开。但是，当企业有了一定的积累之后，令人意想不到的是，徐文荣又主动承担起了许多不应该由企业承担的责任。比如装路灯、修马路、建堤坝、建公园、办医院、造学校、开设电影院等，这些公益性行为一直延续至今。2018年，横店通用机场已经实现通航首飞。

对此，许多人难以理解，认为基础设施建设理应由政府承担，横店集团没有必要把沉重的包袱背到自己身上。甚至有人直言，长此以往，这种做法将拖垮企业。

但徐文荣心中自有一杆秤。在他看来，企业发展和基础建设紧密相连。没有企业的发展，固然不可能有美丽乡村的建设；而企业发展的目的则最终是为了改善老百姓的生活。再说，企业要发展，要留住人心，也必须解决员工的后顾之忧。一方面在现行体制下，县（市）一级，绝大多数资源都集聚到了县城；另一方面，横店集团发展之后，人越聚越多，生活和工作中有诸多不便，要等政府解决有可能遥遥无期。因此，企业有实力之后，反哺城镇乡村不仅是天经地义，也是现实的有利之举。

"企业是经济发展中的'火车头'，如果没有路轨、站房等设施，'火车头'也跑不好、跑不快。特别是横店这样的社团经济，如果不去支持城镇建设，增强城市功能，完善通信交通、文化娱乐等设施，改善投资环境，那么，高新项目进不来，人才留不住，企业也很难得到快速发展。"徐文荣如此阐述。

据统计，自20世纪80年代以来，横店集团投入新农村建设和城市化发展的资金已达百亿元之巨。

今天，越来越多的人来到横店，都会惊讶地发现，企业与城市的血脉是如此紧密相融。在这个徐文荣一手打造的城市里，每个角落都飘荡着横店集团的气息。尽管徐文荣深居简出，但无论游客还是当地百姓，都能感受到他的存在。

■ 乡村旅游的开拓者

说到徐文荣的神奇，除了一路披荆斩棘，在改革开放40年来创办了大大小小数百个工业企业，其中有许多企业已经发展壮大，成为行业中的引领者外，他更是在一片空白的情况下，开辟出了一条乡村旅游的天路。

时至今日，人们自然可以信誓旦旦，用社会发展的国际规律加以解释，认定徐文荣的行为符合"人均GDP超过3 000美元之后，人们的消费将从物质转向精神文化层面"的趋势；也可以在尘埃落定后，认为他的创举符合生态文明新时代的需求，是一种无烟工业，是乡村振兴的新业态。但显而易见，在 20 世纪 90 年代，徐文荣的选择面临着多大压力。

有时候，选择也许并不需要多么深刻的洞察力，而全凭一种偶然的机遇。

1996 年，谢晋筹拍《鸦片战争》，作为迎接香港回归的献礼。正在他发愁短时间内无法建成摄制外景地时，恰好遇到徐文荣，两人越谈越投机。徐文荣当即拍板，由横店集团出资，用 3 个月时间，建成外景地广州街。

短短 3 个月的时间，占地 6 万多平方米的 160 多栋建筑拔地而起，难度可想而知。徐文荣派出 130 多支工程队，调动了数千人，夜以继日地奋战。3 个月后，电影《鸦片战争》在横店如期开机。

剧组拍完很快就走了，但叩开的是横店通往影视文化旅游的大门。此后，陈凯歌来拍《荆轲刺秦王》，张艺谋来拍《英雄》，胡玫来拍《雍正王朝》……由此，秦王宫、香港街、清明上河图、明清宫等纷纷在横店崛起，横店也由此脱颖而出，成为国内最大的影视拍摄外景地，被美国《好莱坞》杂志称为"中国好莱坞"。

2000 年，横店影视城宣布，对国内外剧组一律免收场租费，更是吸引了大量的剧组来此取景。统计数据表明，截至 2017 年，已有 2 155 个剧组在此取景拍摄影视作品，近 2 亿游客前来观光。

2001 年，为了将年轻人推向前台，徐文荣卸下集团总裁职务。家人以及亲朋好友都为他祝福，觉得他功成名就之后，可以享受美好的晚年生活了，但岂料徐文荣根本闲不住，又萌生出新的梦想。

徐文荣看到横店尽管山清水秀，但白花花的满是坟墓，不仅有碍观瞻，而且不利于开发。于是，他集资 4 000 万元建起了 4 个公墓园，鼓励群众迁坟，然后再出资绿化荒山，恢复了横店绿水青山的面貌。

当年，徐文荣兴致勃勃亲自驾车，让记者跟随他参观他退出集团后又新建的"九龙文化博览园""国防科技教育"等 14 个项目。他又增加了新的影视拍摄基地，开出一条新的旅游线路。后来，敏锐的徐文荣很快又瞄上了圆明园。

在他看来，当年英法联军火烧圆明园，是中国近代史上最大的耻辱。如今，中国强大了，理应重修圆明园。这是一种爱国主义的情怀，也必定将成为中小学生爱国主义教育的最佳基地。由此，徐文荣决定筹集 300 亿元资金，在世人面前恢复当年的国际名园。

但令徐文荣始料未及的是，当他在北京钓鱼台国宾馆召开声势浩大的横店建设圆明新园新闻通报会，向300余家国内外媒体宣布完这一重大决定后，却遭到了质疑：重建圆明园有必要吗？如此巨额投资如何筹措？会不会是借机圈钱？数千亩用地指标怎么解决？有的媒体甚至推出重磅报道——十问徐文荣。一时，徐文荣的"圆明新园"被置于风口浪尖。

但徐文荣宁折不弯。他郑重宣布：圆明新园一定要建，但资料未筹集好不建，土地没批下不建，资金未到位不建。2012年5月23日，项目终于开始动工。

人们不免要问，圆明新园建设投资300亿元，钱从哪里来？徐文荣的回答是：用天下人，聚天下资，谋天下利，"水炸油条"。这里，有他的爱国情怀，也有他对市场的笃信，更有他一个80多岁老人的尊严。"我建设圆明新园，是要让全世界都看到中国的强大，看到中国农民的爱国。"徐文荣说。

2015年，在圆明园被焚毁155周年之际，圆明新园之新圆明园建成，随后，新长春园、新绮春园、新畅春园相继亮相。一个规模宏大、风格绮丽的圆明新园景区终于徐徐展现在世人面前。徐文荣的计划是选择2019年8—9月全面开业。届时，他将邀请世界各地的媒体共同见证。全国最大的军民融合项目也将开业。

徐文荣还有很多很多梦想。他想通过新农村改造，发展"全域旅游＋全民旅游"，让村民都利用自家住房开民宿，到时全镇可增加8万个床位，可以彻底解决游客的住宿难题。为此，他正在紧锣密鼓地筹建国际机场、高铁、城际轻轨、全镇单轨等重大交通设施。此外，一个集收藏、展览、鉴定、评估、拍卖、交易、研究、培训、修复、出口、金融化服务于一体的古玩艺术品中心也在快速推进之中。

我们无法描绘，甚至无法想象这一天，但我们愿意向他致以崇高的敬意。因为这位中国农民愿意用他不屈的灵魂，用他毕生的努力，去探寻、去实践无数人曾经梦想的天堂。